T0286068

# La tierra oculta

Manuel Rivas

# La tierra oculta

Papel certificado por el Forest Stewardship Council®

Primera edición: noviembre de 2023



Printed in Spain – Impreso en España

ISBN: 978-84-204-5444-3
Depósito legal: B-14859-2023

Compuesto en MT Color & Diseño, S. L.
Impreso en Unigraf, Móstoles (Madrid)

AL54443

*Inda outra muita terra se te esconde*
*Até que venha o tempo de mostrar-se*

(Todavía otra mucha tierra se te esconde
Hasta que venga el tiempo de mostrarse)

Luís de Camões

## La naturaleza insurgente

Zumbido entre robles,
Pena de lo invisible
Por no ser visto.

La primera telaraña
Caza la gota
Donde tiembla el alba.

Lloran en la ceniza
Los ojos saltones
Del árbol que trasciende.

El rencor apóstata
De los tractores
En las granjas abandonadas.

En la tierra escondida,
Las palabras excavan
Boca arriba.

¿Oyes en los peldaños de la luz
La pierna de palo
De la memoria lisiada?

La luna llena
Anda a la búsqueda
De ruinas inéditas.

Extraña palabra
Que se dejó escribir
Sin sentir miedo.

En la tierra escondida
Se habla una lengua
Que llueve con los pies
descalzos.

(De *A boca da terra* / *La boca de la tierra*)

# ¿Realismo mágico? ¡Punkismo mágico!

*De hablar, hablaré con la tierra.*
*Mohicania* (1986)

En el medioambiente de la orilla. Al borde del acantilado. Donde las palabras todavía quieren decir y no dominar, como seres de una naturaleza salvaje, donde la vida tiembla de miedo, asombro o risa.

Ahí es donde escribo.

Un lugar físico y mental. Entre el río Lethes, el río del olvido, y el Finis Terrae, algo tiene que pasar. Esas antiguas coordenadas de Galicia pueden verse como una metáfora del mundo. Si estás atento, alerta, la vida tiene vocación de cuento. Un punto cero, un lugar psicogeográfico donde avistar la destrucción de lo real, los horizontes enfermos, pero también un buen lugar donde retomar, como un murmullo que atraviesa los tiempos, la tradición heterodoxa de escuchar a la naturaleza. *De correctione rusticorum* o *Pro castigatione rusticorum* fue, en el siglo VI, el primer sermón que tuvo como destinatarios a los habitantes de la antigua Galicia. En realidad, se puede decir que el apodíctico sermón era, a la vez, un correctivo a la gente y una desautorización a la naturaleza, pues venía a decir: «No es cierto que hablen las fuentes, ni las piedras ni los árboles». Pero, a lo largo del tiempo, de una u otra manera, en la oralidad popular o en la escrita, la conversación prohibida continuó en la literatura de la naturaleza. Esa resistencia ante la palabra de orden es, por decirlo así, un trabajo de la imaginación de la tierra. La literatura de la naturaleza, allí donde todo habla, es una manera de descolonizar la imaginación. La imaginación, frente a tanto estupefaciente, no es un medio de fuga, sino de ir más allá en la realidad, de traspasar la apariencia y las convenciones establecidas. Es un error frecuente contraponer la imaginación a la realidad. «Escribiré mi informe como si contara una historia —dice Ursula K. Le Guin al comienzo de *La mano izquierda de la oscuridad*—, pues me enseñaron desde niña que la verdad nace de la imaginación».

En la orilla, como en el andar simultáneo del vagabundo de Chaplin, las palabras caminan con la saudade de lo desaparecido y con la excitación creativa, la pulsión del asombro de descubrir lo que no se ve, porque está oculto, se esconde o no está «bien visto». Dejan huellas boquiabiertas en los arenales del Oeste. Desde el acantilado, la mirada se encarama a la línea del horizonte, donde lo visible custodia lo invisible.

Muchos personajes de las obras contenidas en *La tierra oculta* viven o cuentan historias para limpiar el miedo. Esta de luchar contra el miedo, el miedo al abandono, en especial, es una razón de ser de la literatura que atraviesa los tiempos y la hace cada vez más necesaria. Uno de los miedos contemporáneos más extendidos es el síndrome llamado FOMO *(Fear of Missing Out)*. El miedo a quedarse fuera de juego. ¿Qué es lo que queda fuera? Como escribió Guy Debord, «lo más importante es lo más oculto». Y lo más importante que está ocurriendo es eso que se queda fuera, lo más oculto: la destrucción del mundo real, de la tierra, en una guerra de codicia y esquilme que también arrastra a la humanidad más vulnerable.

La orilla es un buen lugar para divisar otra orilla, para oír otras voces. Como mover un dial de una vieja radio en la noche. La primera herramienta de la literatura es la escucha. Escuchar es desafiar a la palabra de orden, al temor semántico. Ese movimiento tan sencillo, esa leve inclinación rompe la terrible fractura entre el pensar y el sentir. Oír a la gente, sí, y también a la tierra. A la manera que recomienda Lawrence Ferlinghetti en su *Poesía como arte insurgente*: «Pon tu oído en el suelo y escucha el giro agitado de la tierra, la sobrecarga del mar y los lamentos de los animales moribundos».

Escribo en la orilla. Reivindico un «realismo orillero». En gran parte de América Latina, *orillero* tiene el significado de «arrabalero». Para mí es el hábitat originario de la literatura. ¿Desde dónde escribir si no? Desde la orilla, el cantil, el margen, lo lateral, lo excéntrico. El paso que se abre en la intemperie, campo a través. Intentando traspasar el límite convencional, con la mirada y con la expresión. El mundo de hoy puede verse como un gran arrabal, un gran espacio fronterizo, en convulsión, donde el borde es una primera línea de riesgo, pero también la posibilidad de la aventura.

Un joven Borges, cuando sintió el desamor, habló de los «crepúsculos desesperados». También la tierra percibe el desamor. Todos los crepúsculos, como los escenarios fotográficos de la belleza típica, tienen ahora algo de desesperado. Ya no se puede escribir en el «manuscrito de la tierra» sin expresar esa desesperación.

*Un millón de vacas* (1989), *Los comedores de patatas* (1991), *En salvaje compañía* (1994) y la antología de relatos posteriores que lleva por título *Los habitantes de la dificultad* fueron surgiendo a la manera de círculos concéntricos. Un texto de textos, enlazados por ese sendero campo a través. Para esta nueva edición, he vuelto a andar el sendero. Así, en especial, en varios relatos de *Un millón de vacas* («El Sir», «Uno de esos tipos que viene de lejos», «El artista de provincias»), y en la novela *Los comedores de patatas*. La revisión puede convertirse en una reescritura obsesiva. En este caso, fue un proceso que viví de forma natural: abrir pasos y desvíos que estaban allí en potencia, en los propios textos. La antología de *Los habitantes de la dificultad* se abre con el relato «La vieja reina alza el vuelo» (de *Ella, maldita alma*), el duelo interminable de dos sagas familiares por la «propiedad» de un enjambre, y se cierra con el inédito en castellano «Los Ángeles Operantes», con la trama de un *killer robot* que vive la experiencia de un soldado acusado de traición.

Todas las historias reunidas en *La tierra oculta* tienen en común el fondo de un mundo en convulsión, a punto de romperse en añicos, una «derrota de la humanidad» que John Berger ilustró con el infierno pintado por El Bosco en su *Tríptico del milenio*: «Hay una especie de delirio espacial». Vivimos una época Mayday, de emergencia planetaria, mientras los viajeros del nuevo Titanic compiten por ocupar los mejores camarotes. Son los personajes orilleros, humanos y animales, los seres menudos y las palabras que polinizan el lenguaje, quienes mejor detectan la impaciente depredación, la velocidad de la codicia y una aceleración destructiva enmascarada como progreso.

No hay en *La tierra oculta* una idealización del mundo rural ni una visión costumbrista. Entiendo la literatura de la naturaleza como una vanguardia incesante. Allí donde todo se pone en vilo, donde todo habla. Sin estereotipos, con contradicciones. Donde el trazo más importante es el matiz. Los personajes, en muchos casos, luchan consigo mismos. La literatura no nace como palabra de orden. Al contrario. El punto de arranque es el desequilibrio, una insurgencia de las palabras, la necesidad de limpiar el miedo para seguir existiendo. Y la pulsión creativa, erótica, de mantener la libertad en el cuerpo del lenguaje y un vínculo del desamparo frente al vacío, el silencio, la indiferencia o la extinción.

Philip Rahv, al hablar de la literatura norteamericana de mediados del XIX, distinguió entre la literatura «piel roja» y la «rostro pálido». No existía ni existe en nuestro ámbito esa taxonomía. Las primeras obras que hoy componen *La tierra oculta* fueron clasificadas como una rama autóctona del «realismo mágico». Los libros, claro, no estaban conformes. Y un amigo, Xurxo Souto, acudió con precisión irónica en su ayuda: «¿Realismo mágico? No, señor. ¡Punkismo mágico!». Y ahí están, custodiados por Toimil, el cuervo poeta que grazna orillero: «¡A contraviento!».

MANUEL RIVAS

# Un millón de vacas

## El paraíso inquieto

Y ahora, noche, vete,
Busca tres jóvenes más en la aldea
Y traed a los hombros
El sarcófago de la luna,
Mientras relinchan
En la tierra que se esconde
Los colores insumisos de los caballos.

# Primer amor

Gaby, Gabriela, es mayor que yo. Creo que mucho mayor. Me lleva, por lo menos, dos años. Después de tanto tiempo, no esperaba encontrarla en la aldea, en Aita, pero allí estaba, sentada lánguidamente en la bancada de piedra de los Brandariz, entre dos tiestos de geranios.

—Hola.

—Hola.

—¿Qué tal?

—Bien. ¿Y tú?

—Bien. Muy bien. Bueno, fatal.

En realidad, era mucho mayor que yo. Tres años, quizá.

—Estás muy delgada.

—Tú también estás muy delgado.

Llevaba una falda larga y tenía los pies desnudos. Eran unos pies grandes, de hombre.

—Estuviste fuera.

—Sí.

—A lo mejor yo también me marcho.

—¿Ah, sí?

—Sí. Voy a marcharme. Estoy pensando en hacer un viaje. Pero muy lejos, ¿sabes? A Australia o a un sitio de esos —digo yo.

—Sería fabuloso.

—Sí, casi seguro que me voy a Australia. Un amigo mío tiene allí a sus padres. Se hizo radioaficionado y habla con ellos por la noche.

—Yo estuve en Barcelona, ¿sabes? Viví con gente y tal.

—Ah, Barcelona, claro. Nunca he hecho un viaje, ¿sabes? Me gustaría hacer algo importante. Australia, o algo así.

—Debe de ser alucinante. Tan lejos.

—Mi amigo dice que si hiciéramos desde aquí un agujero que atravesara toda la Tierra, saldríamos en Australia. ¿Qué tal en Barcelona?

—Bien. Bueno, regular. Mal.

—Mi amigo me regaló un reloj. Te despierta con la música de *Cumpleaños feliz. Happy birthday to you.* También tiene la hora de Tokio, y de Londres, y de Nueva York. Y puedes anotar teléfonos y guardarlos. Es como un ordenador. Mira, mira, fíjate.

—¡Qué bien, es fantástico!

En el reloj, parpadeaban los segundos. De repente, ella dijo:

—¿Sabes? Yo tengo una hija.

—¿Una hija?

—Sí, ¿quieres verla?

Y me invitó a pasar, sonriendo, como si le doliera sonreír.

# Que no quede nada

Había jurado no comprarle jamás un arma de juguete al niño.

Había pertenecido a Greenpeace, aún cotizaba con un recibo anual, y sentía una simpática nostalgia cuando veía en la televisión una marcha pacifista desafiando la prohibición de internarse en el desierto de Nevada, donde los ingenieros nucleares se extasiaban sembrando en los cráteres hongos monstruosos. Su trabajo de representante comercial lo absorbía totalmente. También se había casado. Y había tenido un hijo.

—¿Un hijo? —le preguntó Nicolás con ojos de espanto. Era un antiguo compañero de inquietudes, con el que acababa de encontrarse en el aeropuerto.

—Pues sí —había dicho él, sintiéndose algo incómodo.

Nunca pensó que estas cosas hubiera que explicarlas. Uno tiene un hijo, y ya está.

—No, ¿sabes?, si lo digo es por la valentía que supone. Creo que hay que ser valeroso para tener un hijo. Yo no sería capaz de tomar una decisión así. Me daría vértigo.

En realidad, nunca había pensado en el significado de tener un hijo. Se había casado porque le apeteció y había tenido un hijo por lo mismo. Pero Nicolás no dejaba de mirarlo como un confesor atormentado por los pecados ajenos.

—¿Sabes? Creo que hay que tomarlo sobre todo como un hecho biológico, sin darle muchas vueltas trascendentes. Es como asumir nuestra condición animal. Un hijo hace que te sientas bien, así, como un animal. Recuperamos nuestra animalidad como condición positiva.

Nicolás se rio. Al fin y al cabo, era biólogo.

—No sé. Para mí es como si decidierais convertiros por un instante en Dios. Traer a alguien a este mundo debe de ser hermoso, pero... es también tan terrible. No sé.

—¿Terrible? ¿Por qué?

—De una terrible inconsciencia.

—Bueno... Él se despierta a menudo por la noche. Nos llama y vuelve a quedarse dormido. Así, varias veces cada noche. Puedes ser un dios, pero un dios hecho polvo. Él, hostias..., duerme cuando quiere.

Ahora se rieron los dos.

—¿Le cuentas cuentos?

—No veas. Le llevo contados miles. Bueno, cuando estoy. Ya sabes, ando de aquí para allá, con este maldito trabajo. Hay noches en que le cuento tres o cuatro, y me quedo dormido antes que él.

—¿Cómo son? ¿Qué es lo que le cuentas? —preguntó, divertido, Nicolás.

—Buff. Sobre todo de animales. Le encantan los cuentos de animales. Animales que tienen hijos, y vienen los cazadores, y todo eso. Procuro que el lobo sea bueno, pero no siempre —y dijo esto con un guiño también divertido.

—Me gustaría verlo alguna vez —dijo Nicolás, cuando ya se despedían.

El amigo hizo una última señal de adiós tras la puerta de cristal, y él se dirigió a una de las tiendas del aeropuerto. Siempre llevaba algún regalo para el niño. No había mucho donde elegir. El mayor surtido era de imitación de armas de fuego. Las había de todas clases. El *colt* vaquero, una pistola de agente especial con silenciador, un rifle de mira telescópica, una ametralladora de rayos láser. Y luego estaba toda la artillería, y los blindados, y los hipnóticos cacharros bélicos de la guerra de las galaxias. Los evitó con un ademán de repugnancia, y finalmente eligió un pequeño paraguas de tela plástica transparente y con pegatinas de animales fantásticos. Unicornios y compañía.

Cuando llegó a casa, el niño estaba durmiendo.

—Le traje esto —dijo él con una sonrisa.

—Es bonito —dijo la mujer.

Por la mañana, el niño preguntó: ¿Vas a trabajar? Él contestó con pena que sí y el hijo lo miró con enojo, a punto de llorar.

—Te he traído una cosa —dijo él saltando de la cama. El niño se calló y esperó expectante a que desenvolviera el regalo.

—Mira, tiene dibujos de Snoopy —dijo satisfecho, alargando el paragüitas.

El niño miró el regalo, le dio vueltas para ver todos los animales, y parecía contento.

Antes de marcharse, le dio un beso y le acarició la cabeza. Cuando iba a abrir la puerta, oyó que el hijo lo llamaba. Se volvió y lo vio allí, con una pierna adelantada y el paraguas apoyado en el hombro con perfecto estilo de tirador.

—¡Pum! Estás muerto, papá.

# Mi primo, el robot gigante

Me subía a sus espaldas y cogía cerezas.

A veces me preguntaba si Dombodán no sería un robot comprado por la tía Gala en algún mercadillo de rebajas. Un robot de esos viejos que el tiempo va haciendo humanos, como hace humanos a los árboles, a los animales de casa, a la radio con caja de madera, que habla ronca en el desván, o al televisor que también hace de peana para un santo. Pero Dombodán, según el secreto compartido por la familia y por el resto del mundo, era un hijo que la tía tuvo de soltera.

Aun así, cuando me tenía sobre los hombros, allá en lo alto, casi besando los frutos rojos del verano, yo le tiraba de las orejas con la secreta esperanza de que mostrase un haz de cables pequeñito, de colores diferentes, como esos que tienen los juguetes eléctricos destripados. En ese momento, a Dombodán le hervían las orejas y eso era para mí la señal de que los circuitos ocultos estaban a punto de reventar. Y, ciertamente, lo estaban. Me dejaba caer al suelo de pronto, como a un saco molesto, se quejaba como un perro herido y se echaba las manos a las orejas.

Nada más. Nunca reaccionaba con violencia. Únicamente se desentendía de mí y yo aterrizaba en el suelo desde la altura de sus espaldas, que era tanto como caer del cielo. La estúpida docilidad del primo gigante no hacía más que confirmar mis sospechas de que Dombodán, en realidad, era un robot. A la siguiente oportunidad, después de hartarme de cerezas, volvía con renovada fuerza a los tirones de orejas, convencido de que esta vez descubriría fácilmente los disimulados mecanismos que accionaban la inteligencia artificial de Dombodán. Siempre en vano.

En casa había pilas eléctricas, guardadas en un rincón del chinero, entre aspirinas y esquelas recortadas del diario. Era un hecho por lo demás normal, pero que en mi lógica no cuadraba. Me fijé en todos los aparatos electrodomésticos de la hacienda del abuelo y ninguno requería, según mis investigaciones, pilas de aquel voltaje. A la hora de comer, entre bocado y bocado, observaba con sigilo a Dombodán. La tía Gala cuidaba sospechosamente su dieta. No podía probar huevos fritos con patatas —algo incomprensible para mí, que los tenía por plato preferido—, le estaba prohibida la carne de cerdo —alimento obligado de los demás mayores—, y lo alejaba de los dulces como si fuesen comida del diablo. Mi extrañeza iba en aumento, pues ya me dirán cómo se puede sostener un cuerpo de gigante con caldo de gallina. En los postres, la tía se acercaba a Dombodán con un frasco del color que tienen los cristales ahumados, y le daba una cucharada de un líquido aceitoso, de aspecto repugnante, que el gigante aceptaba de buen grado. Evidentemente, cavilaba yo, se trataba de una sustancia para engrasar circuitos. Y funcionaba. Dombodán saltaba el primero de la mesa, se ponía a trabajar en las labores más fatigosas, y no tenía la maldita obligación de dormir la siesta.

Todos mis sentidos estaban alerta, en aquellos veranos de la infancia, ante el comportamiento de Dombodán. Jamás hablaba, pero supe que no era completamente mudo, pues, según mi madre, en ocasiones sonadas decía cosas ininteligibles, propias evidentemente de marcianos. ¿Qué cosas? Cosas raras, dijo mi madre. Mis esfuerzos por ampliar la información no lograron éxito. Pregunté a otros de la familia y me di cuenta de que todos rehuían el tema. Solo un tío mío, sevillano, casado con una hermana de mamá y de la tía Gala, me contó que Dombodán había dicho un día correctamente la expresión Pi-Pi. Después de la confidencia, se echó a reír, pero para mí aquel era un dato de la máxima importancia. ¿Qué otra cosa coloquial podía decir un robot?

No le quitaba el ojo de encima. Me fui dando cuenta de que su principal contacto en este mundo era el abuelo, quien mantenía a distancia al resto de los nietos, yo entre ellos, por no hablar del resto de la familia, a la que parecía odiar sin disimulo. El abuelo Manuel estaba totalmente sordo y tenía un bastón tallado que hacía girar constantemente, razones suficientes las dos para vivir en un universo propio e inaccesible. Solo Dombodán salvaba sin permiso aquella barrera de malhumor.

El abuelo no oía, o eso aparentaba, pero con Dombodán hablaba por los codos. Solo se le escuchaba a él, con preguntas y respuestas, mientras Dombodán miraba con atención y asentía, como quien comparte una sabiduría extraña. Un día le habló de la guerra —asunto que encendía el ánimo de los mayores y que estaba prohibido en las tertulias— y le contó que él sabía desde mucho antes que todo aquello iba a suceder, pues en una mañana de invierno vio pelear en un camino a dos pájaros desconocidos, con colores chillones y ojos sanguinarios. Dombodán decía que sí con la cabeza y yo, en mi escondite, me preguntaba cómo podía compartir un mozo, por muy gigante que fuese, semejante visión de viejo loco.

Un momento importante en mis investigaciones era el de la hora de acostarnos. A los más pequeños nos ponían el pijama, nos hacían rezar el «Ángel de la Guarda», y luego nos mandaban a dormir con miedos que desautorizaban al mismísimo Ángel protector. Yo, bajo las sábanas, permanecía al acecho. Una de aquellas noches me deslicé con el sigilo de un indio y esperé el momento decisivo en que Dombodán sería desnudado, convencido de que iba a descubrir un muñeco articulado al que le quitaban las pilas para dormir. Pero entonces sucedió algo muy extraño. El gigante se limitó a descalzarse las botas y se dejó caer en la cama con la ropa puesta. Para mayor misterio, debajo de su cama no había orinal y si esto era así, podía ser porque Dombodán no meaba. Luego llegó la tía Gala y lo fue desnudando lentamente, como quien trata con un muñeco. También ella se quitó la ropa y luego lo acarició, lo acarició dulcemente, de arriba abajo, de una manera que me dio envidia.

Había un día a comienzos de septiembre en el que siempre llovía. Encendían por primera vez la chimenea, y el abuelo, sin decir nada, con su bastón giratorio como el de Charlot, se sentaba en el rincón más próximo a la lumbre, dispuesto a hibernar hasta la primavera. Toda la familia de paso, nosotros, los veraneantes, recogía el equipaje, guardaba los frutos con que nos obsequiaba la tía Gala y el automóvil ponía rumbo hacia la ciudad. Dombodán parecía triste, los circuitos oxidados, el cuerpo todo apoyado en la nariz pegada al cristal de la ventana que mira alejarse la carretera.

# El navegante solitario

Desde el ventanal del Singapore, el hombre del pelo rojo había seguido los estertores de la tormenta. En su convulsión desasosegada, el mar vomitó sobre el arenal una frontera de desperdicios, viscoso engrudo de algas, erizos apátridas, crustáceos desahuciados, y aún más, un ferial de cuerpos extraños, envases con caligramas de calaveras melancólicas, mandíbulas errantes, leños como gárgolas, cuerdas deshilachadas, máquinas con dientes cariados, zapatos desparejados y un esqueleto de reloj. El navegante hizo un gesto de alivio. El vetusto balandro, el del mástil negro, había soportado el embate de las olas airadas al pairo del pequeño muelle de pescadores.

Volvía, triunfante, el sol, y el océano brillaba hasta la línea del horizonte como el lomo de un pez colosal. También asomaba la gente. Un viejo entreabrió furtivamente la puerta, pareció dudar, entró por fin y echó una moneda en la ranura de la máquina tragaperras. Maldijo entre dientes. Le dio un golpe lateral con la palma de la mano y se fue.

El bar Singapore estaba atendido por un hombre gordo, cuarentón, que de vez en cuando desaparecía en la cocina y entonces se le oía gritar. Se oían también voces de mujer. Un niño subía por el interior de la barra, apoyándose en cajas de refrescos. Consiguió ponerse a la altura del extranjero y le dijo que su padre sabía hacer carros en miniatura arrastrados por moscas y también por mariposas, aunque añadió que esto último era más difícil. El chiquillo enseñó los brazos llenos de rasguños y pequeños cardenales. Había ido a buscar nidos y encontró dos, no sabía de qué pájaros, pero los huevos tenían pintas azules y los aplastó allí mismo, junto al embarcadero. Su padre lo mandó bajar del mostrador y, sin darle tiempo a obedecer, le pegó en la cabeza. El chiquillo solo apretó los labios, bajó, y escupió en el serrín.

—Soy fuerte —dijo mirando al navegante, y volvió a mostrar las heridas de los zarzales.

El gordo le dio otro palmetazo en la cabeza, esta vez con más contundencia. El niño mantuvo los ojos abiertos hacia el visitante. Se fue poniendo colorado. Iba a llorar y trataba de evitarlo. Las lágrimas, desbordantes, lo traicionaron. También el aire, que se le agolpaba en el pecho. Sollozó. El padre se fue al otro extremo de la barra, cogió una escoba y con el mango encendió el televisor. El niño se fue a una mesa del fondo y ocultó el rostro entre los brazos. La madre salió de la cocina y le gritó.

—Diablo, que eres un diablo: ¿se puede saber por qué estás llorando?

En la pantalla aparecieron imágenes de campesinas orientales huyendo entre soldados que a veces saludaban a la cámara. En ocasiones se iba el color y las escenas se veían en blanco y negro. El hombre grueso anduvo hurgando con el extremo de la escoba en los mandos del aparato, pero el color se perdió definitivamente. Se veían inmensas plantaciones de arroz sobrevoladas por helicópteros que proyectaban su sombra sobre los campos. El niño había dejado de llorar y miraba entre la reja de sus brazos al visitante. Tenía un tatuaje que lo fascinaba.

El padre hizo un ademán enérgico al niño para que volviese a su lado. Lo levantó a pulso y lo acercó al televisor. El niño manipuló en las ruedas hasta que enderezó la imagen y volvió el color. El hombre gordo sonrió. Bajó al chiquillo al suelo, le revolvió el pelo y le dio una palmada cariñosa. La madre miraba desde la puerta de la cocina.

—Te he dicho que no le pegues al niño en la cabeza. Dale en el culo si quieres.

El hombre ni la miró. Fuera, sonaba una música. El navegante desvió la mirada hacia el ventanal. Un grupo de muchachos se había sentado en la barca varada. Tenían en la proa un radiocasete de gran tamaño. Todos eran varones menos una chica con una cresta de colores chillones. El dueño del bar Singapore escupió en el serrín.

—Drogadictos. Van y vienen. Se drogan.

Cogió de nuevo la escoba y subió el volumen del televisor. El noticiario daba ahora los resultados del fútbol. Los clientes que jugaban a las cartas atendieron por primera vez. El hombre del bar se animó. Parecía estar contento con los resultados e hizo un gesto de victoria al extranjero.

—También yo jugar fútbol —dijo, vocalizando lentamente y en voz alta—. No era malo, no. Eso decían. Yo creo que era bueno. Era bueno. Sí, era bueno.

Lo repitió varias veces hasta que el navegante de pelo rojo asintió, como quien comparte al fin aquella memoria gloriosa. El tabernero indicó los trofeos de los estantes, entre botellas de licor, con el metal mohoso. Descolgó una fotografía, le limpió el polvo con el revés de la mano, la miró satisfecho y luego se la mostró al extranjero. El retrato era de un mozo de unos veinte años, de aspecto robusto y atlético. Apoyaba el pie derecho en el balón. Vestía pantalón azul, camisola blanquiazul y medias azules con reborde blanco. Tenía el pelo largo y recogido con una cinta. Sonreía.

—Vaya pinta, ¿eh?

Volvió a colgar la foto procurando que coincidiera con el rectángulo de polvo de la pared. El extranjero se mantuvo impasible y eso pareció fastidiarlo. Señaló de nuevo el retrato del futbolista.

—Era yo. Ser yo. Yo fui campeón. Y míster. También míster. Dos años de míster. Yo cansarme. Pero, fíjese, ese era yo. Ser yo.

Se llevó el mondadientes a la boca y esperó inútilmente un comentario, una pregunta.

—Mierda. Ese era yo.

El hombre se fue rezongando a atender a otros clientes. Los recién llegados pidieron una botella de champán y el tabernero también se sirvió.

—¡Invita la casa!

El aspecto de los del grupo era distinto del de los demás paisanos. Vestían cazadoras de cuero y el de la voz cantante llevaba la camisa desabrochada hasta mostrar un gran crucifijo dorado sobre el pecho peludo. Hablaban de mujeres.

—Os digo que aquella lancha necesitaba cinco o seis motores. Yo solo pude meter dos.

Se rieron a carcajadas.

—Pero, Paco, ¿solo dos?

—¿Y qué queríais, hostia? Iba cargado de alcohol, y la noche antes sin dormir. Pero os digo que pedía cinco motores. A vosotros se os va a oxidar. Hacedme caso. Un fin de semana dejamos a las mujeres, que se vayan con los críos por ahí, y aprendéis a atracar bien de proa y de popa.

La puerta del Singapore se abrió de nuevo. Un tipo de bigote y fuerte complexión se acercó a la barra y llamó al patrón con voz suficientemente alta como para que el grupo de las cazadoras guardara silencio.

—Me envía el Holandés. Vengo por el trabajo de saneamiento de la ría.

El dueño del bar lo miró detenidamente. Salió del mostrador e hizo una seña para que lo siguiera. Corrió una cortina y lo invitó a sentarse en el reservado. Volvió a su sitio en la barra y los del grupo marcharon a reunirse con el recién llegado.

En la pantalla aparecían ahora imágenes de los preparativos de una exposición artística al aire libre, en una plaza enlosada, rodeada de fachadas de aspecto monumental. Las grúas movían grandes esculturas de piedra y metal. Nadie miraba. Solo un viejo levantó la vista sobre el abanico de cartas cuando las máquinas izaron una pieza de granito semejante a una muela de molino pero con el cráneo de una vaca encajado en el centro. El viejo llamó la atención al resto de los jugadores.

—Bobadas —sentenció uno. Y reanudaron la partida.

Valiéndose de un bichero, el dueño del Singapore intentaba ahora cambiar de canal. Buscó al chiquillo con la mirada, pero había desaparecido. Lo reclamaron unos clientes y apoyó la vara en un rincón. En la pantalla hablaba un barbudo de aire fatigado y melancólico. Se refería a la muerte de una cultura. Puso como ejemplo las estrellas fugaces que desaparecen una noche en unos segundos después de dar luz miles de años en la bóveda celeste. De pronto, el vacío. El patrón del Singapore había recuperado su puesto de mando, se acarició la barriga con la mano izquierda y apuntó con el bichero, esta vez atinadamente. En la pantalla apareció una escena de temporal marítimo. Todo era enormemente familiar. Hablaban de la costa, de esta costa. Varias embarcaciones iban a la deriva, aunque, según el portavoz de Protección Civil, todo estaba ya bajo control. Había habido víctimas, entre ellas un navegante solitario. La noticia se ilustró con la imagen de su nave hecha añicos contra los escollos, vencido el mástil negro. Y luego las cámaras mostraron su cuerpo náufrago, sin vida, llevado por la cabalgadura del mar hasta la playa. Se trataba de un joven de pelo rojo, con el tatuaje de una tortuga.

Allí estaba, acodado en la barra del Singapore. Con una señal, pidió otra cerveza. Lejos de servirlo, el tabernero continuó mirándolo fijamente. Se llevó una mano a la oreja, hizo girar el palillo con los labios y escupió en el serrín.

—Ese de la televisión era usted.

El extranjero asintió.

—Por lo visto, está usted muerto.

El visitante le dio la razón con un gesto.

—¿Afirmativo?

Asintió de nuevo.

El niño estaba ante el ventanal, dibujando con los dedos en el vaho. El padre lo llamó a gritos para que se acercara y lo subió a la barra, frente al navegante.

—Mira, ahí tienes. Este señor está muerto.

Y le dio con cariño otro golpe en la cabeza.

# Una partida con el irlandés

A la altura de mi litera había un calendario con una vaca, y aquello me sentaba bien. A veces me quedaba dormido con la cara pegada al casco, procurando la caricia de una mano áspera y fría. El mar rumiaba a dos dedos de distancia y sentía un miedo infantil, el demorado afilar de cuchillos en la boca de un tiburón al acecho. La imagen de la vaca me llevaba a un mundo doméstico y protector, al mundo del aliento, el humo y el despertar de la casa. Yo nada tengo que ver con el mar, a no ser que estoy embarcado y soy uno de los tripulantes del pesquero Lady Mary, de bandera británica, antes llamado A Nosa Señora, con base en Marín.

Hay cinco irlandeses entre nosotros, aparte del capitán, que es inglés. No parecen saber mucho de pesca, pero están aquí por las leyes del Gran Sol. El que sabe es Vilariño, un patrón de Riveira. Uno de los irlandeses, el más joven, lleva dos días conmigo, metido en el camarote, porque se abrió la mano en canal con un cuchillo de destripar pescado. Yo no tengo nada, nada en absoluto, solo un demonio asustado dentro, pero el patrón Vilariño dijo anda chaval, vete abajo, envuélvete en la manta y no te muevas de la cama pase lo que pase.

Este Vilariño parece un buen tipo, aunque raro. No bebe, no fuma y no suelta tacos ni trata a la gente por apodos. Además, reza. No debe de ser cristiano. La primera noche, después de salir del puerto, me dejó estar en el puente mirando el radar. Ese sí que es un invento. Vilariño no hablaba y parecía siempre expectante, como si aguardara algún mensaje familiar entre las interferencias de la radio.

No era eso. A ver si calla ese gallinero, dijo. Y la apagó. Su camarote era un cuartucho en el mismo puente, y allí entró para, según él, hacer unas comprobaciones en la carta. Pero al cabo de un rato oí un murmullo, como una voz lejana que se resistiera a marchar de la radio. Pegué el oído a la puerta. Era Vilariño que rezaba, y lo hacía como quien habla con otra persona. Nunca oí a un hombre rezar así. Se lo comenté a Touro, el cocinero, y me dijo con mucho sigilo que era un tipo extraño.

—Es protestante. Por eso reza.

El irlandés que me acompaña en el camarote, el más joven, ya lo he dicho, lleva un pendiente dorado y el pelo tan largo que lo recoge en una trenza. Yo estoy envuelto en la manta y procuro encogerme hasta que la cabeza me llega a las rodillas, pero él no. Casi no duerme, se estira en la cama y deja caer la frente hacia fuera, con los ojos muy abiertos.

El irlandés escucha música, eso dice, pero yo, hostias, solo escucho las dentelladas del gran pez, ahí, a dos dedos de mi cabeza. Trato de hacérselo entender, pero él ni se entera del peligro. Me señala la vaca, la del almanaque de Suministros y Víveres, y casi me hace reír. No, coño, no, un pez con la boca así de grande. Pone cara de incrédulo y vuelve con su música.

Todos estos son gitanos, me había dicho el Touro, desconfiado. Gitanos rubios, pero gitanos. Eran de la misma familia, y habían embarcado juntos. Ni puta idea de pesca, remató el cocinero, pero ojo con ellos, son como raposos. Nada de juegos, a la que te descuidas pierdes hasta la camisa. Pero llevo demasiado tiempo con él, con el del pendiente en la oreja, que ahora me despierta con unas palmadas, justo cuando el tiburón está a punto de perforar el casco, a dos dedos de mi cabeza y de mis ojos de espanto. El irlandés me hace una señal con un cubilete de dados en la mano. Al principio dudo, pero hay algo que me empuja. Al fin y al cabo, tiene una mirada amistosa y, si sigo así, embrujado, con este animal rabioso a punto de roerme el magín, me va a estallar la cabeza.

No será que no te haya avisado, me dirá seguramente el Touro. Ya no me queda un duro. El irlandés mueve la mano sana con la habilidad de un tahúr. Se acabó, tío, ni blanca, ya no tengo nada. Fue entonces cuando señaló la vaca. ¿La vaca? ¿Quieres apostarte la vaca? ¿Un billete por la vaca? Okey. Sonrió satisfecho: dos tiradas, *full* de ases y reyes. Me tiembla la mano: ¡Cielo santo, póquer! Con la vaca en el regazo, fui recuperando todo lo mío y gané todo lo que él quiso arriesgar. No nos dijimos nada. El irlandés volvió a su catre, y yo me quedé sentado, llorando en silencio, con la vaca mirándome de frente.

En toda la noche no apareció el gran pez. Había dejado de roer el casco, a dos dedos de mi cabeza. Ahora ya sabía cómo era el sonido del mar, un ir y venir de mamífero cansado, y me sentía feliz. Subí a cubierta. Faenaban envueltos en la niebla y me puse a trabajar con redoblado ánimo. Podía arrancarles la cabeza a los peces sin vomitar ni poner cara de espanto. Vilariño se acercó y me dio un pescozón.

—Pensé que ibas a volverte loco, chaval, pensé que ibas a volverte loco.

## La carretera del caballo cojo

Hacía aquel viaje todos los viernes por la tarde. Era una ruta infernal, pero yo simplemente quería llegar cuanto antes. La carretera, después de trepar desde Muros por la sierra quemada de mar y hombre, atraviesa un largo desierto verde. O eso parece. Solo recordaba una parada involuntaria. Una manada de caballos hizo caso omiso de mi claxon. Estaban allí, en medio, saboreando el viento en los labios. A veces movían el pescuezo con pícara elegancia y batían los cascos en una especie de desafío. Hice otro intento inútil con la bocina para despejar el camino. Paciencia. También ellos parecían aguardar.

De entre los pinos, precedido de un relincho, salió un hermoso garañón negro. Se plantó en medio de la carretera, y, lentamente, se acercó de frente al auto. Me miró con altiva indiferencia y luego dio una vuelta al coche, como quien hace una inspección. Finalmente volvió al grupo, sacudió la cabeza de arriba abajo y comandó la manada cara al praderío que se extiende por la orilla izquierda, camino de las balconadas del océano. El jefe caminaba con majestad. Estaba cojo. No era a mí a quien buscaban.

Lo de hoy es otra historia.

Delante iba otro coche con matrícula foránea y, a continuación, dando la espalda, una multitud de gente. Caminaban lentamente, como si les pesaran los pies, ocupando todo lo ancho de la carretera, bajo un cielo plomizo. Con el coche a paso de hombre, me di cuenta de hasta qué punto la pista mostraba sus tripas de grava y barro. En la demorada panorámica, los ojos seguían la línea de las cercas electrificadas, atraídos de vez en cuando, en la cuneta, por los restos de artefactos domésticos herrumbrosos o, en el horizonte, por flacos espantajos descoloridos donde se posaban los cuervos y vacas con apariencia de llevar siglos a la espera de aquel momento. Apoyado en la portezuela, un niño seguía con la mirada la silenciosa procesión. Tenía la cabeza rapada, con pequeñas calvas blanquecinas, y vestía una chaqueta azul con remiendos en los codos y un escudo con hilo dorado. Me fijé en él, en su bordado, y me miró con un orgullo levantado en el silencio.

Los del coche de delante se impacientaban. Eran jóvenes, y uno de ellos, el copiloto, llevaba algún tiempo dando muestras de inquietud. Tocaron con estruendo la bocina. Primero intermitentemente, luego con intensidad. La última fila del cortejo acabó volviendo la vista. Se detuvieron. Eran hombres y mujeres avejentados, incluso los que aparentaban menos edad. Todos llevaban paraguas oscuros y cayados labriegos. Nos miraron sombríos, también a mí. Y no hizo falta más.

Atrás quedaron las casas de piedra de la aldea de donde posiblemente había arrancado la marcha. Más allá, nada, solo la larga recta de la carretera y un cielo cada vez más turbulento. Así que, cuando llovió, lo hizo con rabia metódica. En el cortejo se abrieron los paraguas y algunos se cubrieron las cabezas con los chaquetones. En vez de apurar el paso, este se hizo más lento. Era preciso frenar y luego avanzar a trompicones, en pequeños tramos. La lluvia cubría el parabrisas y yo me entretuve en salvar los charcos como en un juego de vídeo invernal.

Del apiñado gentío se descolgó una sombra. El coche de delante siguió, pero yo decidí parar. Después de acomodarse, se quitó la boina, brillante por el agua, y tosió. Tosió con una tos profunda que parecía no tener fin. Se pasó un pañuelo por la boca, respiró fuerte, me miró de soslayo y encendió un pitillo. Me ofreció otro.

—El humo es bueno para el catarro —dijo convencido. Y luego escupió las primeras hebras de tabaco—: Este cabrón de cura.

Se calló durante un momento, como arrepentido de una inoportuna confidencia. Me miró de nuevo de soslayo.

—En invierno los viejos caemos como pájaros, pero este era joven y con buena salud; ya ve lo que es la vida.

—¿Por qué? —pregunté.

—¿Qué? —dijo él con desconfianza.

—¿Por qué le ha llamado cabrón al cura?

Se había negado a enterrar al difunto en la parroquia. Todo el pueblo estaba indignado, porque, además, era una buenísima persona. Se había colgado de un manzano. El cura dijo que, según la ley de la Iglesia, no podía darle un entierro cristiano, así que lo llevaban a otra parroquia, cinco kilómetros más allá.

—¿Y si tampoco allí lo entierran?

El viejo chasqueó la lengua. Miraba siempre de soslayo.

—¿Sabe? Al final no va a pasar otra cosa que lo que tenga que pasar.

La comitiva se detuvo ante el atrio de la pequeña iglesia, de un románico restaurado de mala manera. Una fractura en el rosetón la habían reparado con ladrillo, y junto a la campana señoreaba un altavoz de megafonía.

—Hemos llegado —dijo el viejo.

Se apeó e hizo un gesto fugaz de despedida, envuelto en humo y lluvia. Algo me empujó a aparcar. Un grupo de vecinos, cerca del ataúd, parecía llevar la iniciativa y hablaba entre sí. Pasaron unos largos minutos de espera, el agua resbalaba por el rostro de los feligreses, y cuando ya iba a volver a mi camino, el viejo me señaló.

—Amigo, necesitamos un coche —dijo uno de los dirigentes del cortejo—. Hay que ir a buscar al cura antes de que se largue.

Nos metimos por caminos de fango hasta llegar a un pazo, el de la rectoral, medio en ruinas. Un mastín enorme salió a recibirnos con aire poco amistoso. El viejo le dio un trancazo sin reparos y el perro huyó quejándose. Se abrió la puerta del señorío y estuve a punto de huir con la mirada. Había allí un ser repugnante, una mujer encorvada que miraba con un único ojo. El viejo preguntó por el cura y ella respondió con una especie de maldición. Sentí otro brinco en los adentros. Quien asomó finalmente era un mozo con rostro angelical, casi de niño con sotana.

—Ya sé a qué venís, pero él no ha muerto en gracia de Dios. Levantó la mano contra sí mismo. ¿Hay peor blasfemia?

—Era una buena persona, señor cura —respondió el viejo.

Me di cuenta de que la primera impresión era engañosa. Aquel curita con pinta de niño tenía una mirada fría, de ojos grises como el acero. Pareció pensarlo. Miró a la mujer monstruo, y esta hizo un gesto de asentimiento.

—Está bien, que el señor Jesucristo me guíe.

De camino, nadie dijo palabra. Cuando llegamos, el ataúd estaba sobre una losa del atrio y los vecinos aguardaban al abrigo de los muros del camposanto. En el interior de la iglesia hacía frío, más frío que fuera. Las oraciones del cura eran seguidas por un coro de carraspeos. De pronto, se hizo el silencio más absoluto. El páter miraba fijamente a los feligreses.

—No ha muerto en paz con Dios. Es más, difícilmente podrá entrar en el Reino de los Cielos, pues quien niega la vida niega a Dios. La vida es un don del Señor, y solo a él corresponde decidir el momento de nuestra muerte. Tampoco hay mucha esperanza para vosotros. Vivís en el pecado, sois seres perdidos, envenenados por la tentación de la carne. No penséis que merece perdón o compasión. Lo que él hizo ha sido un acto de soberbia y egoísmo ante Dios Nuestro Señor. Rezaré también por vosotros, pero no tengo mucha esperanza de que sirva para algo.

Dicho esto, nos fulminó con la mirada, dio la vuelta y continuó el oficio. Cuando salimos de la iglesia, después de dejar al muerto bajo tierra, los vecinos marcharon por la carretera en grupos dispersos. El viejo se despidió de nuevo a su aire.

—Les ha dicho cosas terribles —comenté casi a gritos.

—Todo el tiempo en la iglesia estuve intentando mover los dedos de los pies —dijo el viejo—. Estaba preocupado, no los notaba.

—¡Eso que dijo el cura! No deberían haberlo permitido —insistí airado—. No sé cómo lo aguantan.

—Usted siga su camino, amigo.

La noche parecía caer del vientre de aquel cielo de plomo. El viejo se echó a andar entre el humo y la lluvia, cojeando.

## Uno de esos tipos que viene de lejos

Mirad, mirad. Es un tipo cojonudo. No habla. Es encantador. No dice nada. Se llama Dombodán.

Era una buena adquisición de Marga, y lo presentaba, como siempre, con un toque circense. Todos se fijaron en aquel ejemplar de dos metros que sonreía con timidez. ¿De dónde has sacado ese pedazo de hombre?, preguntó Rita, la muy zorra. Y añadió: ¡Debe de tener una espada de vikingo! Todos aplaudieron la gracia. Me cayó directamente desde el cielo a la cama, querida, dijo Marga, agarrándose con cariño al brazo del chicarrón. No lo pienso compartir. Y dicho esto, se lo llevó hacia la barra.

¿Os habéis fijado en ese tipo?, preguntó Rita. Huele mal. A estas alturas con chaqueta de pana, añadió Pachi. Guapo, pero un gañán, observó Virginia. Raúl tenía una duda: ¿No habla o es tonto? Esta nena, se quejó Marijé, ya no sabe qué hacer para sorprendernos; primero se lía con un moro y ahora con un palurdo. ¿Crees que se lo ha llevado a la cama? Además huele mal, insistió Rita.

Marga regresó con ojos de enamorada. El muchacho bebía cerveza con deleite, y una orla de espuma se le quedó en la sotabarba roja. El grupo sonrió. Sí que parecía idiota. Escucha, dijo Raúl, ¿es normal este tipo? No habla, eso es todo. A veces dice cosas. Cosas sueltas. Es fantástico, concluyó Marga, abarcando el mundo con los brazos. Raúl miró a los otros e hizo un gesto de resignación. En fin, habrá que apechugar con él.

Para joder, Rita subió al deportivo blanco de Marga. Iba sentada detrás y se acercó con aire amable a Dombodán. No te molestes, grandullón, solo son bromas. Somos una gente encantadora, ¿verdad, Marga? Raúl los adelantó e hizo sonar el claxon dos veces. Su coche levantó una onda de agua. Llovía con rabia aquella noche, y todo adelante, despedida la ciudad, era una cueva. Ya verás, dijo Marga dirigiéndose con dulzura a Dombodán, Raúl llegará antes y encenderá la chimenea. Va a ser una noche preciosa. Rita estaba ahora extrañamente silenciosa. Deberían vestir de blanco, dijo Marga. ¿Qué?, tardó en preguntar Rita. Que estos campesinos deberían vestir de blanco, dijo Marga. Van siempre de negro, con sus paraguas negros, como cuervos. No los ves hasta que se te echan encima. A veces llevan vacas. Sí, murmuró Rita, es cierto.

Al llegar al chalé ya estaban encendidas las luces del interior y se oía música. Muy cerca, también, el mar. A veces pienso que es como un animal, dijo Marga, y echó a correr hacia el porche. ¿Como qué? El mar, como un animal. En el salón, Raúl descorchaba una botella entre risas. Pasa, pasa. Marga empujaba suavemente a Dombodán. Es el chalé de vacaciones de los padres de Raúl. Se alzó sobre la punta de los pies para hablarle al oído: Tienen mucha pasta; el padre fue militar, pero, además, están forrados. En un rincón, Marijé, acomodada entre cojines, tarareaba la música y movía la cabeza al compás. Rita se fue hacia allí. ¡Qué tipo más raro! ¿Quién? Él, el grandullón de Marga. Ya, no habla. No, no es por eso: tiene escamas. ¿Qué? Sí, no es caspa lo que tiene en la chaqueta. Son escamas de pescado.

Te gusta, ¿eh? Dombodán miraba fijamente el fuego y se sobresaltó cuando Raúl le dio una fuerte palmada en la espalda. Luego sonrió y asintió con la cabeza. Yo tuve un amigo mudo, prosiguió el anfitrión, y era un tipo con una sensibilidad especial. Ahora hablaba para todos: El Virgo era un tipo especial; no sabía hablar, pero imitaba a los animales. Lo hacía de puta madre. Una noche de juerga, en pleno centro de la ciudad, se puso a cantar como un gallo, como un auténtico gallo. Una vez tras otra, cada vez con más potencia. Empezaron a encender las luces y la gente salía al balcón. Como el Virgo no podía responder, se puso a mear a lo alto. Allí mismo. ¡Como un géiser! Una vieja gritó que era el fin del mundo. Y entonces amaneció.

También ahora el mar penetraba por las hendiduras con su olor a orines recientes. El grupo adobaba el champán con humo de hachís. Dombodán no fumó. Hostia, lo que faltaba, nos ha salido estrecho el grandullón, dijo Pachi. Tiene algo mejor, dijo Marga con un guiño cómplice. Metió la mano en la chaqueta de Dombodán, buscando en el bolsillo interior. Sacó una bolsita y la abrió con esmero. Hostia, perico. Todo el grupo la rodeó. Os juro que es lo mejor que he probado, dijo Marga. ¡Unos polvos mágicos! ¡Una bombeta! Dombodán miraba fijamente el fuego, como ajeno. Te has apuntado un punto, grandullón. Eh, ¿no serás contrabandista? Esta vez tampoco se sumó a la fiesta. Quiere dormir, cuando se pone así es que quiere dormir, dijo Marga acariciándolo.

Despertó porque algo viscoso le había rozado las manos. Dombodán gritó. Era un grito extraño, demasiado agudo para un cuerpo tan rotundo. Sacudió los brazos y corrió con la torpeza del pánico hacia un rincón. El reptil lo seguía buscando, como fascinado por su terror. Dombodán volvió a chillar. Un grito hiriente, prolongado. Sus ojos se perdían en la angustia. Fue entonces cuando salieron del escondite carcajeándose. Raúl cogió la culebra y la besó en la boca. Dombodán temblaba, acurrucado y de rodillas. Pobrecito, dijo Marga.

Ahora estaban entregados a un nuevo juego. Raúl bajó las jaulas de ratas blancas. Todos se pusieron en la recta de salida, expectantes, después de cerrar las puertas de la sala. Raúl levantó la reja y azuzó a los animales. A por ellos. Reían sudorosos, con ojos encendidos. Los bichos, perseguidos por escobas y zapatos de tacón, buscaban los lugares más recónditos. Una de las ratas se acurrucó a los pies de Dombodán, rígido y con la mirada ya muy lejana. Raúl se acercó sigilosamente. Todos detuvieron la carrera para atender a la caza. Las manos largas y pálidas, de dorso velludo. En el último tramo se abalanzó veloz sobre el animal. Su puta madre, me ha mordido. Los demás se reían. Joder, vaya coña. Me ha clavado los dientes, la jodida. Dombodán miraba lejos. La rata permanecía a sus pies. Ahora va a ver la muy cabrona.

Raúl abrió una de las puertas y subió las escaleras del piso alto a zancadas. Volvió con un revólver. Coño, Raúl, tranquilo. Ni tranquilo ni hostias, ahora se va a joder la rata del abuelo. Apuntó lentamente, sujetando la culata con las dos manos. Disparó una vez, otra. Y otra más. El animal ni se movió, pegado a los zapatones de Dombodán. La sangre era más roja sobre el pelaje gris. Se oía el mar y nada más. En el largo silencio, las otras ratas salieron de sus escondites y volvieron a las jaulas, con la cabeza gacha.

Vale, ya está, venga un trago. Coño, esta es una noche de fiesta, dijo Raúl con voces que sonaban a órdenes. Y tú, calamidad, bebe algo también. Dombodán obedeció. Bebió un vaso de un solo trago y lo volvió a llenar. Hombre, parece que espabila. Se reanudaron las bromas. Volvió también la música. Raúl se acercó a Marga y la apretó por detrás. La besó en el cuello. Poco después salieron del salón.

Dombodán había regresado al fuego, con su vaso en la mano. Rita se sentó a su lado. ¿Sabes?, se la está tirando. Él se encogió de hombros. ¿No te importa que lo hagan ante tus narices? Él permaneció impasible. Ante sus narices solo había fuego de maderos que rugían. A mí me joden estas historias, ¿sabes?, pero las cosas son así; si no te defiendes, si no eres duro, todos se te montan encima. A mí, Raúl me la sopla. En el fondo es un pijo, pero está tan seguro de lo que hace que todo le va bien. ¿Sabes que tiene novia? Pues sí, tiene novia, pero nunca la trae a estas juergas. Se ríe de ella, dice que es estúpida, que no se quiere acostar con él hasta que se casen. La acompaña temprano a casa y luego se viene con la panda. Pero lleva dos años con ella y no creas que la deja. Se controla. Yo soy distinta. En la universidad estamos de juerga todas las noches. Raúl siempre ha sido un armadanzas, pero cuando llegan los exámenes va a lo suyo. Se encierra en el piso, no quiere ver ni a Dios, y luego aprueba. Yo soy distinta. Yo sigo de juerga hasta el día antes. Coño, si eres de una manera, tienes que serlo siempre y no controlarte así, en plan hipócrita. Yo, por ejemplo, he abortado. Sí, aborté una vez. El tipo que estaba conmigo me animó, era lo mejor para los dos, y sobre todo para ti, tía, eso decía. ¿Sabes lo que hizo? Cuando llegó la hora de la verdad se abrió, el muy cabrón. Es tu rollo, tía. Te lo has buscado, tía. Arréglate, tía. Como si no me conociera, el muy cabrón. Escucha. Debe de ser muy triste no poder hablar, ¿no?

Raúl volvió desperezándose. Le dio una palmada en la nuca a Dombodán, que permanecía sentado, bebiendo ante la lumbre. ¿Qué, más animado, grandullón? Marga abrió las contras. Amanecía. Mirad, qué maravilla. Sí que lo era. El mar, el indomable, y su música del fin del mundo. A la playa, todos a la playa, gritó Raúl.

Estaban allí, envueltos en mantas, y sentados en círculo. Tenían ojeras y el viento les empujaba el pelo sobre el rostro. Parecemos náufragos del Titanic, dijo Pachi. Tengo un juego reservado para vosotros, dijo Raúl. Más juegos no, Raúl, rogó Marga. Sí, sí, el último. Un juego de verdad.

Raúl sacó el revólver. Mirad, dentro hay solo una bala. ¿A que habéis oído hablar de la ruleta rusa? Mi padre lo hizo muchas veces en África. Un teniente de la Legión murió así, con dos pares de cojones. Solo hay una bala, la vamos pasando y al que le toque, adiós. Ya está hecho el sorteo: Dombodán, el último. Todos entendieron el guiño de complicidad. Tranquilos, no pasa nada, decía con los ojos Raúl, nos vamos a reír de este gigante estúpido.

El revólver fue pasando de uno en uno. Apuntaban a la sien y el gatillo hacía un sonido seco. Luego, suspiraban teatralmente. Le llegó el turno a Dombodán. Él los miró fijamente, uno a uno. Alzó el revólver y apretó el gatillo. Nada. Otro clic. Dombodán abrió el cargador. No había ninguna bala.

Carcajadas.

Dombodán bajó la cremallera de la zamarra. De repente, sacó un hierro. Otro revólver que, en sus manos, parecía un arma antigua, de otro tiempo.

Luego sacó una bala de un bolsillo. La sopesó en la palma de la mano, como quien calibra una verdad, y la colocó en el tambor. Lo hizo girar. Apuntó de nuevo a la sien. Nada. Clic.

No había nadie más con quien jugar.

# El Sir

En aquel rincón de pescadores, su mundo era la escopeta. Vivía solo con su madre en una casa sin hórreo y sin redes, junto a las marismas y la laguna de Mindoao. Cazaba conejos y raposos en los montes blancos y sobre todo, a su tiempo, patos reales, fochas, gallinas de río, cercetas, becadas e incluso alguna garza —para disecar y vender— en aquel mar dulce donde el viento dormía amansado por el cañaveral. Se había criado allí, entre juncos, y nadie en Porto Bremón se atrevería a disputarle aquel su reino.

De mozo era muy bebedor, bravucón, un poco atolondrado, y lo trataban entonces por el apodo de Ruibén. La noche de la despedida, juró ante los amigos que volvería rico de Inglaterra.

—Vendré como un señor, y vosotros seguiréis siendo unos pelagatos —dijo sin que nadie replicase, aunque solo fuera porque no es buena costumbre llevarle la contraria a un borracho a quien probablemente no se va a ver nunca más.

Pero Ruibén volvió, pasados ya unos años. Había cambiado mucho en su modo de comportarse, como si se hubiera serenado. Parecía manejar cuartos, pero no hacía ostentación de ellos, e incluso dijo con humildad que allí se ganaba más que aquí, pero no tanto como decían. Aseguró, eso sí, que había aprendido a jugar al golf y que apostaba en las carreras de caballos.

Iba a almorzar al café Porto y pedía huevos fritos con jamón y un café, para sorpresa de los pescadores, que recibían entonces el nuevo día con coñac o aguardiente del país. Vestía elegante, pero no a la antigua: llevaba corbata sobre la camisa de color, y también los zapatos tenían una puntera llamativa, distinta del resto. Pero no era entonces, ni mucho menos, una persona que marcara las distancias. Le decían los viejos camaradas que aquello del golf no era deporte ni nada.

Un día, picado, pidió una escoba a Leonor, la patrona del bar Porto, se colocó en posición golfista en el centro del local y, cuando todo el mundo se quedó en silencio, hizo un estiloso movimiento para golpear una bola imaginaria.

—¿Sabéis lo que es esto? —preguntó desafiante.

—¡Un espantapájaros! —gritó alguien.

Cuando terminaron las risas, Ruibén dijo:

—No, esto es un buen swing. En la vida, se tiene o no se tiene.

Ruibén, a quien llamaban ya por nuevo apodo «el Sir», aseguraba entre bromas que llegaría un día en que Porto Bremón tendría su propio campo de golf, alfombrado con el mejor césped, sin una mala hierba, y con sus dieciocho hoyos.

El Sir se pasaba la lengua por los labios, medía las distancias y daba con la escoba un golpe exacto.

Cuando decidió regresar definitivamente, Ruibén era ya una especie de cónsul honorario y quien atendía a los visitantes que, raramente, aparecían por aquellos parajes. Dejó de improvisar discursos de formación cívica y todos sus pasos parecían orientarse ahora en un orden práctico. Quería ser rico, el más rico de Porto Bremón, y acabó siéndolo. Hasta entonces los pescadores vendían el pescado y el marisco a un intermediario que se desplazaba desde la capital y fijaba el precio. Las dificultades de transporte y la falta de competencia lo hacían imprescindible. El Sir se hizo con un camión frigorífico, ofreció precios más ventajosos y, cuando quedó él solo como comprador, marcó sus propias condiciones. Al mismo tiempo, descubrió lo que ya todos sabían: lo que realmente le gustaba a la gente de Porto Bremón no era el pescado, sino las chuletas. Así que abrió la primera carnicería.

Había muchas más cosas que descubrir en los nuevos tiempos. Por ejemplo, que lo que más atrae en la noche son las luces. En la oscuridad de un pueblo marinero, las luces de neón son irresistibles. El rótulo del café Porto quedó como una triste luminaria cuando el Sir inauguró el pub Trafalgar, radiante con sus intermitencias, las máquinas de juegos y la sinfonola. Ni siquiera los más viejos resistían a la fascinación de aquel local lleno de atractivos luminosos, apliques brillantes y marquetería fina, y se apoyaban en la barra metalizada como mariposas.

Al Trafalgar siguió, con el mismo nombre, una discoteca a la que acudían jóvenes de toda la comarca, sin necesidad de desplazarse a pueblos más lejanos. Las novedades del local, la música marchosa, la atrevida decoración, aquellos sofás de escay rojo con la forma de labios femeninos, dieron que hablar durante tiempo. Porto Bremón consiguió cierto renombre como lugar de veraneo, cosa que él fomentó y de la que se aprovechó, abriendo un restaurante con hospedaje y, más adelante, construyendo un edificio con apartamentos. Todo el mundo lo trataba ya de Sir, y lo que empezó siendo una broma adquirió carta de naturaleza, hasta el punto de que muy pocos recordaban ya su procedencia. Habían muerto sus padres, no se le conocía familia, y algunas costumbres suyas, como la de bañarse en el mar en invierno o pasear todas las tardes con un perro sin rabo, lo fueron rodeando de una extraña leyenda, según la cual era un náufrago que, escupido por el temporal, se había asentado para siempre en aquella costa brava.

El día grande para el Sir llegó cuando, finalmente, inauguró el campo de golf dentro del complejo turístico de Porto Bremón. Era una mañana radiante de domingo. Las fuerzas vivas lo rodeaban y se disputaban su atención. Habían venido autoridades de la capital. Todos sonrieron cuando la banda de música interpretó en su honor una marcha de la familia real británica. En el recorrido, el gobernador elogió aquel césped que se extendía como un manto de terciopelo en contraste con el imponente paisaje lunar de arena y piedra de los alrededores.

—No va a ser fácil mantener esto así, tan verde —comentó el gobernador.

—No hay problema. Siempre será verde —dijo él. Lo sabía mejor que nadie. Estaban caminando sobre un mar dulce soñado por las aves viajeras en las tierras frías. Enterradas bajo sus pies, las marismas y la laguna de Mindoao.

# Los ojos de la cabra no tienen lágrimas

El cisne blanco se acercó pidiendo comida con su voz de cerdo. No le acertó, y los restos del cigarro se apagaron en aquellas aguas obscenamente limpias del lago de Ginebra que tanto alababa ante la familia cuando regresaba a la aldea por las fiestas del Patrón y por Navidad. Al jefe de personal del hotel Château Blanc no le había parecido bien la noticia de que se iba definitivamente. Había sido un empleado ejemplar. Lo sabía el jefe y lo sabía él. Su primer trabajo, cuando era casi un crío, había sido fregar los platos de los que fregaban los platos. Ahora, en la recepción, era capaz de mantener una conversación con una cantante de ópera y de que esta, encantada, dejase generosa propina y una flor a su nombre.

Hacía dos semanas que había recibido una carta de su hermana Mercedes. En realidad, era la única que escribía. Los otros eran unos brutos, ni una postal en quince años. En las fiestas sí que eran cariñosos, borrachos como cubas, todo se les iba en preguntar, entonces cuánto ganas, Luisiño, ahora que llevas el ascensor, y, entonces, muy rico estarás, Luisiño, ahora que haces el rendibú. Mercedes hacía lo que podía, *te mando estas letras para decirte que muy bien por aquí, sabrás que se casó la hija del Lorenzo, la que trabaja en la Residencia, supongo que tú bien por ahí, aunque ya vimos en la tele que hace mucho frío*. Los muy zopencos no podían imaginar la alegría que le suponía la letra torcida de Mercedes, aquellas letritas enhebradas como el cosido de un andrajo.

Pero aquella carta de hacía dos semanas le había roto el corazón. El hotel estaba caliente como el caldo mientras nevaba fuera. Abrió un ventanal y tendió las manos. No era capaz de llorar. Sentía la nieve derretirse entre los dedos hasta que formó un puñado y se lo llevó a la cara. La abuela le había contado que había dos clases de ojos que nunca lloran: los del diablo y los de la cabra. *Sabrás que acordamos vender las tierras y la casa de Penaverde ya que apareció un comprador muy bueno de Coruña y que a mamá le parece bien, y que se irá a vivir a Ourense con Benito, y que hace falta tu firma para lo que sería conveniente que vinieses en Semana Santa que así vamos todos juntos al notario.* Esta vez Mercedes, «Mercediñas», ni siquiera le mandaba un abrazo. Debió de parecerle ocioso, pues todos habían estado hacía bien poco juntos, en la Nochebuena, en Penaverde. Ay, Mercedes, «Mercediñas», tú también como los otros, callaste como una falsa, porque ese comprador de Coruña tenía que andar rondando, que no apareció de la noche a la mañana. Y mamá, pobre mujer, muerta en vida, qué carajo iba a decir mamá.

Se despidió de la gente del hotel. Rosa la portuguesa, el italiano Fulvio, la argentina Selva. Ellos sí le querían. Lloraría si no fuera que los ojos de cabra no tienen lágrimas. Se puso unas gafas de sol para conducir por las carreteras blancas y se lanzó a correr.

No pararía. Sabía que no iba a parar, solo para tomar café y para mear. Pero se sorprendió a sí mismo sin tomar café ni mear hasta las puertas de Penaverde. Se dio cuenta de que llevaba un tiempo adormecido dando curvas cuando oyó que la radio hablaba de que era verano en Mar del Plata. Qué envidia, decía el locutor. ¡La vida es una milonga!, respondía de repente el entrevistado. Luego se oyó la sintonía: el programa se llamaba *Galicia en el mundo*. Aparcó en el crucero de Vilar. Se sentía mareado como si llevara dos días seguidos fumando sin parar. El cielo aquí era mucho más bajo que en Suiza. Si uno no se ponía de rodillas, corría el riesgo de que las nubes se le llevaran la cabeza. Cerró los ojos. Todo, también la arboleda, tenía un brillo cansado, como un altar espeso de cirios que llevaran años alumbrando.

Se sentía incapaz de subir de nuevo al coche. Echó a andar por el viejo camino aldeano y dio tantos tumbos que pensó que iba a tener que aprender de nuevo a caminar. Se hundió en el regato que venía del Castro y que formaba una charca en la Baixa, donde sombreaba el aliso, y le alivió aquel burbujeo vivo en la planta de los pies. Las zarzas habían invadido aquel camino de carros difuntos y se le prendían en la ropa como brazos en desasosiego. Tal vez las zarzas también querían marchar. Empezó a pisar con seguridad y anduvo sobre los terrones con la cabeza alta hasta dar con la fachada de la casa de Penaverde. Se detuvo y movió la cabeza lentamente, con ojos afligidos. Así hace el sol cuando se pone. Todo estaba muerto. Sin perro que ladre ni humo de casa que signe en el crepúsculo. Fue entonces cuando orinó en las manos y echó de menos un café, con unas lágrimas de aguardiente.

# Una visita al mercado

—Te pago para que me digas cuándo hago el tonto y no para que te pases el día dándome palmaditas —dijo el candidato.

—No sabía que les tuvieras miedo a los ojos de los peces —respondió el asesor.

—No me dan miedo. Simplemente, no los soporto.

—Volviste la cara. Nada más. No creo que esto nos quite votos.

—Pero la mujer se dio cuenta. Cuando le di la mano, me miró con recelo, como quien descubre un secreto indeseado.

—Son aprensiones de final de campaña. Estás cansado. Eso es todo.

—No sé cómo fui capaz de darle la mano. La limpió en el delantal. Pero aun así, tenía escamas.

—Era una pescadera, una pescantina bigotuda. Nada más.

—Se hizo como un silencio larguísimo. Como el de una fotografía.

—La gente estaba contigo. No creo que a nadie le guste ver cómo les arrancan los ojos a los peces.

—Parecían vivos. Me refiero a los ojos. Tan abiertos y con una expresión de perplejidad... Debe de ser una manera horrible de morir, la de los peces. A veces pienso cómo será más brutal morir: por falta de aire o porque hay aire de más.

—...

—¿De qué te ríes?

—Tú eres la respuesta a ese dilema. Fíjate: construir una sociedad decente donde los ciudadanos se sientan como peces en el agua.

—¿Eso decimos?

—Tal cual: como peces en el agua.

—Suena a maoísta...

—A liberal. Ahora, a liberal.

—Conseguí sonreír cuando al fin le di la mano a la pescadera. Y eso que tenía bigote, y escamas en las manos.

—No abandones nunca la sonrisa. Especialmente cuando no tengas nada que decir.

—Me costó tanto. Sobre todo cuando aquel tipo, el porquero, me increpó. Traté de recordar lo que decimos en el programa sobre el precio del porcino. Quedé en blanco.

—Mejor así. En el programa damos a entender que ya no es rentable criar cerdos en pequeñas granjas.

—Creo que si hubiera podido, me habría matado allí mismo. Gritaba cosas terribles, siempre referentes a los cerdos. Pero conseguí sonreír.

—Eres el que mejor lo hace. Nadie sonríe como tú.

—A veces me siento inseguro. No sé. ¿Crees que es acertado sonreír cuando te aborda un porquero furioso, fuera de sí?

—Peor sería decirle lo que escribió el equipo de programas. Esa gente del gabinete técnico llegó a la conclusión de que no podemos seguir subvencionando a las familias granjeras. El futuro es de la industria cárnica, de las macrogranjas.

—Sí, creo que me habría matado si hubiese podido. Retorció la boina como si fuera el pescuezo de un ave. Pero yo sonreí. Como a la gitana que me quería decir la buenaventura. Le di mil pesetas, pero no le enseñé la mano. Tenía los ojos del color de la ceniza.

—Ese detalle quedó muy bien ante las cámaras. El de oler el romero y luego sonreír.

—¿Crees que vamos a ganar? —preguntó el candidato.

—Seguro —dijo el asesor.

# Un millón de vacas

No iba de negro, sino con un vestido estampado azul y blanco, y llevaba sobre los hombros un chal del color de la plata vieja, como la prolongación de los cabellos. Me hizo señal de que parara desde la sombra de la marquesina y, cuando me detuve, asomó con resolución por la ventana del auto unos ojos de lechuza con gafas de concha.

Va a Vigo, ¿verdad?

Lo preguntó como si realmente no hubiera otro sitio a donde se pudiera ir. Gracias, chico, me has dado la vida, dijo después de acomodarse en el asiento y ahuecarse el pelo con las manos. En la radio daban la señal horaria de las cinco de la tarde, y luego sonó la sintonía del informativo. Ajena al sonido intruso que se interponía entre los dos, explicó enseguida que había perdido el coche de línea y que tenía vez en el médico. A esta edad, no tenemos más que achaques, hijo, ser viejo es una desgracia. En Galicia, decía el locutor, hay aproximadamente un millón de vacas. Qué va, señora, le dije por cortesía, no diga eso. Tonterías, dijo ella, creen que somos tontos, ¡un millón de vacas!, se pasan el día diciendo tonterías. Apagué la radio y se volvió hacia mí con rostro satisfecho. Nada de lo que dicen es verdad, hijo, nada de lo que dicen es verdad.

Me preguntó que dónde vivía y le respondí que no lo sabía muy bien. Ando de aquí para allá. Ella sonrió. Los jóvenes sois un caso. Yo viví en Madrid. ¿Conoces Madrid? Hasta hace muy poco viví en Madrid. Tengo un hijo allí. Marchó a trabajar, y allí se casó. Un día apareció en casa, en Soutomaior, yo estaba pelando las patatas y me dijo, anda, mamá, coge las cosas y vente conmigo. Y le digo yo, pero niño, qué hago con los animales, y con la casa, ¿quién va a cuidar de la casa? Y él me dijo, mira, mamá, ya habrá quien cuide de los animales, se los dejamos a los vecinos, y la casa, la casa nadie se la va a llevar. Y así fue. Me fui para Madrid.

¿Y le gustó Madrid?

¿Qué?

¿Le gustó Madrid?

Mucho. Me gustó mucho.

La vieja revolvía en el bolso y sacó un espejito y una barra de labios.

Me gustó mucho, dijo después del arreglo. Pero no podía dormir. Mi hijo vivía en un piso, un pisito, pero estaba bien. En fin, podía pasar. La nuera es una joya. Yo siempre quise que se buscara una moza de la tierra, pero, en fin, se casó allí, y te digo que la chica es una maravilla, muy delgadita, eso sí, muy maja. No me dejaba tocar nada. Ni fregar los platos me dejaba. *Usted, mamá* —me llamaba mamá—, *a descansar, que ya ha tenido bastante trabajo.* ¿Yo, hija mía? Como todo el mundo. *Que no, mamá, que siéntese.* Pero, ay, chico, lo que no podía era dormir. Las paredes son de papel. En el piso de arriba tenían un crío, una criaturita que, claro, se ponía a llorar. Justo encima tenía la cuna. ¿Quieres creer que los desgraciados de los padres no se levantaban para darle un poco de cariño? Noche tras noche, y el crío llorando como una víctima hasta que se callaba de cansancio, pobrecillo. A mí se me comían los diablos. Un día encontré en el portal a la madre y se lo dije, por estas que se lo dije. Le dije que si no tenían alma, dejar llorar así a una criatura. ¿A que no sabes lo que me contestó la descarada? *Usted métase en lo suyo.* Eso fue lo que me dijo, mal rayo la confunda. Pero lo peor no fue eso.

La miré de reojo. Tenía los labios apretados y se frotaba las manos.

Lo peor fue que eso mismo me dijo mi nuera. *No son cosas suyas, mamá, cada uno vive su vida.* Aquella noche el niño volvió a llorar. A mí se me comían los diablos. Así que me fui. ¿Qué te parece? Me fui al día siguiente.

Bajando por Meixueiro, se recortaba en el fondo la silueta caótica de Vigo, como una descuidada medianera en el paraíso de la ría.

¿Va a la Residencia?

No, no. Déjame a la entrada, que ya me arreglaré.

Si quiere la llevo hasta el médico; tengo tiempo.

Se volvió a negar, pero cuando paré el coche en el semáforo de la Plaza de España, me puso la mano en la rodilla y se arrimó como para hacerme una confidencia. ¿Sabes dónde está Nova Olimpia? Quedé sorprendido, pero le dije que sí. Sí, creo que sí. Pues déjame allí. Hoy hay baile de la tercera edad. ¿Sabes? Cuando volví de Madrid me eché novio.

¿No será médico?

¡No, qué va!, dijo ella llorando de risa.

# Los Hijos de Luc & Fer

*Préstame, lluvia negra,*
*tus lágrimas.*

Esa era nuestra balada de apertura. En la penumbra del escenario, Lis cantaba lentamente, como la oración de un poseído, envolviendo el micro con el desorden lánguido de su cabellera.

*Préstame, diosa blanca,*
*tu plata amarga.*

Tal como estaba, Lis no podía enterarse del avispero en que nos habían metido. Nosotros, Los Hijos de Luc & Fer, vestíamos de riguroso luto. La mayoría del público, que ya se impacientaba con inequívocas señales de humo y gestos de guerra, también. Solo que nuestro negro era de lana blanda y existencialista y el de ellos una amenazadora imitación de cuero, brillo plástico, remaches metálicos, y un variado surtido de ferretería en el que sobresalían águilas legionarias y cruces gamadas.

*Préstame, corazón solitario,*
*tu fuego frío.*

Busqué desesperadamente con la mirada al promotor. ¿A qué irresponsable se le había ocurrido presentarnos como un grupo heavy? Repasé mentalmente nuestro repertorio de jazz ecológico, movimiento del que éramos ignorados pioneros. Lo más estruendoso que teníamos era una composición titulada *Bucolic country*, en la que yo hacía sonar un cencerro y Lis gemía como un perro lunático.

*Préstame, madre lluvia,*
*tu llanto de seda.*

Después de un primer momento de sorpresa, el auditorio ya no reprimía los murmullos. La naturaleza me ha dotado de un instinto especial para predecir las catástrofes, pero no hacía falta tener dotes de augur para oler el cristo que se avecinaba en la White Power, antigua granja avícola de la Raya Seca, habilitada como sala de conciertos.

*Préstame, céltico cementerio,*
*tu paz.*

«Os va a gustar —había dicho por teléfono el promotor—, lo hemos dejado prácticamente como estaba para que resultase más auténtico. Contratamos a un arquitecto vanguardista, un genio, ya lo conoceréis, y después de seis meses de trabajo llegó a la conclusión de que el diseño más adecuado era precisamente el de una granja». El esfuerzo estético para mantener la autenticidad había sido realmente notable. En realidad, no se había hecho nada, aparte de desalojar a los pollos y a las gallinas de mala manera, vistas las plumas que flotaban por el pabellón. Ajeno a todo, Lis cantaba, enredado de melancolía, como la niebla de poniente en un aliso de la ribera.

*Préstame, reina serpiente,*
*tus alas.*

El violín de Gabino fue el blanco contra el que dio el primer bote de cerveza. Abel, el saxo, me miró con ojos de espanto y noté que se le iba el aire en un prolongado sollozo, efecto precioso que solo se puede conseguir en momentos excepcionales. Como diría el clásico, se mascaba la tensión.

*Préstame, tierra desnuda,*
*tu abrazo.*

«¡Maricones! ¡Esto es una mariconada!», gritó uno de aquellos bestias. Me sentí ridículo e indefenso con mi batería de juguete y mis palillos de comer arroz. Unos cuantos proyectiles más cayeron sobre el escenario como obuses en un orfanato.

*Préstame, dios triste,*
*una maldición.*

Din, don. Lis se despegó al fin del micro, recogió con gracia las largas guedejas e hizo señales de gratitud cuando retumbó la monumental bronca. «Gracias, gracias. Ahora vamos a interpretar otra balada, que lleva por título...». Sorteando la lluvia de botes y otros objetos más o menos contundentes, conseguí acercarme a él. *Bucolic country*, le grité tirándole del brazo. «Pero ¿qué pasa, hostia?», respondió, mirándome por fin. «Que nos van a matar, Lis, ¿es que no te das cuenta de que van a matarnos?». Volvió los ojos al auditorio y alguno de los proyectiles debió de rozarle, porque espabiló. «Hostia —dijo horrorizado—, vaya pinta que tienen estos». «*Bucolic country*, Lis, *Bucolic country*», insistí con inquietud.

Y así fue como salvamos el pellejo en la sala-granja White Power. Con una canción interminable en la que Lis ladraba como un perro lunático, yo tocaba el cencerro como un profeta airado, y el resto del grupo arrastraba cadenas futuristas.

# El amigo Tom

El padre preguntó: ¿Quién es Tom?

La niña, que cuando le pedían los años enseñaba dos dedos, dijo: Ahí, papá, ¿no lo ves?

La pequeña lo dijo con mucha seguridad e incluso señaló un lugar entre las losas del muelle, cubiertas por la luz triste de las escamas.

Ah, claro, dijo el padre. Y sacudió la cabeza.

El niño, que cuando le pedían los años enseñaba ya, orgulloso, cuatro dedos, miró con complicidad al padre y se encogió de hombros como un hombrecito.

En la dársena había una torre de tablas de las que utilizan los viejos constructores de barcas que aún se resisten al traslado, pues está en proyecto abrir allí una galería comercial. Mirad, dijo el padre, ahí está el castillo.

Quiero subir, dijo el niño.

El castillo de madera medía lo que un hombre con los brazos en alto.

Izó también a la niña. Cuidado, dijo el padre, mucho cuidado.

Quiero una espada, papá, dijo el niño.

Una espada, papá, pidió también ella.

El padre echó un vistazo por los alrededores. Les pidió otra vez que no se moviesen y corrió a las gradas del antiguo astillero. Encontró dos varillas de cohete. Allí van a caer, en fiestas, después de dejar una estela de estampido y luminarias en los dos cielos de la ciudad.

Aquí tenéis las espadas, dijo con una sonrisa.

¿Y Tom?, preguntó la niña. Tom no tiene espada.

El niño y el padre se miraron.

Ah, claro, dijo él, falta la espada de Tom.

Corrió a buscar otra varilla y la posó sobre la plataforma. La niña sonrió, satisfecha, alzó la suya y gritó: Al-ataqui. El niño hizo lo mismo, pero de pronto miró hacia el padre.

Es más grande, dijo.

¿Qué es lo que es más grande?, preguntó el padre.

La espada de Tom. Es más grande que la mía.

El padre agarró la tercera vara y la cambió por la del niño. Pero entonces la niña se echó a llorar.

¿Qué pasa ahora?, preguntó el padre.

La mía es más pequeña, dijo la niña.

El padre, entonces, le dio la que había pertenecido al niño y dejó la suya sobre la madera.

Soy el dragón, dijo el padre.

Los niños dirigieron hacia él sus armas de juguete.

Ahora, vais a perseguir al dragón, dijo el padre. Los bajó de la torre de madera y echó a correr hasta esconderse tras el esqueleto de una dorna a medio hacer. Los niños se fueron acercando con ademanes de espadachín.

El padre asomó la cabeza y soltó un grito ronco.

Soy el dragón del fuego rojo, dijo el padre.

No, dijo el niño, eres un ogro.

Vale, soy un ogro.

No, no quiero que sea un ogro, dijo la niña.

Puedo ser un dragón-ogro, dijo el padre conciliador. Los niños tenían la espada baja y parecían estudiar si era aceptable un monstruo de esa clase.

La niña volvió de súbito la cara a la torre de madera.

¡Tom! Papá, dijo llorosa, Tom se va a caer.

El padre corrió hacia el castillo e hizo ademán de rescatar a Tom.

¡La espada, la espada de Tom!, gritó la niña.

¿Qué os parece si llevamos a Tom en barca?, dijo el padre, ya de vuelta.

Sí, sí, venga, dijo el niño entre las cuadernas de la futura dorna. Vamos a pescar.

Pescaremos un pez grande, dijo el padre.
Tiburones, dijo el niño.
Ballenas, dijo la niña.
Mi caña es la más grande, dijo el niño. ¿A que sí?
Claro que sí, dijo el padre, pero la de la nena también es grande.
Y la de Tom, dijo la niña. ¿La de Tom es grande?
Sí, todas las cañas son muy grandes, dijo el padre.
¡Mi caña, mi caña!, gritó el niño. Se le había caído al suelo e intentaba recuperarla estirando los brazos.
¡Cuidado, puedes caer al mar y hundirte!, dijo el padre con el mismo tono de alarma. Le pidió entonces la suya a la niña y con la tercera caña hizo una tenaza para coger la que había caído. Ya está, dijo el padre, agárrala bien, los pescadores tienen que sujetar muy bien la caña.
Vale, dijo el niño, y apretó las manos y la boca mirando al mar de piedra.
¡Una ballena!, gritó la niña. Papá, una ballena. Mira, Tom, he cazado una ballena.
El padre abrió los brazos al aire e hizo fuerza para izar la pieza.
¡Papá, papá!, gritó el niño. ¡Los tiburones, han venido los tiburones!
El padre ayudó al niño a coger la caña y tiraron lentamente, como si una fuerza arrastrara desde el suelo.
¡Ah, al fin!, dijo el padre. ¡Vaya animal!
¿A que es más grande mi tiburón que la ballena?, dijo el niño.
Tan grande, no, pero es más fuerte que una ballena. Y más peligroso.
¡Papá, papá!, gritó de nuevo la niña, Tom ha cogido el pez grande. ¡Ayúdale, papá, ayúdale!
Pues sí que es grande el pez de Tom, dijo el padre.
¿A que no es tan fuerte como mi tiburón?, preguntó el niño.

No, ratificó el padre, no es ni tan fuerte como tu tiburón ni tan grande como la ballena de la nena.

A la dársena se acercó una lancha de prácticos con su piloto de luz verde. En los tejados de la ciudad alumbraban los anuncios de los bancos.

Es tarde ya, dijo el padre. Tenemos que dejar de pescar.

Cogió a la niña en brazos y dejó que el niño fuera delante, hiriendo el viento con su varilla que volvía a ser espada. Anduvieron diez minutos y cuando se acercaban a casa, la niña se echó a llorar.

Papá, lloraba la niña desconsolada, nos hemos dejado a Tom en la lancha. Hemos dejado a Tom solo en el mar.

¿Por qué llora la niña?, preguntó la madre.

Nada. Tiene sueño, dijo el padre.

No, no tengo sueño, dijo la niña con enfado. ¡Lo dejamos solo!

¿A quién? ¿A quién dejasteis solo?, indagó la madre con curiosidad.

A Tom, dijo la niña. Se quedó solo en el mar.

# Campos de algodón

En el patio formaba, en traje de deportes, la 3.ª compañía. Llovía a chuzos y las gotas resbalaban por los rostros rígidamente erguidos de la tropa. La 3.ª compañía era una máquina perfecta. Al licenciarse, sus soldados ni siquiera podían permitirse la venganza de colgar el candado en el cable de acero que fijaba el poste telefónico en la orilla del río Urumea. Era un placer que les estaba prohibido por la sencilla razón de que las taquillas de la 3.ª compañía no tenían candado.

A aquella hora de la tarde, la vida en el cuartel se atrincheraba tras los vidrios. Pero nada del mundo, ni la maldita agua, haría cambiar el programa de instrucción de la 3.ª compañía. Impasible bajo el diluvio, el capitán Aguirre daba las voces de mando que resonaban imperiosas en los soportales. Para el capitán Aguirre, en el cuartel había dos clases de hombres: los soldados de la 3.ª compañía y los otros, un difuso conglomerado de escaqueados, holgazanes y maricas.

Destinado en la central telefónica, yo era de los otros. Ciertamente, en aquella tarde de perros, tras la ventana del cuartito, bendecía mi suerte de ser solo un medio hombre. Hasta que sonó la chicharra, el despótico timbre que avisaba de las llamadas.

—Cuartel de Infantería. Dígame.

—¿Está José? —preguntó una voz lejana, de mujer.

—¿José? ¿Qué José?

—¿José, eres tú? ¿No se puede poner José?

—¿Qué José, señora? Aquí hay muchos José.

—Quería que le dieran un permiso a José. Para el algodón, ¿sabe? Para recoger el algodón.

—A esta hora no se pueden pasar llamadas, señora. Tiene que llamar más tarde, a partir de las seis y media.

—Mi marido está enfermo. Dejen venir a José. Es para lo del algodón.

—¿Con qué José quiere hablar, señora? Cogeré el recado, y si llama más tarde, podrá hablar con él. Pero tiene que decirme cómo se apellida José. Aquí hay muchos José.

—Es para lo del algodón, ¿sabe? Nos hace falta que venga.

—Yo no soy quién, señora. Yo soy el telefonista.

—Quince días. Es para lo del algodón.

—Un momento, señora, un momento.

Había sonado de nuevo la chicharra, al tiempo que se encendía en el tablero electrónico la luz piloto del coronel.

—A sus órdenes, mi coronel.

—Póngame con la Capitanía de Burgos.

—Sí, mi coronel. Enseguida, mi coronel.

Pulsé de nuevo la línea 5 exterior con la esperanza de que colgasen. Pero no.

—Oiga, oiga. No me corte. Anduve muchos kilómetros para llamar. Solo quiero que dejen venir a José. Es para lo del algodón.

—Señora, le digo que yo soy el de la centralita. No soy quién para dar permisos. Si llama después de las seis y media...

—Usted parece una buena persona. Tengan corazón. Dejen venir a José. En quince días estará de vuelta.

—Señora, por favor, oiga lo que le digo. Yo...

Sonaba obstinada la maldita chicharra. En el tablero pestañeaba la lucecita del coronel.

—A sus órdenes, mi coronel.

—¿Qué pasa con esa llamada a Capitanía?

—Comunica, mi coronel. Sigo llamando, mi coronel.

La luz de la línea 5 seguía encendida, con una tozudez de mariposa nocturna. Pulsé con fuerza intentando acallarla para siempre con el dedo.

—Señora. ¿Está ahí, señora?

—No me corte, por favor. Anduve kilómetros.

—Por Dios, señora. Esto es la centralita de teléfonos. Yo soy el telefonista. ¿Entiende? Nada más que el telefonista.

—A ustedes les es igual, uno más, uno menos. Pero nosotros necesitamos a José para recoger el algodón.

—Dígame el nombre, señora. El nombre entero. ¿Entiende? El nombre completo. Dígame cómo se apellida su hijo.

—¿Lo van a dejar venir?

—Escuche. Tiene que decirme cómo se llama José. No puedo hacer nada si no me dice cómo se llama José.

—José...

—Sí, José. ¿Qué más? ¿Qué más, señora?

—García.

—¿José García García?

—Sí, señor. José García. ¿Lo van a dejar venir? Tiene que estar aquí el miércoles. ¿Cuándo lo van a dejar venir?

Le veía el rostro, con el pelo blanco, rondando los cincuenta, aferrada al teléfono y con los ojos clavados en el fondo metálico de la cabina. La luz piloto del coronel me devolvió a la realidad.

—Comunica, mi coronel. Sigue...

—¿Qué coño pasa con esa llamada, soldado?

—Sigue, sigue comunicando, mi coronel. Marco de nuevo, mi coronel.

Colgó con un gruñido. Decidí olvidar la línea 5 y marqué Capitanía de Burgos. Cielo santo, comunicaba. En el patio, los de la 3.ª compañía chapoteaban en los charcos, con las piernas embarradas. Me temblaba el dedo cuando pulsé la línea 5. Estaba allí. La oía respirar.

—Señora —dije con un murmullo.

—¿Puede venir José? —dijo ella con angustia.

—Señora, tengo que saber en qué compañía está José.

—En Infantería, ¿no conoce a mi José? Está en Infantería.

—Todos estamos en Infantería, señora. Este es el cuartel de Infantería.

Iba a gritar. La cabeza me daba vueltas. Fue entonces cuando se abrió la puerta de la centralita. Me alcé como un resorte y saludé nervioso.

—¿Qué pasa con esa llamada a Burgos, soldado?

—Está comunicando, mi coronel. Le juro que comunica. No es habitual, mi coronel, pero estaba todo el rato comunicando. Ahora marcaré otra vez.

Se dispuso a esperar junto al teléfono, mirando con desconfianza el tablero electrónico. Marqué de memoria. Entró la llamada.

—Por fin, señor. Capitanía. ¿La paso a su despacho?

Cogió el auricular sin decir nada. Habló desde allí mismo. Comentaba las incidencias de la competición hípica y su rostro malhumorado se volvió feliz, mientras yo permanecía en posición de firmes viendo morir como un pájaro de algodón la luz piloto de la línea 5.

# El artista de provincias

Tenía un estudio junto al mar, toda una vieja nave del antiguo matadero de Coruña para él. Había noches en que dormía allí, sobre los lienzos, rodeado de latas de conserva a medio comer, escuchando el mar del Orzán y los mugidos de las reses difuntas. Vivía bien, a su aire. Podía pasarse días, como él decía, de centinela de lo invisible en el garito La Línea del Horizonte. La gente lo comprendía. Para algo era un artista.

Una parte de sus cuadros, la serie de *Vacas levíticas*, fue seleccionada para la muestra de arte joven «Re(cien)nacidos», organizada por el Instituto de la Juventud, y obtuvo una exitosa acogida en Madrid. Uno de los críticos más influyentes de la capital de España escribió un elogio apasionado de la obra de Mariano Espiña, expresivamente titulado *Manda caralho*. «Hay en Espiña —decía el crítico Bernabé Candela— naturaleza y metafísica, pasión y biología, reflexión y arrebato, y sabido es que no hay belleza sin rebeldía, aunque esa convulsión aparezca contorneada por una *figuración reaccional*. Espiña puede ser una simbiosis brillante, la del pensamiento salvaje al acecho del fin de siglo como un Apocalipsis ilustrado». Leyó aquel artículo en el viejo matadero, mientras abría una lata de mejillones. A la primera reacción de vanidad satisfecha sucedió un estado de inquietud y desasosiego. Hasta ahora, casi nadie se había ocupado de él. Era un artista maldito, un bicho raro, para la cultura oficial. No asistía a las inauguraciones ni a las fiestas donde las autoridades disertaban sobre el futuro de la cultura, tendiendo puentes, pues minutos antes, en la Cámara de Comercio, habían hablado del futuro condicional de la agricultura. En las pocas ocasiones en que acudió a estos «eventos», solo había conseguido dejar una estela deplorable. Un devorador de canapés que, además, bebía cualquier cóctel al alcance.

Ahora, su pintura triunfaba en la capital. A la destartalada nave del matadero acudieron periodistas de los diarios locales, y en el mundo artístico se puso de moda La Línea del Horizonte. El propio Bernabé Candela se desplazó en tren desde Madrid para conocer *in situ* el territorio donde Espiña daba a luz sus portentosas creaciones y publicó una larga entrevista titulada «Un temporal de arte en el Far-West». Espiña aprovechó una de sus sesiones de centinela para meditar el consejo del prestigioso crítico: «Convéncete, Espiña, para triunfar de verdad hay que estar en Madrid. Y de allí, a Nueva York. No pierdas este tren».

Todo aquello le resultaba extremadamente fatigoso. Hasta entonces había sido feliz porque no codiciaba nada. Se limitaba a ser. A ser lo que pintaba. Los sueños de una sombra. Ahora estaba agobiado por las dudas. La llamada de un galerista madrileño de fama, interesado por su obra por mediación de Candela, acabó de convencerlo.

Un triunfador en potencia debe cuidar los detalles, pensó Espiña. Así que decidió no hacer equipaje alguno y presentarse como un genuino artista que tiene el ingenio como único patrimonio. Los viajeros del Atlántico Expresso, con destino a la madrileña estación del Norte, no entendían del todo esta circunstancia y procuraban dejar paso en el vagón a aquel ser estrafalario, con boina campesina, barba roja de vikingo y mono de trabajo blanco con manchas de óleo.

Al artista no lo esperaba nadie en la estación, ni el crítico que lo había apadrinado, ni el galerista, ni ningún viejo burócrata del Instituto de la Juventud, pese a que todos ellos habían confirmado su asistencia a tan histórico acontecimiento. Orientó, pues, sus pasos hacia la Plaza de España, y en el trayecto tuvo oportunidad de establecer un fugaz contacto con las expresiones más genuinas de la cultura urbana: un parado que tocaba el acordeón, un parado que vendía postales, un parado que vendía poemas y un parado que vendía los riñones. Detrás de la Gran Vía, en la calle del Desengaño, encontró el rótulo tranquilizador: PENSIÓN ALICIA. Un buen presagio. Algún día él repondría la G de Galicia que se había desprendido del luminoso.

La señora Díaz de Bembibre, la patrona, observó de arriba abajo y de este a oeste al recién llegado, y murmuró algo relativo a la fatalidad cuando Espiña se identificó. La habitación que le tocó en suerte era un cajón cerrado, sin más respiro que la puerta. Había una ventana, explicó secamente la patrona, pero ahora estaba inutilizada. La anterior inquilina, una empleada de Seguros, intentó suicidarse tirándose por el patio de luces. Ni siquiera se rompió una pierna, dijo con cierto enfado la hospedera, así que decidí suprimir la ventana. Mientras ella se explicaba, Espiña calculaba mentalmente el tamaño de los lienzos que podría pintar en semejante cueva. ¿Tres por dos? Ni hablar. ¿Dónde metería la cama? Quizá dos por uno. Evidentemente, este iba a ser un estudio provisional. No tenía posibles para alquilar otro local.

—¿Usted es artista o algo así?

—Sí, señora. Algo así.

—Pues no me haga porquerías en la habitación.

Después de cerrar el trato, se echó a la calle. Se sentía huérfano en la gran ciudad. Había venido en otras ocasiones a Madrid, pero su recuerdo más definido era el del zoo. Un chimpancé que había despertado en él instintos solidarios.

Ahora, su único vínculo era el crítico Candela, así que decidió ir a verlo cuanto antes y pensó que lo mejor era llamarlo al periódico.

—¿Señor Candela? Soy Espiña.

—¿Espiña? Espiña... ¡Ah, coño, el gallego! ¿Y qué haces por aquí?

—Ya ve. Le hice caso. ¡A triunfar!

El silencio que siguió tenía algo de ruidoso. Espiña supo reaccionar con humor: «¡Traje las vacas y todo!».

—Pues claro, como debe ser. Pues ahora, a triunfar. ¿Quieres un consejo, muchacho? Trabajar, trabajar, trabajar. No hay otra clave para el éxito. Que la inspiración te sorprenda trabajando. ¡Ah, y otro consejo! La etapa «vacuna» es parte de tu pasado. Hay que estar en permanente revolución.

Dicho esto, apuró una despedida de compromiso y colgó.

Mariano Espiña siguió el consejo al pie de la letra. Pintaba día y noche en aquel agujero sofocante. Solo salía para cenar un Macpollo en la hamburguesería situada en las cercanías de la pensión. En la despedida, un amigo le había advertido: «¡Y en Madrid ten cuidado con aburguesarte!». Ahora pensaba enviarle un telegrama: «Lo siento. ¡Estoy hamburguesándome!». Vivía como un topo, metido en su cubil y abriéndose paso a pinceladas en la penumbra. Ya no pintaba vacas psicodélicas y pop-art a lo Andy Warhol, sino seres distorsionados, de mirada huidiza, en espacios de brutalismo urbano.

La acumulación de cuadros se convirtió en un problema. Espiña se estrujó el magín hasta que dio con una brillante idea. Negoció con otro huésped, de origen monfortino, y este aceptó, mediante promesa de una compensación mensual, almacenar parte de la obra en su habitación. Poco a poco las criaturas se multiplicaron y tuvo que ampliar el acuerdo con otros inquilinos, sin que la señora de Bembibre pareciera estar al tanto del proceso especulativo de su suelo. Tras tres meses de intensa creación, el artista creyó llegada la hora de convocar a Bernabé Candela. El crítico aceptó, no de muy buena gana, pues eran muchos, dijo, sus compromisos en seminarios, conferencias y mesas redondas, tribunas todas en las que tenía que disertar sobre temas tan variados como tradición y modernidad, el futurismo primitivo, viejas raíces y nuevas fronteras, o, aún más arriesgado, post, trans y metavanguardias en las vísperas del fin de milenio. El veredicto ante la obra del artista provinciano no pudo ser más desalentador.

—Pero, hombre, Espiña, esto es *déjà-vu*. No está mal, pero está muy visto. Ya hay mucho pintor de cuerpos en ruinas. Transvanguardia, Espiña, transvanguardia. No lo olvides, Bonito Oliva. No, Benito, no. Bonito. Y haz una hoguera con todo esto. Que las musas te encuentren quemando. De las cenizas surgirá lo *jamais vu*. ¡Un renacentismo de las flores del mal!

Espiña volvió a la cueva con renovado aliento. El mundo que surgió ahora era de color explosivo, trazos intensos, pletóricos de luz. Estaba satisfecho con esta nueva vía. Apenas comía. Se alimentaba de colores. Pasado un prudente período sin aflojar un solo instante, consideró que había llegado ya el momento de que Bernabé Candela se sorprendiera con el fulgor expresionista de su obra. Pero el crítico volvió a restallar la lengua.

—Por Dios, Espiña, este es el pasado más rancio. No te enteras de nada, y no me extraña, aquí metido todo el santo día. ¿Has visto alguna exposición desde que llegaste? Hay que sumergirse en el ambiente, sentir las vibraciones. Alternar, emborracharse, fornicar. El artista no es un monje. Todo el estruendo de la vida cotidiana tiene que asomar en tu obra. Cuando te conocí, tú eras un barco ebrio. ¡Pues pinta como un barco ebrio!

No, Espiña no lo sabía, pero decidió enterarse. A partir de ese día la señora de Bembibre observó preocupada las costumbres nocherniegas del joven artista. Al fin y al cabo, empezaba a sentir algo extraño, no quería pensar en la palabra «entrañable», por aquel joven salvaje. Se dio cuenta de que lo que sentía hacia sus compañías, aquellas muchachas con aros, tatuajes y crestas de colores, no era tanto un sentimiento de rechazo como de celos. A Espiña no le llegaban el día y la noche. Vivía y pintaba de manera febril. Como le dijo un fotógrafo en La Vía Láctea de Malasaña, su aspecto era muy interesante: «¡Pareces un muerto pensativo!». Sus lienzos representaban ahora multitudes anónimas, rostros humanos agolpados en las ventanas de un vagón de metro o animales hacinados en camiones de transporte.

El crítico fue convocado una vez más. Cuando le pidió su parecer, la mirada de Espiña ya no expresaba ninguna expectativa ni ilusión.

—No está mal, Espiña, no está mal —dijo Candela conciliador—. Pero mucho me temo que el arte de hoy, en estos finales de milenio, busca más bien la serenidad minimalista. Un paisaje del silencio con hambre de misterio. Vuelve al *genius loci*. Vuelve a tu raíz. Vuelve a ti mismo.

Espiña no respondió. Acompañó al crítico hasta la puerta de la pensión y, al despedirse, solo dijo: «¡Cuídese, Bernabé! Viene un verano acrílico».

Aquella noche pintó un blanquísimo lienzo. Blanco sobre blanco. Luego se hizo un corte de navaja en la palma de la mano y con la sangre pintó una vaca. Un trazo animal, lisiado, avanzando hacia un barco atrapado en la nieve.

# Madonna

Tengo quince años, casi dieciséis, y estudio cuarto de la ESO. Vivo en una pequeña aldea y mis padres tienen una granja de vacas. Casi todo el mundo por aquí tiene vacas. Incluso en las carreteras hay señales de tráfico triangulares para avisar que hay vacas. Pero, en clase, hasta ahora, nunca habíamos hablado de las vacas. Los profesores vienen cada mañana de la ciudad, en sus autos, y quizá con la prisa no reparaban en las señales. Ahora, de repente, todo el mundo se ha fijado en las vacas: se han convertido en bichos raros. En la televisión salen rodeadas de guardias, como delincuentes rumiando droga, y las cámaras las enfocan de cerca, deformando su cara; como quien desenmascara una peligrosa red de psicópatas cuadrúpedos que se oculta en oscuros establos del Oeste.

Nos han puesto una redacción sobre el mal de las vacas locas y me he sentido fatal. Como otro bicho raro. Preferiría un castigo o un ejercicio con raíces cuadradas. No arrancaba al escribir. Los dedos asustados, como quien cose sin dedal. Lo he oído tanto estos días que un badajo de hueso me repica en la memoria:

*en ce fa li tis*
*es pon gi for me*

Mi abuelo decía que nunca había que referirse a Satanás por su nombre. Él, que había sido emigrante en Argentina, le llamaba Huevón o Boludo. Anda por ahí el Boludo y yo no sé cómo se puede engañar a un mal tan enorme. Me gustaría saber hablar al revés, como dicen que hacían las meigas más sabias para curar a la gente y a los animales. A eso le llamaban retornear.

Si pudiese escribir al revés, podría contarles la historia de Dosinda, la vieja ciega que ordeñaba su única vaca. Nadie más que ella podía palpar las ubres de Mora. Y lo hacía cada noche, antes del amanecer. Cuando alguien diferente intentaba el ordeño, las ubres permanecían secas. Así que podríamos decir que aquella leche pertenecía por igual a las mamas de la vaca y a las manos de Dosinda. La primera luz del día era el cubo de leche que la ciega sacaba del establo.

El año pasado nos explicaron en matemáticas los números negativos. Me costó trabajo entenderlos. Los números negativos existen pero no existen. El profesor me dijo que pensara en una deuda. Eso es un número negativo. ¿Puede ponérsele a las personas el signo menos? Supongo que cuando están muertas, como están Dosinda y Mora. Para mí no han desaparecido exactamente, así que serán dos menos dos de nosotros. Pero no solo los muertos son números negativos. En la granja de mis padres hay catorce vacas y siempre les dicen que esa no es una explotación rentable. Ellos explican que también tienen huerto, cultivan la tierra, y que los animales se alimentan con pasto casi todo el año. Pero les insisten en que las que tenemos son vacas de menos.

Los lugares y aldeas de la comarca se van poblando de seres con número negativo. Dicen que es así en el campo, en Galicia y mundo adelante. Quiero a mis padres, pero a veces, cuando voy somnolienta en el autobús escolar, sueño que no se detiene en la escuela, que crecemos en edad por el camino, hasta llevarnos a una gran ciudad. Tengo una prima en Barcelona que ya es peluquera. «¡Esteticista, nena!», dice con retranca. Peluquera o no, me gustaría parecerme a ella. Yo, que soy tímida, envidio mucho su desparpajo. En el verano, en un baile, un chico le dijo: «Tienes unos ojos muy lindos». Y ella le contestó: «Tú lo que quieres es echar un polvo, ¿verdad?».

Fue ella la que bautizó como Madonna a la vaca rojiza. Y le quedó el nombre, aunque tiene la matrícula ES-LU-21491C. Mi profesor preferido es el de dibujo. Un día nos habló de los colores fríos y cálidos. El color más cálido que conozco es el de la vaca Madonna. Escribo del revés y recuerdo su primer parto. Fue la Nochebuena del año pasado. Estábamos muy nerviosos por la coincidencia. Y además hacía frío y el viento aullaba en los aleros del establo. Pero mi padre dijo, antes del parto, que iba a ser un buen ternero. Había metido el brazo en los adentros de la vaca y rozado los ojos de la cría. Ya parpadeaba en el vientre de la madre. Esa es buena señal. En las granjas, cuando nace el becerro, no se deja que la madre lo vea. Tampoco lo puede lamer. Si permites eso, la vaca luego no suelta la leche, la retiene para la cría. Incluso si se muere, una vaca sigue dando leche durante horas si es para su hijo.

Mi padre apartó el ternero de la vista de Madonna, lo colgó de las patas y lo palmeó como si fuera un bebé gigante. Pero ese día mi madre estaba rara. Y le pidió, le ordenó: «¡Déjalo que vaya a mamar!». Y es que mi madre, cuando se pone así, parece que ve en la noche como la ciega Dosinda.

# El misterio de Uz

No era un equipo temible, pero había algo en ellos que metía miedo. Me refiero a los del Uz. Sporting Electra de Uz, para ser exactos. Era uno de los clubes históricos de la Liga de la Costa da Morte. Y por lo que oí, el nombre tenía su origen en una de las primeras centrales hidroeléctricas. La compañía había desaparecido, engullida después de la guerra por otra más poderosa, pero el nombre de Electra sobrevivió a lomos de aquel equipo hosco, que parecía arrastrar el balón como una penitencia, con sus piernas leñosas, empujando los propios cuerpos como carretillas.

Eran duros, pero no criminales. El castigo iba con ellos más que con el contrario y contagiaban su juego pesaroso. Todo era así en Uz. La afición consistía en una comitiva deshilachada, unida solo por un engranaje de silencio rumiante, hidráulico, sí, que solo se manifestaba en los momentos álgidos como un resentimiento de la naturaleza. De vez en cuando, sobresalían algunos lobos solitarios que merodeaban con la mirada oblicua del árbitro.

Todos los partidos que me tocó jugar en Uz eran invernales, fuese invierno o no. Incluso cuando florecían en organdí los saúcos, laureles y mirtos que ceñían aquel camposanto con unas letras escritas en alquitrán que rezaban STADIUM. Incluso en esas fechas de primavera, antes de San Juan, sobre la cancha de Uz había un toldo de nubes con voluntad pétrea.

El de hoy era un match de juveniles. Excuso decir que los jóvenes de Uz aparentaban un conjunto de recios veteranos de una segunda posguerra. Su objetivo era transparente. Jugaban a no perder. Casi nunca perdían. Nunca ganaban. Y hoy nosotros queríamos machacarlos, hundirlos de una puta vez en la miseria. Así como lo digo. Y la cosa marchaba. Entramos con dos a cero en la segunda parte. Habían sido dos tantos laboriosos, conseguidos después de salvar la ciénaga donde se atrincheraba la defensa anfibia del Uz.

El problema fue el 16.

Hicieron un cambio y salió, con ese número, un bailarín pelirrojo, lampiño y con pecas. Digo bailarín porque contrastaba con el bloque del Electra, la geometría corporal en pentágono del resto de los jugadores. Y bailarín también por la forma de jugar. Se movía con el balón como el vagabundo de Chaplin, veloz, juncal, zigzagueante. Nos desarboló abriendo rutas intransitables. Había metido un tanto nada más entrar, y ahora enfilaba de nuevo nuestra meta con desparpajo, capeando el temporal con la camiseta volandera. Lo agarré. La prenda se rompió en jirones. Tenía una piel blanquísima, de un blanco hipnótico. Y el cabello pelirrojo se incendiaba más a medida que se alejaba, driblaba a nuestro guardameta, y nos humillaba entrando con el balón en la portería.

Se fue al vestuario, con la camiseta desgarrada, sin esperar el pitido final. Antes de subir al autocar, busqué al 16 en todo el entorno del campo. Al fin lo distinguí. Iba solitario, con una mochila a la espalda, caminando entre el borde de la carretera y un mar ondulante de centeno.

Un paisano de Uz, con voz de aguardiente, y que tropezaba con algo invisible, me dijo al pasar: «Te gusta la chica, ¿eh? ¡Quién la pudiera pillar!».

# La barra de pan

Tras el entierro, en el cementerio de San Amaro, habíamos ido al Huevito y luego al bar David para brindar por el alma difunta. Había muerto la madre de Fontana. Él estaba muy apesadumbrado, como si el peso de la caja continuase aún allí, en su espalda, y con ese aire de dolor culpable que tienen los hijos cuando se les va la madre. En su caso, la madre había tenido alzhéimer y confundía a su hijo con el hombre de la información meteorológica en la televisión.

¡Mira qué formal está!, decía ella. Y le mandaba un beso soplando en la palma de su mano hacia la pantalla.

Fontana interpretaba aquella desmemoria como una señal de protesta, de acusación indirecta por sus largas ausencias. Estaba soltero como todos nosotros y le iba la bohemia. Le llegó a tener mucha antipatía al Hombre del Tiempo. Hasta que O'Chanel le dijo un día: Es que se parece a ti, Fontana. Es igualito a ti.

Y Fontana se puso un traje de chaqueta cruzada como el de aquel Hombre del Tiempo y le dijo: Mamá, soy yo.

Ya veo que eres tú, le respondió su madre sonriente. Mucho he rezado para que te dejasen salir de las isobaras.

En la barra del bar estaba Corea. Era un bebedor solitario, que no se metía con nadie. Pero en lo poco que hablaba, incluso cuando quería ser amable, le salían apocalipsis por la boca, que decía con una voz grave, como paladas de tierra. Por eso, cuando se acercó a Fontana, nos pusimos en guardia. Pero Corea le puso la mano en el hombro y le dio un pésame sorprendente: A los muertos hay que dejarles ir. No hay que tirar de ellos hacia abajo.

Hay que abrir una teja en el tejado. Y que el alma busque su sitio.

Sin más, Corea se fue hacia la barra, bebió el trago que le quedaba, pagó la ronda y se marchó por la puerta sin despedirse.

Por un tiempo, nos quedamos mudos. Es una hermosa oración, dijo por fin O'Chanel.

La mejor, añadió Fontana pensativo.

Va un brindis por el alma.

¡Por el alma!

Es cierto, dijo O'Chanel. Es cierto que hay cosas que tienen alma. O dicho de otra manera, hay sitios en los que se posan las almas como los pájaros en las ramas.

O'Chanel siempre tenía un cuento en la recámara para tapar los tiempos muertos. Solo necesitaba un trago para, según él decía, mojar la prosodia. Había emigrado a Francia de joven, en uno de esos trenes que salían atestados de Galicia. Y le había ido bien. Oye, tú, ¡yo colocaba guardabarros en la Renault!, decía como un mariscal victorioso. Incluso contaba que había estado sentado con un filósofo célebre en la terraza de un café a la orilla del Sena y que el filósofo había tomado notas de cuanto él le decía. Por supuesto, aseguraba O'Chanel, antes me pidió permiso. ¡Ese sí que es un país con cultura y educación! Y es que a veces le entraba nostalgia del revés: ¡Aún he de volver a París! Un hombre con prosodia allí es un galán.

Yo, una vez, dijo ahora O'Chanel, una vez me comí un alma.

Y miró a su alrededor, uno por uno, como quien pide tiempo antes de ser contrariado.

De niño, en los tiempos del hambre, mi madre me mandó con la cartilla de racionamiento. A ver qué daban. Siempre daban poco, pero cualquier cosa que entrase en casa del pobre era un manjar. Nosotros vivíamos en la aldea, pero no teníamos tierras. Mi padre, ya sabéis, era obrero. Los labradores aún se iban arreglando. Venían los de Abastos, rapiñaban todo lo que podían, pero siempre había algo que echar en el puchero. Pero el nuestro, las más de las veces, solo tenía un hueso para darle sabor al caldo de verdura. Y éramos muchos en la familia, una rueda de polluelos alrededor de la madre. Cuentas esto ahora y se ríen de uno, pero vosotros sabéis que era cierto.

Pues bien, mi madre me mandó con la cartilla. Me dijo: Anda, a ver qué dan.

Salí por la mañana, temprano. Tenía que andar cinco kilómetros hasta Cambre. Dejé atrás la casa, oscura y ahumada, porque las desgracias nunca vienen solas y el fuego arde mal, se hace perezoso cuando no tiene sustancia que cocer. Dejé atrás a mis hermanos, una letanía coral de llanto y tos. Y el día, por fuera, era como la casa por dentro. Con una niebla pegajosa, una roña fría y tristona que envolvía todas las cosas y se te metía en la cabeza. Había algunos pájaros en ramas y cercados, pero todos parecían estar de luto, ensimismados y con el capuchón fúnebre. El camino estaba enlamado y yo buscaba apoyos de piedra para no empapar los zuecos, pero a veces resbalaba, hasta que el barro me llegó a los tobillos y entonces me despreocupé, y me metía en los charcos adrede, como animal de agua. En los lugares por los que pasaba, la gente no parecía verme. Yo decía buenos días, miraban de reojo, pero no respondían a mi saludo. Era un niño invisible.

Así fue mi viaje hacia la barra de pan. Porque todo cuanto me dieron cuando mostré la cartilla fue una barra de pan.

Y volví abrazado a la barra. Para mí, aquel pan tenía el color del oro. Ahora caminaba con mucho tiento, dando rodeos para encontrar un buen paso. Por nada del mundo podía resbalar y echarla a perder. Fue entonces cuando el hambre despertó. Yo la mantenía en vereda, entretenida, adormecida, pero creo que despertó al sentir tan cerca el pan. Y, sin pensar, arranqué un cuscurro. Y lo dejé ablandar en la boca, demorando, sin masticar. Me sabía a todos los sabores. A dulce, a caramelo, a maravilla. Y ya noté que el día estaba clareando, con la niebla que se alejaba, deshilándose en los árboles.

Y los dedos siguieron agujereándole las entrañas, haciendo bolitas de miga. Andaban a su aire, sin que yo tuviese cuenta de ellos, y llevaban las migas a la boca como si fuese otro quien me las diese. Sí que era un bonito día. Nunca había reparado en los colores que tiene el invierno en Galicia. Con las violetas al borde del camino, los tojos que doran los montes, las flores de los nabales como inmensas alfombras palaciegas, las luces de feria en las ramas de las mimosas.

Otro bocado y los pájaros se ponen a cantar. El mirlo, el petirrojo, el gorrión, el reyezuelo, la collalba, el herrerillo, el pinzón, la alondra en lo alto. Alegres parientes que no emigran.

Otro pedazo de pan en el paladar y las campanas de Sigrás que se ponen a repicar. No era un sonido fúnebre, como acostumbraban en aquel tiempo. Era un repique festivo, que recorría los campos como una alborada.

El mugir de las vacas y el canto de los gallos parecían himnos de abundancia y de vida. Un viejo apilaba estiércol en el carro, llenando la mañana de un aroma cálido que olía a las cosechas futuras, a cachelos cocidos y a borona, e incluso a las sardinas del mar.

¡Buenos días, chaval!, dijo Vulto, el viejo vecino que nunca decía palabra. ¡Feliz Navidad!

Aquel saludo cariñoso tuvo el efecto de una bofetada. Vulto era mudo y la Navidad había pasado hacía un mes.

Miré hacia abajo. De la barra solo quedaba un polvo de harina en el gabán. Ante mi casa, lo sacudí como quien sacude un pecado. Abrí la puerta y una docena de ojos, en aquella cueva ahumada, miró con brillo de ansia hacia mí.

¿Qué te han dado?, preguntó mi madre.

Un pan, dije, una barra de pan.

Para no retrasar más la penitencia, añadí a continuación: Me la he comido entera por el camino. Y dejé caer los brazos, acercándome a ella con desazón, deseando que me golpease muy fuerte.

Mi madre me miró de frente, como quien se pregunta en qué momento se estropea la obra de Dios. Pero luego me acercó a su vientre y me secó la cara con aquel delantal que tenía, estampado de flores de manzanilla.

Y mi madre murmuró: ¡Has hecho bien, hijo, has hecho bien!

# Los comedores de patatas

*A Isa,*
*que no quería que apareciese*
*el Diablo.*
*Y a Martiño y Sol,*
*grandes comedores de patatas.*

*Por lo que se refiere al cuadro de los que están comiendo patatas, estoy seguro de que quedaría muy bien enmarcado en oro.*

VINCENT VAN GOGH,
*Cartas a Theo*

# I

## *Mamá*

Allí estaba mamá, tan delgada, tan triste. Siempre que la veía así, con aquellos ojos de animal herido, me daban ganas de llorar. Ella me quería.

—Eres un desgraciado —murmuró—. Un desastre.

Me gustaría tanto que me diera un beso y que me acariciara los rizos rubios, como les hacen a los niños en la primera comunión antes de que se manchen el traje de almirante. También yo la quería.

—Vete a la mierda, mamá —le dije en voz tan alta que me dio un pinchazo en la pierna—. No sé para qué has venido.

Mi pierna. ¿Qué estaría pasando allá dentro? Era como si me la estuviese royendo un ratón. El médico me había dicho que todo iba a ir bien, pero que la pierna quedaría un poco más corta, porque el hueso grande, ese, cómo se llama, que va desde aquí hasta aquí, se había tronzado como la rama de un árbol.

—Voy a quedarme cojo —le dije a mamá con una sonrisa.

—¡Desgraciado! —dijo ella.

Luou, el Hombre Araña, ese sí que estaba mal. Lo tenían enyesado de arriba abajo, solo con la cara descubierta, como una momia. Había ido dando tumbos como un pelele de serrín y se había clavado en los hierros de una reja. Daba pena verlo. Iba a pasarse meses mirando al techo.

—Conducía él —le dije a mamá. Y encendí un pitillo.

—No fumes aquí, desgraciado.

Habíamos ido al aeropuerto para ver las luces azules y meternos Algo, y después bajamos por las curvas de Alvedro a ciento veinte. El coche estuvo en el aire como si quisiera volar y al fin voló, y fue planeando por la ladera hasta que aterrizó allá abajo como un pato torpe y desfallecido. Después de los tumbos, se volvió a oír en el mundo solo la música gitana del radiocasete. Estábamos en un jardín, recuerdo bien aquel olor como de agua de jabón. No pasaba nada, y las estrellas estaban en su sitio, y a su bola, en la gran techumbre. Me quedé dormido lamiéndome la sangre dulce de los labios.

—¡Apaga ese pitillo, desgraciado!

Mamá me quería. Sufría por mí.

—¡Déjame tranquilo, hostia!

Daba mucha pena verla así.

*Luou*

Él no tenía madre ni nada. Estaba muy tirado Luou. Creo que se escapó cien veces del reformatorio. Lo que más le gustaban eran los bugas. De coches sabía la de dios, como un mecánico de competición. Si hubiese conducido él, seguro que habríamos salido como señores de las curvas de Alvedro. No lo vi muy convencido, pero le dije: Déjame a mí, Luou. ¿Estás seguro, tío? Vas a ver, Luou. En fin. Sin comentarios.

En el reformatorio estaba contento, porque se comía bien y había un vídeo. Pero quedaba muy cerca de la Avenida, y no lo dejaban dormir los chirridos metálicos. Saltaba la tapia, iba andando hasta la ciudad y cogía uno de los mejores bugas. Se pasaba la noche toreando sirenas, haciendo el trompo con el freno de mano, poniendo a prueba a todos los desgraciados que salen a trabajar a esas horas y que le cedían el paso aturdidos. Porque uno de los misterios que aún están por resolver en la Historia es el de cómo

Luou era capaz a un tiempo de llegar a los pedales y mirar por el parabrisas. Cuando se cansaba, iba al Dique de Abrigo, ponía la radio y fumaba hundido en el sillón, con los pies apoyados en el volante. Luou me decía que a veces lo iluminaban con las linternas los pescadores de calamares. Normalmente, era la policía. Pero un día lo devolvieron al reformatorio y allí no lo quisieron.

—¿Cómo que no lo quieren? —preguntó uno de los guardias del coche patrulla, molesto como si le dijeran que no le admitían a un hijo en un colegio de pago.

—Nació el 24 del 10 del 74. Aquí están los papeles. Compruébelo. Hoy es su cumpleaños. Ya no tiene edad.

—¿Y qué hago con él?

—Eso es cosa suya —dijo impasible el celador, aferrado al picaporte.

—¿Tiene familia?

—No consta.

—¿Nadie que se haga cargo de él?

—No consta.

—Venga, chaval. Ya has oído. No te quieren aquí.

El poli le puso una mano en el hombro. Abrió la puerta del coche patrulla y con un gesto le dijo que subiera. Parecía emocionado.

—Mierda, chaval. Alguien tendría que haberte pegado cuatro hostias bien dadas en su día.

—¿Qué pasa ahora? —preguntó el compañero que hacía de conductor.

—Que no quieren al mocoso este. Está ya en edad de ir al caldero.

Sí que parecía afectado. Luou me dijo un día que aquel poli había sido una de las pocas personas que se había preocupado por él a lo largo de su vida.

—Lástima que no te dieran a tiempo una patada en los cojones —le había dicho, con los ojos húmedos.

Lo llevaron de vuelta al juez. Era un hombre con los párpados abultados, que apestaba a alcohol. Le crecían matas de pelo en la nariz y parecía estar rumiando ortigas. Luou no las tenía todas consigo. Fuera llovía a chuzos, y las aguas estarían arrastrando la alfombra sucia de la ciudad. Miró las figuras femeninas con túnica grabadas en las cristaleras. También había una estatua de mármol con las tetas casi por fuera, pero que daba frío y pena. Por los ojos vendados. Cada uno a lo suyo, como si nada. La vendada debería estar en el club Alfombra Roja, el preferido de Don.

El abogado de oficio, quizá influenciado por el tamaño del delincuente, se tomó en serio el caso y hasta soltó algo así como «odia el delito y compadece al delincuente», lo que mosqueó mucho a Luou. Dijo que a él no lo compadecía ni Dios. Es un fenómeno. Tiene rachas así, de viento en las ramas. El juez rezongó, hizo *hum*, *hum*, y el abogado se fue como gato por las brasas. Finalmente, Luou pudo ir a la cárcel y tener una familia durante una temporada.

En cuanto a mí, será mejor que no les hable de estudios ni de cosas de esas. Lo que sí tengo es una familia.

## *Help*

Le pedí a mamá que me trajese las Grabaciones Sentimentales. Desde que ocurrió todo no sé si estoy triste o alegre, si estoy tranquilo o angustiado. Me río de pena y lloro de felicidad. A veces me duele la pierna, y eso me reconforta; otras veces no la siento y empiezo a temblar de frío, como si los hierros de la cama fuesen barras de hielo y el yeso un carámbano sostenido del techo. Tengo el mando a distancia de la televisión, pero me falta Help. Llevo ya una semana sin oír a Help, sin hablar con Help. Si pudiera llamar a Help todo sería más fácil.

—¡Help! ¡Hola, Help!

—¿Cómo va eso, chaval?

—Bien. Help, tengo una pierna rota.

—¡Ah, nuestro rey de las muletas!

—Soy el 345.

Era increíble. Le dabas tu número de socio del Club de Fanáticos, y él te identificaba instantáneamente.

—¡Pues danza, Samuel! *Hoy, vivir.*

Help es mi programador musical favorito. Su programa se llama *Dulces sueños.* ¿No lo oyen? Es realmente algo especial. Su voz tiene eco. No sé si me explico. El mundo está lleno de predicadores, pero solo Help sabe qué clase de cuerda necesitas.

—Estás al borde del abismo. ¿A que sí? ¡Ánimo, pues! ¡Un paso adelante! *Hoy, desasosiego.*

*Dulces sueños* empieza siempre con una clave que es también un sentimiento. Por ejemplo, Help dice *Hoy, fatal*, o bien, *Hoy, gozar*, o bien, *Hoy, pereza.* Descubre muchas palabras que no conocías o que antes no te decían nada. Help siempre tiene a mano un término muy preciso para expresar tu estado de ánimo.

¿Cómo te encuentras hoy?, pregunta Help. Y luego añade, por ejemplo, *Hoy, odio.*

Es increíble cómo Help consigue con la selección musical transmitir esa misma sensación. Si Help decía *Hoy, felicidad*, yo sentía ese día que la vida era un paraíso, un parque lleno de viejos que daban migas a las palomas o viceversa, que decía mi tío Francisco, palomas que daban migas a los viejos. Cuando Help decía *Hoy, melancolía*, los ojos se me empañaban de bruma, y me dejaba llevar como una gota de lluvia resbalando por el ventanal del café Dársena en un atardecer de otoño. La gota pensativa. Si anotabas las claves durante un mes y las mandabas a la emisora, Help te hacía llegar lo que él llamaba una Grabación Sentimental. No vean qué soy capaz de hacer cuando algo me gusta. Conseguí reunir una Antología de Sentimientos, que era el equivalente a ocho Grabaciones Sentimentales, que a su vez era una agrupación de ocho Sentimientos. Help se explicaba de maravilla. Nuestra cabeza es como una computadora, un sentimiento es un *bit*, un impulso electrónico, y ocho *bits* son un *byte*, es decir, una Grabación Sentimental. Con un *byte* puedes ordenar tu cabeza de modo coherente durante una semana. Con una Antología, sobrevives decentemente una temporada, la primavera, por ejemplo. Contra lo que puedan pensar, no siempre apetece escuchar grabaciones optimistas. Con el tiempo, aprendí a apreciar e incluso a desear otros estados de ánimo. Una de mis preferidas era *Hoy, soledad*. Es decir, *Hoy, iros a tomar por culo*. Mis subtítulos no molestaban a Help. Se reía.

—Tú, en tu línea, chaval. ¡La línea Sam!

El médico dijo que en dos semanas podré apoyarme en las muletas y recorrer el pasillo y llegar hasta el teléfono público de Traumatología. Le diré: ¡Hola, Help, soy yo, el 345! Y él responderá con esa voz de dinosaurio: Samuel, tronco, cabronazo, ¿qué es de tu vida?

## *El viejo*

El otro es un viejo. Hablo a gritos con él porque está algo sordo. O se lo hace. Porque luego escucha cosas que nadie oye.

—La lechuza —dijo el viejo esta mañana, nada más despertarse.

—¿Qué? —le grité. Era como si nos habláramos de un lado al otro de un río, o como si Luou estuviera en medio, en un ataúd flotante.

—La lechuza —gritó el viejo—. Cantó esta noche. ¡Pobre animal!

Siempre escuchaba cosas, el viejo sordo. Una noche me desperté alertado por un crujir extraño y metálico en la habitación. No me gustan nada esas cosas que hacen ruido y no se dejan ver, así es ese ratón que me roe la pierna. Quien fuera, avanzaba por el suelo, tic, tac, como un reloj acorazado. Contuve el aliento. Solo se escuchaba Eso, muy cerca, marcando el paso implacable, y al fondo, como mugidos, las sirenas de los barcos, tirando sin duda mansamente de la niebla. Me alcé, apoyado en los codos, y tosí nerviosamente para ver qué pasaba.

—Solo es una cucaracha —dijo el viejo.

—¿Qué? ¿Una cucaracha? Pensé que sería un robot asesino. Dicen que vieron uno en un hospital de Vigo.

—Es una cucaracha. Va y viene. Pobre animal.

El viejo lo decía así, *pobre animal*, como si cada bicho asqueroso metomentodo fuese un alma inocente y desvalida en territorio enemigo. ¡Se supone que esto es un hospital, y no un centro de protección de cucarachas! Eso es lo que le voy a decir a la señorita Vacaburra cuando llegue por la mañana embutida en su bata blanca y se ponga a olfatear tabaco como si inspeccionara la celda de unos criminales o una pocilga. ¡Preocúpese menos del olor y lléve-se de aquí ese maldito zoo! Eso es lo que voy a decirle.

—¿No duerme? —le pregunté al viejo.

—Duermo y no duermo.

—Ya.

—¿Sabes, chaval? No me fío. No me fío de esos. A mis años no se pueden cerrar los ojos. Estas noches no son ya para mí.

Ahora era él quien tosía. Era la suya una tos honda, cavernosa, como si tuviese musgo allá dentro.

—¿No tienes frío, muchacho?

El ambiente era más bien insoportable. Hacía un calor seco, que encalaba los labios y la garganta.

—Aviva el fuego, chaval. Y echa un buen tronco. No dejes que se apague el fuego, muchacho. Mala cosa es que no salga el humo por la chimenea de una casa...

Le pasaba a veces por la noche. Al principio pensé que se había vuelto loco del todo y estuve a punto de llamar al timbre para que viniera la señorita Vacaburra o quien fuera. Pero luego pensé que iban a empezar a tocarle las narices al pobre viejo y lo dejé dando la lata con sus rarezas. Venga a llamarme y a mandarme cosas.

—¿Has ido al molino, chaval? —me preguntaba el viejo.

—¡Fui, sí, señor! —gritaba yo estilo soldado.

—¿Has traído el maíz?

—¡Sí, señor! ¡Aquí está, señor!

—¡Qué coño ibas a traer!

El viejo estaba en el hospital por la misma razón que yo. Se había roto una pierna. Solo que él se la rompió al caerse de una higuera. De vez en cuando venía una hija a verlo, llena de bolsas de plástico y con un diente de oro que le caía fatal. No era una visita agradable, y creo que el viejo sentía no tener allí una buena cachava para echarla a palos. Le preguntaba por el perro.

—¡El perro! ¡El perro! Ya ven...

Empezaba entonces a declamar para quien quisiera oírla. Los pacientes de la planta de Traumatología que aún se aguantaban por su pie se asomaban al pasillo.

—Ya ven... Viene a verlo su hija, Dios sabe con cuánto sacrificio, y él va y pregunta por el perro. No por los hijos, ni por los nietos, ni por el trabajo de la casa. No. Pregunta por el maldito perro. ¡El perro! El perro, que no ladra ni al dios que lo hizo...

Luego se santiguaba y se ponía colorada, mirando alrededor, como si fuese otra y no ella la que había estado gritando.

—¿Y cómo se siente hoy, papá? —preguntaba en voz baja, con tono cariñoso.

—Mal —respondía el viejo con un gruñido—. Como el perro.

La hija se callaba un momento. Revolvía en las bolsas, miraba a los lados, a sus espaldas. Miraba y no miraba con ojos alocados.

—¡Mal! ¡Se siente mal! Ya ven... Con setenta años, y cogiendo higos. ¿Qué se le había perdido allá en la higuera, que no le faltaba de nada? Como un crío. A los setenta años subiéndose a una higuera como un crío. Se mea por los calzones, que hasta hay que echarle una mano, y luego ¡a la higuera! Como un mirlo glotón.

—Anda, mujer, mete ahí veinte duros —le decía el viejo.

—¿Dónde? —preguntaba la hija, con la voz cambiada.

—En la tele. Funciona con monedas.

—¡Vaya carajo! Hay que ver lo que inventan —farfullaba la hija revolviendo en la cartera.

Por la noche, el viejo me llamó para preguntar si había ido a la cuadra de las vacas y si había cerrado las cancelas. Me sentía yo muy útil con aquel viejo.

—¿Y le echaste algo de comer al perro?

—Sí, señor. Le eché.

—¿Y qué le has dado?

—Un hueso de la pierna.

—¿Un hueso? ¡Qué coño ibas a darle un hueso!

—Un hueso de mi pierna.

—Así, sí. ¡Buen chaval!

*La Vacaburra*

Si mamá no me trae pronto las Grabaciones Sentimentales voy a acabar loco. El viejo no para de oír animales. Caballos que relinchan, puercos que gruñen, un búho que ulula y su perro, que ladra enfermo atado al hórreo. También hay cuervos que, de hacerle caso, van constantemente de Traumatología a Cardiología, bandadas que graznan de Este a Oeste. Lo veo muy preocupado. No se queja, pero creo que algo raro debe de estarle pasando en la pierna. Le han puesto una bolsa para mear, y cuando le entran las ganas avisa como si fuera a algún rincón y lo hiciera sobre los helechos y el musgo.

—Voy a ver si meo —anuncia. Y se pone literalmente de espaldas.

Creo que me lo dice para que apague la televisión y pueda hacerlo en silencio, porque algunas veces me lo repite hasta que me doy por enterado. Es una de esas televisiones que tragan monedas, y hay que ir echándole cada hora. Yo tengo el mando a distancia y voy de cadena en cadena, pero cuando se acaba el tiempo, ni mando ni nada. Siempre se corta en lo mejor. Entonces tengo que llamar por el timbre de urgencias a la señorita Vacaburra, que llega rezongando al campamento de los lisiados.

—¿Qué pasa ahora? —me dice clavando la mirada.

—Un tipo quería matar a otro. Fue hace cinco minutos.

—No soy tu criada —dijo, cogiendo una de las monedas amontonadas en la mesita. Luego, la metió por la ranura, sin parar de mascullar.

—Gracias, corazón.

Así, por detrás, con la bata ceñida, no resultaba demasiado gorda. En realidad estaba fenomenal. Pero era algo mayor, de treinta o así.

—Mocoso —dijo ella al darse la vuelta.

—Mira, atiende, ese es el tipo, el que quiere matar al otro.

—Pero si está tocando el piano.

—Sí, claro.

Se quedó mirando un momento. Creo que no estaba muy enfadada. A veces tengo la sensación de que veo cosas que nadie ve. Si consiguiera hablar como pienso, contar todo lo que se me ocurre, sería irresistible.

—Fíjate cómo toca. Está preparándose para matar al otro, porque le jode que toque mejor que él.

—Apesta a tabaco —dijo ella—. Mira, esto parece un estercolero. Si sigues fumando, hablaré con el jefe de planta.

Apartó las colillas con el pie hacia debajo de la mesita, y se fue luego a paso ligero, no sin antes volverse desde la puerta.

—¡Y baja el volumen! No estás en tu casa.

—Yo conocí a un sastre que mató a otro —dijo de pronto el viejo con voz muy ronca, como si hablara dormido. Tuve que acallar al pianista.

—¿Qué?

—Un sastre que mató a otro. Bueno, no lo mató él, pero como si lo hiciera. Fue en la guerra. Dijo que era rojo, el otro. Rojo y maricón. Hacía unos chalecos muy vistosos. Se lo llevaron una noche y apareció en una cuneta con un tiro en la nuca. Solo quedó un sastre.

—¡Qué cabrón! ¿Y qué hizo la gente?

Le di al mando a distancia. Sabía lo que había hecho la gente. Pasarían unos días, y luego irían otra vez a tomarse las medidas para las bodas y los entierros. En la otra cadena ponían *Recordman*, mi programa de concursos preferido. Habían puesto a unos tipos a beber agua. Era increíble cómo bebían. Iban ya por los tres litros. El presentador los animaba.

—Fue en la guerra —dijo el viejo—. Había dos sastres y quedó uno. El peor.

—Mire esos. Van a reventar.

Era para morirse de risa. De repente, uno de los concursantes puso cara de miedo y dejó de beber. Una *recordwoman* se lo llevó del brazo; es una de las azafatas, que están tan buenas que me ponen enfermo. El hombre intentaba sonreír, pero creo que le salía el agua por las orejas. Solo quedaban dos. Se miraban de lado mientras iban tragando y tragando de una jarra medidora. Entre los dos, el presentador, recordándoles una y otra vez que había un millón en juego. El público aplaudía. Se les iba inflando todo, la deforme cabeza a la altura de las impresionantes domingas de las *recordwomen*.

Es para morirse de risa. Miro al viejo, a ver cómo disfruta, pero está dormido. Realmente debe de estar muy mal para dormirse ahora. Tengo que retransmitirle el programa a Luou, que hará mmmmmm.

*La noche*

Conseguí que me pusieran Algo. Al fin entró alguien con Algo, y dejé de sudar, y de tener frío, y de tener sed. Una enfermera, no la señorita Vacaburra sino Doñamorros de Noche, me cambió la sábana y la almohada. Lo había vomitado todo, y los fideos parecían gusanillos pálidos, muertos. Lo había pasado muy mal, de verdad. Cuando empezó el follón, recuerdo que el viejo decía: Tiene mucho frío, el muchacho, tiene frío. A cada uno que entraba y salía.

—El muchacho tiene frío. Lleva una hora temblando.

Se lo había dicho cuando ingresé. Pasa esto y esto, será mejor que me pongan Algo. Piensan que soy un coñazo.

Llevaba varios días sin Algo y sin Grabaciones Sentimentales. Seguro que hablaron con mamá y decidieron que no, pero no saben que mamá vive en las nubes.

Fue después de cenar. Creo que la culpa es de ese reloj silencioso. Todos empiezan a moverse. Recogen los carritos con los platos. Se oyen voces en los pasillos. Y luego tacones que se van alejando. Y entonces es cuando noto que está allí el reloj, con su creciente estruendo silencioso. El muelle más pequeño se afloja como un somier, y la rueda más diminuta avanza con un traqueteo ferroviario.

—Hace mucho, mucho ruido —le dije al viejo. Pero noté que mi voz hacía eco, que se me perdía retumbando en la cabeza.

Respiré lentamente y muy a fondo. Rítmicamente. A veces esto funciona, me da un respiro para buscar una salida. Pero solo conseguí encadenarme más a aquella máquina infernal. Estaba allí, delante, en la pared, cada vez más grande. Empecé a tirarle monedas de veinte duros, que rodaban luego como acorazados en los adoquines. Estaba seguro de que se habían marchado todos. De que había alguien, a cierta hora, que cerraba el hospital con una llave enorme, de castillo medieval, y que se iba a zancadas, bajo la lluvia, con un farol que bandeaba y se subía a una barca y desaparecía entre la niebla de la bahía. Tenía los ojos llorosos pero sin llorar, y me dolía no poder llorar. Pero ¿para qué carajo llorar? Tomé aire y tiré el mando a distancia, y el cristal del reloj se hizo añicos como la vidriera de una armería.

*La mañana*

Todos son muy amables conmigo. La señorita Vacaburra, definitivamente, tiene un tipo extraordinario. Creo que va muy ligera bajo la bata, y las tetas son estilo *recordwoman*. Se lo dije y respondió al momento: «Y tú eres feo como una noche de truenos». Se ve que le gusto. Tiene la cara redondeada, el pelo corto, algo rizado, y unos ojos muy grandes y con mucha luz, de esa que brilla en los campos mojados. Ahora que me han dado Algo, me siento mucho mejor. Se llevaron el reloj. Creo que a nadie le gustaba aquel cacharro fúnebre, porque no han vuelto a traer otro y quedó en la pared una silueta de polvo, como cuando tiras un calendario de tiempo muerto. Ella está ahí, de pie, tomándole la temperatura al viejo. Él está un poco amarillo, ¿o será la luz de la mañana?, y tiene el pelo blanco revuelto, con los rizos engominados por el sudor.

—Hacía mucho frío esta noche —dijo el viejo.

—Claro —dijo ella.

—Tenía razón el muchacho.

—Claro. ¿Le duele la pierna?

—No la noto ya. Nada.

Me sentiría como un rey si pudiera comunicarme con Help. Seguro que tienen por ahí un teléfono de esos nuevos que se llevan en el bolsillo. ¿Cómo no se me habrá ocurrido antes?

—Déjeme ver —dijo ella, apartando la sábana del viejo.

—Oye, corazón.

—Ahora no puedes poner la tele —dijo ella, volviéndose muy seria. Seria de verdad.

—No era por eso —dije. Pero se había ido ya, a toda prisa.

—Pues no, no siento nada —dijo el viejo—. ¡Coño! ¡Hay que ver! Ayer estaba que me moría, y ahora ya ves, como una rosa.

Sonreía pensativo. Parecía más joven, como si la vejez se replegara esta mañana en el matojo blanco de las cejas.

—¿Cómo van los bichos, patrón? —le dije, para demostrar que también yo estaba en forma.

—Buena gente, los animales. ¡Así les va!

Se oyó un follón en el pasillo. Sin duda era mamá, cargada de bolsas de plástico y de malas noticias con buenos propósitos. Le habrían contado lo de anoche y entraría en la habitación con las órbitas disparadas y un vendaval oprimido en la garganta. Pero no. Eran dos celadores con una cama rodante, y un médico detrás, envarado, con las manos en los bolsillos de la bata y rematado en grandes gafas cuadradas. Entró también la señorita Vacaburra, que ni me miró, mientras le enseñaba unos papeles a mister Cuatro Ojos.

—Vamos a ver cómo va eso —dijo el doctor con voz de autómata, acercándose a la cama del viejo y descubriendo la pierna.

—Ya no me duele —dijo él con una sonrisa triste. Creo que estaba algo asustado a la vista de tanta comitiva.

El médico auscultó el pecho con el aparato ese que llevan, y luego le miró un ojo, pero de verdad, con una lupa, estirándole mucho los párpados. A mí no me gustaría que me miraran tanto un ojo por culpa de una pierna.

—¿Ha venido su familia? —preguntó mister Cuatro Ojos.

Se lo preguntó a la enfermera y no al viejo.

—Están lejos, hay mucho que hacer y... —respondió él, como disculpando una falta—. ¿Pasa algo con la pierna? Ya no me duele. Nada, nada.

—Vamos a tener que echar un vistazo ahí dentro, no se preocupe —dijo el médico con voz demasiado tranquila. Conozco ese tono. Siempre hay alguien que habla así en los peores momentos. Se metió las manos en los bolsillos y se fue, seguido por la comitiva. Oí aún al viejo en el pasillo.

—¿Y me van a dormir otra vez? ¿Saben?, preferiría que no me durmieran.

*La hija*

Estoy contento de que me duela la pierna. No he llamado al timbre, ni pienso. Mamá estaba preocupada de que me doliera la pierna y tuve que explicarle en secreto lo que pasa aquí cuando no le duelen a uno las piernas. Tal como pensé, alguien le había contado lo ocurrido por la noche, y como se había olvidado otra vez las Grabaciones Sentimentales, se fue corriendo a casa para traerlas. Se marchó llorando, después de jurar que yo le rompería el alma, pero que antes iba ella a romperme la crisma a mí.

También ha venido la hija del viejo. No lo encontró en la cama, y al principio empezó a mirar alrededor pensando que había salido corriendo o algo así. Iba a meter las narices por el retrete cuando le dije que se lo habían llevado.

—No le dolía la pierna, y se lo llevaron en una cama de ruedas —le conté, seguro de que no me explicaba debidamente.

Me fijé en que la hija aparentaba ser casi tan vieja como el viejo. Me pareció hoy que el diente ese de oro era de un oro sucio, sin brillo ni nada. Vestía una gabardina muy fea, amarrada en la cintura, lo que le hacía un culo enorme. Tenía en cambio el pescuezo estirado como el de esas gallinas desplumadas, y una cabeza pequeña, que rebullía confusa y con los ojos muy disparados. La gente tiene un problema conmigo. También yo lo tengo con la gente. Que se jodan.

—¿Se lo han llevado?

—Sí. Vino un comando de batas blancas y se lo llevaron.

—¡Ay, cielo santo! Pero ¿tan mal estaba?

—No le dolía nada.

Tiró el paraguas y la bolsa en la cama y se fue. La oí correr.

Luou no tiene visitas. Debe de estar feliz, ahí, con la escafandra puesta, sin tener que hablar, ni comer, ni nada. Me fijo en cómo va bajando el suero, e imagino que va corriendo por la sangre y se desvanece en minúsculas e invisibles gotitas que se posan en la punta de los pies. Qué cabrón. Quizá dentro de unos días tenga la suerte de que la señorita Vacaburra le dé la sopa con una cuchara.

—¿Luou?

—Mmmmm.

—¿Qué tal estás?

—Mmmmm.

—¿Te duele la cabeza?

—Mmmmm.

—¿Y los brazos?

—Mmmmm.

—Las piernas, ¿qué? ¿Te duelen también las piernas?

—Mmmmm.

—¡Qué suerte! Procura seguir así.

—Mmmmmmmmm.

Le pregunté a la espléndida señorita Vacaburra que cómo iba el viejo.

—¿Qué? ¿Van a operar al colega?

—Ya lo han operado. No deberías hablar así. ¿De quién son esas cosas?

—Es mi colega. Llevo la tira de tiempo con él. Se enrolla muy bien.

—Está mal, ¿sabes? Se ha complicado todo. ¿De quién son estas cosas?

—Pero ¿está mal, mal?

—Mal. Está mal. ¿Sabes quién ha dejado estas cosas aquí?

—¿Me metes una moneda en la tele? Hay partido de la NBA.

—¿También te gusta el baloncesto? —preguntó incrédula.

—Me gusta todo.

*El walkman*

Mamá, qué calamidad. Volvió con los ojos enrojecidos, supongo que no paró de llorar en hora y media, qué vergüenza, con el taxista preguntándole cosas, o dándole el pésame, o tirando sin más mientras mira por el retrovisor, que los hay que ya no preguntan nada. Abrió sobre la mesa ese bolso gigantesco que lleva, y que debe de pesar una tonelada, lleno de medicamentos, recibos, bolígrafos sin tinta, fotos de familia, en una estoy subido en un elefante de circo. Tenía yo las orejas muy abiertas, y una cara de miedo que es para partirse de risa. Mamá rebusca en el bolso con dedos nerviosos. También tiene Algo, lo sé, Valium, Stabilium y cosas así, para dormir y para no dormir. Sacó el walkman. Bien.

—¿Y las Grabaciones Sentimentales?

—Las grabaciones del diablo. Ten.

—Pero ¿esto qué es?

Noté que tenía también las manos enrojecidas.

—Pero ¿qué mierda es esto?

—Estaba todo revuelto.

Era para echarse a llorar. Había ido a abastecerse en el cajón donde Nico mete toda la mierda de su radiocasete de dominguero motorizado. Repasé el menú: la boba de

Madonna, los Grandes Éxitos del Año de la Pera, la banda sonora de *La muerte tenía un precio*, una de un tío gordo llamado Plácido Domingo, no me extraña, y una cosa de *Mozart en versión pop*. Era para vomitar. Notó que me ponía enfermo.

—Son cintas, ¿o no? Estaban revueltas y cogí algo de todo.

Creí que iba a volver a llorar.

—¡Maldita sea! Te dije, te dije que las Grabaciones Sentimentales tenían un fondo violeta. El tonto más tonto sabe que las Grabaciones Sentimentales tienen la calavera.

—¿La calavera?

—Sí, la calavera mexicana. Una calavera con flores en los ojos y todo eso.

—Fui a toda prisa. No paro. Tengo la casa patas arriba. No hago más que trabajar...

—¿Sabes qué es esto? ¡Mierda! Mierda que Nico va recogiendo por las gasolineras. Las Grabaciones Sentimentales tienen la puta calavera.

—¡No hables así de tu hermano!

—Estaban allí, ordenadas perfectamente. Es lo único ordenado que hay en la habitación. ¡Tienen la calavera mexicana!

—Se averió la nevera. ¡Tuve que tirar un bistec!

Ahora sí que lloraba. La vi en la cocina, oliscando la carne una y otra vez. Y luego tirándolo, un trozo de carne morada y blanda. Vi cómo se santiguaba, por la señal de la santa cruz, antes de tapar el cubo de la basura.

*Las muletas*

Es una sensación curiosa. He hecho ya diez largos por la habitación. Al principio tenía un montón de espectadores admirándome. Creo que mamá estaba orgullosa, aunque no le hice mucho caso. No puedo creer que se haya olvidado otra vez las Grabaciones Sentimentales. Por alguna razón, odia todo lo que yo necesito, todo lo que yo quiero, lo que ella llama Las Cosas que Vas Recogiendo por Ahí. Probé las muletas al ritmo de *La muerte tenía un precio*. Con los auriculares y con los zancos debía de tener un aire imponente. Miss Vacaburra me hacía así con las manos. Y miraba con desconfianza como diciendo despacio, bala, despacio. Pensé en llamar a Help, pero me pararon en la puerta. No va a pasar de mañana. Recorreré el kilométrico pasillo como una exhalación. Aunque las muletas cansan. Sobre todo los brazos. Al dejarlas, casi no podía sostener el mando. Es curioso, me pasa a veces, cuando no puedes dominar el temblor del brazo, y la mano, y los dedos, todo se mueve por su cuenta, como si fuera otro quien maneja los hilos. Me quedo así, mirando, hasta que se me pasa el telele.

—No come nada —dice mamá.

—Sí come, sí —oigo que le dice la señorita Vacaburra, que cada día que pasa se parece más a Una que Está de Cine.

—¡No sé dónde mete lo que come! —dice ahora mamá.

Soy El Rey. Hablan de mí. ¿Estoy delgado, o delgadísimo? Puedo ver mi sangre azul que serpentea por el envés del brazo blanquecino. Me gusta mi brazo, tan distinto en un solo giro, huesudo y curtido, o carnoso y azulado.

—¿Sabe? En el fondo es bueno —dice mamá—. Toda la culpa es de las compañías.

Mamá dice Toda la Culpa es de las Compañías, o Las Cosas que Vas Recogiendo por Ahí con un énfasis especial, como si citase títulos de películas famosas. Ella y yo estamos en el patio de butacas, pero por alguna razón mi sillón se queda vacío, y ella busca angustiada mi sombra.

—¿No hay quien tenga veinte duros?

Me pongo los cascos. Me encanta ver la tele con la música a mi aire. Sin las voces de la tele, con la música a tope, ves mucho mejor, te fijas mucho más. En el Hiroshima hacen eso. Ponen combates de boxeo, o carreras de coches, sin comentarios ni nada, con la música a tope, y la gente está allí, clavada a la pantalla. Te das perfectamente cuenta de lo que va a pasar, de que ese tipo aparentemente entero, que brilla de sudor y da saltitos con su calzón fluorescente, va a caer redondo. Si alguien estuviera hablando, si uno de esos comentaristas estuviese diciendo, por ejemplo, que nació en Chicago hace veintiséis años en una familia pobre y negra y esas cosas, no nos daríamos cuenta de que tiene miedo en los ojos y de que se va a caer. Y con los bólidos igual. Te sientes un poco gafe, allí, cómodamente apoyado en la barra, con Algo en el cuerpo, vas y dices ahora ese se va al carajo, no sé por qué, porque quiere pillar al primero, y entonces va y se sale en la curva y arranca una estela de fuego en la pista y el césped, y van unos con chalecos fluorescentes y con unos extintores también fluorescentes o lo que sea, me gusta la palabra fluorescente, y otros con una camilla de ambulancia que corren menos, pero el piloto, ese sale por su pie, anda como un borracho fluorescente, lo enfoca la cámara y te das cuenta de que también él sabía lo que iba a pasar.

Otra cosa que pasa si ves la tele con música a todo volumen es que puedes cambiar de cadena sin problemas, porque todo encaja con todo. Es fantástico. Están unos tipos que deben de ser políticos porque todos llevan corbata, y gracias a la música parece que digan cosas importantes, sus rostros tienen importancia, y te fijas en sus manos, en sus gesticulaciones de movimientos ensayados como un número de magia. Sabes que van a levantar el índice para señalarte. Y luego le das al mando y aparece una colonia de pingüinos en la Antártida, diciendo hola y adiós con sus chaqués rígidos. Y, zas, ahora son dibujos animados, un ratón que le mete dinamita a un gato, y el gato estalla por los aires, pero cuando cae ya está otra vez entero y el ratón corre a meterse en su agujero. Y, zas, hay un partido de fútbol americano, unos gladiadores muy bien organizados. Y, zas, hay gente, mucha gente, miles de personas, que comen patatas en un gran campo adornado con guirnaldas de patatas.

*El teléfono*

Llamo y me dicen que Help no está. Aún peor, una tipa que debe de tener prisa, que masca chicle o algo así, me dice que Help no existe, que ya no está en *la parrilla*. Que no sale al aire. Hostia, eso dice.

—¿En la parrilla? ¿Cómo que no sale al aire? Mira, señorita Comotellames, soy el número 345 y quiero hablar con Help, el de *Dulces sueños*.

Se hizo un silencio. Comotellames parecía discutir con alguien.

—Un momento. Le pongo con el locutor de continuidad.

Todo aquello me parecía extrañísimo. Antes llamabas y allí estaba Help dando un hola con eco que sonaba a Hola-la. Y ahora esperaba la voz de un loco, alguien continuo en su locura, como si dijeran: te voy a pasar a alguien que se haga el loco contigo. Pero no. Era la voz de Help, pero sin eco.

—Hola, amigo.

—Help, soy yo, Sam, el número 345.

—Hola, Sam.

Se oía apagada la voz de Help, como si viniera de un entierro. Tocaría *Hoy, tristeza*.

—No veas, Help, lo que me ha pasado. Resulta que...

—Mira, es que ahora no puedo atenderte, tengo que meter unas cuñas.

—Venga, Help, no te líes, unas cuñas, ja, ja...

Estaba claro: *Hoy, indiferencia*. Subtítulo: *Adiós, Tocahuevos*.

—Mira, Sam, lo de Help se ha acabado, ¿sabes?

Aquel tipo era Help. Era la voz de Help. Pero no era Help, no era exactamente la voz de Help. ¿Cómo podía ser eso? *Hoy, fin*. Demasiado fuerte. Me dio un pinchazo en la pierna y cambié de postura para apoyarme en la otra muleta.

—He tenido un accidente, ¿sabes? Te llamo desde el hospital. ¡Desde el hospital! A que tiene gracia, ¿eh, Help?

—Lo de Help ya ha acabado —dijo la voz de Help con impaciencia—. Ya no existe ese programa. RIP. Se acabó. ¿Entiendes de una vez?

—¡Eh! Escucha un momento... ¡Pero tú eres Help! ¿Qué pasa contigo, Help?

—Adiós, Sam.

Detrás de mí había un montón de gente que quería llamar. Tenían muy mala cara. El que estaba más cerca era de esos a los que la piel se les pone amarilla. Tenía pinta de ir a hablar con alguien del otro mundo.

—Solo un momento —dije para que no se acercase más, mientras buscaba, nervioso, otra moneda—. Solo un momento, ¿eh? Es un asunto muy importante, de vida o... ¡Ya está! ¿Help? ¿Está Help?

Salió otra vez aquella repelente Comesílabas. Le oí «Help» y «Nada».

—Mira, Comotellames, desacelera, que estoy cojo y no puedo seguirte.

Colgó.

*Tip y Top*

Le había cogido gusto a *La muerte tenía un precio*. Me ayudaba a andar. Me ajusté los cascos, sujeté con fuerza las muletas y tiré por el largo pasillo. Había sido aquel, el de la cabina, mi primer viaje de cojo fuera de la habitación. Lo había hecho casi a brincos, en busca de Help, mi amigo Help, el traidor, el cabrón de Help. Ahora el retorno se me presentaba como un suplicio. Sudaba. Las muletas me oprimían el pecho como horcas. ¿Cómo era posible que fuese tan bobo? Cuando se curase la pierna, iría allí y le haría tragar las Grabaciones Sentimentales una por una, empezando por *Hoy, amistad*. O iría con las muletas, y del primer trancazo rodaría la cabeza de la Comechicles, iría como una bola de billar a dar contra los pies de aquel mequetrefe, y cuando alzara la vista con ojos atónitos, le diría: Soy yo, Sam, ¿te acuerdas, Help?, anda Help, pínchame *Hoy, alegría*. ¡Y zas! Otro golpe justo en la nuca, otra bola rodando, una pelota menos en el estiércol. Tenía ganas de vomitar. ¿Por qué se inclinará el suelo? ¡Y cómo brilla! Me dieron una palmada en el hombro, y me volví.

¡Tip y Top! Dios cierra una puerta, pero abre otra. Creo que era la primera vez que recordaba sin esfuerzo uno de los refranes que mamá repetía mil veces. Ese de «En enero, jode el carnero», que solo dijo una vez mirando una revista, y que luego dijo que no lo había dicho. Sí, eran Tip y Top, sonrientes, en chándal, cada uno con su bote de Coca-Cola Light.

—¡Eh, tío! —dijo Tip—. ¿Qué haces aquí, tío?

—La pierna —dije yo, mostrando las muletas lo más triunfalmente que pude—. La pierna, ja, me va a quedar más corta que la otra, bueno, ja, ja.

—¡Eso es estupendo! —dijo Tip.

—¡Qué demasiado! —dijo Top.

El corazón me daba saltos de alegría. Si estaban allí Tip y Top, no podía andar lejos Don. Y donde está Don, siempre hay Algo para los amigos.

—Don está aquí, ¿sabes? —dijo Tip, muy por lo bajo, con un guiño cómplice.

—Sí, está aquí —dijo Top, un poco más alto.

—¿Está aquí Don? —dije, sin poder disimular tanta felicidad.

—¡Lo han operado de apendicitis! —dijo Tip como si fuese un extraordinario acontecimiento.

—Sí, de apendicitis —dijo Top—. Ja, ja.

—¿De apendicitis? Ja, ja —me reí también yo. Nunca supe muy bien qué era eso, pero era algo de lo que se operaba la gente, y que debía de ser muy gracioso.

—¿Quieres verle? —dijo Tip.

—Seguro que quieres verle —dijo Top.

—¡Claro que quiero verle!

Me moría de ganas de verle. Todo mi cuerpo temblaba solo con la posibilidad de verle. El suelo no se movía. Tenía un brillo limpio como el cielo.

—¿Puedes andar? —preguntó Tip.

—¿Qué tal te mueves? —preguntó Top.

—¿Andar? ¡Fijaos!

Y me lancé a grandes zancadas por el pasillo. Las muletas parecían contagiadas por la excitación.

—¡Eh, ven! Hay que bajar en ascensor —dijo Tip.

—¡Sí, en ascensor, ja, ja! —dijo Top.

*Don*

Tip llama con los nudillos y asoma luego la cabeza por la puerta entreabierta. A Don le gusta la gente educada, la gente que habla bajo, la gente que come sin hacer ruido. Don siempre está comiendo algo, cosas blandas, con cierta transparencia, y sus manos parecen despensas sin fin, hormigueros que recrían. Crees que ya ha acabado, pero se lleva la presa a la boca y continúa rumiando. Con Don siempre te entran ganas de tomar Algo.

—¿Problemas?

—¡Oh, no, Don! Nada de problemas —dice Tip con una sonrisa de conejo.

Don odia los problemas. Cuando hay problemas, Don deja de rumiar y se le tensa el rostro frío.

—¡Un amigo, Don! —dice Top, con un gritito divertido, por encima del hombro de Tip. Estos dos parecen tontos. Nadie diría que son los más terribles, los duros de la Compañía.

Don es gordísimo. El más gordo de todos los gordos. Está casi a oscuras, apoyado en cojines, con solo el reflejo del televisor dándole una luz pálida en la cara. Parece un buda. No se sabe muy bien si está sentado o tumbado. ¿Sería verdad que le habían abierto la panza sin que se desinflara?

—¡Pero si es nuestro amigo Sam, qué sorpresa! —dijo Don. Hablaba muy finito y ronco a la vez, como una niña vieja que juega a muñecas—. Pasa, pasa. Pero ¿qué traes ahí? ¡No me digas que tienes problemas!

—Nada de problemas, Don —le digo con mi mejor sonrisa; sé que él lo sabe—. Una tontería. Solo un accidente.

—Hay que tener cuidado, Sam. Los coches son el diablo.

—Me va a quedar una pierna más corta que la otra —le digo con voz feliz.

—¡Qué simpático, Sam!

—¡Me van a llamar «Sam el Cojo Manteca»! Ja, ja —me río, y todos se ríen.

—Me gustas, Sam. Me gusta tu carácter. Anda, ven, siéntate, siéntate aquí. ¿Cómo fue eso?

Le conté la verdad. A Don hay que contarle siempre la verdad. Si te enrollas bien, él se enrolla bien contigo. Y donde está Don, hay Algo. Algo de verdad.

—Me caes bien, Sam, muy bien. Quisiera darte Algo. Algo de verdad. Pero estoy preocupado.

Sabía que yo sabía lo que quería decir.

—No te preocupes, Don.

—Escucha, Sam —dijo ahora muy serio—. Hacía tiempo que no se te veía. ¿No eres ya mi amigo, Sam? ¿Por qué no venías a verme, Sam? Hay que cuidar al ángel de la guarda, Sam.

—En fin, Don, tenía algún problema, ¿sabes...?

—Odio los problemas, Sam. No sabes cuánto odio los problemas.

—Lo sé, lo sé, Don. Pagaré lo que debo. Te lo pagaré todo, Don, todo.

—Estoy seguro, Sam. Los chicos —dijo señalando a Tip y Top— estaban un poco nerviosos. Yo les dije, tranquilos, ese Sam es muy formal. Ya veréis como paga lo que debe.

—Lo pagaré, Don, lo pagaré. En cuanto salga de aquí, iré y lo pagaré todo.

—Muy bien, Sam, muy bien.

Sujeté las muletas y me alcé de la cama. Creo que me estaba mareando. El rostro de Don cambiaba de tono al ritmo de la pantalla. Ahora era rosáceo. No, verde.

—Toma Algo, Sam. Algo de parte de un amigo.

Metió la mano entre los cojines y me puso Algo en el bolsillo de la chaqueta del pijama.

—Vuelve cuando quieras, Sam. Me gusta que vengas. Eres un chico simpático.

—Gracias, Don.

—Adiós, Sam. Y no te olvides nunca del ángel de la guarda.

*Bárbara*

Tomé Algo de verdad y me sentía en la gloria. Todo, hasta las sirenas de urgencias, llegaba en forma de sonido dulce y placentero. Me oía respirar, e iba detrás de mi aire por los laberintos del pecho y luego salía con él en lenta bocanada, como humo de una hoguera tranquila, como vuelo de gaviota, como flamear de bandera.

Sé que debería pasarle algo de Algo a Luou, pero mejor será que lo guarde todo para mí. No le he abandonado. Le dedico unos cuantos minutos al día, pero duerme como un condenado, Luou. Metido en la escafandra esa, que parece que anda dando vueltas y vueltas por el espacio. O irá en coche, con la cabeza inclinada sobre el volante, por una carretera larga, recta y solitaria, muy brillante después de la lluvia. ¿Quién sabe lo que le andará dando vueltas por la cabeza?

—¿Quieres que te lea algo, Luou?

—Mmm.

—¿Algo para ponerse cachondo?

—Mmm.

—Escucha esto. «Al principio se besaron y se acariciaron suavemente, en un demorado vaivén de los cuerpos, como explorándose mutuamente. De pronto Bárbara abrió mucho los ojos, como si fuera subiendo una montaña y al llegar a la cima encontrara la boca de un volcán. Ardían excitados en un abrazo de amor caníbal».

Hice un alto y miré divertido la expresión de Luou. También él tenía los ojos muy, muy abiertos. Parecían a punto de saltar fuera de la escafandra de escayola.

—Mmmmmmmmm.

—¿Quieres que siga?, ¿eh? «En el galope, Bárbara clavó las uñas en las nalgas de Sammy y sintió con placer creciente cada embate *(Je, je, ¿qué tal, Luou? ¡Atento ahora!)*. Sammy se detuvo un momento con la verga fuera sin cesar en las caricias, lo justo para notar el abrazo de Bárbara, la presión ansiosa de su vulva. Volvió a clavar el pene y escuchó el gemido placentero de Bárbara, como si la punta del falo tocase sus cuerdas vocales *(¿Va bien, eh, Luou? ¡A tope!)*. Para Sammy era la señal inequívoca de que estaba en el límite, de que la estaba montando como un semental, y de que ella estaba tan entregada que se sentía morir *(¿Te fijas, Luou? La tía se siente morir, eh, eh)*. Y fue entonces cuando ella gritó: ¡Más, más, David! ¡Oooooh David! *(¿Has oído esto, Luou? ¡La tía está pensando en otro tío!)*».

Los dos nos miramos confundidos. Supongo que teníamos la misma cara de Sammy después de oír el Ooooh, David.

—Si me pasa a mí la mato, pero de verdad. ¿A que sí, Luou?

—Mmmmmmmm.

—Bueno, ¿sabes qué te digo? Que se joda el Sammy Polla ese. ¡Le estalló una castaña en la boca!

*El paraguas*

El concurso del *Recordman* será hoy, anuncian, en plan intelectual. Se trata de usar la cabeza. Los concursantes, unos tipos con pinta de simios en traje de domingo, deben tirar un muro de ladrillos a cabezazos. El primero que lo haga se lleva un millón. Suena un gong y salen disparados. Del impacto inicial, uno de ellos, el que más cabezón parecía, cae redondo, y lo atienden dos azafatas, que hoy llevan discretos vestidos muy ceñidos, eso sí, cada uno con su agujero justo en los pezones. El público aplaude. ¡Qué barbaridad! Es fantástico.

—Mire, abuelo, ¡qué burrada!

Eso es lo que iba a decir, pero las palabras se me detienen en la garganta, justo antes de volver la cabeza. Allí, en la esquina, junto a la puerta, está el paraguas, tumbado sobre un bulto de plástico. Es un paraguas negro y largo, de los que no se olvidan en las paradas del autobús ni en las estaciones de tren, esos grandes cuervos disecados que los campesinos se cuelgan a la espalda, con las alas replegadas.

Los concursantes se descuernan contra el muro, y de los senos cubiertos de las *recordwomen* asoman solo los pezones. Todo aquello me parece brutal y estúpido. Y me gusta. Quisiera que sucediese algo de verdad, que estallasen las cabezas y las tetas, y que salpicase la pantalla un amasijo de sesos sanguinolentos de macho y leche de mujer. Le doy al mando. Niño indígena en Perú, enfermo de cólera y envuelto en un chal de colores. Le doy al mando. Corren caballos sobre una carretera extrañamente desierta. Viene el coche ecológico. Le doy al mando. Una muchedumbre se come una gigantesca tortilla de patatas. ¡Qué me importa a mí el viejo! Después de que se acabe la moneda iré a ver cómo va el viejo.

## *La caja*

Está allá abajo, fundida en el sillón de cuero negro, como si no se fuera a levantar jamás. Tiene la cabeza gacha y estruja un pañuelo de papel en las manos. ¿Cuándo le empezarían a caer los dientes? ¿Tendría desde siempre una sombra de bigote? Algún día fue pequeña, y chuparía miel del pulgar de su padre, y abriría mucho los ojos cuando él replicara al cuco.

—¡Cu, cu! ¡Cu, cu! ¡Cuco, cabrón!

El viejo murió. En su lugar, en la UCI, hay alguien recosido después de salirse de la autopista.

—¿Era algo tuyo? —dijo un enfermero.

—No. No era nada mío.

Dije que no, pero me dolió. Ni siquiera sabía cómo se llamaba.

A los muertos del hospital los meten en los frigoríficos de la planta baja, y la gente hace bromas porque en el mismo sótano están las cocinas. En la sala donde esperan los parientes de los difuntos también hace frío. Las paredes están desnudas y solo cuelga un cartel con un esqueleto y una señal de prohibido fumar. Me recuerda que tengo necesidad de un pitillo. La hija, derrumbada, vuelve ahora la vista con los ojos enrojecidos. No sé por qué, pero la gente parece menos idiota y menos fea cuando llora. En realidad, es guapa. A su lado, de pie, dos hombres hablan de pelas. El precio de la muerte.

—Se lo ponemos todo por cien mil, transporte incluido.

—El otro —dijo uno de ellos, el de la corbata negra, indicando hacia fuera— lo hace por setenta mil.

—¡Esos cabrones...! Son ilegales, ¿sabe? No es la primera vez que los para la policía y devuelven el muerto, sin caja ni nada.

—Pues ellos dicen que no pueden entrar en el hospital, pero que después no hay problema. Que no hay más que ponerles el muerto en la puerta.

—Hágame caso. No se complique la vida. Mire —dijo el otro, el de la camisa remangada, mostrando un catálogo—. Esta es una señora caja, *Elegancia en el último viaje*, con crucifijo de metal y bordes labrados.

—Sí, pero son treinta mil de diferencia.

—¡El crucifijo! Eso no tiene precio. Y le ponemos una corona. Una corona de claveles, con cinta violeta y letras doradas.

—Andrés, quiero que lleve crucifijo —dijo de pronto la hija con voz muy serena.

—Una bonita caja, sí señor. Conste que no me gusta predicar en estas situaciones, pero la verdad es que solo se muere una vez. Mire, hay que firmar aquí. ¿Tienen coche? ¿Qué les parece un coche para ustedes? Bien. Ponemos un coche para ustedes. Y aquí. Firme aquí también.

El hombre de los papeles salió deprisa por donde yo estaba y el que debía ser yerno del viejo dio unos pasos hacia la pared del fondo, mirándose la punta de los zapatos y con las manos en los bolsillos. Ahora la hija no apartaba la vista de la puerta de acero. Decidí presentarme y decirle que lo sentía mucho.

—¡Hola!

Ella levantó la mirada con sobresalto, como si entrase el demonio con muletas, pero intentó sonreír cuando me reconoció.

—Hola, neno.

—Olvidó el paraguas, ¿sabe? Y también una bolsa grande.

—Murió como un pájaro. Como un pajarito —dijo ella, y se echó a llorar.

—Las enfermeras, las enfermeras preguntaban de quién era eso y yo, yo les decía que no lo tocasen, que no lo tocasen, que era suyo.

—Mira, Andrés, es el chaval de la habitación de papá. Le tenía mucho aprecio. Mucho aprecio.

—Yo les dije que el paraguas no molestaba. Que ya volvería usted.

—Decía papá: no es mala esta criatura. No es mala.

Estaba a mucha distancia, enterrada allá abajo, llamándome hijo y esas cosas. No me apetecía despedirme ni nada. Era como si apagasen la calefacción. Pensé que el viejo estaría allí dentro, solo con el pijama, muerto de frío, y que habría también animales colgados, abiertos en canal.

—¿Y el perro? —pregunté. Bueno. Fue lo único que se me ocurrió.

—Oyes, Andrés. El chico pregunta por el perro —dijo ella a punto de llorar otra vez.

—¿El perro? ¡Yo qué carajo sé! —respondió el hombre, encogiéndose de hombros.

—¿Cómo que no lo sabes? —dijo sorprendida la mujer—. El otro día dijiste: voy a soltar al perro.

—Y lo solté. Lo solté. ¡Claro que lo solté! No había dios que durmiese desde que se fue tu padre.

—¿Lo soltaste? Ahora que lo pienso, no lo volví a ver.

—¡Lo solté, y ya está! No faltaba más. ¡Como si yo fuera el guardián del perro!

—Bien. En fin. Solo quería decirle que, que no hay problema con el paraguas.

—Gracias, hijo —dijo ella. Creo que miraba a su marido con odio—. Gracias por venir.

El ascensor iba lleno de viejas enfermas en zapatillas y con batas rosas, que tosían llevándose la mano a la boca. Una de ellas me miró. Tenía dos nubes grises con pájaros negros en el lugar de los ojos, y yo escuchaba, en el cansado gemido de la máquina, una voz profunda que decía: No es malo, no es malo, el chaval no es malo.

## II

### *El hermano*

Si hay algo que no soporto es que me llamen mamarracho. Me subleva. No sé por qué; me pueden llamar cualquier cosa y no me importa, pero no mamarracho. Me siento como un escupitajo verde que alguien pisa en el suelo. Y Nico lo sabía.

—¡Mamarracho! —dijo nada más llegar—. ¡Eres un mamarracho!

—¡Y tú, un puto txakurra!

Primero me miró incrédulo, digiriendo lo inesperado. Y luego como si fuera efectivamente un asqueroso escupitajo grisverdoso. Se me echó encima con ojos de loco.

—¡Te mato! ¡Por Dios que te mato!

Me faltó el aire. Por un momento pensé que podía hacerlo, que iba en serio, y que aquellas tenazas de robot estaban a punto de ahogarme contra la pared. Nico nunca perdía el control, pero esta vez me miraba de una manera atroz, y creo que echaba espumarajos por la boca. Mamá se puso a llorar, y él entonces aflojó.

—Ahora vas a decirme a quién le has dado el anillo.

### *El anillo*

Nico debió de estar conduciendo toda la noche. Siempre pensé que el país ese de los vascos, que levantan enormes piedras y quieren separarse y de cuando en vez ponen bombas, estaba mucho más lejos. Pero no, ahí estaba, llegado en un santiamén, una mole de bíceps alzándome en el aire como a un muñeco de trapo. No eran los ojos de Nico, sino los de un alien. Me atravesaban como rayos láser. Quizá en el cuartel los sometían a radiaciones para volverlos inmunes a las piedras y a las bombas.

—¿Dónde está el anillo?

—¡Pero si no valía nada! Me dijeron que no valía un duro.

Todo aquel follón por el anillo de boda de mamá. Me había llevado cien mil pesetas, lo que ella había cobrado por coser miles de abalorios malditos en trajes de fantasía, me había llevado el vídeo, regalo especial de Nico a la casa, y esas otras joyas que mamá solo se ponía una vez al año. Pero ella se puso fuera de sí cuando notó que le faltaba el anillo, aquella arandela de nada. Nunca la había visto así, tan caída, sin fuerzas para reñirme, con sollozos que no la dejaban respirar. Juro que creí que era por lo del vídeo. Realmente me lo pensé mucho, pero no tenía otra salida. No podía enemistarme con Don. Es solo un préstamo, mamá. Lo devolveré todo. Ya verás. Eso era lo que quería decirle.

—¿Qué pretendes, que robe? ¿Que salga por ahí y robe? ¿Es lo que quieres? —eso fue lo que dije. Era un punto de vista que a veces funcionaba.

A mí también me gustaría que todo estuviera mejor organizado, poder conseguir Algo con elegancia, sin tener que ser un Comemierda, con mafias bien educadas y cosas así. Pero no hay más que mirar la página de sucesos, qué miseria. Atracos a viejas paralíticas, a labradores solitarios, a tenderos arruinados, a escolares. He visto películas donde los que trapichean son gente con mucho estilo. Viven en mansiones con porches llenos de jaulas de papagayos, y buganvillas en el jardín, un jardín lleno de chicas rubias que se columpian; hacen tratos mientras juegan al golf y controlan la situación con frases ingeniosas como «No dejes que tus pies corran más que tu cabeza», o «Cuida los peces pequeños, pero procura que no les crezcan los dientes». Me gustaría trabajar con gente así, pero lo que hay es Don, ese gordinflón con zapatos de charol. Le llevé el cuadro de la salita, un Cristo de los de Dalí. Una copia, sí, pero bien hecha, como de fábrica. Y se echó a reír a carcajadas. Un ignorante. Anda solo a lo suyo.

Pero mamá esta vez no se calmó después de llorar. Fue y llamó a Nico. Solo le habló de lo del anillo, de aquel maldito anillo de boda. Podía ir ahora mismo a por él, pero no debía presentarme con problemas ante Don durante una temporada.

—¿Policía de Bilbao? Soy la madre de Nicolás. Nicolás Castro. ¿Podría hablar con Nicolás?

—No vino cuando lo del accidente, y vas a hacerle venir ahora —dije por detrás, pero ya no me escuchaba.

—Nico, hijo, soy yo...

Necesitaba Algo y me encerré en la habitación. Cuando Nico llegó, a la mañana siguiente, yo ya me había olvidado de todo, pero ahí estaba él, empeñado en recordar, y mamá también, como si no estuviera ya la noche de por medio.

### *El cactus*

Tenía puesta mi camiseta negra, con el dragón rojo en el pecho. Nico vino con la chaqueta blanca.

—Ponte esto.

Solo al entrar en comisaría me soltó el codo. Esperaba un follón de radioteléfonos, ir y venir de agentes con chalecos antibalas, ruido metálico de esposas, traqueteo de máquinas ametrallando el papel, detectives de paisano que aplastaban las colillas en los ceniceros, pero allí solo había dos uniformados que hablaban de fútbol sin mucho entusiasmo, y en el fondo, sentado, un hombre calvo que tosía y tecleaba con rabia. Nico se presentó, y el hombre dijo no sé qué del tiempo, con malhumor, como si estuviese escribiendo una denuncia contra la lluvia.

—Este es el chico —dijo mi hermano—. Samuel.

El otro me miró como se mira a un problema. No dijo hola ni nada. Cogió un pañuelo de papel y se limpió las narices.

—Bueno. Vamos a ver.

Se levantó y nos llevó hacia un plano de la ciudad sujeto a un corcho. Había chinchetas de diversos colores clavadas allí. Me resultaba familiar aquel dibujo. La ciudad tenía la forma de una cabeza de dinosaurio metida en el mar. Las chinchetas rojas se concentraban, a modo de collar, en el pescuezo del animal, allí donde el marrón del mapa se iba haciendo menos intenso y aparecían manchas verdes.

—Aquí está el vertedero —dijo el calvo. Y vi miles de gaviotas posarse en su dedo—. ¿Qué es lo que ves ahí?

—Antes de llegar al vertedero, a la derecha, hay una chabola.

—Varias chabolas —dijo él.

—Hay una que está rodeada de botellas vacías. Tiene que haber una vieja sentada.

—¿Una vieja?

—Sí. Una vieja que tiene muchas faldas y que está cosiendo. Si está la vieja, hay que ir a Labañou. Allí hay una tienda. Una tienda que nunca abre.

—¿Qué tiene la tienda?

—Baterías, focos de coche y cosas así en el escaparate. También tiene cascos de motorista, y... un cactus. Como aquel —dije señalando su ventana—. Si no hay cactus, no hay nada.

El calvo escuchaba con atención y parecía disfrutar con los detalles sin apremiar el final de la historia. A mí, eso me relajaba. Era una película en la que andaba yo. Oía a los niños jugar con la pelota y una mujer tendía ropa y cantaba *Si vas al cielo azul, yo te sigo*.

—La tienda siempre está cerrada, pero si el letrero pone ABIERTO, entonces puedes ir allí.

—¿Allí? ¿Adónde?

—Al Portiño, un galpón pintado de verde. Si no te dejas ver en los otros sitios, no hay nadie. No pillas.

Miró unos segundos, pensativo, el mapa, y luego fue rápido hacia la mesa para hablar por aquel teléfono de los de antes, grande, negro, y con el disco muy blanco. Solo marcó una cifra. Ya no le goteaba la nariz y daba órdenes. Parecía un comisario de los de verdad. A mí me entró un miedo que me hacía sonreír.

*La basura*

Nico conducía el coche. Iba con cazadora vaquera, y ahora parecía mucho más joven, como si solo tuviera veinte años o así. Creo que en realidad era mucho más viejo, unos veinticinco.

—¿Cuántos tienes?

—¿Qué?

—¿Cuántos años tienes?

—Veintiséis —dijo malhumorado.

—¿Veintiséis? ¡Uf!

Subimos por la carretera de Bens hacia el vertedero. Las cunetas estaban llenas de porquería desprendida de los camiones de basura. Los plásticos prendidos en las aciagas y en los zarzales parecían banderitas de una fiesta que ya pasó. Había también un prado muy verde, extrañamente verde, pues allí todo está ahumado y polvoriento, y en medio, tumbada en la hierba, la carrocería roja de un coche, con dos huecos vacíos en el sitio de los faros. Parecía el cráneo de un diplodocus. Los diplodocus eran herbívoros.

—Huele que apesta —dijo Nico. Y cerró la ventanilla.

Era la mejor vista de la ciudad. Desde allí se veía pequeña, solo un roquedal alargado metido en el mar, con un puzle de cemento en el lomo y la torre del Faro en un extremo con su ojo picudo. Los barcos, las grúas del puerto eran cosas de juguete, y si estirabas una mano podías desplazar por los muelles los montones de carbón y grava, las pilas de madera y pizarra. El petrolero que entraba en la bahía, arrastrado por tres remolcadores panzudos, medía de proa a popa lo que la uña de mi dedo gordo.

—No sé si va a funcionar —le dije a Nico—. No conocen el coche. Tampoco a ti.

—Mejor que no me conozcan. Muéstrate tranquilo. Haz lo que haces siempre.

Allí estaba la vieja, en una nube de mierda, con sus trapos, sentada ante una chabola armada con tablas y parches metálicos y rodeada de botellas de vidrio que fueron de cerveza, vino y champán. Una abuela tranquila, tomando el sol en la mecedora del porche de su casa de campo. Nico paró donde le dije, y yo salí del coche. Busqué una piedra y la tiré a las gaviotas. Alzaron el vuelo de manera cansada. Tras ellas, más bien enfadadas, dos o tres cornejas. Al otro lado de la carretera, unos gitanillos jugaban con una nevera comida por la herrumbre. Uno de ellos se metió dentro.

—Me tienes que dar un pitillo —dije, acercándome a la ventanilla de Nico.

—No tengo tabaco.

—¡Mierda! ¿No tienes tabaco? ¿Cómo no vas a tener tabaco?

—No. No llevo —dijo Nico, preocupado.

—Dame una colilla del cenicero. Algo —dije revolviendo en los bolsillos.

Encendí la colilla. Una peste. Tosí como un condenado. La apagué en el suelo, agachándome.

—Es lo que hago siempre.

Nico estaba muy serio y miró el reloj. Antes de llegar a Labañou, le pedí que parase en una tasca.

—Voy a comprar tabaco y a mear.

—¿Tienes que mear ahora?

—No me vienen las ganas cuando quiero.

Dos obreros de mono azul salían con el bocadillo. El local estaba desierto y casi a oscuras. En el fondo sonaba una tragaperras con la música de *La guerra de las galaxias*.

—¿Tienen teléfono?

Soy un tipo legal. Traidor, pero legal.

—Y una cajetilla de Lucky.

*La operación*

—Todo bien —le dije a Nico, después de pasearme por delante del escaparate de Accesorios Atlántico. El letrero ponía ABIERTO, pero forcejeé inútilmente con la puerta.

Nico miró el reloj con aire muy profesional, y abrió la guantera del coche. Había un radioteléfono con lucecillas verdes y rojas.

—¡Atención Costera! Aquí Gavilán II. ¿Recibes?

—Aquí Costera. Perfectamente. Cambio.

—Todo okey. Volvemos a puerto. Cambio y corto.

—De acuerdo, de acuerdo. Cambio y corto.

—Bien. Allá vamos —dijo Nico, respirando profundamente.

Era fantástico. Pensé por un momento que el coche iba a arrancar como un relámpago o con un brinco de caballo, alzando el hocico y apoyándose solo en las ruedas traseras. Pero no, se fue deslizando poco a poco.

—A lo mejor no hay nada —dije después de encender otro pitillo.

—Si es como dices, tienen que estar ahí —dijo Nico.

—Sí, claro. Nunca ha fallado.

Antes de bajar por la cuesta empinada que lleva al Portiño, Nico paró el coche.

—Si no están, tendremos problemas —dijo Nico mirándome fijamente—. Sobre todo tendrás problemas tú, Sam. ¿Entiendes?

—Oye, escucha un momento. Yo lo he hecho todo bien, ¿vale? Te lo puedo jurar. ¿Por qué nunca confías en mí?

—Vale. Vale. ¿Preparado?

Todo sucedió vertiginosamente. Nico hizo sonar el claxon tres veces. Me di cuenta entonces de que detrás de nosotros había ya una procesión de coches patrulla. Bajamos la cuesta aceleradamente, cortando el aire con gran estruendo de sirenas. Los coches frenaron con un rechinar salvaje, colocados en barrera cerrando el paso al pequeño muelle de pescadores.

—Ahora, Sam, corre, corre —dijo Nico, dándome un empujón—. ¿Cuál es la puerta? ¿Cuál es la puerta?

—La verde, digo, la azul. No, no, la verde.

—¡La verde, la verde! —gritó Nico.

Dos de los polis la echaron abajo a patadas mientras el resto rodeaba el cobertizo. Estaba a oscuras.

—¡Policía! ¡Que nadie se mueva! —dijo el comisario. Esperó un momento, y luego encendió la luz.

Había redes amontonadas, y nasas en pequeñas pilas triangulares. Al lado derecho, el mobiliario rústico, una mesa y tres sillas, una de ellas con un neumático a modo de cojín. Sobre la mesa un flexo, una revista y un cenicero.

—Leis, echa un vistazo por ahí —dijo el comisario, mirándome de reojo.

—Es una revista de esas de culturismo —dijo con sorna el otro agente de paisano—. ¡Mire qué tipo cachas, comisario! En el cenicero solo hay rabos de uvas pasas.

El muelle estaba desierto. Las boyas mantenían el tipo en un mar resentido. Por la forma de mirarme, Nico dudaba entre tirarme al agua o romperme la cara allí mismo. El comisario se alejó hacia el malecón con las manos en los bolsillos, y las gaviotas se apartaban a su paso con carcajadas histéricas. Luego volvió. Habló con Nico, sin siquiera mirarme. Eché una bocanada.

—Mala suerte. Llévese al Lucky, Castro. Nosotros —dijo volviendo la vista hacia las balizas flotantes en la rada— vamos a ver si pescamos alguna nécora.

¿Lucky? No me gustó nada el apodo ese de las cinco letras. Pero no era el momento de presentar una reclamación.

*El plato*

—Come —dijo mamá—. Aunque solo sea una patata.

Estábamos allí, tan tranquilos, comunicándonos con el tintineo de las cucharas, cuando lo dijeron por televisión. La policía había descubierto un alijo de Algo, en fardos sumergidos. No había detenidos. Los narcos, puestos sobre aviso, habían podido huir.

—Mañana salimos para Aita —dijo Nico, hablándole a mamá.

—¿Quién se va a Aita? —pregunté.

—Tú y yo.

En la tele hablaban ahora de un atentado en Euskadi. Alguien había saltado por los aires cuando iba a arrancar su coche. Debe de ser desagradable morir así, con un susto semejante, cuando aún estás medio dormido y los suelos luchan por no derretirse al mismo tiempo que la escarcha. Allí estaba el coche destripado, el cadáver cubierto con una manta. Todos los coches destripados, todos los muertos parecen iguales. Y la calle siempre parece la misma, y el zapato que quedó desprendido en la acera también es el mismo.

Mamá se levantó como si saltara un resorte automático y apagó la televisión.

—Los dos. Tú y yo vamos a Aita —repitió Nico, pausadamente.

—¡Eh, un momento! Pero ¿qué pasa? Yo no voy a Aita. No me apetece nada ir a Aita.

—Vamos a ir los dos a Aita —dijo Nico. Y siguió comiendo como si tal cosa.

—Irás tú a Aita. Conmigo no cuentes.

Pensé que era un buen momento para huir del maldito plato y zanjar la discusión. Me levanté de la mesa.

—¡Come! —dijo mamá—. Estás en los huesos. ¿No ves cómo estás?

—¡Siéntate! —dijo Nico.

—¡Eh! Pero ¿qué pasa? No tengo ganas de comer. No quiero ir a Aita. Así que me levanto. Y me abro. ¿Entendido? Me-lar-go.

¿Era él, Nico? Quienquiera que fuese, me agarró por el pescuezo y me metió los hocicos en el plato. Solo se me ocurrió resoplar. El agua de la sopa borboteaba, y al fin salió salpicándolo todo. Pero Nico no me soltó. ¿Por qué no lloras, mamá?

—Vas a comer y vas a ir a Aita —dijo el animal.

*Aita*

Con mamá, eran ocho hermanas y hermanos en Aita. Ninguno vive allí. Eso sí, se pasan el día hablando de Aita. Aita por aquí, Aita por allá, pero nadie daría un duro por la paz de Aita. En la casa de piedra solo viven la abuela Herminia y una perrilla llamada Princesa, que tiene ojos de vaca. Mamá siempre dice que, de niño, yo era muy feliz en la aldea. Sí, matando moscas, le digo. El único animal al que nada de lo humano le es ajeno. Náufragas, adictas, famélicas, suicidas. Yo sé que le duele Aita. ¿Moscas? ¡Te pasabas el día comiendo cerezas! Y yo dale con las moscas. Había moscas por el estiércol de las vacas, dice ella a la defensiva. Sí, mamá, moscas grandes como vacas, eso es lo que había. Por una vez, se ríe: ¡A ti te falta una patata para el kilo! Sí, nací averiado. No supisteis hacerme. ¡No callarás nunca, bocazas!

Un día, en otoño, justo un día, se van las moscas y viene la lluvia. El aire empieza a revolverse a la altura de los pies. Los animales se ponen al acecho. Algo pasa en la piedra y en la madera. De pronto, por las cumbres del Faro y del Castelo, asoma el ejército celeste. Primero bravamente, a cañonazos, con destello de relámpagos. Luego en forma de ráfagas, a caballo del viento, durante meses oculto como un bandido tras los Regatos dos Congos. Y más tarde, mansa y obstinada, la lluvia va ocupando la pantalla, hasta que entras en su frecuencia, una tristeza entumecida. Entonces es cuando escuchas la banda sonora del puto campo con una nitidez hiriente. Maldita paz, no hay donde esconderse. La polea del pozo, el hacha cortando leña contra el cepo, el carro, los mugidos, las campanas, los cuervos, un motor lejano, el chirrido lastimero de las puertas, la noche en la boca de los perros y los viejos que llaman a los chiquillos.

Samueeeeeeeeel. Nicolááááááááás.

—Nos están llamando.

—Quieto, no hagas ruido —había dicho Nico tapándome la boca en el desván—. Recuerda que somos extraterrestres.

*El claxon*

Mamá está en la puerta y me da una bolsa y yo se la doy a Nico, que la agarra de un tirón y baja apresurado las escaleras. Sé lo que tienen en la cabeza. Esperanza. Seguro que han estado hablando y llegaron a la conclusión de que en la montaña hay aire puro y paz y silencio. No saben lo mal que me sienta solo el pensar en Aita. Creo que hubo un tiempo, sí, en que fui feliz allí. Sobre todo cuando estaba escondido. Subido al cerezo, tanto tiempo picoteando que ya tenía la confianza de los mirlos. En los campos de maíz. En el pajar. Tumbado boca arriba, en el heno que lleva el carro. En el molino, como un ratón, entre sacos de harina. En el cementerio, con Gaby, la noche de las hogueras de San Juan. ¿Dónde habéis estado? Pero algo ha pasado, algo sin solución ya. No hay donde esconderse. No hay quien te busque. El centro exacto de la tristeza.

—Voy a morirme de frío. Petrificado. Ya lo verás.

—No es para tanto —dijo mamá.

—Una piedra más. ¡Vaya putada!

—¿Es que no sabes hablar bien?

Hubo un tiempo en que me daba un beso y me decía no vayas solo al río. Llevaba caramelos para el camino, y una bolsita con mudas, las botas de agua con borde de pellejo y un pijama con ancla y timón bordados. Me daba un pellizco cariñoso en la mejilla, porque entonces yo tenía mejillas de verdad, y me decía: Anda, sé bueno. Chupado, el mandamiento. Y seguro que yo decía: Sí, mamá.

—Aquello es el culo del mundo.

Nico toca el claxon. Mamá cierra de un portazo. Miro el patio de luces. Es muy fácil huir, basta un salto. Nico toca el claxon. Mamá abre en plan dramático.

—¿Aún estás aquí?

—¡Ya voy, hostia, ya voy!

—No hables así.

Lo de huir es una idea estúpida. Me imagino la escena. Yo, aterido en un portal, y Nico, a veinte metros, preguntando: ¿Han visto por ahí a un chico medio cojo? Pues sí, me pidió algo de dinero, pero yo no llevaba suelto.

—Puedes dormir, si quieres —me dice Nico, mientras se coloca el cinturón de seguridad.

—Mierda, tío, acabo de despertarme.

—¡No me hables así, coño! ¡Estoy hasta los cojones de aguantarte!

—Joder, tío, que no soy un robot.

Creo que sería un robot macanudo.

Enciendo un Lucky, justo cuando Nico baja la ventanilla y se pone las gafas de sol. ¿Adónde se creerá que va?

—Calma, tío. No soy una máquina. No puedo programarme y decir: fuera tacos. Fiu, fiu. Quedan los tacos eliminados de mi sistema. Yo no soy como tú.

—No me vaciles —dijo Nico. Su índice parecía a punto de disparar, justo a la altura de mis narices—. Te voy a decir una cosa: ¡No me vas a tomar el pelo! Conmigo, se acabaron las coñas, ¿entiendes? Por tu culpa voy a perder mis puñeteras vacaciones. Ahora el mundo se divide en dos. Tú y yo. ¿Entiendes?

Le iba a decir:

—Y tú tienes una pistola.

El acelerador del coche apagó mi intento de protesta. ¿Quién le mandaba perder las vacaciones? ¿Qué tenía que ver yo con este caprichoso crucero al infierno de Aita?

—Estás colgado. Tienes diecisiete años y estás metido en la mierda hasta el pescuezo. ¿Por qué no despiertas de una puta vez?

—¿Colgado yo? ¿De qué me estás hablando? Soy un Lucky. ¡Un respeto!

Era un bonito día gris. La ciudad olía a frescor, como si hubieran abierto todas las cloacas del mar. Y el mundo se dividía en dos. Tú y yo.

## *La cuneta*

Hubo un tiempo en que me llevaba muy bien con Nico. La rehostia de bien. Solo de pensarlo me dan ganas de llorar. Nadie me tocaba. Yo avisaba que se lo iba a decir a Nico y nadie se atrevía a tocarme un pelo. Entonces, Nico era de los Diablos Rojos y tenía un jersey con rayas negras y amarillas que se ponía los domingos. Una noche había verbena en Os Mallos y volvió muy tarde, creo que era ya de día, y traía señales de sangre en la nariz. Papá no se había acostado. Cuando llegó Nico no dijo nada, cogió el cinto de cuero y empezó a zurrarle. Nico cerró los ojos y apretó los labios. Ni lloró ni nada. El que lloraba era yo.

—No me gusta.

—¿Qué es lo que no te gusta? —preguntó Nico.

—Viajar aquí, al lado del conductor. Vas viendo la cuneta. ¿Has visto la cantidad de perros destripados que hay en la cuneta? Y erizos. Esta carretera es un matadero de erizos.

—Duerme, anda. Puedes dormir —dijo con voz tranquila. Me sentó muy bien aquella voz. Es lo mejor que se le puede decir a alguien: duerme.

—No puedo dormir. En el coche no puedo dormir. No sé. Sueño siempre que me arrastran. Unas veces es que me caigo de un caballo que corre aturdido y yo no puedo sacar el pie del estribo. Otras veces voy preso en un trineo tirado por perros en la nieve. Pero es una nieve que quema como si fueran brasas. Sueño que voy en un autobús y que se hunde mi asiento y nadie se da cuenta, los otros van durmiendo todos y yo me quedo sentado en el asfalto. Je, je.

—Sí —dice Nico riéndose conmigo—. Eso de los sueños es increíble.

—¿Tú qué sueñas? Quiero decir: ¿tienes algo que se repita, o así?

—No sé... Bueno, sí. Hay una llamada que tengo que hacer. Una llamada de teléfono. Toda la noche estoy pendiente, sé que tengo que llamar, pero pasan cosas, me entretengo, todo el mundo invita a copas, yo sé que tengo que llamar, pero siempre acabo liándome. Y cuando despierto, aún no he llamado. No me digas a quién, pero no he llamado.

—Los sueños son la hostia. Yo solo sueño con problemas.

—Sí. Mejor no soñar.

Nico está gracioso con sus gafas de sol. Un camión con ganado va abriendo un abanico de agua delante de nosotros. Aita será un barrizal, y la abuela soplará bajo la pinocha para encender la lumbre.

—¿Es cierto que os programan?

—¿Qué dices? —dijo con la voz que no me gustaba.

—Digo que si os programan. Si hacéis cosas de control del cerebro, o algo así.

—Estás loco.

—Leí algo sobre eso, un día. Por ejemplo, el no tener miedo. Programan la cabeza de los polis para no tener miedo, y ya está. ¡Eso es fantástico!

Entonces Nico movió la palanca del cambio y adelantó al camión de ganado. Por un momento no se vio nada. Solo una cortina de agua resbalando por el parabrisas. Para adelantar, Nico apretó los labios. Yo crucé la mirada con un becerro enjaulado. No sé qué, pero algo pensaba.

*El Oasis*

Aquella casa solitaria en la orilla del camino tenía un farolillo rojo y un rótulo en la fachada con un dibujo de dos palmeras y un letrero también rojo en el que ponía OASIS. Un pastor alemán, encadenado a la caseta, ladraba a los coches, empapado bajo la lluvia. Por una de las ventanas enrejadas miraba una mujer. Fue menos de un segundo, pero vi aquel rostro como pegado al cristal del coche. Era una mujer de piel negra, con rizos sobre la frente. Y allí estuvo mirándome hasta que la borró el limpiaparabrisas.

*El coche*

Había varios indicadores de limitación de velocidad a la entrada de Tobal. El primero era triangular, con una silueta de vaca. El segundo, también triangular, representaba a dos niños con carteras escolares, cogidos de la mano. El tercero era circular, con borde rojo, y ponía 40. En vista de los adelantamientos, creo que todo el mundo aprovechaba la oportunidad para acelerar. Tobal era ese tipo de sitio donde nadie se detendría a no ser por fuerza. Nico se detuvo.

—Es el disco del cambio —dijo el del taller mecánico. Tenía unas gafas del grosor de un vaso. Le aumentaban tanto los ojos que mareaba mirarlo—. Has tenido suerte. Lo deja a uno tirado sin que se dé cuenta.

—Venía notando algo raro. No tenía fuerza cuando pasaba de tercera a cuarta.

—*Capisco* —dijo el hombrecillo del mono grasiento. Tenía un aire gracioso de sabio despistado.

—¿Y cuándo estará? —preguntó Nico.

—Tendremos que pedirlo. Quizá esta tarde.

—¿Esta tarde? ¿Y a qué hora?

—Pronto. Más o menos.

Me fui hacia el portalón. Creo que los cuervos paraban en Tobal por compasión, por darle a aquello un poco de color. Se podía ver el frío en Tobal. El frío tenía un vuelo circular y espeso. No entraba en las casas sino que salía de ellas, de esas hileras a medio hacer en los bordes de la carretera. En algunas de esas casas fracasadas asomaban gallinas de cuello pelado. Mi madre las llama Pirocas. Dice que son las más listas y las más ponedoras. No me parece muy inteligente poner huevos para que te los birlen. Allá ellas.

—El coche va mal —había dicho yo, y no debería haberlo dicho. Nico me miraba ahora desde el fondo de la nave frigorífica. No se separaba del coche desmontado, como si velara a un indefenso moribundo. El mecánico de las gafas diabólicas era bajito y grande a la vez. Se limpiaba las manos con unas hilachas tan sucias que a cada fregoteo parecían más negras.

—No se preocupe, amigo. Queda en buenas manos —dijo, y le dio una palmada en el capó, dejando impresas las huellas digitales.

—Esta tarde —recordó Nico, entre apesadumbrado y exigente.

—Sí, esta tarde. Puede ser; je, je, esta tarde.

En Tobal había un bar-taberna-restaurante-fonda-ultramarinos-ferretería-videoclub. También pasaba por juguetería, pues había en el escaparate una muñeca vestida de hada y unas pistolas con una insignia de *sheriff*. El rótulo decía CASA DE LAS NOVEDADES.

### *Cornelio*

Solo una voz respondió a los buenos días de Nico cuando entramos en la Casa de las Novedades. Era un hombre de corpachón enorme y rostro raro, con grutas en los ojos y una nariz de boxeador. Lo miraba de reojo, mientras jugaba con la maquinita de marcianos. Bueno, no eran marcianos lo que yo tenía que destruir con misiles, sino batallones de nanos orientales acorazados, que se multiplicaban en la pantalla a cada chupinazo. El otro, el gigantón, no se debía de peinar nunca, pues llevaba una pelambrera larga que se le enredaba como hiedra por las orejas y espalda abajo. Hablaba solo, en la barra, con una voz ronca y profunda de ventrílocuo, y bebía coñac a grandes tragos. Era muy fuerte la voz. En lo alto de una esquina la televisión, con una pareja que parecía reprocharse algo. Y luego mi máquina, tiu-tiuuuu.

Y yo dije, llévalo tú.

¡Ay, qué carajo!

¡Pues iba a llevarlo yo!

¡Bueno eres!

Llévalo tú.

Mi divisa no conoce miedo,

mi destino tan solo es sufrir.

T y o, To, Toooro, Toooro.

—¡Calla, Cornelio, calla!

Era uno de los viejos, no tan viejo, que jugaba al dominó. En la mesa había cuatro. Todos gordos y con puro, menos uno, el del mondadientes, que era muy chupado de cara. Los demás parecían estar ahumándolo como un arenque.

—¿Qué pasa, Cornelio? ¿Estás triste, Cornelio?

El tipo de la barra, el dueño, panzudo, con aire socarrón, sonreía entre dientes cuando me acerqué a Nico después de deshacerme de cantidad de nanos, pero no de los suficientes para repetir partida.

—¡Cornelio! ¡Eh, Cornelio! ¿Es que estás en la luna, Cornelio?

—¡Estoy pensando!

—¡Déjalo, hombre! Pensar, piensan los burros. Toma otra, Cornelio. Estás invitado.

Nico preguntó al patrón si se podía comer. Todos se volvieron hacia él, como si fuera la primera vez que alguien pedía de comer allí. Lo cierto es que afuera ponía RESTAURANT.

—Poder, sí, se puede —dijo al fin el dueño—. Pero es temprano todavía. ¿O no?

—Son las dos. Casi las dos —dijo Nico mirando el reloj.

—Un poco temprano —sentenció el dueño.

—¿Y a qué hora se puede comer? —preguntó Nico.

—Hombre, pues más tarde. Un poco más tarde.

—¿Tiene tabaco rubio? —pregunté—. ¿Lucky?

—Aquí hay de todo. ¡De todo! —dijo el tal Cornelio antes de que hablara el patrón—. Te hacen un traje a medida en un abrir y cerrar de ojos.

*El hacha*

Nico pidió para comer un bistec de ternera, y yo huevos y patatas fritas con chorizo. El patrón se marchó mascullando algo entre dientes y volvió con una enorme fuente de patatas cocidas, grelos y lacón.

—Será mejor que coman esto.

—¿Dónde están mis huevos? —dije yo, que solo pensaba en mojar pan en aquella salsa aceitosa que deja la yema mezclada con la grasa del chorizo.

—Es igual. Está bien —dijo Nico.

El tabernero trajo luego un vaso de tinto y para mí una gaseosa. Yo recordaba haber pedido Coca-Cola y Nico había dicho que quería cerveza.

¡Señoritos del carajo!

Métete el dinero en el culo.

Eso dije.

Legionario, legionario
de bravura sin igual.

T y o, To, Toooro, Toooro.

—¡Calla, Cornelio, calla!

—Están locos, todos están locos —le dije por lo bajo a Nico—. Con viento en las ramas.

—Chsssss. Come y calla.

Después de comer nos quedamos viendo los dibujos animados. Ahora, afuera llovía a mares. De vez en cuando entraba gente y los grandes paraguas negros, apoyados en la barra, formaban charcos en el serrín del suelo. Uno de los campesinos compró una jaula con dos periquitos. Otro, una ratonera. Otro, uno fortachón de bigote rubio y barba blanca, una ropa de aguas y un hacha.

—¡Se compró un hacha! —le comenté alarmado a Nico.

La charla de los clientes se mezclaba con el monólogo de Cornelio, con los golpes de las fichas de dominó sobre el mármol y con los disparos de Elmer Gruñón contra Bugs Bunny en la pantalla. ¿A quién se le ocurría comprar un hacha a las tres de la tarde? Seguro que el del mostacho rubio y la barba blanca iría, nada más salir, al bosque por donde corría el conejo de la suerte y que cortaría árboles de Navidad.

—¿Y qué querías que comprase? —soltó Nico—. ¿Un palo de golf?

Ahí me demostró que era un buen policía. Tenía el principio de realidad.

Nico se pasó la tarde yendo y viniendo de la Casa de las Novedades a aquella nevera donde tenían congelados los cadáveres de los coches. Yo al fin había conseguido que el patrón no me aplicase la ley seca y alternaba entre los marcianos, la televisión y el espectáculo teatral de la barra. Los monólogos de Cornelio eran cada vez más enrevesados y desafiantes. Parecía luchar en el aire contra todo el mundo, y solo encontraba un rostro amable en esa copa de la que no se había desprendido desde que llegamos.

El juez a lo suyo.

Ese carro no anda,

si no lo untan.

Salir de las cenizas.

Caer en las brasas.

Cada uno será lo que quiera.

Nada importa mi vida anterior.

—¡Calla, calla, Cornelio!

Se hacía de noche. La gente taconeaba al entrar en la Casa de las Novedades. Hacía al fin algo de calor, como si todo el frío se hubiera ido hacia fuera. Podía vérsele la cara de vagabundo al frío con las primeras ráfagas de luz de los faros. Nico llegó empapado.

—¡Esos cabrones!

—¿Y el coche?

—Ahora me vienen con que no saben cuándo va a estar listo. Toda la tarde tomándome el pelo.

—Je, je. Demasiado. Ya te dije que estaban todos locos.

—Tendremos que quedarnos aquí.

—¿Qué?

—Tendremos que dormir aquí.

Los del dominó debían de estar celebrando el campeonato mundial. Con el tiempo se fue formando a su alrededor un círculo de gente. Los jugadores estaban muy arrellanados, estudiando a distancia los movimientos, pero cuando les tocaba el turno se inclinaban hacia delante, amenazaban en un molinete con la ficha en el aire y al fin golpeaban en la mesa con mucho estrépito. A veces uno de ellos se cabreaba, se ponía en pie y se iba hacia la puerta soltando maldiciones. Había entonces una tensión terrible, y parecía como si bajo la mesa amartillaran las armas. Luego volvía, se sentaba y soltaba una carcajada. Los cabreos eran siempre entre compañeros y nunca con los contrarios. Es curioso. Solo debe de pasar eso en el dominó y en las cartas, cuando uno juega cómodamente. A campo abierto, uno lucha contra el enemigo. ¿O no?

—¿Hay habitaciones? —dijo Nico.

—Algo habrá —respondió el patrón.

—Y nos gustaría cenar.

—Aún es muy pronto.

—Sí, claro. Oiga, ¿tiene un periódico por ahí?

—Puede que sí. Es de anteayer.

—No importa.

Dentro de la televisión no hacía frío ni nada. Se debía de estar calentito. Todo el mundo salía ligero de ropa y parecían tan contentos. Por la puerta entró el mecánico con gafas de submarinista. Saludó a todo el mundo menos a nosotros. También parecía un tipo feliz. De pronto vi que el gigantón dejaba la barra y se acercaba a Nico, que estaba leyendo el periódico.

—¿Y tú no tomas nada?

—No —dijo Nico, levantando sorprendido la vista—. No me apetece nada.

El patrón secaba los vasos con un paño blanco y miraba divertido desde detrás de la barra. En la mesa de dominó dejó de oírse el percutir de las fichas.

—¡No me apetece nada! —se mofó el gigantón—. Tú no eres de aquí, ¿verdad?

—No, no soy de aquí —dijo Nico volviendo la vista al periódico.

El tipo no se despegó. Era realmente grande. Y feo a rabiar. Metía miedo, con los ojos enterrados entre bultos de carne. Le posó una manaza en el hombro a Nico y creo que se oyó el estallido de los huesos.

—Conque no eres de aquí, ¿eh, amigo? Y esto no te gusta nada, ¿verdad? ¿A que no te gusta Tobal?

—Estoy leyendo. ¡Por favor!

Los otros se reían entre dientes. Yo vi los ojos encendidos de Nico. Imaginé sus músculos tensos, como los de un gato.

—¿Te gusta o no Tobal, amigo?

—¡Déjeme en paz! ¿Vale?

—¡En paz! ¿Vale? ¿Oís? ¿Oís cómo habla? ¡Por favor! El señorito está leyendo la gaceta.

Nadie dijo nada. Parecían estar disfrutando con el espectáculo. Solo el patrón murmuró un Se acabó, Cornelio, hora de rezar. El gigantón dio otra vuelta de tuerca.

—¿De dónde eres tú, capullo? ¿De dónde escapas?

Nico se levantó como un relámpago, volcando la mesa para ganar espacio. Apretaba la boca, con los brazos en guardia. Sé cómo se sentía, como un «diablo rojo», el pandillero que un día fue. Yo esperaba que hiciera lo que tenía que hacer. Miré al auditorio, triunfante, ahí tenéis a mi hermano. Algo lo frenó. El otro tenía los ojos casi blancos. Del revés. Nico bajó los brazos, colocó la mesa en su sitio, recogió el periódico del suelo y se puso a leer. Y volvieron también los marcianos, y la tele, y el dominó.

—¡Venga, Cornelio! Hay que irse para casa —dijo el patrón.

El gigante cogió el bastón de punta metálica y se fue abriendo paso con la percusión de ciego.

*Somos héroes incógnitos todos.*
*Nadie aspire a saber quién soy yo.*

Lo vi desaparecer en la lluvia, golpeando la oscuridad, como un espectro anfibio.

—El coche ya está listo —oí que hablaba el mecánico a Nico—. Venía a decírselo. ¡Como nuevo!

*La abuela*

¡Bienvenidos a Aita! Esto es la paz. La noche que resbala sobre las sombras. La tierra que borbotea en la era, bajo la alfombra de pinaza.

—¡Auuuuuu!

—¿Qué haces? ¿Estás loco? —dice Nico, que anda revolviendo en el maletero.

—Escucha.

No falla. Ladran, en ordenada secuencia, todos los perros de Aita. Primero Princesa, que está junto al hórreo. Luego, uno tras otro, el de Brandariz, el de Lousame, el de Pancorvo. ¿Quién sabe hasta dónde llega la aldea? Quizá uno de los ladridos atraviese el río Grande, y responderán los de Chorima, y más allá, ya en los lindes de la sierra, los de Moa. Un tipo de dos patas que acaba de llegar imita torpemente al lobo, y ahí están ladrando todos los perros del universo. Y cuando el tipo se calla, satisfecho por el efecto de la burla, ellos siguen con la suya, cada vez más empeñados, como vigías confundidos por una celada del enemigo que luego se hacen reproches. De no ser por ellos, Aita no existiría al caer la noche. Es increíble cómo se pega a las piedras la oscuridad cuando llueve. Ni siquiera veo a Nico. En el fondo de la era se abre la puerta de la cocina y se ve la silueta de la abuela, enmarcada como una santa, con esa aura fatigada que exhalan las luces de Aita. ¿Cómo hará para vernos? Para coser necesita gafas. Y para leer.

—¡Cuidado! Hay barro. *(¡No me digas, abuelita!).* No, Samuel, no, no pises ahí. *(¡Coño! ¡Tiene razón!).* Por allí sí, por donde está el bebedero. *(¿Cómo verá en la oscuridad?).* No, Nicolás, por ahí no. A la derecha. Detrás de tu hermano. Así. *(¡Claro, estúpido!).* ¿Qué horas son estas de venir?

*(¡Si te contara!)*. ¡No parará! *(¡Qué va a parar!)*. Ayer no llovió, bueno, llovió menos. *(El cuento de siempre)*. Pasad, pasad. Ahí, ahí, junto a la lumbre. Ahí, ahí, en el lar. Aquí, al calorcillo. ¿Tenéis hambre? *(No)*. Seguro que tenéis hambre. *(No)*. Algo comeréis. *(Nada)*. Ya veréis qué bien os sienta. *(Fatal)*. Solo un caldo. *(O dos)*. O dos. *(De entrada)*. El coche es nuevo, ¿verdad, Nicolás? *(¿Cómo se las arreglará para ver?)*. Me lo pareció por el ruido. *(¡Dios!)*. Nando también se ha comprado un coche nuevo. Nando, el hijo de Daniel, el que trabaja en el banco. *(¡Así cualquiera!)*. Comed, comed. *(¡Uff!)*. ¿Habéis parado en Tobal? *(Sabes que sí, abuela)*. Es gente muy especial, la de Tobal, enseguida te hacen un traje. *(¡Lo sabe todo!)*. Come, Samuel, venga, come, ¡pero si estás en los huesos! ¡Tienes que engordar en Aita! Ya verás como vas a engordar en Aita. *(Ahora, sí, nos vemos de frente y veo al fin su rostro, de un blanco de harina como el de esas actrices chinas que acarrean cosas sin parar, desplazándose ágilmente de rodillas)*. Pues yo hoy no he hecho nada.

—¿Y qué ibas a hacer con este tiempo? —preguntó Nicolás.

—Nada. No he hecho nada.

Avivó el fuego. Cortó un pedazo de pan y vino a sentarse al banco, junto a nosotros, con el plato de patatas apoyado en los muslos, muy bien colocado, con el mandil floreado a modo de mantel.

—Hoy no he hecho nada en todo el día.

—Te voy a regalar una televisión, abuela —dijo Nico—. Hace mucha compañía.

—Los de Brandariz compraron una televisión. Pero no se ve.

—¿Por qué?

—Por la montaña. Hace sombra y no se ve. Bueno, se ven unas rayas y unos puntos.

*La tormenta*

Los ratones no paran de ir y venir por las tablas del desván, bajo el tejado. Patitas de ratón correteando por el techo. Enormes ratones que pilotan cazabombarderos entre las nubes. Ratones que me roen la cabeza. Ojos brillantes de ratones que lanzan destellos en los cristales, entre las macetas de geranios. Nico roncando como un ratón gigante, harto de maíz, entre las sábanas. ¿Dónde habrá Algo para dormir? Sé que la abuela guarda en el casar las cosas que toma. Tiene que haber algo parecido a Algo. En todas las casas hay de eso. Bajo lentamente las escaleras y los relámpagos se enroscan en los pies desnudos. Abajo, las brasas del hogar también parecen asustadas en una esquina.

—¿Eres tú, Samuel?

—*(¡Hostias!)*. Sí, soy yo, abuela.

—¿Qué pasa, neno?

—Iba por un vaso, abuela. Por un vaso de agua.

—¿Tienes miedo, Samuel?

—*(Mucho miedo, abuela, estoy muerto de miedo).* No, abuela, ¿por qué voy a tener miedo?

—¿Quieres venir a mi cama?

—*(¡Cuánto me gustaría, abuela!).* ¡Qué cosas tienes, abuela! Solo quería un vaso de agua.

—Anda, ven a mi cama.

*El abuelo*

Ahí está Aita. Un cementerio, con la iglesia, rodeado de casas. Para ir de un lugar a otro, la gente ataja a veces por las viejas losas, con lápidas que no son como las de ahora, pues tienen soles detrás, y lunas, y estrellas, y cosas que parecen herramientas. Junto a la iglesia, pegados a ella, los sepulcros de piedra hacen de bancos o de pilas, los que no tienen tapa, con un agua verde en la que dormían las ranas. Un día cogimos una anguila en el río Grande, con un rosario de lombrices en el sedal. Había mordido el cebo y se le trabaron los dientes, justo el tiempo de pegar un tirón y hacerla caer en el prado. Era como una serpiente húmeda en las manos de Nico. La metimos en un sepulcro, en el más estrecho, hecho quizá para una muchacha, pues lo llamaban «el de la doncella». La gente, los domingos, antes de la misa, azuzaba a la anguila con una hoja de junco. Y nosotros la hartábamos de lombrices, gusanos rosados de la tierra oculta.

No, no se va muy lejos cuando se muere en Aita. Cuando se cierran los ojos, lo sacan a uno de la cama y lo dejan para siempre a unos metros de la puerta. Te asomas a la ventana y puedes dar los buenos días a los parientes difuntos. Jugábamos a las canicas sobre la losa de los abuelos. La bola va rodando sobre las fechas y los nombres, y a veces se queda parada en el puntito de la i, Samuel Castro Ti(nes). Lo estoy oyendo, abajo: *A ver si te estás quieto de una vez. ¿Es que no vas a parar, demonio?*

—Es un niño, Samuel, ¿no ves que es un niño? —dice la abuela Herminia.

—¡Pues que lo aguanten sus padres! ¿Has visto lo que hizo con las nécoras? Cualquier día nos prende fuego al almiar.

—¡Es un niño! ¿No ves que es un niño? Anda, ven aquí, al regazo de la abuela. ¿Quieres un poco de algo?

Bien mirado, tienen suerte los muertos de Aita. Papá está en Feans, en el municipal, en el quinto piso de nichos por lo menos. Mamá nos llevaba el día de Difuntos y Nico le ponía allá arriba un ramo de crisantemos desde una escalera. Hace ya mucho que no vamos. Mamá, sí. Mamá aún va. La imagino tambaleándose en la escalera. Se juega la vida por unas flores que nadie ve.

Me despierta un tremendo alarido de claxon. Entra un haz de luz por la contraventana medio abierta. Estoy deshecho, me sienta fatal dormir. A lo mejor han pasado cien años o así. Suena otra vez el claxon. ¿Será capullo este Nico? Pero no. Es el pan. De la furgoneta baja un tío muy ufano, con mandil blanco y la pesa en la mano. En el reparto, todo el grupo, el panadero con las manos enharinadas, los cabellos grises de las mujeres, el vaho de las bocas, todo parece herido por una luz limpia que las manos femeninas del panadero van repartiendo en trozos. ¿De dónde ha venido este sol? Antes no traían el pan. Se iba por él a Timor. Me mandaron una vez, y en el camino me lo comí entero. Toda una hogaza. Metí el dedo en la miga y fui barrenando, barrenando. La miga estaba caliente. Nada, ningún dulce me supo nunca tan rico. Recuerdo que no me riñeron.

Cuando se va el panadero, el cielo se oscurece. Se ve correr la sombra del aire en la hierba. Y llega el claxon, dos llamadas penetrantes y breves. La mujer de la furgoneta del pescado es pelirroja, y va remangada. Hay menos gente ahora, y no forman círculo sino que se van aproximando uno a uno, y escudriñan en las cajas, adelantando la nariz como si olisquearan. Una señala con el dedo, y la pescadera alza un pulpo, sujetándolo por la base de la cabeza. Los tentáculos cuelgan larguísimos, desmayados, en su brazo tenso y rudo como el de un hombre. El pulpo tiene ahora un color de piedra, el color de las losas de la iglesia. Cocido, tendrá el mismo color rojo del pelo de la mujer. La abuela mira hacia donde yo miro. En una caja se revuelven las nécoras. Sé que va a cogerlas. Aquella vez yo las descubrí en una tina, en el pilón de la cocina. La llevé al hórreo y la volqué sobre las espigas de maíz. Allá iban, una expedición de seres extraños, con antenas finísimas y miras periscópicas, armadas de pinzas, por montañas doradas. Las hacía combatir con mis soldados de plástico.

Esa vez, sí. Me tiraron de las orejas.

*El espejo*

También en el espejo ha penetrado la humedad, desplegando por sus bordes una hiedra negra en la que ha tejido la araña su red. Estoy prendido en ella. Todo pasa a cámara lenta ante los ojos, arrastrando hojas secas que se posan en mí con somnolencia y traen palabras y memorias de otros. Esto es Aita. Una maldita telaraña. Me miro en el espejo y hago el monstruo.

*Las patatas*

—¿Has ido a casa de los Brandariz?

—Sí, he ido. *(Tú ya lo sabes, abuela).*

—¿Y has entrado?

—Sí, entré. *(Lo sabes muy bien).*

—¿Y no pusieron mala cara?

—Pues no. Bueno, andaban por allí. Yo estaba con Gaby.

—Pues es bien raro. Desde que llegó la chica con el niño no se hablan con nadie. Andan siempre enfurruñados, como si les hubiera caído encima una maldición. No piden una mano para nada. Hasta han dejado de ir a misa. Solo van a los funerales, pero se quedan allá, en la puerta, y se van los primeros. Como excomulgados. La vieja, Amparo, se esconde de mí, hace como si no me viera, pero yo le sigo hablando igual.

—Pero ¿qué pasó? —preguntó Nico, buscando por la ventana de encima del pilón, entre las ramas de perejil, la fachada de la casa vecina.

—La chica, la que anduvo de novia con tu hermano, que ha vuelto con un niño —dijo la abuela, que mondaba patatas.

—Gaby tiene un bebé —aclaré yo—. ¿Te acuerdas de Gaby?

—Sí, claro.

—Estuvo por un montón de sitios, por Europa y por ahí. Tiene tatuajes. Y un bebé.

—¡Valer vale lo que un cuento callado! —exclamó la abuela—. Así mismo se lo dije a Amparo. Pero, nada. Andan todos apesadumbrados. ¡Santo cielo!, como si se les escapara el alma por una teja. Y luego el niño, un tesoro, pequeñín, pequeñín... ¡Pena de patatas! Van viejas. Ya no valen nada. Todas chuchurridas.

Les iba arrancando los ojos, aquellos grumos blancos que parecen más bien patitas de topo. Tan arrugadas, manos y patatas parecían hechas de la misma cosa, envueltas en la misma piel y manchadas por la misma tierra.

—¿Cuándo se plantan las patatas?

—Allá por marzo...

La tira de piel de patata trataba de enroscarse en el dorso de la mano hasta que caía desprendida, como la camisa vieja de una culebra.

—Allá por marzo —dijo la abuela—. Si aún hay quien las plante.

Y murmuró, como hablando para sí:

—Cuando cante el cuco. Si es que canta.

### *La nuez*

Gaby, Gabriela, levantó la mantita como si fuese la hoja de una parra y descubrió un bebé del tamaño de un sapo. El niño, del tamaño de un ratón, se deslumbró, y me pregunté quién podría estar llorando por él, pues era imposible que un niño del tamaño de un grillo pudiera invocar de tal manera al rayo.

—¿A que es linda? —dijo Gaby, hablando con un susurro cuando aquel gramo de vida dejó de llorar.

—Sí que es relinda.

Era horrible. Vaya, en realidad, todos los bebés son horribles, con esa cara de duendes envejecidos. Lo que pasaba era que, además, el bebé de Gaby tenía el tamaño de un erizo.

—¡Es tan pequeña! —dijo la madre—. A veces pienso que aparto la manta y que ya no está, que se la llevó un águila prendida en las uñas, o algo así. Un aire que levanta una teja.

De vez en cuando, aún se ve algún águila en el cielo de Aita. Vuela en círculo, como sorprendida de existir. Lo que sí hay son cuervos. Si hubiera más águilas, habría menos cuervos.

Las águilas son guerreras, los cuervos parecen forajidos que andan vagantes, en salvaje compañía, sin hoy ni mañana. En los campos donde se planta centeno ya no colocan espantapájaros, sino cuervos forajidos colgados de una pata a una estaca. O crucificados. Yo creo que hasta el águila se asustó y ya no volvió.

No son cuervos ni hostias, oí decir furioso al viejo de los Brandariz. Y añadió: No sé de dónde demonios vienen tantos cuervos. Disparas y disparas, y nada, vuelven como si dispararas al aire. ¿Sabes cuánto cuesta un cartucho? Vuelan como vagabundos. Se ríen de la pólvora.

Acerqué la mano, y el bebé de Gaby apretó el índice con sus manitas de tití.

Alguien debía de hacer fuerza por él en alguna parte. Era una niña del tamaño de un mirlo.

—Nació a destiempo, a los siete meses —dijo Gaby—. Estuvo en la incubadora días y días. Se ha salvado de milagro.

En realidad, el niño de Gaby era una niña. Lo sé porque me lo dijo.

—Me puse muy triste cuando supe que era niña. Me alegró saber que era una niña. No sé si me entiendes. Pero pensé que si era niña, no se salvaría.

Gaby estaba preciosa. Me gusta cómo habla. Dice una cosa y la contraria. Por eso nos entendemos muy bien. Hoy parecía una mujer, tan triste y con aquella mirada perdida. Los dedos de su mano eran largos como cañas de bambú. Quería soltar los dedos del bebé, prendidos como alfileres, y acariciar la mano huesuda de Gaby. Solté los dedos del bebé y miré el reloj.

—No me iré nunca más —dijo Gaby—. Quiero que crezca aquí. Y que coma la primera cereza del verano.

—¿Quieres, quieres algo de Algo, Gaby?

—¿Qué?

—No, nada.

*Princesa*

Está en celo, la Princesa, y la abuela ha decidido meterla en el hórreo. Antes estaba lleno de espigas el hórreo, pero ahora solo hay trastos viejos, cacharros, loza hendida, el manillar de la bicicleta de tío Lito y algo de leña. De pronto acudieron a la era los perros de medio mundo. Todos los vigías que protegen la noche de Aita estaban allí, perros de pajar, rabicortos y pequeños, que no llegaban con el hocico al culo de la perra y que eran los más obstinados, o grandes y lustrosos, que parecían sopesar a cierta distancia la oportunidad de mezclarse con la plebe. Hasta que se abalanzaban y se imponían. La abuela se cansó de ahuyentarlos con una vara y encerró a Princesa, que parecía tan temerosa como impresionada por tanto pretendiente.

—¡Hala! Cuida del niño —dijo la abuela. Y le echó una pelota deshinchada, con dibujos de mariposas amarillas.

Antes de la perra, hubo otra Princesa en la casa. Una vaca. La abuela dice que tienen los mismos ojos.

*La mariposa de la noche*

No puedo con la noche. Es más fuerte que yo. Me siento en el respaldo de la cama, con el frío de las barras metálicas hiriéndome en la espalda como las rejas de una cárcel, y no puedo retroceder más. La noche acecha en la puerta con su capa negra, y solo la frena la luz polvorienta de una bombilla desnuda. También la mariposa revolotea inquieta, dándose cabezazos contra la luz. Si apago la luz, la mariposa plegará las alas y el miedo la consumirá. Nico ronca. Me gustaría estar programado como él, hacer lo que hay que hacer a cada instante, sin dudas, sin ocurrencias, sin alterar nada, moviéndome al compás de una cámara de fotos. Me gustaría ser como ellos, los de esa revista que Nico trajo para la abuela, actores que posan con su nuevo amor en la nueva casa, modelos esbeltas en la pasarela, familias reales en la escalera de un palacio, la viuda Carolina de Mónaco con su bikini de luto, tan seguros todos de sí mismos, tan en su sitio que me hacen sentir muy raro, un bicho raro que se sobresalta con un rechinar de goznes al pasar las hojas. ¿Cómo puede hacer tanto ruido algo tan leve como una hoja, como una mariposa con alas de terciopelo, como el muelle de un somier, como el aire que entra y sale de los pulmones de Nico, como el andar equilibrista de los ratones? Ya sé para qué se han hecho las ciudades: para olvidar los propios ruidos, los insoportables pequeños ruidos que provocan los dedos y los ojos al pestañear. Oigo el barullo de la calle, las sirenas de la policía, la lucha de los motores, la sintonía de la televisión, el ring-ring del teléfono, la disputa de los vecinos, y la noche, contrariada, deja de forcejear en la cerradura de la habitación de Aita. Como una avioneta forestal, pasa el reactor que va de Madrid a Nueva York.

*La leche y las manzanas*

Cuando se filtra la primera luz del día Nico ya no ronca, pero sigue durmiendo con la boca medio abierta. Desde abajo llega el primer sonido de cazuelas, el agua del grifo y el olor a leche hervida. Siempre se le va la leche a la abuela, deja que se queme y luego pone más en el mismo cazo y se sale otra vez. Cuando la echas en el vaso, tiene un color amarillento y sabe a otro tiempo. Pero si no bajo aún, si voy hasta la ventana del piso de la casa, allí huele a manzanas, docenas de manzanas tendidas en el suelo, sobre mantas y andrajos. Parece una gigantesca mesa de billar con tapete de franjas y rombos, gastado y recosido, y bolas que han perdido el esmalte y la forma de rodar, curándose las cicatrices, juntas y solitarias, en la penumbra.

*Dombodán*

Las ovejas de Dombodán pacen entre las losas de los muertos. Hay también un burro que nos mira con mucho interés y hace girar la oreja izquierda a modo de radar. Él está sentado, con una cachava en la mano, sobre la tumba de Adoración Dombodán Tasende, *fallecida a los 41 años de edad, el 11 de abril de 1985. Tus hijos Benito y Luis no te olvidan*. A su lado, con una guitarrita sin cuerdas que tiene pintada una bailarina flamenca, está también su hermano, el Niño Azul, con su cabecita enorme, sin pelo, con las venas transparentes. Dombodán no habla, pero no es sordo.

—¡Hola, Dombodán!

—Ha.

—¿Te acuerdas de mí?

—Ha.

—¿Va bien todo?

—Ha.

—¿Y la caza? ¿Qué tal la caza?

—Hu.

Da gusto hablar con Dombodán. Tú hablas y él asiente con un sonido gutural lleno de matices, en el que se distingue el bien, el mal o el regular, el grande y el grandísimo, el pequeño y el pequeñísimo.

—¿Un jabalí?

—Ha.

—¿Era grande el jabalí?

—Haa.

—¿Así de grande?

—Haaa.

Dombodán no es un cazador cualquiera. Dicen que puede pasar tres días oculto entre los arbustos, en la senda del corzo, impasible bajo el cielo, con su gorra de orejeras, así hasta que no huele a hombre y el animal se confía.

—¿Tres días, Dombodán?

—Ha.

—¡Tres días es mucho!

—Hmm.

Dombodán no es tonto. El tonto de Aita, Manoliño, murió cuando yo era un chaval. Recuerdo el entierro, nunca se había visto tanta gente. Andaba con una corneja al hombro, una corneja que hablaba, bueno, decía *merda* y otras normalidades. La corneja estuvo posada en el ataúd y nadie se atrevió a ahuyentarla. Mientras el cura rezaba la oración, el animal picoteaba en la caja y de vez en cuando decía *merda*, y la gente decía *amén*. Dombodán es otra cosa. La abuela nos contó ayer en la cena un secreto de Aita, con la promesa de no predicarlo por ahí adelante. Dombodán hace trabajos de encargo, unos trabajos, digamos, especiales. Es algo así como el vigía de Aita, su protector. Controla, sobre todo, a los extraños. Los viejos de Aita les tienen miedo a los encapuchados, a las bandas que asaltan las casas de las aldeas y roban los santos de las iglesias. Vosotros, delincuentes, si veis una sombra con gorra de orejeras en la noche de Aita, sabed que es Dombodán, y que no yerra el tiro.

Ahora Dombodán mete la mano en el abultado bolsillo del pantalón. Debe de llegarle a las rodillas. ¿Quién sabe qué puede sacar de ahí? Le cabría un hurón, al menos. Va poniendo el muestrario de abalorios encima de una losa. Una navaja, castañas, tiras de cuero, cordeles, piedras con forma de huevo, fundas de cartuchos de diferentes colores, una linterna, un rabo de conejo, una moneda portuguesa, un calendario con una supertía desnuda *(¡Ha!)*, otro calendario de la Virgen, una insignia del Real Madrid, plumas de pájaros, cuentas de vidrio, un mechero chisquero y un colmillo de jabalí. Y un pañuelo, un pañuelo de colores que no se acaba nunca. Me da con el puño en el hombro y señala su patrimonio.

—¿Para mí?

—Ha.

—¿Quieres que escoja algo?

—Ha.

—¡Hombre, Dombodán! No puedo. Son tuyas, ¿entiendes?, son cosas tuyas.

El segundo puñetazo fue aún más elocuente. Dombodán quiere que escoja algo en señal de amistad, y tendré que decidirme si no quiero salir malparado.

—Bueno. El rabo de conejo. Dicen que trae buena suerte.

—Ha.

Supongo que tengo que darle algo a cambio. Busco en los bolsillos. No tengo nada, ni un duro. Dombodán señala mi insignia. La gloriosa estrella del Ejército Rojo. Duele desprenderse de un tesoro así. En fin. El burro nos mira divertido. Tiene una oreja tiesa y la otra caída, fuera de servicio. ¿Cómo hará para moverlas por separado?

—Mira, Dombodán, mira cómo ando. Esta pierna es más corta que la otra.

—Hmmm.

*Las flores de los muertos*

En un rincón de la era, junto a las coles del huerto, la abuela tiene un jardincillo con seto de hortensias, en el que cuida dalias, pensamientos, pasionarias y crisantemos, flores para sus muertos. Está inclinada y no la veo. Solo oigo el azadón escarbando en la tierra. Cuando la abuela se levanta, tira a un lado un puñado de hierbajos y descansa las manos en los riñones, apoyándolas en los nudillos. Las mujeres de Aita nunca escupen cuando trabajan la tierra. Los hombres, sí. Escupen en sus manos y en la tierra.

*El carro*

Casi todo el mundo tiene tractor en Aita. También Lucas.

Pero Lucas solo trabaja con tractor los festivos. A diario va con el carro de vacas.

—¡Este carro me lo hizo tu abuelo!

El carro de Lucas canta mucho. Hace mucho más ruido que un coche. Quiero decir que un coche hace ruido y no lo oyes.

Debemos de tener un aparato especial en la oreja para no oír los coches cuando no queremos. Pero el carro viene quejándose, y quejándose sigue cuando ya se ha perdido a lo lejos.

Ahí viene Lucas con la cuerda en una mano y la vara en la otra.

Me lo va a decir.

—Este carro me lo hizo tu abuelo, que en paz descanse.

Desde que era niño, la misma historia. Hoy, al ir y al venir. Como quien dice:

—¡A ver qué haces tú, chaval!

Nico se pasó la tarde entera hurgando en el motor del coche. Venga a acelerar y desacelerar. Parecía preocupado.

—¿Qué tiene?

—El coche, nada.

—¡Ah!

Luego lo lavó con mucho esmero. Lo acariciaba con la esponja como si fuera el lomo de un animal. Me hacía bien mirarlo.

—Échame una mano o lárgate. ¿Es que tienes que estar todo el tiempo pegado aquí?

—¿Qué pasa, tío? No molesto.

Estaba muy serio, Nico. Cuando acabó, miró el coche, no del todo satisfecho. Luego se abrochó los puños de la camisa y entró en casa. Cuando salió, iba comiendo una manzana y llevaba puesta la cazadora.

—Vuelvo ahora.

—¿Adónde vas?

—Ahora vuelvo.

—¿No puedo ir yo, o qué?

Puso mala cara, pero se echó a andar sin decir nada. Fui detrás de él, silbando para hacerme oír y fastidiarlo. A decir verdad, era correspondido. Nico andaba muy deprisa, y por primera vez desde que dejé las muletas tuve la impresión de que estaba cojo, de que yo era un auténtico cojo. Luego se metió por un bosque quemado. La hierba, blanda y de un verde muy claro, casi transparente, rebrotaba en un suelo que parecía de asfalto. Yo seguía como podía el ligero zigzag de Nico, pero aun así las ramas me tiznaban la cara.

—¡Hostia, tío, que nos vamos a poner perdidos!

—Nadie te ha dicho que vinieras —dijo él, sin volver el rostro.

—Tengo entendido que estás aquí para vigilarme, ¿no? Eres mi poli, ¿no?

Ahora sí que se detuvo. No me miraba con odio ni con ganas de arrearme. Creo que tenía ese tipo de problemas que se tienen dentro de la cabeza. Sé a qué me refiero.

—Está bien. Anda —dijo.

El bosque ceniciento quedó atrás, y llegamos a la cima de un cerro. Allí estaban los restos del castro, muros circulares que, en panorámica, parecían un laberinto en ruinas casi enterrado. En la tierra húmeda se veían las huellas de los neumáticos dentados de las motocross. Allá abajo, un belén, estaba Aita, con sus mugidos y cacareos, con las voces humanas enredándose en el humo de las chimeneas. Al otro lado del monte, en la cantera abandonada, era donde se paraba el viento antes de salir al galope. Hoy no había salido, y relinchaba como un garañón enlazado, con vahos marinos, golpeando en remolino por las paredes de roca.

Nico recogió algunas latas vacías de Estrella de Galicia tiradas por el suelo y las colocó en fila. Luego anduvo lentamente de espaldas, se desabrochó la cazadora y sacó el arma de la funda de la sobaquera. Sabía que la tenía, sabía que siempre la llevaba allí, pero nunca me la había dejado ver, ni de lejos. Yo había imaginado una pistola moderna, negra y de ángulos rectos, como las de Bond. Pero lo que tenía Nico en las manos era un revólver, un revólver auténtico, con tambor giratorio y cachas curvas, como los de las películas del Lejano Oeste. Sin embargo, no tiró con una sola mano. Separó ligeramente las piernas y estiró los dos brazos para sujetar el arma. Cuando disparó, acalló el viento. El silbido parecía ir dando tumbos cantera arriba. Balas lentas. Seguro que las de pistola corren más.

—¡Déjame, déjame a mí!

—Ven, mira, se coge así.

*La catarata*

De vuelta, fuimos hasta la catarata de Cerva. El agua jugaba a ahogarse en el agua. Resbalaba por los roquedales, intentando inútilmente abrazarse a las cañas, y luego se dejaba caer de culo a carcajadas y, ya en el lecho, abría mucho la boca, gargarizando, para desvanecerse al fin en remolinos. Era un lugar muy hermoso, orlado de helechos reales y musgo. Parecía pintado. Un verde acrílico. Un anuncio de desodorantes. Meamos uno al lado del otro. Se acalló el río, el gran estruendo, y escuchamos nuestro propio chorro, un arroyuelo de espuma hirviente.

—¡A ver quién llega más lejos!

Hubo un tiempo en que estábamos muy unidos.

*El molino*

Íbamos tras el río, de ruina en ruina, de molino en molino. Hace ya años que nadie muele, y las zarzas entran a curiosear por las ventanas y estiran el pescuezo por los agujeros del techo. Las piedras tienen un tizne verde, y brotan hierbas en las junturas y grietas. En la pared de uno de los molinos cuelga un calendario con un velero que surca el mar embravecido. Las hojas de los meses, con los días en azul —menos los festivos, en rojo—, y con los nombres de los santos al pie, en letra muy menuda, están picadas por la humedad. El agua canta bajo el suelo, pero si miras fijamente —enero, febrero, 1970— es una tempestad que vino río arriba para cobijarse en este molino de Congos.

La piedra molar se mantiene en el centro, muy limpia y pulida, casi brillante en la penumbra, como si esperase a que el tejado ceda del todo para despegar hacia el planeta de los molinos vivos.

—Me lo voy a llevar —le digo a Nico, que mira desconfiado suelo y techo.

—Haz lo que quieras, pero vámonos.

Y me voy, con la tempestad bajo el brazo, abriéndome paso por el sendero ciego de los alisos hasta llegar a la pista de la piscifactoría. El agua, allí, en las albercas, es más oscura y da más frío. Cuando se inundó el valle, por un diluvio reciente, se desbordaron todas las piscinas. Dos días después, la gente cogía calderos de truchas por los prados. Y contaban que, sin pienso, no sobrevivían en el río.

*Rosa*

Yo me chupaba los dedos con el zumo dulce del membrillo. Nico miraba a la princesa Carolina en bikini de luto. La abuela pelaba patatas junto al hogar.

—¿Y qué fue de la chica aquella?

—¿Qué chica? —dijo Nico a disgusto, sin levantar la vista.

—Aquella que trajiste un día, cuando tenías el otro coche.

—Pasó lo que pasó.

—Parecía muy maja —dijo la abuela.

El membrillo casa muy bien con el queso, como si nacieran de la misma vaca. Nico pasó la hoja. La abuela cogió otra patata.

—Parecía muy zalamera. Quiso fregar la cocina.

El queso unta el pan, y el membrillo el queso.

—¿Cómo se llamaba?

—No sé. Rosa. Se llamaba Rosa.

—Rosa, sí. Ahora me acuerdo. Parecía un chico, con los pantalones vaqueros y el pelo corto. Era muy graciosa.

Nico pasó rápido las hojas. En la contraportada había un anuncio de Martini con dos copas y una flor.

—Me voy a dormir —dijo Nico.

—¿Cómo? ¿Vas a dormir sin cenar?

—No tengo hambre. Me he hartado de queso.

—¡Vaya, hombre, vaya! Tienes que cenar como es debido. ¿Para quién mondo yo las patatas?

—Estaba muy buena, Rosa —dije yo, chupándome los dedos.

—¡Tú calla la boca!

—¿Qué pasa, tío? ¿No puedo hablar, o qué? Estaba buenísima.

—¿Y tú? —preguntó la abuela—. ¿Tú no tienes novia?

*Él*

Nico ronca. Yo no ronco, más bien contengo el aliento. Enciendo la luz y voy lentamente hasta la cortina de cuentas de madera que sirve de puerta de la habitación de la abuela. No, ella tampoco ronca, casi ni respira. Vuelvo sobre mis pasos y me pongo de nuevo al acecho, arrodillado en la alfombra y con la oreja cerca del pecho de Nico. Adentro, afuera. Uno, dos. Uno, uno, dos. Uno, dos, dos. No puede ser. A ver. Adentro, afuera. Adentro, adentro, afuera. Afuera, afuera, adentro. Está claro. Aparte de Nico, hay alguien aquí que duerme profundamente. Y no soy yo. Mi cama está deshecha y vacía y es mía la mano que tapa mi boca. No hay nada debajo de las camas. Cojo el calendario del velero y escucho atentamente, pero nada se oye, ni la lejana tempestad que resuena en las caracolas. Pego la oreja a las paredes y, cuanto más me alejo de Nico, mejor se oye al otro. Tendría que despertar a Nico, pero si lo despierto con esta historia es capaz de atarme con el cinto a la cama y de regarme con agua helada. Subo al respaldo metálico, lo más cerca posible del techo. Oye, oye, ahora sí que se oye bien. Es entre las tejas y el techo donde duerme el otro. Voy con pies de gato hasta la ventana y oigo el roce, una caricia suave y fría, de las manzanas. Allá abajo, en el atrio, a la luz de una farola que balancea el viento, están las losas de Aita. Siempre se dijo en broma que los difuntos subían cada uno a su casa en los días de tempestad, cuando el agua inundaba los sepulcros. Pero todas las losas parecen estar en su sitio, y escampó ya desde ayer.

¿Quién dijo miedo? Me tiemblan las piernas, pero es de frío, y me castañetean los dientes, pero es de risa. ¿Dónde meterá Nico el revólver cuando se va a dormir? Quizá bajo la alfombra, o entre las piernas, ¿quién sabe? Hay una linterna en la repisa del hogar. La trampilla está en la habitación grande, donde durmieron las seis chiquillas de la casa, mamá una de ellas. Ánimo, Sam, ¿quién dijo miedo? El ojo circular de la linterna va delante de ti, saltando alegremente por las colchas de lino. Coge la escalera. La luz en los dientes. Así, muy bien, Sam, empuja con la cabeza, un poco más, ya cede, así, muy bien, ¡upa, arriba!

Ahora el ojo luminoso va recorriendo los bultos del desván como un foco de teatro, hasta que la mirada se hace añicos en el espejo roto de un armario. Nada extraño a la vista. Con medio cuerpo dentro, alcanzo unas panochas en el suelo y las tiro contra las cuatro esquinas. Ni siquiera se mueven los ratones, docenas de ojos al acecho por alguna parte. Vale, valeroso Sam, regresemos con el pecho hinchado por el deber cumplido. Pero ¡eh, alto! ¿Qué hay ahí? ¡Que me aspen si no es la vieja radio, aquella que ocupó un altar en la cocina! Me meto del todo en el desván y me acerco, emocionado, al tesoro, que está apoyado en un arca descoyuntada. La caja de madera tiene tanto polvo que se puede dibujar en ella un corazón con una flecha. Pongo *Gaby y Sam*, pero luego lo borro. Recorro con las uñas la tela del altavoz y le doy luego a la rueda del dial, que gime como una roldana de juguete. ¿Y si funciona? En la viga maestra, lo sé, había un portalámparas de enchufe. Ahí está. Le doy dos vueltas a la bombilla, y el desván se cubre de un amarillo poblado de sombras perezosas. Me salta a cien el corazón. ¡Se enciende, Dios, la luz del dial! Lentamente va creciendo un sonido de interferencia, como el canto de las chicharras en verano. Voy y vengo con el dial, y de pronto se captan acordes y voces mezcladas. Una frase en francés. Música de derviches. Alguien que habla en un castellano de Robocop sobre el origen del universo. *Guantanamera, guajira, guantanamera.* Ahora sí, ahora se oye bien.

*Si vas atrás del mar, atrás del mar*
*yo voy contigo.*

—¿Recuerdas esta canción?

Claro que la recuerdo. Alguien estaba moviéndose dentro del arca. Se revolvía. Yo me quedé allí, incapaz de moverme, tan clavado como una cruz. Al fin desclavó las tablas delanteras y saltó afuera sacudiéndose el polvo. Tosí.

—*Excusez-moi, garçon* —dijo.

Era un tipo de perilla rubia y con largas patillas blanqueadas. Gastaba pajarita y vestía un frac muy ceñido, con aberturas en los sobacos. Mientras se disculpaba, siguió sacudiéndose el polvo con tics nerviosos, y luego se colocó un monóculo en el ojo izquierdo. Tenía la boca tan ancha como el viejo Mick Jagger.

—*Oh, là là!* Veamos, veamos. Tú eres Sam. ¿A que sí?

De repente, con burlona melancolía:

—¡El auténtico Sam! *The Shadow of a Dream.*

La voz de la radio anunciaba en gallego *Adiós a España*, por Antonio Molina. «¿Qué pasa, a ver, qué pasa si nos gusta Antonio Molina?», dijo el locutor.

—¡Pues claro que nos gusta! —dijo él—. ¿Sabes quién era Antonio Molina? No, ¡qué vas a saber! *Yo quiero ser mataor...*

Como si la sorpresa también me paralizara los sentidos, tardé algún tiempo en darme cuenta de lo que estaba ocurriendo. Cuando él dejaba de hablar, se oía la radio. Y, al contrario, cuando él hablaba, se perdía el sonido. Las coincidencias no terminaban ahí.

—Pero...

—¿Pero qué, jovencito?

—¿Tú, tú eres ese?

—¡Ah, no! Solo me entretengo. Voy por el dial practicando idiomas. Desde niño se me dieron bien los idiomas. Además, la música que de verdad me gusta es la sacra. Fíjate. Tiririn, tiririririritirín.

—¡Es increíble!

—Tururú, turururururuturú. ¿Crees que lo hago bien?

—¡Es fantástico! Suena realmente como un órgano.

—Me siento emocionado, Sam. ¡No sabes cuánto agradece un artista ser comprendido!

—Eres... ¿eres músico?

—¡Oh, no! ¿Quieres saber quién soy?

De pronto se le agrandaron mucho las pupilas y el cuerpo se comprimió dentro del frac, al tiempo que se le cubría de plumas. Aleteó torpemente y se subió a la radio.

—¿Quieres saber, de verdad, quién soy, jovencito? —dijo el mochuelo—. ¿Lo quieres saber, jovencito?

Me tenía hechizado con la mirada. La verdad es que ya no estaba asustado. Hablaba como un payaso de circo.

—¿Eres un trasno, un duende? —dije, por darle conversación. La abuela nos contaba, de niños, que si dejabas el cazo de leche destapado se perdía, porque el duende de la casa se lavaba el culo en él—. ¿Eres el duende de la casa?

—¿Un duende? Pero ¿qué dices? Esas son tonterías para viejos y niños. Yo soy algo serio. Serio de verdad. Je, je.

Fue cosa de ver y no ver. Como esas imágenes ocultas de publicidad subliminal.

—¡El Diablo! ¡Tú eres el Diablo!

Se lo dije casi a gritos. Era realmente una alegría dar con alguien interesante a aquellas horas y en el culo del mundo. Se tapó la cabeza con las alas, y luego fue asomando los ojos, muy, muy lentamente.

—¡Chssss! ¡Calla, calla! No seas burro.

—Perdona. No quería molestar.

—Además, no debes ser tan directo. Llámame de otra manera. Todo el mundo lo hace. Príncipe de los Aires. Tiñoso. Gran Cojo.

—De acuerdo. Como quieras.

—Llámame, por ejemplo, Él. O Señor. Je, je. Me encanta que me llamen Señor.

—Bueno. Te llamaré Señor.

—Okey, Sam. Eres un buen chico. Je, je. Bien —abrió mucho el pico en un largo bostezo—, ahora me gustaría retirarme. He trabajado muy duro hoy.

—Espera, espera un poco, Señor.

—Usted dirá, jovencito.

—¿Por qué estás aquí, precisamente aquí?

—El guion, muchacho. ¡Exigencias del guion! Y yo nunca fallo. Tópico tipismo.

—Quiero decir: por qué vives aquí, en la aldea. Todo el mundo se va.

Se quedó pensativo. Luego se metió en el arca, rezongando por lo bajo, como cabreado.

—¿Por qué vives aquí? Muy buena pregunta, jovencito. A Él deberías hacérsela. Yo soy un mandado. Estoy donde tengo que estar. ¡Hala, a dormir! *Sweet dreams, boy.*

*El pazo*

—¿Te gustaba Rosa?

Estábamos sentados junto a la chimenea, en el salón del pazo de Serea, sobre unos sillones cojos y con la tapicería raída. Ardía un fuego tímido, aterido, que habíamos encendido con astillas de un cajón del escritorio. Ondas de luz marchita flameaban en el rostro y en las manos entrelazadas de Nico.

—Lo que quiero decir es si piensas que era, que era alguien especial.

El pazo de Serea debió de haber sido construido así, como una ruina, con las ventanas y las puertas desquiciadas y con huecos tan grandes en el sitio de las cerraduras que un bandolero o un proscrito podrían meter la mano por ellos.

Una mansión que alguien construyó para las sombras que andaban sueltas, para que la noche y el frío tuviesen un hogar durante el día. Y no obstante abundaban los restos de muebles carcomidos, esqueletos de madera y hierro que parecían picados por una lepra de ojos húmedos, encorvada y triste.

—¿Crees que valía la pena dejarlo todo por ella?

En el pazo de Serea robaron el balcón de la torre, la balaustrada de piedra labrada. Parecían, de verdad, hojas, flores y aves petrificadas. Cuando lo robaron, la gente de Aita lo comentó extrañada. ¿A quién se le ocurre robar un balcón? En cambio, dejaron el escudo. Ahora que lo pienso, yo también robaría el balcón. Era lo mejor del pazo, el lugar para mirar sin miedo.

—Ella quería que lo dejase todo —dijo Nico, por fin.

—¿Qué es todo?

—Para empezar, este trabajo, el de poli.

En el camino de vuelta, el viento enredaba en los pies las hojas de los robles. Nos cruzamos con Lis, el de los Pancorvo, que iba a recoger el ganado. Lis, muy rubio, es más o menos de mi edad. Llevaba un aro en la oreja y un libro de informática bajo el brazo. Es un genio. Sabe cosas que aún no se inventaron.

—¡Mierda! Yo creo que si alguien te quiere de verdad, te quiere por la persona que eres y no por otra cosa, ¿o no?

Yo estaba viendo a Señor sacudirse el polvo, con su frac negro desgarrado por los sobacos.

—¡Bah! ¡Que le den por culo! —dijo Nico, pegándole una patada a un matorral de aliaga, del que no se desprendió ni una sola flor.

—¡Eivacaveeeen! ¡Somorenavaaaai!

Parecía la voz del viejo Pancorvo resonando como un altavoz en el valle. Pero era Lis, el del aro en la oreja, que guiaba al ganado.

*La enfermedad*

Vino el viejo de los Brandariz y llamó a la puerta. La abuela Herminia miró por la ventana de la cocina y creo que se alegró de que fuese él, de que por fin salieran del silencio. Pero el hombre venía congestionado, y le temblaban los labios al hablar.

—La niña. La niña de la niña, que está muy mal. Está muy mal.

—¡Criatura!

Nico fue corriendo y sacó el coche del cobertizo. Gaby salió de la casa con el bebé en un capazo, y yo le abrí la puerta trasera. Cuando el coche arrancaba, ella miró inquieta hacia nosotros y pensé en una actriz que está fuera del cine y quiere huir de todos, y lleva gafas oscuras.

—No ha de ser nada —dijo la abuela. Y nos invitó a café.

Allí, en la mesa de la cocina, mientras ellos hablaban de las enfermedades de los niños y de los viejos, me fue entrando una furia por dentro. Me levanté y subí corriendo las escaleras del piso alto.

—¿Adónde vas, chiquillo? —preguntó la abuela.

—Ahora mismo vuelvo.

Levanté la trampilla y entré de un salto en el desván. Encendí la luz, y di unas palmadas en el arca.

—¡Eh, tú, Señor!

Nada. Ni señal. Desclavé una tabla y vi que el arca estaba vacía.

—¡Señor, Señor! Si estás por ahí, dime algo...

Me fijé en la radio. «Voy por el dial practicando idiomas».

La enchufé y moví la rueda de mando. Música *country*. Una bomba en Belfast. Nieve en alturas superiores a los ochocientos metros. El Papa en África. ¡El Papa en África! Esperé, esperé. Música de Bach.

—¡Eh, Señor, escucha! ¡Sé que estás ahí!

Esta vez tenía un aspecto realmente llamativo. Sujeta por los hombros, una piel de leopardo. Llevaba pantalón de cuero negro muy ceñido y un cinturón con un gran broche plateado. La piel, muy morena; las cejas, medio depiladas; y los labios, carnosos. Iba de Prince, o algo así.

—Escucha, jovencito. Ando muy ocupado. No puedes hacerme salir, así, cuando te apetezca.

—Escúchame bien, Señor. Si le pasa algo a la niña, te mato, como hay Dios que te mato.

Se le veía sorprendido, como si algo se saliera del guion. Debía de sentirse incómodo con aquella pinta, o quizá era el fresco. El caso es que pareció como si se estremeciera, y adoptó una actitud fina y elegante. Hola, viejo Bowie.

—Creo que aquí hay una terrible confusión. ¿Por quién me tomas? Yo no soy un mataniñas.

—¡Se la llevan al hospital, a la pequeñita!

—Nada serio. Problemas de nutrición. Su madre tiene la leche un poco triste. Saldrá adelante. Supongo.

—¡Júramelo!

—No puedo jurar. Lo siento. No es mi estilo.

—Dime que no va a morir nadie.

—¡Ah, eso sería mucho decir por mi parte! Mira, muchacho, unos vienen y otros van. *Ciao, ciao!*

—¡Eh, espera!

Una interferencia ensordecedora. Así truena en Aita cuando se vienen abajo las vigas del cielo. Al despertar, tumbado boca arriba, todo era silencio en el desván. Había una oscuridad antigua, espesa, solo desvelada por el hueco de una teja.

Cuando bajé, la abuela estaba sola, sentada, pelando patatas. Miré hacia sus manos. Hacían un movimiento que me hipnotizaba.

—¡Qué tormenta! Y tú, ¿dónde andabas con esa cara de susto?

—No le va a pasar nada a la niña, abuela. Puedes estar segura. No le va a pasar nada.

—¡Claro, Samuel! ¿Y qué le iba a pasar?

## *La luciérnaga*

Nico llegó de madrugada. Estaba acostado, haciéndome el dormido, y esperé a que se desnudara. Metió el revólver bajo la almohada.

—¿Qué pasó?

—La niña está muy débil, pero me han dicho que de esta sale.

—¿Y Gaby?

—Se ha quedado con ella. En el Materno-Infantil.

—Allí nací yo.

—¡Qué ibas a nacer tú allí! Tú naciste en un taxi, y además tuvo un pinchazo.

—¡Ya lo sé! No sé por qué lo dices con ese retintín.

—No lo digo con ningún retintín.

—¡Vete al carajo!

Nico no roncó. Estuvo desvelado toda la noche. Yo tampoco dormí, pero es que yo soy así. Vi cómo se levantaba y paseaba de un lado a otro en la penumbra. Rebuscó en los bolsillos de mi ropa, y luego encendió un pitillo. Iba a decir algo, a llamarle la atención, a protestar o algo así, pero decidí dejarlo en paz. Se sentó en la cama, con la cabeza gacha. El pitillo parecía una luciérnaga solitaria.

## *El cobertizo*

—Tienes mala cara, neno —dijo la abuela mientras nos ponía la leche.

Nico tenía unas ojeras tremendas. Más grandes que las mías. Y de un color más oscuro. Moradas.

—Mejor sería que volvieras a la cama.

—No es nada, abuela —dijo Nico—. Ya dormiré.

—¿Quieres que lave el coche?

No respondió. Tuve la debilidad de ofrecerme de nuevo.

—Si quieres, puedo lavar el coche.

—¿Tú? ¿Lavar el coche tú?

—Sí, yo. ¿Por qué no? ¡Ni que fuera la primera vez!

—Pues sí. Sería la primera vez que haces algo de provecho.

—Déjale que lo lave —dijo la abuela.

—Que haga lo que quiera. ¡Y ojo, no lo rayes!

—Pues ahora no lo lavo. ¡Que os den por saco a ti y al coche!

En la era llovía suavemente. Conozco esa lluvia, engañosa y falsa, que se te mete en la cabeza a escondidas hasta convertirte en un vegetal.

Bien pensado, sería una tontería lavar el coche. Basta con sacarlo del cobertizo y dejar que la lluvia haga el trabajo.

Junto al coche, a cubierto, está el carro de la casa, con la clavija apoyada en el suelo. No hay ganado para tirar de él, pero allí está, entero, sólido, como dispuesto a salir cantando en cualquier momento por los caminos de Aita. Al contrario de otras cosas viejas, arrinconadas y amenazadoras, con el carro, como con las herramientas, pasa algo curioso. Parece estar a la espera, tranquilo y despreocupado del destino, como un animal que mira la llovizna por la ventana de la cuadra. Fuerte e infantil a un tiempo, así debían de ser los juguetes de los gigantes, las maquetas de las naves espaciales de los alienígenas comedores de patatas. Era como si anduvieran por aquí hasta hace poco, seres superiores, capaces de dar forma a la piedra y a la madera.

¿Cómo haría el abuelo para hacer un carro? El cuenco de vino parecía un dedal en sus manos. De vez en cuando tocaba un clarinete que guardaba envuelto en un paño verde en lo alto del armario, y las llaves del instrumento eran como botones entre sus dedos agrietados y con tierra hasta la raíz de las uñas.

En el fondo del cobertizo se conservaba el banco de carpintero. El suelo, a sus pies, estaba aún alfombrado de virutas arrancadas a la madera. En la pared, colgados en orden geométrico, los serruchos, los cepillos, la azuela, el martillo y las mazas, el berbiquí y la cajita de las puntas. Cogí un palo y clavé tres en su extremo, a modo de estrella. Era todo lo que sabía hacer.

—¿Qué andas enredando ahí, Samuel? Cuidado con las puntas.

—¿Sabes, abuela? Voy a hacer un carro.

*El grito*

—¿Adónde vas?

—Vuelvo ahora.

—Yo también.

No me quería llevar. Me puse en medio de la era con los brazos en cruz, y creo que me habría atropellado de no aparecer la silueta de la abuela en la puerta.

—Eres un cabrón, un cabrón egoísta. No te basta con amargarnos la vida: quieres tenernos todo el día bailando a tu alrededor.

—Tú me trajiste aquí. No fui yo. Fuiste tú quien me trajo aquí.

—¡Vete a la mierda!

Puso una cinta en el radiocasete. Rap. Qué extraño. Era la historia de un tío que quería entrar en una discoteca y el portero no le dejaba. Ahora deben de vender también cosas así en las gasolineras. Fuimos por la carretera del oeste y luego nos metimos por pistas forestales. Los pinos escalaban en hileras los montes hasta aferrarse a los faldones de los roquedales, que en lo alto parecían grandes rostros de anchas mejillas y frentes tipo Frankenstein. Luego el coche empezó a descender, hundiendo el morro. Allá, a la derecha, estaba el Monte Blanco, con su falda brillante de conchas. Y allá abajo, fiuuu, la playa de Trece. Una película con efectos especiales. Si al mar le pones boca de dragón y un relincho de caballo alado, puedes llegar a imaginar algo parecido. El lugar ideal para naufragar definitivamente.

—¿Y vamos a bajar hasta ahí?

—Yo sí.

Estoy seguro de que estas huellas en la ladera son de lobo o de algo peor. Nico va delante, como hipnotizado por ese mar enloquecido con ganas de comerse de una vez los círculos lunares y el dique montañoso. Tengo miedo de que siga y se meta en la espuma y me deje solo. Pero no. Ahora anda en paralelo. Las pisadas se dibujan mejor en la arena húmeda. El relincho del mar penetra en la cabeza y ya no te deja.

—¡Nicooo!

Va a unos veinte metros, de espaldas a mí y con las manos en los bolsillos.

—¡Tienes razón, Nico! ¡Soy un cabrón!

El estribillo del mar repite las palabras. Casi puedo verlas dibujadas, tan nítidas como la planta de los pies.

—¡Soy un desastre!

El mar repite, a su manera:

—¡Soy un desastre, soy un desastre!

Es curioso. Me siento bien. Me da la impresión de que estoy diciendo algo razonable.

—¡Soy un egoísta! ¡Un cara! ¡Una mierda!

Ahora Nico se sienta en una roca, cierra los ojos y echa la cabeza hacia atrás con la boca muy abierta.

—¡Soy un mamarracho!

Bien. No sé. Creo que no soy exactamente un mamarracho. Ahora estoy más cerca. No sé si decírselo. Espero que tampoco ahora me escuche.

—¡Vuelve con Rosa, Nico! ¡Vete con ella!

No es fácil respirar con este viento de agua. Me paso la lengua por los labios. Saben bien. Ahí está Nico. Abre los ojos. Vuelve la cabeza.

—Pareces un loco. ¿Se puede saber qué carajo andabas gritando?

—Nada. Tonterías.

*La cárcel*

Nico estuvo toda la tarde sentado a la mesa de la cocina. Creo que no leía la revista, porque tenía las páginas del revés, con las dos copas de Martini con hielo y un gajo de limón muy colocadito en el borde, todo a punto de derramarse en el mantel, que era de tul con coronas, aves y florones azules. Estaba enfurruñado. Si no te mueves, esa llovizna se te va metiendo en la cabeza y te cala el alma. En la cárcel no hay que parar, me había dicho Luou, por nada del mundo debes parar.

Yo hacía flexiones en la cocina. Uno, brazos atrás; dos, brazos arriba, intentando tocar la viga de donde cuelga el jamón; tres, brazos abajo, hasta la punta, uf, de los pies.

La abuela estaba barriendo el suelo. Le cogí la escoba y terminé yo. Luego, coloqué el mango a modo de bajo, y me marqué un tono digno de los Anthrax.

—De pequeño eras así —dijo la abuela muerta de risa—. ¡Diablo de crío! No parabas.

Nico seguía enterrado en sus brazos.

No sé. A mí no me engaña. Como si se hubiera metido Algo.

*Las fotos*

La abuela guardaba las fotos en una caja de cartón de Calzados Segarra. Hay una en la que está toda la familia, cuando mamá era niña, y tenía una diadema blanca. Están todos: los abuelos, las otras niñas y el tío Lito con la bicicleta y el pantalón prendido por los calcetines. Van vestidos de domingo. El abuelo lleva corbata y se le nota el molde de la boina en el pelo amazacotado. El grupo está en la era. A la izquierda, el pozo, con la polea y el cubo de cinc. La puerta, abierta como siempre, y, apoyado en el quicio, un mozo sonriente.

—¿Quién es?

—Un jornalero —dice la abuela, ella misma sorprendida—. Un mozo portugués que teníamos a jornal.

Llevaba un pañuelo al cuello. Tenía un aire como aquel, ¿cómo se llamaba? ¡Ah, sí!, el James Dean.

—¿De qué te ríes?

—De nada.

—Era un mozo portugués. Llegó un día, sin nada, con las manos en los bolsillos, y pidió trabajo, algo con que pagar la comida, y un pajizo para dormir. El abuelo dijo: Este hombre viene huyendo de alguien. Y yo dije, qué va, tiene pinta de buena persona. Recuerdo que cantaba bonitas canciones. Estaba siempre así, talmente como en la foto, siempre sonriente. Una sonrisa infeliz, eso sí. Un día dijo que se marchaba. Y yo le pregunté que por qué y él dijo: Por usted, señora. Y me besó la mano. *(Sonrió; la abuela sonrió como una niña).* Ya veis qué cosas pasan en la vida.

—¿Y el abuelo?

—Nunca se lo conté. Él decía que el joven portugués andaba huyendo de alguien. A su manera, acertaba.

Había también una foto en la que estaba yo de primera comunión.

### *El fuego*

Cuando la luz de la cocina se apaga, se aflojan los hilos de los cuerpos y el fuego del hogar prende en los ojos como un hechizo. Las llamas de las astillas más pequeñas gatean por la corteza del tronco y lo besan como lenguas de serpiente y lo van envolviendo en un abrazo triunfal y devorador. Cada rama se consume con un fuego ligeramente distinto. El amarillo tiene corazón rojo y unas alas azules con puntitas blancas. ¿Qué color tendrán los cuerpos al arder? Esos cuerpos que queman para reducirlos a un puñado de ceniza, ¿cuánto darán de rojo y de amarillo, y de azul y de encaje blanco? Oí decir que el cuerpo humano apesta al arder, como un neumático gastado que se quema al frenar en el asfalto. También huelen mal las páginas de las revistas. Pero los colores son vivos, y veo a Carolina consumirse en verde y lila, y el hielo de los martinis fundirse en un blanco que tira a negro. Y ahí voy yo, con mi traje de primera comunión, vestido de almirante, y no quiero arder, y me enrosco como un erizo y me voy convirtiendo en una lámina cenicienta sin llama ni nada.

*La cuna*

La obstinada señora lluvia seguía repicando en los cristales y en el tejado. Yo estaba fumando apoyado en el respaldo de la cama, y hacía anillos de humo para no reparar en ella. Él tampoco dormía.

—Nico, ¿quieres un pitillo?

—¿Yo? No. ¿Por qué voy a quererlo?

—¡Ah! Por nada. Pensaba...

Estaba mirando la pared. Creo que estaba mirando mi velero en la tempestad.

—En el setenta, tú no habías nacido aún.

—¿Cómo eran las cosas cuando yo nací?

—Mamá se pasaba el día calcetando y cosiendo. Me dijo: Vas a tener un hermanito. Cuando te trajeron del hospital, había mucha gente en casa. Habían venido las hermanas de mamá y algunas vecinas. Recuerdo que me decían: Mira, mira, ven a ver a tu hermano. Pero yo me escapé y me encerré en el trastero.

—Je.

—Después, después, cuando todos estaban en la sala hablando y tomando café, yo fui poquito a poco hasta el cuarto de los papás. Tú estabas en la cuna, envuelto en un mantón de lana. Solo se te veían los ojos y las manos. Yo, yo hablaba y decía cosas muy bajo. Creía, creía que a mí sí me podrías responder. Que siempre te iba a defender.

—Je.

—Samuel.

—¿Qué?

—¿Has tomado Algo? Quiero decir si estos días tomaste Algo a escondidas.

—¡Qué va, tío! Te lo juro. ¿Por qué?

—No. Por nada.

Le metí otra calada al pitillo. Los ojos de la señora resbalaban ahora, silenciosos, por la ventana.

—¿Sabes? Creo que voy a subir al desván.

—¿Al desván? ¿Estás loco? ¿Y qué vas a hacer allí en el desván?

—Hay una radio, ¿sabes? Aquella radio vieja que estaba antes en la cocina. Creo que podré arreglarla. La otra noche, cuando te fuiste con la niña de Gaby, anduve hurgando, y ya se oía algo. Creo, creo que tiene las lámparas flojas.

—No despiertes a la abuela.

—No.

### *El cabrón*

Las tablas del arca estaban desclavadas del todo, y el interior vacío. Había algo extraño en el ambiente. Puse las manos encima de la radio y me pareció que la madera brillaba como nueva, limpia de polvo. También el resto de los objetos y la armazón del desván tenían ese brillo. No se veían telarañas en las vigas ni en las tejas, y la luz de la lámpara era más intensa.

—¡Eh, Señor! ¿Por dónde andas?

Puse la radio, y moví lentamente el dial. No se oía nada claro. Solo un zumbido de fondo, como un enjambre furioso.

—¡Eh, Señor, quiero hablar contigo!

Le di un golpe a la caja. El zumbido se fue y volvió.

—¿Dónde te metes? Tengo un asunto importante del que quiero hablarte.

La música llegó de repente con toda nitidez. Era una marcha fúnebre. Moví el dial, primero lentamente y después de manera frenética. Pasé de MW a SW y a LW. En todas las emisoras, en cualquier onda, la misma música, un órgano solemne y dolorido, un órgano que penetraba en los sentidos y vibraba por las venas.

—¿Dónde estás, cabrón? ¿Dónde estás?

Desenchufé la radio, pero fue inútil. La marcha continuaba sonando implacable. Agucé el oído. Estaba seguro de haber percibido a medias una carcajada. Luego, pasos en el tejado.

—¡Señor, Señor! ¿Estás ahí?

Removí las tejas con inquietud hasta hacer un agujero que me permitió asomar la cabeza a la noche. Estaba allí jugando, con el brillo de la luna en las pupilas, que se le ensanchaban y menguaban al ritmo de las carcajadas. Le bailaban las plumas con una brisa de sotana.

—Oye, no seas cabrón. Sé que eres Help. Lo sé muy bien.

El mochuelo dejó de jugar con los ojos y me miró fijamente. Luego alzó el vuelo hacia el campanario. Del desván ascendía a las estrellas la plegaria de un coro siniestro.

—¡Help, no me hagas esto! ¡Vuelve, Help, vuelve!

Se reía, el muy cabrón. Estoy seguro de que se estaba riendo. *Hoy, llanto.* ¿Sabes qué es eso, Sam? Llorar de verdad. Eso que no sabes hacer. Que las lágrimas se agolpen en los ojos y que se desborden por las mejillas y que suban por la nariz, y que te las puedas beber, con su sabor a sal.

—¡Eres un cabrón, un grandísimo hijoputa! ¡Te mataré! ¿Me oyes? ¡Te mataré!

Se encendieron las luces en algunas ventanas de Aita. Volví al lado de la radio y la tiré contra el suelo.

—¡Cabrón! ¡Eres un cabrón!

Me temblaba todo el cuerpo, y tenía mucho, mucho frío.

—¡Samuel! ¿Qué pasa, Samuel?

Nico me agarró por los hombros y empezó a sacudirme. Yo veía el hueco de sus ojos vacío.

—¡Samuel! ¡Óyeme, Samuel!

—¡Es un cabrón! ¡Un hijoputa!

—Soy yo, Sam. Tu hermano.

—¡Cabrón, cabrón, cabrón!

—¡Calla, Samuel! ¡Calla, que te hostio!

Nico me tiró contra los sacos y se sacó el cinto.

—¡Qué cabrón! ¡Qué cabrón!

—¡Pégale un tiro, Nico! Está en el campanario. ¡Nico, en el campanario!

—¡Cago en diola! ¿Qué has tomado, Samuel? ¡Dime qué has tomado!

—Déjame, déjame a mí —dijo la abuela—. Pobre neno, pobre neno.

—¡Pégale un tiro, Nico! ¡Pégale un tiro!

Herminia traía una manta y me envolvió en ella. Era una de aquellas mantas en las que dormían las manzanas. Se sentó a mi lado y apoyó mi cabeza en su regazo. Yo sudaba y tenía frío. Ella me acariciaba, me acariciaba, hasta que fui cayendo en el calor negro de su vientre.

—¡No lo dejes escapar! ¡No lo dejes escapar!

## *Vísperas de marzo*

Desperté en el lecho de la abuela. Ella dormía de aquella manera suya, muy estirada, cara arriba, con la piel blanca como de harina y con las manos entrelazadas en el pecho, como quien reza. La señora se había ido con su manto de lágrimas, y la luz entraba por todas las grietas de la casa de Aita. Fue entonces cuando oí a Princesa aullando en el hórreo. Era un aullido hiriente, interminable.

—Abuela, abuela, ya estoy bien. Abuela, ¿me oyes? ¡Eh, abuela, mira qué día tan bonito! Abuela, abuela, despierta, abuela. ¿Por qué no te despiertas?

# III

## *El amigo*

—¿Qué tal esa pierna? —pregunta el celador del hospital.

—¡Mire, mire!

Y doy un salto de comanche hacia el ascensor. ¡Es fantástico! Todo el mundo parece conocerme, y en Traumatología casi me aplauden, todos con una sonrisa radiante.

—¡Hola, Sam!

—Hola, relinda.

Estoy por tirarme en los brazos de la señorita Vacaburra y que acabe aquí la historia.

—Voy a ver a Luou. ¿Sigue de marciano?

—Espera, espera un momento —me dice ahora con una media sonrisa—. Tengo que decirte una cosa.

—¿Qué pasa, preciosa?

—No es ninguna broma —dice, ya sin sombra de sonrisa—. Se trata de tu amigo.

—...

—Tu amigo no va..., no va a poder andar más.

—Pero ¿qué dices?

—No volverá a andar.

Miro hacia el fondo del corredor. Hay una mujer en bata rosa.

—Dime una cosa.

—Sí.

—¿Y va a poder conducir? ¿Ir en coche o algo así?

—...

—Sé que hay gente que lo hace. Una vez vi a un inválido con silla y todo, y lo metían en un coche, y conducía. Es verdad, ¿no?

## *Los forajidos*

—Gracias por aquella llamada, Sam. Sabía que podía confiar en ti.

Don estaba más fofo que nunca, como una gigantesca uva pasa. Sin duda, cuando lo abrieron en el hospital le entró más aire. Estaba hundido en los cojines, en un amplio sillón de mimbre, con Tip y Top, sonrientes, a derecha e izquierda.

—Así que estuviste en el campo. Me gusta mucho el campo, Sam. ¡Todo tan verde, tan puro!

—A mí no. A mí no me gusta.

—¡Ah, claro! Ese campo no. Yo te hablo del campo, del campo de verdad, sin espinas, sin estiércol, sin barro, sin esa gente de mirada torva, siempre vestida de negro.

—Y lleno de cuervos —dije—. Los cuervos son como vagabundos, como forajidos.

—Je, je. ¡Como forajidos! —dijo Tip.

—Sí, je, je. ¡Como forajidos! —dijo Top.

—A mí lo que me gusta —dijo Don— es el campo bien cuidado. Una bonita casa, con mucho, mucho césped, y árboles de flores, camelias, rododendros, cosas de esas. Árboles bien podados, como bonsáis. Una casa con un gran porche, para sentarme y respirar mientras se pone el sol y cantan los mirlos. Y si no cantan, que se jodan, un hilo musical. ¿Sabes, Sam? Estoy pensando en hacerme una casa así, y os voy a invitar a todos, a todos mis amigos, para jugar al golf y tomar algo mientras se pone el sol.

—Me encantaría, Don.

—Ya verás, Sam. Será una casa del copón, con la hostia de baños con jacuzzi y cámaras de seguridad. Una casa donde estar tranquilo con los amigos y con los perros, y hacerse uno viejo, porque los años pasan, Sam, los años pasan.

—Sí, je, je. ¡Hacerse viejo! —dijo Tip.

—¡Qué cosas dices, Don! ¡Hacerse viejo! —dijo Top.

—¿Sabes, Don? Cuando estuve allá, en Aita, se murió mi abuela.

—¡Ah, cuánto lo siento, Sam! De verdad que lo siento.

—Yo estaba en la cama, con ella...

—¡Qué chungo, Sam!

—Tenía miedo y dormí con ella.

—Eso sí, Sam. Las abuelas son buenas para quitar el miedo.

—Era muy vieja, muy vieja. Ni sé cuántos años tenía. Yo pensaba que no moriría nunca.

—Claro, claro. ¿Qué hacéis ahí como cotorras? Venga, dadle Algo a mi amigo. Dadle Algo de verdad.

*El mes de las patatas*

Mamá va andando por la era. No mira al suelo, pero yo le sigo los pasos. Donde ella pisa no hay agua. Atrás queda, cerrada con dos vueltas, la puerta de Aita, y yo llevo la llave en la mano. Una llave fría, algo herrumbrosa. Nos subimos al taxi. El auto pasa bordeando el cementerio, y mamá se santigua, *Por la señal de la santa cruz.* Veo a Dombodán y al Niño Azul con su guitarrillo sentados en una losa. El coche adelanta el carro de Lucas.

—¡Ay, Dios mío! ¿Y la llave?

—La tengo yo, mamá.

—Guárdala bien guardada.

—Sí, mamá.

—No la pierdas por nada en el mundo.

El coche acelera bruscamente y se abre paso en el telón de niebla. En el borde, las sombras campesinas, encorvadas bajo el peso de la carga, van en sentido contrario y se adentran en la orla dorada de las mimosas. Hay un hervor en la tierra, arada, excitada, boca arriba. Huele bien. Huele a estiércol.

# En salvaje compañía

*Fieros cuervos de Xallas*
*que vagantes andáis,*
*en salvaje compañía,*
*sin hoy ni mañana;*
*¡quién pudiera ser vuestro compañero*
*por la inmensa gándara!*

EDUARDO PONDAL

# 1

Había trescientos cuervos peinados por el viento.

Y había una niña y una iglesia.

Un día, la niña, que siempre jugaba alrededor, notó que los animales todos y los árboles callaban. Más aún, escuchaban muy quietos, suspensos los cuervos como pinceladas de polen de un resplandor enrarecido.

Palideció de repente la luz y de la nada del Mar de Fora embistió una tormenta que hizo estallar en polvo de vidrio el cielo entero de Nemancos.

La niña, apretando contra el pecho un hijito, que era perro con lunares de arlequín, fue a buscar refugio en el atrio cubierto, donde sabía de la compañía de la orquesta de los viejos músicos y de un profeta de piedra que sonreía. Pero había también rudamente labrada una calavera que ese día la miraba con el vacío oscuro de sus ojos. Así que la niña empujó la puerta, que chirriaba, y entró en la iglesia, que era de tres naves con altos pilares, y que aquel día, sin gente, le parecía la sala de un inmenso palacio, largo tiempo preservado de intrusos.

Y se persignó en la pila, también al perro, y se sentó encogida en un banco de los de atrás, cerca de una virgen con el gesto dolorido y manto de negro luto, atravesado el desnudo corazón por siete espadas.

Niña y virgen se miraron angustiadas porque ahora los truenos resonaban tremendos, rodando furiosos por las tejas. Y a la pequeña se le ocurrió pensar que el carro de las tormentas justo allí había hecho un alto, en la cima de la iglesia, y que iba a por ella, que tenía un algo dentro, un pozo sin fondo, que a veces le carcomía el vientre y gemía por la boca del perro. Y decidió ir a ver si en la sacristía había alguien, ojalá la madre, que era la que colocaba las flores y encendía los cirios. Pero, ya de camino, un relámpago restalló en el campanario y centelleó en las partes de metal. Tal fue el tañido del trueno que se revolvieron las vísceras de la piedra. A la niña, con el espanto, no le andaban las piernas y apoyó la espalda contra el muro enjalbegado, los ojos cerrados por ver si así pasaba.

Lejano el estruendo, un trote ya por la estrada celeste que lleva a Compostela, la niña salió de su concha a la búsqueda de aire y luz y, al hacerlo, notó un polvo en las pestañas y en los labios, y vio luego a su alrededor, por losas y bancadas, un derrumbe de cal esparcido en costras grandes y en menudos copos como de nieve.

Se oyó entonces un barullo de gente, y risitas y frufrús de faldas, y algún ruido como de tramoya. Volvió la niña hacia el muro y, viendo lo que vio, el cuerpo, por el abdomen, quiso otra vez encogerse en la concha, pero no fue obedecido por los ojos, que se le abrían más por su cuenta e iban en vértigo de un extremo al otro, como en raíl, y luego en redondo, como en danza de ochos. Y la niña consiguió apartarlos por un momento por ver lo que las vírgenes decían, pero las imágenes pasmaban, no como siempre sino de maravilla.

El viejo muro era ahora una cascada de colores. Y cuando pudo dominar los ojos, la niña vio que los colores eran también formas y las formas, gente, personas y animales que llamaban por la luz y ensombrecían todo el resto. Como cegada por lo que era en demasía, retrocedió dos pasos y subió a un banco. Y desde allí, a la altura de la vista, por ir por lo menudo, reparó en una rapiña que tenía cabeza de mujer, que más que meter miedo le pareció un chiste. Pero el mayor deleite lo vivió con las damas, que eran, las más, de cuento, hermosas, vestidas como reinas y con tanta elegancia que se les veía el hilo de oro en los bordados y las mariposas de encaje que orlaban los terciopelos y la hechura de la plata en las redes de los cabellos, por no hablar del lucerío de las gemas y del precioso resplandor de la pedrería en las alhajas. Y le hizo mucha gracia que una de las hermosas montase en un carnero y más aún un demonio que allí había, asomando carnavalesco tras la cortina de la escena, con un tridente en ristre.

Y la niña escuchó unas voces que no venían de fantasía sino del atrio y llamaban por ella a la manera de la madre, que ya entraba por la puerta entre las lanzas del sol que con trinos musicales resurgen tras la tormenta para pellizcar el pellejo asustado de la tierra. Traía en brazos, envuelto en el mantón, un niño Jesús de los de verdad, que solo ella sabía lo que pesaba, pues con él había recorrido la aldea a la búsqueda de la cría desde que le había visto la intención al rayo. Y la angustia que ella traía en los ojos toda era por aquella de las trenzas que por gracia de Dios daba brincos en la iglesia, también era por Dios que iba a darle una zurra, que solo un milagro podría salvarla.

Mira, mamá, ¡está lleno de santas!

Y se persignó la madre de la primera impresión, y cayó de rodillas, no viendo ciertamente más que santas ricamente vestidas, sin reparar entonces en que una estaba preñada, otra mostraba un pecho con descaro, otra sostenía un cochinillo al espiedo, sin contar la arpía y aquella montada en el carnero. Y al reclamo de la madre, que salió dando voces y corría por las callejas a difundir el milagro de Arán, acudió rauda la gente del país, que eran lo menos medio centenar de vecinos pero que en tiempos fueron más y dieron para mantener casa grande y monasterio con abad. De los poderes de antaño quedaba una sotana, la de Don Xil, emparentado con el señorío, y que, volviendo al cuento, fue el último en saberlo por causa de andar a la caza de una liebre escurridiza que lo tenía hechizado. Cuando retornaba cabizbajo al pazo rectoral, con la lengua del perro vencido en los talones, observó con sorpresa que las puertas de la iglesia estaban abiertas de par en par, con candelas encendidas en el interior. Y se fue veloz el cura, temiendo un estrago de la tormenta, que a ellos había pillado por los prados y empapado las ansias, obligándoles a guardarse al amparo de un molino desde donde pudieron ver a la liebre correr inmaculada, envuelta en un halo luminoso, hasta esfumarse en el verde sombrío de los alisos.

Lo que el cura encontró en el templo fue mucha gente tertuliando en la parte de la penumbra. Como nadie le prestó atención, mimetizado en la noche como venía, y a pesar del herrado de las botas, que retinglaba en las losas, amagó unas voces de rigor, pero de inmediato se le fue el sentido tras el resplandor de los candelabros que iluminaban el muro desde el altar de la virgen de los Dolores.

# 2

Habéis de saber, dijo el cura en la homilía del domingo, que no son santas sino pecadoras. Peor aún, son la engañosa representación del mal, son los mismos pecados. Esas damas de bella apariencia que encadenan los ojos si no van advertidos son en verdad tentaciones con el alma renegrida, los heraldos del infierno, las siete cabezas de una misma serpiente.

Estaba la iglesia llena, abarrotada de gente como en día de fiesta de Santa María o en Difuntos, que muchos habían acudido de la comarca para ver aquellas doncellas de Arán florecidas en el muro a las que llamaban, con no mucha propiedad por lo visto, las Santas Figuras. Y en vigilia había pasado la noche el cura preparando la homilía, como delataban las ojeras en el rostro rubicundo, que algo le decía en el interior que estaba a prueba su oficio y había de poner las cosas en su sitio. Y aunque de vez en cuando la liebre se le cruzaba por entre los surcos sepias del *Alivio de párrocos o pláticas familiares adecuadas para los pueblos*, trabajó la prédica a conciencia, e incluso había ensayado los gestos de las manos y las curvas del hablar, que tenía todo muy abandonado, enmohecidas las sagradas palabras en un rincón del desván, poseído con el paso de los años por la desgana, apesadumbrado por la mudez fatal con que se manifestaba la ley de la vida, torturado por su enlodamiento en el reino animal, aquellas debilidades que ahora se le mostraban en forma angélica, pues por el surco de las escrituras corría también la niña de las trenzas, esa que estaba ahí, enfrente del púlpito, con un vestidito azul de blancas grecas, ojos grandes de azabache que miraban a través de las cosas.

Esa que veis ahí, dijo Don Xil señalando con dedo acusador, esa que con aire inocente y mucho donaire sostiene en la mano izquierda la rama de la encina, y que con la derecha acerca la bellota al puerco, esa, a la que protege las espaldas un caballero con loriga de aceradas escamas, esa no es otra que la Codicia, la más chupona de las raíces del mal. Y veréis que el puerco levanta el morro hacia su señora, pues después de una bellota quiere otra, y cuando ya no haya, hozará en la tierra, que así hace la codicia con las personas por ella poseídas, que todo lo quieren, lo suyo y más lo ajeno, y no paran de intrigar hasta conseguirlo. Una misma persona son el puerco, el de la loriga y la dama, pero es ella, la mujer, la que encarna el pecado.

Y no miréis tampoco con buenos ojos a esa otra de al lado, esa tan presuntuosa, coronada, vestida de bermejo y con apariencia noble, pues no es otra cosa que la Soberbia, con un espejo en la mano y el pavo en la otra. El color tan llamativo no engaña a nadie que no se preste. Rojo es el fuego del infierno y rojo viste con sangre colérica ese que gobierna sus hornos, el cornudo que en el fondo dirige toda la estampa, al acecho de los incautos, sacándonos la lengua.

Todas son parentela, pero la que ahora viene, más hermana es de la primera y se llama Avaricia. Va con el vientre abultado, como preñada, pero lo que lleva en las entrañas no es criatura sana sino el fruto despreciable de la avidez, a la manera de las sanguijuelas, esos gusanos insaciables que llenan el frasco que sostiene en la mano.

Ved cómo engañan las figuras, pues esa dama de buen ver, de encarnadas mejillas y melena negra, esa no es otra sino la Ira. A las personas de esa naturaleza, a las venadas, les tira la mano al hierro, y he ahí la espada, fuera de la vaina, y en la otra mano la antorcha encendida que despide humo, y dicho está *Fumantem viri nasum ne tetigeris*, o sea: No toquéis la nariz de un hombre que echa humo.

Y aquí tomó Don Xil un respiro, dejando vibrar las cuerdas del latín. Y le pareció que seguían la plática muy atentos, pues bien acompasados los unos con los otros, a él volvían las cabezas luego de reparar en las pinturas del fresco, aunque quizá la gente se movía en otra perspectiva y buscaba el humo en su propia nariz y los coloretes en sus mismas mejillas, pues tenía fama el cura, entre otros atributos, de ser de muy airada naturaleza.

Y como cada uno, allá en el fondo, conoce sus defectos y de qué pie cojea, algo más de reparo le entró con la siguiente dama, la que iba altiva a caballo del cabrón y acariciaba una perdiz, que era ahora el centro de las miradas y pedía una condena a la altura de tanto desafío. Don Xil pensó que Dios era ciertamente algo temible y que movía implacable los humanos hilos. Todo lo que estaba ocurriendo solo podía entenderse como el aviso inequívoco de que estaba en el punto de mira divino, y eso le aterrorizaba, pues su fe, que la tenía, no era la intuitiva y sentimental de los inocentes, que tanto envidiaba y en el fondo le irritaba, sino la absoluta seguridad de que Dios existía, de que en efecto era todopoderoso y de que su paciencia tenía un límite. Aunque no podía proclamarlo, la mejor manera de llevarse con Dios era pasarle inadvertido, y lo peor que podía suceder, al igual que cuando un señor clava sus ojos en un siervo que por allí andaba distraído o cuando un humano nota la presencia de un bicho en la vertical del dedo matapulgas, lo peor era que por alguna razón el Altísimo se fijase en él, que lo localizase en la remota aldea perdida en el tiempo con su lupa de infinitos aumentos.

¡Suéltame, Dios, suéltame!

Pero no fue eso lo que gritó, sino que con dedo acusador señaló a la de pelo rizado, la que acaricia la perdiz y monta en el que monta. ¡La Lujuria! Y notó cómo le leían los labios, cómo oían una cosa y escuchaban otra, y contó hasta diez y fue con parsimonia, que nadie olvidase que sobre todas las cosas, sobrevolando la ciénaga, él era quien era. Él era la Palabra, la voz del más Allá. Y perdió el miedo a todos, también al mirar de la niña. Esa, la que lleva un paño cubriendo las vergüenzas, es una criada del Demonio, para él trabaja a todas horas, y la fruta de su goce pasajero solo es la perdición. Hace repugnante al virtuoso y esclavo al señor, estraga los bienes de la tierra y nos aparta del cielo. Montar, monta un carnero, bien se ve, que es la forma del apetito sin freno por los actos impuros, pues os iréis dando cuenta de que estas pinturas, que de antiguo llamaban alegorías, muestran lo que quieren sin mostrarlo. Así, si la de rizos acaricia la perdiz, no penséis que es en inocente gesto. Quien sepa de estas cosas del reino animal, y entre vosotros hay cazadores entendidos, dijo él por hablar en modestia, no desconocerá el insaciable deseo de esta ave, capaz el macho de arrastrar a la hembra y deshacer la nidada en salvaje coito.

Era mucha gente para tanto silencio y el cura, mirándoles de hito en hito, pensó que quizá se había excedido en los detalles, que notaba como ruedas en la lengua, que se le iba con vida propia, como seguro que se le fue la mano al diablillo anónimo que pintó el antiguo fresco, hermoseando los vicios con la excusa de combatirlos, calentando la cabeza a los incultos con imágenes lascivas, pues qué impotentes son a veces las palabras frente a los colores, esa combinación explosiva de secretas tentaciones y ardorosos anatemas, y quién podría resistirse al llegar a casa y verse solos, hembra y macho, carne con carne, piel sobre piel galopando en la memoria la de rizos a horcajadas de la bestia y acariciando la perdiz. Él mismo, agitado en los adentros, notaba en la punta de la lengua el sabor salado de la piel de la nostalgia, revivía las escenas de la caída como si fuesen el momento decisivo de la existencia, y se dio cuenta, fue solo un destello feliz y doloroso como centella que acierta en los ojos, de que la niña, la niña de las trenzas, aquella niña prohibida, flor maldita, sembrada en campo de otro, había sido su única obra, la única huella de un camino sin retorno.

Y esa otra dama de cuello alargado como ave a la que llaman grulla y que sostiene un cochinillo al espeto, se ve bien que es la Gula, que es el pecado de comer a lo bruto y sin medida, que hay gente a la que toda el ansia se le va en el rancho. Si tiene el pescuezo tan fino y estirado, en contraste con la abultada forma de la tripa, es para mejor disfrutar de lo comido. Y luego viene una de cara más bien flaca y consumida, esa que lleva un corazón entre las manos. No creáis que es por penitencia o por pena de amores. El corazón es el suyo y va a meterle el diente, tal es la Envidia, que por el bien o prosperar de otros ella sufre. Fijaos con atención en sus cabellos. ¡Serpientes son enroscadas en figuración de malos pensamientos!

Y ya no hay más damas que la que está en el ataúd. El final del pasaje. La Muerte, ese esqueleto que en el extremo del muro tensa el arco, no perdona a ninguno. Allí donde para los bienaventurados comienza la vida verdadera, para los pecadores es el inicio de un viaje atroz, pues esa flecha emponzoñada los precipita al fétido calabozo donde ya no hay colores, de no ser las lenguas ardientes del alquitrán.

Bien sé yo, dijo ahora el dómine con voz más grave, que los feligreses interpretaron como de confidencia, bien sé yo que en esa encrucijada no cuentan los amigos ni los favores y que nunca se sabe cuándo está el cántaro lleno. Por un pecado de nada puede ir el amigo al Infierno, pues son los poco fervorosos los que más enojan a Dios, y así como el Señor tiene nuestros días contados, también los tienen los pecados que nos va a permitir, a unos dos, a otros diez, a otros ciento. Pero ¿cómo saberlo? A los de Sodoma les aguantó muchos y grandes hasta que perdió la paciencia, pero a los de Damasco ya solo les aguantó tres. Y a Moisés, que era íntimo suyo, por una sola culpa le quitó Dios la vida en el desierto y lo privó de entrar en la Tierra Prometida. Y por un pecado venial que cometió David, le envió el Señor una peste de tres días que mató a setenta mil.

Y aun diciendo Amén, muchos muertos les parecieron a todos por causas tan leves, excepto a Rosa, la niña de las trenzas, que contaba con los dedos y que no apartaba los ojos del esqueleto, pues juraría que no estaba allí el día del descubrimiento.

# 3

Y resultó que el último rey de Galicia fue preso por su hermano Don Alfonso, rey de León, y vivió cautivo hasta la muerte en el castillo de Luna, dieciocho años con grilletes en los pies, que así pidió que le diesen sepultura en Terra de Foris, encadenado como había vivido.

Y por eso habita ahora en el bosque, allá por la Serra da Pena Forcada, que hay quien lo vio entre Canladrón y Home do Lazo, un cuervo blanco con grilletes de plata y bola de azabache.

Y todos esos que vuelan, dijo la señora señalando de repente para la ventana donde se veían los campos de fuera, esos todos, los que van contra el viento, son sus guerreros. ¡Los trescientos cuervos de Xallas!

Los cuervos traen mala suerte, dijo Rosa desde el fregadero. Estaba arremangada y tenía las manos moradas bajo el grifo de agua fría. Pero también ella miró por el ventanuco, allí por donde entraba la luz de la porcelana.

¡Qué va, mujer!, dijo la señora con esa sonrisa que llevaba prendida y a la que las arrugas se habían ido haciendo como guiada la piel por una dulce determinación. ¿Sabes? Los cuervos mantenían con pan a los santos de la montaña. Llevaban a San Antonio un mendrugo de pan en el pico.

Yo, una vez, dijo el niño mayor abriendo mucho los ojos como si recordase un sueño, vi un cuervo comiendo una bolsa de patatas fritas.

¿De qué marca eran?, preguntó la niña, dándole con el codo.

Eran de las que tienen sabor a cebolla.

No me gustan, dijo la niña.

A mí tampoco, continuó el niño. El cuervo estaba arriba, en el tejado, sobre la chimenea, y con el pico abrió la bolsa, así, con mucha maña, sosteniéndola con las patas, y luego fue sacando las patatas una a una.

¡Puaf! Saben horrible, dijo la niña. Y pican en la lengua.

Pues a él le gustaban.

En realidad no eran guerreros, volvió a contar la señora. El rey de Galicia no era muy de espada. Tenía por amigo al rey moro de Sevilla, y también, al norte, al rey normando. Este rey era padre de una princesa hermosísima, muy rubia, y con la piel tan blanca que cuando bebía vino tinto se le veía bajar por el cuello. Iba a casar con el rey de Galicia. Pero este fue hecho prisionero y el rey normando murió sin poder acudir en ayuda del gallego.

¿De qué murió?, preguntó el niño.

Creo que cayó de un caballo, dijo la señora. A veces los reyes mueren de esa manera.

En ese preciso momento, Simón, que estaba adormilado en el fondo de la mesa, apoyada la cabeza en la pared, con la boca entreabierta y los ojos cerrados, volvió al mundo algo asustado y miró inquieto a su alrededor.

Y si no eran guerreros, ¿qué eran entonces?, volvió a preguntar intrigado el niño.

Poetas, dijo la señora, mirando de nuevo el torpe volar de las aves a contraviento, como si quisiesen atravesar un invisible vidrio. El rey de Galicia tenía un ejército de trovadores, armados con arpas, cítaras y zanfoñas.

Yo oí decir, se le escuchó a Rosa, que fregaba ahora una caldera de cinc, que los cuervos eran también difuntos de un hambre grande que hubo.

Sí que la hubo, dijo la señora. Fue por una peste de la patata. La gente comía hierba y los labradores iban a morir a las calles de las ciudades, donde estaban los almacenes del grano que ellos mismos habían sembrado. Iban harapientos, escuálidos, llamando inútilmente en las aldabas de los portales. Algunos, quizá los más fuertes, se mataron por no pasar la vergüenza de pedir. Se ahorcaban al amanecer en los manzanos. Otros muchos marcharon a América, amontonados en las bodegas de los barcos, como esclavos.

¿Eso pasó aquí?, preguntó el rapaz.

La niña había salido afuera y volvía ahora a todo correr.

¡Es cierto que hay un cuervo!, gritó. Está en la chimenea.

Y claro que lo había. Estaba allí, a ver qué pasaba, y al servicio del rey de Galicia.

Entonces Rosa mandó callar, cerró el grifo y se puso a la escucha. Luego se secó las manos en el delantal.

Es el pequeño, dijo resignada. El pequeño que llora y la cena sin hacer. ¡La noche que me espera!

## 4

Y cuando la noche llegó, no cubriéndolo todo sino abriendo el libro celeste de las doce láminas, el cuervo de la casa levantó vuelo con el capuz calado y fue a dar las novedades al rey de Galicia.

El marido, informó Toimil con tono de desprecio, llegó zumbando en coche, y al bajar creo que bamboleaba, pero se recompuso y entró con mucho estruendo. El niño, que ya se había calmado con los cuidados de la madre, volvió a llorar. Y como él seguía dando voces, Rosa también las daba.

¿Y la señora?

La señora se había ido por la sombra. Simón le mostraba el camino.

En la mesa había dos copas de vino de Oporto y peces de galletas salados, y aquello, por lo visto, lo incomodó más, pues dijo que ya estaba bien de tantos cumplidos, que aquella vieja era, era..., y no se oyó porque Rosa mandó a los niños ir a la cama, ponerse el pijama y rezar.

¡Llega uno y lo tratan como a un perro!, dijo el hombre.

¡No hables así delante de los niños!

Hablo como me sale del carajo. ¡Estoy en mi casa!

¡Bebiste!

¡No me hagas jurar!

Se huele en el aire, dijo Rosa, acercando la mejilla a la del crío que mecía en brazos. ¿Crees que no se nota?

¡Claro que bebí!, gruñó él, tomando de un trago una de las copas. Pero el olor ya estaba. ¿Así que le gusta el vino dulce a esa zorra?

Rosa esperó a que pasaran los sollozos del que tenía en el regazo, se sentó y lo cubrió con el chal. El hombre se acercó al fuego, se frotó las manos y luego empujó un leño con la bota hasta que cedió en pavesas la parte que era brasa.

Ella vino para hacerme compañía. Entretuvo a los niños.

¡Es como una meiga!

No digas tonterías.

¡Te tiene embobada!

Rosa calló un rato, como dando por bueno el hechizo. Miraba abstraída la bota del hombre que presionaba el leño.

Ella no habla mal de nadie, dijo por fin con calma, como si el pensar en la otra le trajese serenidad. Parece de otro mundo. ¡Está siempre tan feliz!

¡Así cualquiera!, bramó el hombre, girándose de repente hacia la mujer. ¡También yo estaría en el cielo! Mantenida a cuenta de otros...

Pero, Cholo, si casi no come. Pica en una hoja de lechuga y luego anda con infusiones de hierbas.

... Y con la criada de balde.

Voy cuando quiero. Nadie me obliga.

¡Y aún lo dices! La cena sin hacer.

Rosa se levantó airada. Fue al fondo de la cocina, abrió la despensa y volvió, el niño en un brazo, con un plato lleno de carne, repollo y patatas cocidas.

¡Ahí la tienes!

¡No me tires el plato como si fuese un cerdo!

El pequeño se echó a llorar de nuevo. Ella subió las escaleras con el niño en brazos.

Antes..., antes pensabas de otra manera, dijo aún desde el descansillo.

Antes, antes..., murmuró el hombre delante del plato.

Todos pensabais de otra manera. ¡Venía la rica! ¡Venía la rica! ¡Mucho cuento!

¡Mujeres!, exclamó el hombre para sí. Había sacado un fajo de billetes sujetos por una goma y los estaba contando.

Luego los guardó y se puso a comer con ansia. En el sobrado correteaban los niños, aguijoneados por órdenes agrias.

¿Qué hacéis en la televisión?, gritaba Rosa. ¿No os dije que fuerais para la cama? ¡Todo el día viendo porquerías!

¡Mujeres!, repitió. Él sabía cómo calmarla, cachonda que había salido. En una hora estaría montándola y ella gimiendo ensartada a su cuerpo, rendida, bien domada.

Fíjate, Toimil, dijo el rey de Galicia, leyendo con melancolía en la noche estrellada. Se fue el sol tan alto como la cabra y luce el cielo los coturnos dorados. Y nosotros, aquí, viéndolo todo desde las cenizas de un astro marchito, esclavos de una pesadilla a la que llaman Historia. ¡El mundo está helado, Toimil!

Debe ser el reúma, dijo el cuervo de la casa, pero es cierto que este invierno me tiene algo fastidiado. Con licencia, señor, ¡quién pudiese catar un vino Amandi en ánfora de Buño!

# 5

Y andaba Rosa a la caza de un ratón, que le daba grima saberlo en la casa y que todo lo tocara y olfateara. Y tenía la cocina como una patena, sin pizca de polvo en los rincones ni en los bajos de los muebles, y el suelo fregado con lejía y abrillantado con cera. Y puso ambientadores con perfume a limón. De las cosas de comer, lo que no tenía en frío lo envolvía en paños blancos y papel de aluminio, no solo el blando sino también lo que venía en su lata o en caja, como las sardinitas de La Onza de Oro o las galletas de María Fontaneda, tal fue la guerra que le entró. Y con el asco de que explorase en los paisajes azules de los platos y fuentes, donde sin ella saberlo se contaba la historia de una princesa china que huyó con el amante prohibido convirtiéndose en tórtola, antes de ir a dormir cubría también la vajilla con un mantel.

Solo dejaba, en medio de una repisa de mármol, una ratonera con el cebo de un trocito de queso.

Y al despertar esperaba un poco para que el hombre bajase primero, temerosa de ver lo que ya había visto en la imaginación, el cuerpo machacado por el hierro del resorte. De hecho, abría los ojos creyendo haber oído el ruido de la trampa. Pero cada mañana encontraba el trebejo intacto, menos el cebo, que ya no estaba, todo lamido el gancho. Y como el queso del país era muy blando, compró un taco de manchego, que no le gustaba por lo duro, pero lo papó todo también el ratón en pequeñas raciones. Y entonces Rosa le puso chorizo, bien preso en la parte del tocino, acortando hasta el límite la distancia del fijador que, al soltarse, accionaba la ratonera, y echó unas gotas de aceite para hacerlo más resbaladizo, tan en el aire todo que ella misma tenía miedo de pillarse la mano. Pero aquel era un demonio de bicho que no caía y hacía que el hombre se burlase antes de irse por la puerta. Rosa lo imaginaba saliendo por vete tú a saber qué agujero, que ella había inspeccionado toda la cocina sin ver nada que pudiera servir de mínimo refugio para un puñado de sombra, pues orificios había en el remate de los zócalos pero eran para hormiga, y había hurgado en todo sin encontrar más alma que arañas somnolientas en las esquinas, pero, salir, salía por alguna parte y ella lo veía asomando con una sonrisa resabiada y los ojos achispados, espiando el territorio de la mujer como en caricatura viva de una serie despiadada de dibujos animados, porque él, saber, sabía quién era su enemigo, a quién repugnaba, quién preparaba cada noche con manos nerviosas la celada. Y tenía que notar su olor, el de la mujer, en el cebo y en la trampa, en las cosas de comer, en los paisajes azules de la vajilla, en la estancia toda donde solo ella no estaba de paso y reinaba a la manera de las criadas.

Un día de viernes, por probar, le puso pescado fresco con la piel bien sujeta al resorte. A la mañana, lo encontró tal como lo había dejado. Saltaba a la vista que aquel ratón era de buen diente. ¡Por lo menos hoy pasarás vigilia, pecado del demonio! Pero luego vio, por las cagarrutas, que había andado en el banco del llar, y algo le dijo el sentido porque abrió el periódico que allí estaba y encontró medio roída, sin cruces, la página de las esquelas.

Así que la historia del ratón se convirtió para Rosa en una pesadilla que a nadie contaba. Escuchaba silencios, veía nadas. Y tantas vueltas le dio la cabeza que, para no tener nada que decir, ni siquiera que sí, tengo ratones en la casa como tiene todo el mundo, aprovechó un viaje del hombre a Coruña para que le comprase veneno. Era una cajita de cartón de fondo rojo con una silueta en negro, más de rata que de ratón, y en la que leyó, sosteniéndola algo apartada con la punta de los dedos, «Racumín, rodenticida para roedores comensales». Y luego, subrayado, «Un solo bocado basta». Y se puso unos guantes de goma de color naranja y la abrió y vio que dentro traía unas bolsitas en papel de plata que no se podían romper con la mano. Y fue a buscar unas tijeras al sobrado. Y se le ocurrió pensar que mientras ella estaba arriba, el demonio del ratón había salido del agujero y, con unas lentes que tenía para leer, andaba deletreando la fórmula: Sul fa qui no xa li... na. Y cuando encontró lo que necesitaba, bajó a todo correr para ver si lo sorprendía. Pero ya el ratón había vuelto a la cueva. Rosa cogió la caja, repasó de reojo la leyenda, fijándose un poco en la palabra «bocado», y cortó en ángulo por la esquina las bolsitas, no una, ni dos, sino que abrió las diez que eran, y las fue colocando por todos los rincones de la cocina. Y dijo a Simón que no entrara en la casa ni gato ni perro, y a los hijos que no tocasen nada por allí y no jugaran en aquella parte de la casa. Pero el niño, sin oírla muy bien, ya se acercaba a una de las esquinas, preguntando qué es eso, mamá, tan bonito, de papel de plata, y ella le dio un bofetón, que se le fue la mano, ni mirarlo, ¿oyes?, ni mirarlo. Y él se volvió sin llorar, el rostro colorado, de una manera que parecía decirle estás loca, mamá, estás loca. Y aquello la puso aún más nerviosa y los empujó hacia el piso. Y por la noche, cuando fue al cuarto de baño, antes de acostarse se vio en el espejo y tenía unas ojeras grandes y notó tal cansancio que pensó que iba a enfermar. Y ya en la cama, cayó rendida, con el pequeño a su lado, sin ponerlo en la cuna. El hombre, cuando vino, que llegó tarde, algo notó, que se acostó de espaldas, con un brazo caído hacia el suelo.

Por la mañana, la mujer fue esculcando cada uno de los montoncitos de granos rosados de veneno Racumín, con reclamo de plata. Bien se veía que nadie los había catado, que nada había ni roído ni esparcido, pero con la esperanza de que un bocado, aunque solo uno fuese, sí que lo habría tomado, lo dejó hasta el domingo, pues ese día ya no quería veneno en casa. Y esperó. En realidad, no paraba, todo el día atareada, pero con la mirada alerta, atenta al suceso de topar por fin el cuerpecito peludo muy tieso, patas arriba. Había oído decir que los ratones, cuando otean la muerte del veneno se echan fuera de la cueva, a la luz del día, buscando no se sabe bien qué, idos, sin importarles la presencia de la gente, y van a caer en un claro, en el punto más visible, en el centro centro.

Pero nada pasó y a Rosa se le pusieron violetas las ojeras, y tal era la angustia que le entró que perdió el ansia de comer y lo que tenía de humor. Eso se notó en el resto, porque Simón, que era su hermano, y que nunca encontró el habla por algo que le pasó de crío, un mal aire, decían, por jugar dentro de un sepulcro vacío que había allí en el camposanto, pues bien, él, Simón, cuando estaba en la casa, pasaba el día metido en el cuarto, escuchando rancheras y corridos mexicanos, que mucho le gustaban, tanto como los caballos, que cuando montaba en uno se le ponía el rostro tan feliz que daban ganas de llorar al verlo así, como un rey.

Y por aquellos días ella también dejó de ir donde Misia, la señora que había vuelto al viejo pazo de Arán. Y algo notó esta pero no se extrañó, porque ya todos se habían ido apartando de ella desde que llegó sin hombre ni tesoro y con aquellas rarezas, como solo comer verduras y pasear por los caminos en bicicleta, con pantalones o con las faldas recogidas, y con sombrero de segadora al modo de San Cosme, paja encintada en negro, con la gracia de una pamela de señorita. Y lo que aún daba más que hablar era que todo lo que parecía tener lo había gastado en comprar un rebaño de ovejas, que andaban a su aire, hasta la noche, en que las recogía y las metía en casa por la puerta de la gente.

El gran deseo de Rosa era cazar el ratón antes de que llegara Navidad.

Hasta que un día, ya en vísperas, lo vio.

Y el ratón la vio a ella.

Rosa estaba de pie al lado de la mesa, mondando fruta para las papas del crío, y los ojos se fueron por sí solos hacia la repisa de la cocina, y tardó algo en ser consciente de que efectivamente eso que ellos miraban, que hasta podían contar los pelos del bigote, eso que permanecía a su vez observándola, era él, el ratón. Para su propia sorpresa, no se asustó ni gritó. Se contuvo serena, cortando ahora el plátano en rodajas, un ojo aquí y otro en el bicho. Y después de eso, con una calma de manos que la tenía maravillada, se puso a aplastar la fruta con un tenedor. Y al terminar de componer el plato se le ocurrió probarlo, no a la manera en que siempre lo hacía, rápido y a la ligera, sino con lentitud y relamiendo los labios en la justa dirección del intruso. Y fue entonces cuando este dio la vuelta y se echó a andar y, también con mucha parsimonia, se puso a trepar por el tubo del gas. Y vio entonces que no era fino sino grueso, culón patoso, con unas cachas desmesuradamente grandes. Y cuando llegó a la plataforma baja del calentador, en lugar de desaparecer en un santiamén, aún se acomodó y volvió a espiar por ver si ella seguía con la merienda. Pero ya Rosa había perdido aquella paz y corría con el cuchillo en la mano, gritando fuera de sí, puerco, hijo de puta, cabrón, miserable, y metía la punta del cuchillo por entre los hierros sin notar otra cosa que metal. Y luego dejó el cuchillo y con un mirar helado apretó el encendedor automático y giró la rueda del gas al máximo, de tal manera que salió una gran llamarada. Mucho le hubiera gustado, en aquel momento, que el tufo del butano fuese también de pellejo y carne chamuscada.

Pero el ratón volvió al día siguiente, a la hora de preparar la papilla. Y esta vez la mujer, compulsivamente, tiró el plato contra el altar en el que andaba, toda la fruta esparcida por la pared, y aun así poco corría el ratón, apartando los trozos de la porcelana, impelido a huir pero de mala gana, que pena parecía sentir por no catar el postre del bebé. Y otra vez se fue por donde había venido, tirando de la culera y sin gracia en el rabo, como si lo llevase por llevar.

Rosa encendió el calentador, más que nada para tener un respiro, sin mucha esperanza de darle espanto a aquel bribón. Pero luego lo pensó mejor, lo apagó todo y se puso a desmontar la chapa. En principio, no vio nada que pudiese dar albergue en aquel laberinto metálico. Pero cuando ya iba a dejarlo todo en el sitio, se fijó en que la plancha que sujetaba el aparato al muro tenía unos círculos, y que uno de ellos, en lugar de mostrar el blanco de la pared, se presentaba oscuro, y hurgó allí con un palo y notó que era profundo pero que el palo no podía proseguir porque hacía curva. Y la mujer se puso a maquinar mientras limpiaba el estropicio. Y sin hacer mucho caso del pequeño, que ya llamaba por la comida, se fue al cobertizo y cogió unos puñados de cemento de un saco que el hombre tenía por allí, y lo preparó sin mezcla ni nada, solo con agua, que así le parecía iba a ser más resistente, y lo fue metiendo bien prensado por el agujero.

Aquella operación, haber tomado la iniciativa, le amainó el temporal, y, después de varios días de desasosiego, pudo dormir tranquila.

Y como estaba algo más fuerte, por la mañana temprano bajó la primera a la cocina y vio, con alivio, que nadie había removido lo hecho, y no le dio mucho crédito a lo que le dijo el hombre entre risas de que los ratones prefieren roer el cemento seco. Para su desgracia, esta vez no mentía, pues al día siguiente, y a la hora de la merienda, Rosa lo vio descender por el tubo, que ya un sentido la había alertado, y sin pensarlo dos veces, sobreponiéndose a las ganas que tenía de llorar, ya no lo dejó bajar y golpeó con el puño en la chapa del calentador y luego metió los dedos por el orificio, arañando con rabia en el cemento.

Más tarde, al prensar la fruta y limpiarla apartando las durezas y las pieles, le vino al pensamiento lo más terrible que podría suceder en una garganta. Decidida, volvió de nuevo al cobertizo a por cemento. Ya en casa, extendió en el suelo un plástico y sobre él, pegando con un martillo, rompió una botella de vidrio, y fue martilleando los trozos hasta hacerlos muy menudos, como agujas cortantes. Y del costurero cogió todos los alfileres y los echó también en la masa. Con muchísimo cuidado, metió la pasta espinosa en el agujero roído, empujándola y amazacotándola con la cabeza de un cincel, pero aun así, sin querer, se cortó la yema de un dedo y lamió eso que llaman un hilo de sangre pero que en su caso era un pétalo.

Y aquella sangre del sacrificio le dijo que esta vez había vencido a la pesadilla.

# 6

Y cuando el ratón consiguió abrirse paso por la juntura de las piedras, que mucho trabajo de Dios le costó, tocado de alfiler en el morro como iba, y después de bajar por la escala de hiedra, maldijo la intemperie, pues hacía un frío que cortaba el aliento, tiros de espingorda las corrientes del aire, y decidió volver por la puerta principal como un señor y decirle, rompiendo por una vez las reglas de los que están de la otra orilla, que la casa era tan suya como de ella.

Pero cuando en esas cavilaciones andaba, le salió al paso un cuervo, que mucho imponía con el capuz y aquel sayón de negro jaspeado.

¿Adónde vas, Xil de Arán?, gritó el cuervo con mucha autoridad, que más que interrogante sonaba a admonición.

¿Y a ti qué te importa, si no es mucha la pregunta?, respondió el dómine, en verdad algo molesto por que le acertasen con la persona.

¡Un paso más, Don Xil, y date preso!

Tengamos la paz en fiesta, dijo el ratón un poco embrollado por el miedo que le había entrado, pues no sabía muy bien cómo afrontar aquel inesperado contratiempo. Pero le vinieron a la cabeza los latines de antaño y con ellos la fuerza del tónico conjuro para hacerse valer. *Elephantem ex musca facere!*

No la molestes más, Don Xil, ya bastante le has hecho, dijo el cuervo sin dejarse impresionar.

No sé de qué me hablas.

Y se leerán públicamente las causas de todos los mortales desde Adán hasta el último que nazca en este mundo.

Y se abrirán los libros de las conciencias que estuvieron cerrados por el tiempo de la vida. No me tires más de la lengua.

San Juan no eres, dijo por fin el ratón, que había quedado traspuesto. ¿Tú quién vienes siendo?

¡Toimil de Bergantiños, protonotario del rey de Galicia!, se presentó el cuervo, y lo hizo con solemnidad no por petulancia sino para que se le notase educado en las buenas maneras.

Y siendo así, entre gente importante, ¿no podríamos llegar a un apaño?, replicó Don Xil recuperando el resuello, pues le pareció el cargo un poco fantasioso, sabiendo él, leído como era, que no había más reyes que los de las Españas.

¿Ves aquella luz que acaba de encenderse?, dijo Toimil, a punto de perder la paciencia. Vuelve a haber vida en el pazo. Allí está tu sitio, no en la de los caseros.

¡Me empuja el corazón para esta casa!, exclamó Don Xil con rostro pesaroso, que quizá no era fingimiento.

Iba a decir Toimil que ahora llaman corazón al comestible, pero calló porque era tan elegante como recto. Lo que sí dijo fue que el mandato era terminante y que el ratón debía procurarse acomodo en el pazo, cosa para él no muy difícil pues lo conocía como la palma de la mano, desde el horno del pan hasta los desvanes, sin olvidar los hórreos y el palomar con la veleta de bergantín repujado. Y que allí tendría bastante que roer, pues había de nuevo conveniencia. De no cumplirlo, el ejército del rey de Galicia lo pondría en su sitio.

No veo tal armada, dijo Don Xil con comedia y por saber.

Todos esos que ves, respondió Toimil señalando muy serio a los semejantes, siempre en torneo con el viento. ¡Los trescientos cuervos de Xallas! De entre ellos hay doce hijosdalgos que te tienen fichado por orden real. ¡Estás en custodia, Xil!

El antiguo páter observó con atención las maniobras acrobáticas de los cuervos. Habían estado allí toda la vida, merodeando el paisaje como una legión de vagabundos harapientos y famélicos. Nunca había notado en ellos nada de noble, nada de distinción en su vuelo desastrado. Pero ahora, fijándose bien, aquella misma torpeza se presentaba como una pesadumbre heráldica, como si su volar fuese una forma de laboriosa escritura en el pergamino del tiempo. Los signos que trazaban con porfía marcaban de gravedad el paisaje. Si ellos no estuviesen, pensó, Arán sería un decorado más trivial. No se podría representar el alto asunto de la tragedia insoluble.

Desde el punto de vista terrenal, esa disposición me parece arbitraria, dijo por fin con tono resignado, convencido ahora de la seriedad de la situación. No creo que esté bien que ese rey gobierne el sentimiento.

Ese es el reino que nos queda, pensó Toimil. El de Galicia es un pobre rey de corazones. Mas el protonotario del rey habló sin contemplación.

¡O el pazo o el Infierno!, gritó Toimil, extendiendo con firmeza la negra ala hacia la casa grande que dominaba la colina, estampada en un romántico añil de crepúsculo.

# 7

Y cuando venía la noche leonada, derrotados ante la televisión los cansados linajes de la aldea, mucho placía a la señora desnudarse en el dormitorio al lado del brasero avivado, por si algún día se le calentaban los pies, que andaba en los inviernos con medias y tres pares de calcetines sin que bajase la sangre a los dedos, que no era cosa de la vejez, que ya de niña, antes de ir al lecho, se los lavaban en agua hervida sin nunca escaldar, y luego le pasaban la plancha por las sábanas, pero cuando despertaba ya no notaba los pies por el frío y tenían que darle friegas a mano para que volviese el color y poder apoyarse en ellos. Ser, era una cosa de la familia, pues andaba fresca por el resto y sentía como intenso este placer de ahora, el lamido frío del lobo de la noche por la espalda, las cariñosas lenguas del calor que gatean por delante, con vagar, ciñéndose como hiedras ardorosas por los muslos, y, apoyando caderas arriba, trepan por los senos y en ellos se demoran en espiral los labios hasta que despierta la flor de los pezones, no a la manera de antaño sino más recreada, como loto o camelia, y después enganchan en el cuello y besan toda la cara, primero delicadamente, después a lo loco, con los dedos del fuego enredados en el pelo, sujetándola entrelazados en la nuca, pues ella dobla y baja hacia el amante, rotando la cabeza con los ojos cerrados. Y cuando giró, como de repente, volvió a apoyar las manos en las rodillas y dobló de tal manera que las hojas de pan de oro prendían temblorosas en las nalgas. Pero fue ver y no ver, porque de pronto, como si perdiese el hilo de un sueño, estiró el cuerpo y abaneó la cabeza, peinándose de pasada con los dedos, y muy rauda, viéndole los dedos al frío, se puso un pijama de franela que a Don Xil de Arán le pareció de hechura de hombre, aunque no pudo reparar mucho en ese pormenor porque ya la señora se acercaba al tocador y encendía una lámpara.

El estallido de luz lo dejó atontado y Don Xil, en lugar de huir por donde había venido, quedó encogido contra la base del espejo, que era esmerilado en cisnes todo el borde, justo detrás de una cajita de cartón en la que se veía una hermosa mujer con una joya perforada en la nariz, que bien podría llamarse Nostalgia por el mirar, pero lo que allí ponía era *Henna of Pakistan*, protegido también de la vista de la señora, de momento, por un bote en el que leyó *The Body Shop*, y a continuación *Against animal testing*. Los dedos de la mujer danzaron y tantearon por la zona pero finalmente se detuvieron en las pinzas de depilar. Y pudo Don Xil domar la parte de miedo que andaba en los ojos, pues el tiempo no pasaba o iba con mucho vagar por las canas de las cejas de la que estaba en el espejo. En los adentros, tanto como el efecto de la súbita claridad, le temblaba la memoria reciente de su sobrina desnuda, el cuerpo tenuemente iluminado por la luz de las brasas, aquella forma de bañar la piel como una vidriera atravesada por el poniente del fuego, y, sobre todo, la revelación de aquel cuerpo que era en la vejez lirio, tan mórbido y duro a la vez parecía, que esta es la manera misteriosa en que a veces se detiene el tiempo. Y maravillábase ahora Don Xil, asomando el morro sin cautela, de la gracia con que armaba y desarmaba un moño, cómo peinaba los cabellos hasta dejarlos lacios y con un brillo uniforme y cómo luego volvía a rizarlos solo con el bucle de los dedos. Cuando pareció satisfecha, pasó la señora la lengua por los labios y los mordisqueó, y luego embelleció uno con otro. Sin dejar de mirarse, devuelta la imagen con la sonrisa melancólica que los espejos reservan en familia, abrió Misia el cajón de la coqueta y trajeron las manos una alhaja que al abrazarse en el cuello se vio que eran hojas de acebo con bayas de azabache engarzadas a la antigua manera. Y ahí fue que Don Xil vio todas las damas que habían recorrido los pasillos del pazo de Arán y pasaban lánguidamente las horas en la solana, entre begonias y rosanovas, mientras llovía sobre la piel del mundo. Y al transmigrado se le puso un nudo en la garganta porque todo lo que se había venido abajo en ella resplandecía, victoriosa sobre las ruinas, finalmente reconocida por el espejo. Mientras a ella no se le iba el tiempo, jugando como muchacha con pendientes y anillos que lucía haciendo de la mano abanico, metido estaba el testigo entre la nostalgia y el cálculo, pues si era cierto que aquel rostro sugería mil recuerdos y un amargo deleite, no menos cierto era que lo había dejado perplejo la exhibición de las galas de la familia que él suponía perdidas en vergonzosos empeños o en el laberinto de las partijas. De entre todas, había un broche traído del Brasil por uno de los de la casa de Arán, el pecador don Álvaro Mosquera, tío abuelo de este Xil, una joya con una enigmática piedra incrustada que, tallada en forma de corazón, latía expuesta a la luz, visibles las pulsaciones en los brillos de la que nunca se supo el origen cierto, pues cada día tenía el aventurero su historia, surgía de las manos de un garimpeiro o de un indio amazónico en trueque de un mechero, hasta que él mismo comenzó a distanciarse y a no querer hablar de la piedra, como si le cogiese miedo, y era este precisamente el broche que ahora Misia colocaba a la altura de los senos para sellar la camisa entreabierta del pijama, qué capricho para dormir, esas rarezas que tenía la rama más alocada de la familia, o a lo mejor, quién sabe, hacía bien en estos tiempos en que andan los ladrones detrás de los que roban y nunca fue mal seguro la cuenca femenina de las tetas. Cuando la mujer apagó la lámpara, quedó el centelleo de sus ojos y de aquel corazón de pedrería en el terciopelo de la noche.

Bajó Don Xil por el hueco de entre pared y mueble y al verse en el suelo, con la dama entregada a Morfeo bajo el dosel, mudó de inquietudes, pues notaba ansia en los dientes y un vacío de ayuno en la tripa. Había llegado al dormitorio por seguir el rastro de la gente, que donde hay gente hay migas, pero su sobrina siempre fue picahojas y ahora, por lo visto, se mantenía de aire. Vacíos alzaderos y chinero y artesa, en la cocina no había más comida que un bodegón con liebre y perdiz roja colgado en la pared, lo que mortificaba a Don Xil. ¡Si al menos estuviera en el suelo para trinchar en pintura la ilusión! Sin otro remedio, de papel iba a ser ahora la cena, que ni siquiera de eso había de sobras, dos libros nada más en la que había sido gran biblioteca del pazo de Arán, el *Alivio de párrocos* y un pequeño manual que tenía muy sobado, *De la caza al modo liberal*, pues el resto todo lo había vendido a un anticuario por kilos, castigados como estaban por las goteras y el moho del tiempo, que también los libros quieren de vez en cuando una caricia por el lomo, y qué lástima dejarlos ir a troche y no hacer más previsión, metido andaba ahora en el terrible dilema de escoger para masticar entre la devoción y el deber. En esas cavilaba yendo hacia la biblioteca guiado por los zócalos, cuando le dio prisa un ruido que en los últimos tiempos se le había hecho familiar y que no era otro que el roer de un ratón que, alabado sea Dios, solo le había metido por el momento diente al misal. Era aquel intruso muy menudo y chupado de cara, reviejo y correoso, y con un algo, quizá ese ojo tuerto, que se le hizo de inmediato conocido.

¡Detente, animal!, bramó Don Xil. Eso que roes es palabra sagrada.

El aludido se volvió sin pizca de susto, muy flemático, y miró al mando de arriba abajo, con cierta sorna, mientras engullía un cuerno de papel. Algo debió recordar también porque, aparentando de repente diligencia, repasó el hocico por las líneas sanas y fue deletreando con la luz de la luna. Se le-van-tó A-rrio Se le-van-tó Nes-to-rio Se le-van-tó Lu-te-ro Se le-van-tó Cal-vi-no y o-tros in in in... ¡Arre, carallo!

Y otros innumerables, leyó Don Xil para desenredarlo. Pero todos ellos han desaparecido y la Iglesia prosigue en su posesión.

¡Amén!, dijo ahora el otro con solemne ironía. Dispense, páter, pero pensé que era literatura.

Procura que te aproveche lo roído, respondió Don Xil, por fin con la autoridad un poco restablecida. Pero ese otro libro, ni mirarlo. ¿Oyes bien? ¡Ni mirarlo! No sea que se te vaya la tentación, que bien sé quién eres. ¡Matacáns, el peor furtivo de Nemancos!

Todo eso es fama que le ponen a uno, señor cura. ¡Envidias de escopeteros! Yo como usted, Don Xil, por su instituto. ¡Siempre tuve las vedas por sagradas!

¡No me jures en falso, Matacáns!, dijo el cura. Se te veía el hurón asomar por un bolsillo de la zamarra. Y por otro lado, el lazo. ¡Espantaste para siempre las liebres, Matacáns!

No se engañe, señor cura. Fueron unos de Carballo, que venían con mucha artillería. Y también el estrés.

¿El qué?

El estrés, señor cura. Lo dijeron por televisión. Las liebres enloquecieron, o algo parecido. La hembra no quería al macho y este tampoco trabajaba, usted ya me entiende, señor cura. Así se acabaron las liebres en Galicia.

Pero había una, había una, Matacáns, que hacía cabriolas en los prados y tomaba la sombra por las parras. Era, era..., ¿cuándo fue tu entierro?

Hacía un frío de perros. Mucho sentí que me quitasen la boina.

Sí, pero ¿cuándo fue eso?

Y echaba el otro cuentas, cuando en la ventana por la que entraba la luz de la luna se vieron de repente dos luminarias que tiraban a verde. Y más tarde, a lo largo, se proyectó en el cristal una sombra montesa. Ambos noctámbulos observaron el fenómeno con curiosidad sin darse cuenta, en principio, de que era propio de su múrida condición ponerse a salvo.

¡Corra, señor cura, cago en el demonio, ese tigre es del maquis!

¿Cuál de ellos?, preguntó Don Xil a la carrera y casi sin aliento.

¡Arturo de Lousame, aquel bravo!

Mientras correteaba al rabo del furtivo en la búsqueda de un escondite en la bodega, se lamentaba el dómine de los caprichos del Señor del Destino, que ya le gustaría ser un bicho grande y poner algo de respeto por los caminos. Desde luego, no era buena noticia la de aquel gato; bien que recordaba al de Lousame, un gaitero con fama de anarquista, y que una vez, en plena consagración, en misa de fiesta, teniendo el cáliz alzado, picó unas notas del *Himno* de Riego, que él bien se dio cuenta, pues no era torpe de oído. Y además sabía la letra de aquel retintín.

*Si los curas y monjas supieran*
*la de hostias que van a llevar...*

Sería una diablura, pero se la guardó. Llegado el momento, no le dio la buena conducta y el de Lousame tuvo que echarse al monte, que era él, Don Xil, cuando la guerra, el que gobernaba vidas, y solo de pensarlo le entraba ahora un escalofrío, pues era él quien ponía una cruz sobre un pagano y lo borraba así del mapa, haciendo de él un guiñapo de hombre en la cuneta de una carretera.

¿Y no anda por aquí la Benemérita?, preguntó Don Xil en un respiro.

Andar, anda, pero el brigadilla Maneiro es otro soprano, un miserable como nosotros.

¡Válgame Dios! ¡Este mundo es una selva!

¡Quién tuviera una escopeta, señor cura!

¡No me hables de amores, Matacáns!

# 8

Yo tuve tres maridos, dijo la señora.

¿De verdad?

Sí, mujer.

Y le hizo tanta gracia la cara que sin querer ponía Rosa, que al ir a beber de la copa de Lágrima de Oporto, por frenar la risa que le venía, le dio la tos y tuvo que cubrir la cara con un paño pues le lloraban los ojos enrojecidos. Y al ir calmándose, se sintió muy a gusto viendo que Rosa también sonreía, pues a ella se le juntaba ya la sal de las lágrimas con el dulce vino de los labios. Y aquel mirar a la vez cómplice y divertido de la casera la animaba a recordar, sin miedo a quemarse leyendo las cenizas en las frágiles láminas humeantes que quedan en el borrajo.

¡Igual que las artistas!

Igual.

Liz Taylor tuvo por lo menos seis, se le ocurrió decir a Rosa, muy animada por aquella conversación que le permitía viajar en compañía por una ensoñación entretejida por películas y revistas de papel cuché donde siempre deambulaba sola. Y casó dos veces con el mismo hombre.

Sí, con Richard Burton. ¿Quieres..., quieres creer que yo lo conocí, que lo tuve a esta distancia, como estás tú ahora?

¡No puede ser! ¿De verdad?

Como te lo cuento. ¡No veas qué ojos! ¡Un rey galés!

Parece que era muy borracho.

Sí, asintió la señora con tristeza, como si lamentase desnudar el lado oscuro de un ídolo difunto. ¡Un rey ebrio!

¡Y se pegaban! Leí en una revista que se querían pero que luego, cuando llevaban tiempo juntos, eran como perro y gato, que una vez ella le tiró una máquina de escribir a la cabeza.

¡Se cuentan tantas cosas! Pero ¿qué importa eso que un amigo mío llamaba la «vidita»? Ahora, lo único verdadero de ellos son las películas.

Yo recuerdo muchas veces una película de Joselito, dijo Rosa. *El pequeño ruiseñor.* Era muy niña, cuando aún había cine en Néboa. Hacía de pastor de ovejas. Cuando desaparecía de la pantalla, yo estaba convencida de que marchaba con el rebaño por el medio de los pinares de Néboa, pues justo detrás de la sala había campos y un bosque. Una vez mi madre me riñó mucho y yo le dije que algún día marcharía con Joselito. Se quedó toda extrañada, como diciendo qué cosas tiene en la cabeza esta cría. Después, cuando se enfadaba, me gritaba: ¡Vete con Joselito, anda, vete con Joselito! Leí el otro día en una revista que lo habían detenido por cosa de drogas. La vida es tan... tan caprichosa.

Sí que lo es. Hace tiempo que no voy al cine. Las buenas películas son todas tristes. Y yo soy muy llorona. Me hacen daño.

No sé qué haría si mi marido me pegase alguna vez, dijo de repente Rosa mirando para el carrito donde dormía la criatura, en la solana del pazo, allí donde serpenteaba la glicinia con paciencia de piedra. ¡Le traje también cigarros!, recordó en ese momento. Y se levantó y fue a rebuscar con cuidado debajo del mantón.

No dejes que te pegue, dijo muy seria la señora.

Y cruzaron las miradas y encendieron los pitillos. Pronto, las humaredas amigaron y se fueron enroscadas en el aire.

Yo creo que Marilyn Monroe también se casó tres veces, dijo Rosa.

En realidad, yo no me casé tres veces, corrigió la señora. Quise decir que tuve tres hombres.

Tres amores.

No sé. Bueno, sí. Tres hombres.

# 9

Mi padre odiaba todo esto. Era muy jovial, de muy buen carácter, y no se le notó hasta que llegó la dolencia incurable de mamá. Por alguna razón, algo que la arrastraba al margen de nosotros dos, ella quiso entonces estar aquí. Creo que aquella decisión, aquel apego de mamá a Arán, a él, en el fondo, le dolía mucho. Disimulaba, pero yo supe entonces que aborrecía Arán, que tenía aversión al pazo, no hablo solo de la gente sino de la propia casa. Refunfuñaba contra la insania de las piedras, contra las cosas viejas, como si las hiciese culpables del mal aquel que avanzaba. Sufría mucho porque trataban a mamá como una enferma de verdad, con aquellos grandes silencios que reforzaban los peores presagios, con aquellos cuidados excesivos y graves que tenían la apariencia de un rito fatal, preparativos de un fin que él no podía aceptar. Su humor, cuando lo intentaba, no tenía sitio allí. Posiblemente lo que más le hería era que ella había aceptado todo aquello. Cuando rezábamos el rosario, que se hacía medio a oscuras en murmullos, se dejaba caer en un sillón de la esquina y desaparecía en la penumbra. Solo se veían las manos retorciéndose. Sobre la cabecera de la cama donde estaba mamá había un crucifijo que a mí me parecía enorme, colocado de tal manera que, te metieras donde te metieras, mostraba siempre las heridas. Entrabas en la habitación y se te iban los ojos hacia él. Si te sentabas de espaldas, reaparecía en el espejo que estaba sobre la cómoda. A veces ayudaba a peinarse a mamá delante de aquel espejo, y cepillaba su pelo sin poder apartar la mirada del Cristo, que a mi vista se debatía en la pared con la sangre fresca, y me resultaba turbador que los mayores actuasen como si no pasara nada, como si fuese lo más natural tener allí a alguien permanentemente martirizado con las llagas abiertas, con clavos en manos y pies y goteando sangre por la corona de espinos. Desde entonces no puedo ver los crucifijos. Me horrorizan. Con el tiempo, en la mesita de la habitación pusieron también una virgen de los Dolores y un jarrón con calas. Te acostumbrabas a ver a mamá, con la voz cada vez más débil, pálida, desvaneciéndose entre las sábanas blancas, como una figura más del altar de aquella habitación que se iba pareciendo a una capilla. Al entrar allí, toda la vitalidad de papá se venía abajo. Viajaba a Coruña para atender la naviera, pero llegó un momento en que sus llegadas a Arán eran un poco las de un extraño. Se sentía inútil, apartado, vigilado. Tenía la obsesión de que en la casa faltaba aire, de que no se renovaba, y entonces abría una ventana. Pero al poco aparecía cerrada. Había sido cualquiera de las tías, que a su vez tenían la manía de las corrientes, pero él, en vez de encararse con ellas, se comportaba como si las ventanas de Arán se cerrasen solas, como si estuviese convencido de que las cosas, desde los cubiertos de la mesa hasta las bisagras de las puertas, se confabularan con la gente de la casa y le fueran hostiles. Ahora lo pienso y creo que les tenía miedo. Entre él y Don Xil, que entonces vino del seminario y andaba de misacantano, solo se cruzaban un saludo parecido a un gruñido. Don Xil era grande, impetuoso, recorría los pasillos como un rayo y tronaba al hablar. Yo no entendía cómo podía dar aquellas zancadas a pesar de la sotana. En una ocasión me mandaron a misa, yo ya había ido por la mañana, y me quejé a mi padre. Él estaba en una butaca, escondido tras las páginas de un periódico. Sin mirarme, dijo: Haz lo que te ordenan. En Coruña me decía a veces: No cuentes eso en Arán, no digas esto otro en Arán. Revolviendo en la casa, encontré una vez un retrato del abuelo con una vestimenta extraña, con un collarín y un mandil bordado. Estaba muy erguido y serio bajo la leyenda de *La Respetable Logia Luz de Finisterre.* A mí me hizo mucha gracia, me pareció cómico, pero papá me lo quitó de las manos muy nervioso. Ni una palabra en Arán. Estaba a cien kilómetros pero eran dos mundos contrapuestos. En la casa de Coruña, cada novedad, cada anuncio de un barco, de una visita, de una carta, de un envío, era recibido con curiosidad y alegría. En Arán, se abría la puerta con recelo. Se desconfiaba del que venía de fuera. Y papá también venía de fuera. Una vez, al volver, encontró que mamá se había levantado. Era una bonita tarde de septiembre, con un sol muy amable. Ella quiso salir a recibirlo, peinada y vestida como si fuese a una fiesta. Caminaron por el paseo de los plátanos, mamá calmosamente, dejándose ir, y él exultante, gesticulando y hablando sin parar. Se detuvieron cogidos de la mano en la fuente de la Vieira. Yo nunca me había fijado en ellos así. Nunca me había parado a pensar que pudieran existir y quererse al margen de mí. Me di cuenta de repente de que ellos podrían estar allí y sonreír y amarse aunque yo no existiese. Recuerdo que quedé atrás y que aquella escena me puso triste, con una tristeza distinta de la que antes había sentido. Que ellos fuesen felices sin mí era una manera de pensar que yo podía ser feliz sin ellos. Lo que sentía ante el Cristo torturado era un miedo infantil, externo, provocado por el horror de una imagen de extrema crueldad exhibida en el lugar de la dolencia, y que para mí, sin duda, atraía el final en lugar de alejarlo. Pero aquella imagen de mis padres mirándose enamorados mientras sonaba la canción del agua me hizo sentir realmente el dolor de la muerte. La vi en la sonrisa de mamá cuando volvieron y la tuve más cerca. Ella se iba y estaba despidiéndose. El que marcha deja su tristeza en el que queda diciendo adiós con el pañuelo en la mano. El que marcha siempre está un poco por encima: en la silla del caballo, en la ventana del tren, en el puente del barco, en la escalera del avión. Ella tenía la apariencia inconfundible del que marcha. Aquella noche papá rezó con nosotros y los murmullos del rosario fueron para mí por vez primera palabras que se oían y se entendían. Las sentía como puntadas, como agujas de bordar al atravesar la piel. Papá me sacó de aquí tan pronto pudo, me llevó casi sin despedirse, como huyendo de una maldición, como si temiese que alguien accionara en las piedras una trampa oculta para engullirme. Recuerdo el Ford 28 traqueteando febrilmente por la pista de adoquines bajo el claroscuro de los plátanos. La última persona a la que vi fue a tu madre, inmóvil, arrimada al portón, con el pelo recogido en una pañoleta portuguesa y las manos metidas en los bolsillos del delantal. Era una muchacha como yo pero aquel día me pareció que ella era ya una mujer y yo una niña que no había salido de las muñecas, que por ella habían pasado años que todavía no habían pasado por mí. Yo iba de rodillas en el asiento, vuelta, de bruces en el respaldo, y ella quedaba atrás. El que marcha siempre deja la tristeza en el que queda. Me había divertido con sus trabajos. Las cosas que ella hacía todos los días eran para mí grandes aventuras. Me parecía un milagro tener en la mano la cuerda que guía las vacas y que animales tan grandes obedeciesen débiles tirones. Me sentaron un día en el cañizo y tenía la sensación de irme deslizando por un mar de tierra, sobre las ondas de los surcos. En el tiempo de la trilla acarreábamos gavillas y me rasqué como un perro el picor de las espigas en la piel sudada y renegrida. Al pasar un muro, me arañé en las zarzas y tuve que lamerme la sangre. Luego fuimos a bañarnos en un río, un río vegetal, verde, espeso de hierbas de agua que en la superficie asomaban con colcha de flores blancas. Estábamos las dos solas, desnudas, cómplices, riendo y salpicándonos, protegidas por los árboles. Una vez, en la casa de tu madre, pregunté por el retrete y todos rieron, y allí fuimos las dos, en la cuadra, agachadas, a hacerlo entre los animales, con la falda recogida sobre el estiércol. En el molino, con los ojos cerrados, aprendí a distinguir las harinas con las yemas de los dedos. La harina de trigo es como la seda; la del centeno, como lana; la del maíz, como lino. Si metes las manos en la caja llena de molienda ya no quieres volver a sacarlas. El molino era un lugar mágico. Podíamos pasar una eternidad hipnotizadas por el movimiento de la tolva y la muela, mientras llegaba el gargojo del agua por los ojos del suelo. Y yendo de aquí para allí con tu madre, escuché hablas, fuertes blasfemias y dulces canciones, que nunca había oído, como si el alto muro del pazo fuese también hecho a propósito para que no pasasen las palabras de la aldea. Es una dama misteriosa la memoria. Nosotros no escogemos los recuerdos. Ellos viven su vida. Van y vienen. A veces, se van para siempre. Y hay recuerdos que se apegan a nosotros a la manera del liquen a la piedra. Son trozos de vida que no se perdieron, que se alimentan del aire frío, que crecen con vagar en la corteza del tiempo. Olvidé muchas cosas que yo creía muy importantes pero nunca se fueron aquellos momentos de la niña campesina que yo no era, las felices escapadas al mundo de los criados, con los picores de la paja, las heridas de las espinas, el olor a estiércol, el agua verde, las palabras que existían tras el muro del pazo. Sin saberlo, iban a ser esas menudencias las que me atarían a Arán para siempre. Ellas y la muerte, aquello de lo que huíamos velozmente, con el coche traqueteando por la carretera de adoquines.

Y ahora yo debería decir: No sé para qué cuento todo esto. Y tú, nena, apartando la penumbra con los dedos, responderás: Para mí.

# 10

Iba Simón desperezándose después del tempranero viaje en autobús, y fue allí, Puerta Real de la Marina, donde la ciudad se abre en concha nacarada a oriente, que vio a las siete damas.

Como en el templo de Arán, vestían ricamente, con rasos y tules, terciopelos y sedas, organdí y encajes, una aparición de divino carmín, turquesas, azules, esmeraldas, salmones, tintos, escarlatas, tabacos, lilas y sangre, ramillete jovial y florido que bajaba de la Ciudad Vieja por Puerta de Aires, con una escolta de hombrecitos desastrados por la resaca, la camisa por fuera y la pajarita torcida, ellas no, ellas garridas, muy escotadas al amanecer, bisbiseando con risitas, como queriendo despertar al sol. Y lo que más le sorprendió fue que iban descalzas, con los charoles suspensos con gracia en la mano que no llevaba rosa, aquellos pies tan finos posándose libres en el despertar húmedo y áspero de las aceras, pies de reinas, pies de pescaderas. Atrapado que iba por la visión, que la ciudad huele por la Dársena a sexo y mar, siguió Simón el festivo cortejo por los soportales y luego por el callejón del Agar, hasta que una de ellas, pasado ya el Teatro Rosalía de Castro, se volvió para coger la rosa caída, y al levantarse lo miró con mucho descaro. Entonces él, por disimular, se paró a ver las carteleras del Cine París, que ponían una de Clint Eastwood de a caballo y con la pistola humeante. Y cuando se volvió, ya las santas figuras iban allá adelante, por Foto Blanco, pero lo que sí había a la altura de La Camisería Inglesa era una rueda de gente alrededor de un vendedor ambulante que comenzaba a vocear la mercancía. Se acercó Simón al nuevo reclamo y vio que tenía una mesita con un tapete verde sobre el que el feriante, con mucha majestad, esparcía un puñado de granos de maíz para luego sacar de la maleta del género un pequeño trabajo con mango de plástico rojo con un rodillo como de cerda que hacía resbalar por encima del vertido con suave energía. Y ya no había granos sobre la mesita verde porque los había tragado todos el chisme rojo. Y el marchante hablaba con mucho adorno de aquel prodigio, solamente veinte duros, el esparelino, un invento que trae loca a toda Europa, desde el director del Bundesbank al rey de la pizza, lo usan todos, tan fascinado el público por el palique como por el efecto mágico del cepillo de cien rubias. Y a continuación de los granos, esparcía un puñado de migas de pan sobre la mesita verde, y el ruedo pasaba como lengua de vaca y llevaba todo el color y se deshacía el círculo de gente, excepto Simón, que permanecía muy atento, con cara de pensar que un hombre así debería dirigir una nación. Pero pronto llegaban nuevos espectadores y el vendedor esparcía harina sobre el paño verde, un puñado de blanquísima harina, y todos quedaban concentrados en la mano alzada que bajaba muy lenta, fosforado el milagroso chisme por el lustre de las miradas, para seguidamente engullirlo todo de un lengüetazo. Hasta que el ambulante volvió a posar los granos dorados, y antes de hablar del mundo, reparó en aquel mozote que no iba ni venía, inmóvil delante de él, con las manos en los bolsillos, la boca medio abierta y la mirada perdida en el maíz. Y Simón, viendo que el esparelino no había bajado esta vez, notando alrededor un extraño vacío, levantó los ojos del tapete. Estuvieron los dos hombres observándose en silencio, frente a frente. Al cabo, el manolo, más majestuoso que nunca, arrolló artísticamente los granos.

Recorrió el de Arán la ciudad, haciendo los encargos que allí le habían llevado, muy orgulloso de sentir en el bolsillo la presencia del recogedor manual de efectos especiales. Y ya en el coche de vuelta, con mucha algazara adolescente, chavales de Arteixo, Laracha, Paiosaco y Carballo, fue Simón colocando cosas menudas sobre los muslos y se puso a probar la maravilla, con tanto éxito que los mozos dejaron de tontear y le formaron un público. Y eso no fue nada comparado con la acogida que se le dispensó en Arán, que allí ya repitió la operación a la manera que había soñado, con granos de maíz sobre la mesa. Muy contento Simón de que todos se quedaran pasmados, fue y acercó con emoción el artefacto hacia la hermana.

¿Es para mí?, preguntó Rosa, secándose las manos de fregar en el mandil.

Antes de que pudiese cogerlo, disputaron por él los hijos, pero Simón no lo soltó hasta verlo en las manos de ella. Y entonces Rosa leyó en voz alta las letras tatuadas en el plástico. *Made in China*.

# 11

Me contaron que mi padre vio desde la galería de la Marina cómo un grupo de militares colocaba las piezas de artillería en el Parrote. Cuando comenzaron a cañonear el Gobierno Civil, a poca distancia de la casa, él se puso a escuchar música clásica. Al ir para convencerlo de que había que buscar un lugar más seguro, lo encontraron sin vida, hundido en la butaca, con la aguja rayando en el silencio, entre explosiones. Se le rompió el corazón. Llevaba tiempo diciendo que algo terrible iba a pasar. Le había cambiado el humor y no hacía más que ver en las cosas malos presagios, pero todos atribuían ese estado de ánimo a la muerte de mamá, de la que no conseguía sobreponerse. Lo de ir yo a Londres fue, en un principio, empeño suyo. En la naviera trataba mucho con los ingleses y además, claro, estaba Gondar, su hermano, que desde la juventud trabajaba allí. De vivir mamá, tal atrevimiento habría sido impensable, por más que existiese Gondar. En aquel tiempo, una joven de buena familia nunca viajaría sola y menos a un lugar que aún resultaba extraño y apartado. Pero, por raro que parezca, papá salió del abatimiento con los preparativos de mi marcha. Parecía que era él mismo quien iba a cumplir un sueño. Programó la despedida convirtiéndola en un acontecimiento festivo, y me contagió de tal manera que me libró de toda preocupación. No hubo dramatismo ni siquiera cuando embarqué. Volvería en un año, todo lo más tardar. El mío era un viaje con retorno, con regalos a la ida y a la vuelta. Recuerdo que aquel mismo día, en el puerto, la explanada de Aduanas estaba llena de emigrantes que iban camino de América, acampados por parroquias con sus toscos baúles, maletas de cartón o simples hatillos con un poco de ropa. Una larga hilera esperaba el turno para confesar y tener la bendición de un cura sentado al lado de la puerta del edificio de la Administración, cosa que él hacía con cierta desgana, quizá por la rutina o por el sofoco del calor, pues se daba aire con el bonete mientras el arrodillado desgranaba los pecados, una invisible espiga de maíz en las manos. Era la primera vez que yo veía algo así. Escuchando a papá, me había familiarizado desde niña con el mapa de las ciudades del otro mundo, con sus nombres bailarines como La Habana, Caracas, Santos, Río de Janeiro, Montevideo o Buenos Aires. Sabía que casi todos los días salían barcos con esos destinos. Paseaba siempre a pocos metros de allí, por los jardines de Méndez Núñez, y nunca había asociado a aquellos aldeanos que acarreaban bultos con un viaje a América, que yo representaba en la imaginación como una expedición de aventureros. Por eso, aquel día, cuando atravesé la explanada de Aduanas, observada en silencio por aquel gentío campesino, cogida al brazo de mi padre y asistida por gente que nos llevaba el equipaje, tuve la sensación de estar en un puerto extranjero, lleno de extras salidos de los momentos menos chistosos de las películas de Charlot que yo iba a ver en el cinematógrafo del Kiosko Alfonso, muy cerca de allí. ¡Qué contenta estaba ahora de ser diferente, de llevar un lindo vestido, de ir en dirección contraria, de no tener que formar en aquella fila de atemorizadas muchachas con pañoleta y niños con boina y el feo péndulo de una corbata que les colgaba hasta las rodillas!

¡A mí me esperaba Gondar! Nunca lo había visto, no lo conocía, pero tenía de él una especie de talismán, un manojo de postales que me había ido enviando, también de otros países que él visitó, imágenes de Ámsterdam, Berlín, Praga, Lucerna, Viena, Venecia... Gondar era para mí como un ser mágico que se movía en un cosmorama, sobre un fondo de muelles, tulipanes, cisnes, catedrales, museos, terrazas de hoteles con toldos blancos al lado de lagos azulísimos, cafés de grandes espejos y plazas concebidas como ombligos del mundo. Cada estampa que me llegaba era como un reclamo hechicero. Las guardaba envueltas con una cinta de mi pelo y al desenlazarlas, repasándolas en soledad, las imágenes adquirían un tamaño real y yo paseaba de forma natural por aquellos lugares, de tal manera que cuando fui por primera vez, yo ya había estado allí, y mis acompañantes se extrañaban de que reconociese muchas cosas, de que preguntase por detalles mínimos y no me asombrara demasiado con los grandes monumentos. Fue en una de esas postales, en las que normalmente me trataba de «Querida sobrina», cuando vi por vez primera aquella expresión, «Querida Misia», que me pareció dirigida a una persona que hasta entonces no existía, a alguien que había nacido precisamente para verse escrita de esa forma. Así, inconscientemente, deshojando el mazo de postales en el camarote del barco que me llevaba a Londres, imaginé una historia que acabaría por suceder, aunque luego una descubra con horror que a veces el propio sueño se hace también posible porque alguien, en alguna parte, pone en marcha una pesadilla. Llegué a Londres en los primeros días de julio de 1936. Fue ciertamente como entrar en un cuento. Gondar resultó ser un hombre elegante y divertido y un tío protector, la compañía ideal para mí, que quería ser mujer sin dejar de ser niña. Vivía en una hermosa casa de ladrillo y porche de madera blanca, en un barrio elegante, el de Mayfair, que en aquellos días luminosos de verano parecía una rosaleda, un jardín encantado. Para mí sería para siempre la casa de la haya de cobre, un gran árbol que llamaba a lo lejos con su enorme copa de abermejado oro. Al poco de llegar, cuando aún andaba asombrada, tanteando, como mariposa recién salida de la crisálida, allí supe que había estallado una guerra en España y que papá murió de pena. Y en muchos años no quise saber nada de lo que había dejado atrás. España me parecía una palabra cruel. A veces..., a veces solo me venía a la cabeza como una foto fija aquella visión de la fila de niños emigrantes a la espera de confesión con las deformes corbatas romboides colgando del cuello como pesados péndulos. ¿No te cansa todo esto?

¡Ay, no, señora! Me gusta su novelar.

# 12

Y habitaba por las cañadas de las Peñas Cantoras un solitario caballo barbanzón de calzos albos, bellamente pintado también con copos el negro cuerpo azabache, que pellizcaba con los labios verdecidos en el bálsamo de las yemas de la flor de la aliaga, cavilando pesaroso en el libro de los colores interiores, pues él era a su manera un superviviente.

La madre del barbanzón había muerto en la nevada marina de 1964, que cubrió de blanco las rías y los altos acantilados, trayendo las avefrías y el lobo al litoral. Hay días en que las gaviotas maúllan como gatos y ese fue uno de ellos. Se recordaba aterido, tartamudeando relinchos infantiles, entre el espanto de la madre muerta y la maravilla de ver nevados los linderos del mar. Los más de los caballos de bigote verde de la sierra del Barbanza habían muerto también en la nieve, pero en un remoto destierro de animales de tiro, en la estepa rusa, helados en los caminos perdidos o salvajemente destripados a cuchillo, que había soldados en la gran guerra que venderían su alma por un trago de sangre de caballo que avivara la tiesa campana de la garganta, o por calentar las manos por lo menos un minuto en el hueco de las vísceras, anidar allí el cuerpo inerte, en el límite glacial de la existencia.

Y por huir de otro capítulo del recuerdo, el viejo candil de la luna iluminando el velatorio de la madre, se precipitó el caballo barbanzón en morder en los brotes una espina que lo hizo piafar y echar maldición.

¡Jesucristo!, dijo el cuervo que había venido a posarse en el peñasco cimero, esmaltado de liquen.

El barbanzón miró para el del capuz de reojo, procurando disimular la atención, pues a esta gente pendenciera, pensaba, es mejor no darle confianza.

Y al no tener respuesta, ni un triste gracias, Toimil dio la contraseña que despierta la memoria del reino sumergido; *¡Vivat Floreat Natio Galaica!*

Y dijo entonces Albar, el caballo, un amén que le salió del alma. Por el hablar, no podía ser el del capuz un forajido. Además, como bestia del país, no era servil pero sí sociable.

Vengo de parte del rey de Galicia, dijo Toimil. Manda que bajes a Arán y te dejes prender.

¿Prender?, preguntó sorprendido Albar. No quería mostrarse insumiso, pero aquella pretensión le dolía tanto como la espina en la encía. ¿Y ese nuestro Señor no oyó hablar de un hermoso invento que llaman libertad?

¡Cómo no iba a oír! ¡Ese es su blasón, su linaje!

¿Entonces?

Se trata de una misión especial...

No tengo marca, hizo observar el barbanzón con melancólico orgullo. Y al decirlo sentía el escalofrío del hierro ardiente en el anca, el hedor de la piel quemada de la esclavitud, la humillación de las bastas tijeras podando brutalmente las largas crines, el salvaje grito de júbilo de las gargantas humanas en la fiesta de la rapa, un gallo ebrio clavando el espolón de estrella en los riñones. No quiero nada con la gente, prefiero los lobos.

¡Es un favor que ruega el rey!

¿Y quién montará?

Un inocente.

Y estaba el barbanzón en un prado, por los lindes cultivados de Arán, escogiendo trébol y menta para matar la ansiedad del vientre, cuando vio llegar a uno con casaca azul y sombrero mexicano, una hoz enfundada en el sobrazo y, en otra mano, un radiocasete grande a todo volumen. Y a cada paso que doy son recuerdos de mi madreeeee.

Era él, sin duda. Con claridad graznó en señal el cuervo de la chimenea.

Se miraron caballo y hombre. Grillaba un rey como en el chiste musical. Para el huérfano no hay sol, todos quieren ser su padreeeee. Ahí tienes Albar a Simón, ángel tallado a macheta en el taller del Infierno, más o menos tendrá tu edad, también recuerda la nevada marina del 64, los deditos ardientes en la nieve. He ahí, hombre, el viejo caballo albo que viene del paraíso de la eterna juventud, del gran manzanal donde se cuentan las horas en reinetas. Y fue Simón quien dio un paso, después de posar radio y hoz, y lo hizo muy despacio, como si el prado fuese alfombra de vidrio, no fuera un chasquido violento a desvanecer el sueño, esa visión que él mantenía prisionera, devotamente mirando, sosteniendo el peso del aire con los brazos extendidos.

Y algunos paisanos que andaban por los vallados y otros más que asomaron por sotos y cercas fueron testigos de este otro milagro: Simón, el mudo de Arán, hablaba a un caballo. Primero por lo bajo, cariñosos murmullos y amorosos siseos marineros o deletreando caricias con el aroma bravo del habla montañesa. Los incrédulos podían ver las palabras en el aire, anillos concéntricos en la atmósfera suspensa del valle. Y aquellas voces, las primeras de las humanas, sonaron bien a Albar, quien solo se movía para jugar y alargar un poco la posesión. A cada movimiento de Simón, respondía el caballo con un gesto de indómita ironía, ya bufaba, ya amusgaba las orejas, ya picaba, pero las manos, delante y atrás, las tenía quietas. Hubo un momento, a dos metros del animal, en que el hombre entendió que era él quien estaba a prueba justo cuando se vio reflejado en el puro azabache de los ojos del cimarrón. Libre ahora de arbolarse y partirle la crisma. Poder tenía en los calzos, coronados de blanco, un mazo simulado en cada mano. De muro a muro, los paganos de Arán se hacían cruces y apuestas con la mirada. Simón no lo pensó mucho, había un sello noble en el de azabache, y acortó con hablas dulces lo que quedaba de distancia, justo un brazo hasta la boca, y se arrodilló y escogió menta y trébol y como una ofrenda llevó el puñado a los labios del cuatralbo. El barbanzón mordisqueó con delicadeza, saboreando el presente. Se incorporó despacio el hombre y con la mano del convite se fue acercando a Albar hasta rozarle la piel con la yema de los dedos, hablándole en la oreja, bonito, anda, bonito, hasta que el mudo se abrazó a él, trenzándose los cuellos, besándose, corazón, mi corazón.

# 13

Todas las amistades de Gondar eran mujeres, y eso lo hacía más atractivo. Como en una novela rosa, podría decir que ya entonces estaba enamorada sin saberlo. Pero era algo que no podía ni pasarme por la cabeza, que iría contra la naturaleza de las cosas, un sentimiento imposible. Mi forma de pensarlo era: Quiero mucho a mi tío, al hermano de mi padre. Con aquellas damas esmeraba su perfil de caballero, como un personaje de otro tiempo, esa manera tan segura y a la vez cálida de tratar a los demás, embelleciendo las pequeñas vanidades del que tenía delante, ofreciéndose siempre como blanco de la propia ironía. Su oficio de naviero lo definía como el de un corsario refinado. Como español, era leal a una república que ya no existía. Seguía siendo católico, pues eso le permitía sentirse de verdad incrédulo. El día que dejes de reírte de ti mismo, decía, comenzarán los demás a reírse de ti. Y la mayoría de aquel curioso círculo eran mujeres de su mismo aire, sonrientes e intemporales, salidas de un cuadro y a punto de volver a entrar. Fueron ellas, algunas de esas amigas, la compañía que tuve cuando vino la gran guerra con Alemania y Gondar comenzó a estar ocupado y había días, a veces semanas, que no aparecía por la casa de la haya de cobre. Y lo que a mí me maravillaba era que cuando él no venía, siempre, siempre había una de esas damas que llamaba a la puerta y tenía «un bonito plan» para mí, aunque la ciudad estuviese patas arriba por los bombardeos. Muchas de esas salidas terminaban en carreras hacia un refugio. Una vez me encontré llevando un niño en brazos. En otra ocasión, una jaula de periquitos. Y fíjate lo que son las cosas que nunca me sentí tan protegida, tan unida a una gente, a un país, como cuando sonaban las sirenas de alarma en Londres.

Después de la pesadilla de la guerra, vinieron días en que hablar de sufrimiento estaba prohibido y todo el mundo trataba de recuperar el tiempo, sentirse vivo y festejarlo. En una de esas fiestas, un baile de carnaval de mucha fama, el del Albert Hall, fue donde conocí a Kadi Nabar. Iba yo de princesa mora del brazo de mi tío y él me fue presentando de una manera que parecía realmente recién llegada de un país de fantasía, mi sobrina Misia de Arán, que viene del antiguo reino de Galicia. Sucedió que él hizo un aparte, solo un momento, y a mí me pusieron una copa de champán en la mano, que estaba muy fría, muy fría, y noté que se me helaban las puntas de los dedos y luego, fíjate qué cosas, el frío fue como una corriente por el cuerpo entero, también la voz, de tal manera que ya no era capaz de decir nada, una cosa de nervios, y lo único que hacía era sonreír, con una sonrisa rígida, así, como si me quedase tiesa la piel, y las piernas no me respondían, que quería dar un paso con la derecha y se adelantaba la otra, no te rías que era mucho mareo, con la gente diciéndome cosas y las luces de las lámparas danzándome en los ojos. Y a partir de ahí todo fue horrible. Me sentía ridícula y solitaria allí en medio. Más bien, por vez primera después de mucho tiempo, extranjera, como si la vestimenta despertase una angustia adormecida. Lo cierto es que casi lloraba cuando logré llegar al fondo del salón y descansé en una silla. Cerré los ojos y no sé cuánto tiempo pasó porque yo ya no sentía el jaleo de la fiesta ni la incomodidad de ir disfrazada. Lo que yo escuchaba, y no te rías, era una acequia de agua, un murmullo en un lugar en principio desconocido, el agua abriéndose paso entre helechos reales y luego cayendo en pequeña cascada por una roca tapizada de musgo y ombligos de Venus, y no sabes qué alivio me daba aquella morriña, sentir el recuerdo como una caricia. Perdida, volvía a un rincón de Arán. Pero tuve que abrir los ojos y salir de allí porque alguien me estaba preguntando si me encontraba bien. Lo vi inclinado hacia mí. Era un joven muy moreno, con unas cejas espesísimas, eso, por lo menos, fue lo que me llamó la atención porque estaba muy cerca, así, como estamos las dos ahora. Yo sonreí para él sin decir nada que no fuese sonreír pero ya noté que la piel no me tiraba y que los dedos habían calentado el maldito vaso. Así que, como para ganar tiempo, bebí un pequeño trago y sentí en los labios que ya era capaz de hablar. *I've come with my father*, fíjate qué tontería, vine con mi padre, eso fue lo primero que se me ocurrió decir. Y fue él y me contestó: Ah, perfecto, yo vine con mi madre. Se echó a reír, yo muy cortada, pero luego me preguntó si podía sentarse allí, a mi lado. Cuando me fijé bien, y a pesar de la severidad que le daban las cejas, encontré que sus facciones eran casi infantiles. Parecía un niño esbelto, un adolescente prematuramente trajeado. Vengo de dar la vuelta al mundo, me dijo. Y luego: Tengo miedo a los ascensores. Cuando hay un terremoto, conviene no estar en un ascensor. ¡Ah, claro, los terremotos!, dije yo divertida. Todos los días hay un terremoto. No, dijo él. Todos los días no. Pero yo tengo uno que me persigue.

Y era cierto.

Kadi Nabar era armenio. Había nacido en una aldea del Bósforo y aquel día tembló la tierra. Su familia lo interpretó como una señal y marchó a Bagdad. Después de un nuevo temblor, se fueron al Cairo. Kadi se encontró con aquel terremoto en otros lugares del mundo. Aprendió a intuirlo. Descubrió que había siempre un perro en alguna parte que avisaba con un aullido, una especie de lamento inconfundible que lo ponía en guardia. Así que, me dijo de repente, si quieres compartir un terremoto puedes casarte conmigo. Y verás tú que una noche, en Bombay, que yo ya había olvidado aquella broma, me despertó y preguntó como cosa muy natural si no escuchaba aquel lamento, que era el perro de los terremotos. Yo primero di la vuelta, no muy segura de si había entrado o salido de un sueño, pues era cierto que se oía un perro y parecía mentira cómo podía llenar la noche el presagio de un animal solitario. Pero hubo un momento en que recordé de golpe y me dio tal salto el corazón que aparecí sentada en la cama, con los ojos muy abiertos, llena de pánico, imagínate tú sabedora de que algo tremendo va a pasar en el mundo y quien está contigo en el secreto dice que es mejor no moverse, que es una locura ir a esas horas de la noche en camisón por los pasillos del hotel, y tira de ti con suavidad hacia la almohada, te abraza y dice: No te preocupes, corazón. Y no tardamos en notar cómo todo el edificio se balanceaba, pero muy despacio, sin sacudidas, mecido como una cuna, y nosotros mirando en silencio cómo se desprendían los pétalos de escayola del rosetón del techo.

Ese fue mi primer marido. Kadi era rico, inmensamente rico. Ese admirador tuyo, me había dicho Gondar con humor después de aquel primer encuentro en el Albert Hall, podría bañarse en oro. En oro negro. Su familia era dueña de grandes campos de petróleo en Irak. Y a mí, claro, después de eso, contó la señora a Rosa con tono irónico, aún me pareció más simpático e interesante. De verdad que lo era, las dos cosas, rico y simpático. Una vez casados, nuestra única ocupación fue no aburrirnos. Él me enseñó un proverbio italiano: El dinero no da la felicidad pero calma los nervios. Recuerdo que una vez, en un hotel de Nueva York, nos pasaron una factura carísima porque nuestro pequinés había manchado una alfombra. Kadi fue muy tranquilo y preguntó el precio de la alfombra. Era una alfombra enorme que casi llenaba el suelo del vestíbulo. Apareció entonces el director, muy nervioso, pidiendo disculpas, pero Kadi dijo: Envuélvanmela, la llevo para Europa. Vivimos una temporada maravillosa en París, en una casa en el mismo centro, en la Avenue d'Iena, con faisanes en el jardín que a veces saltaban desde la terraza y paraban el tráfico. Éramos como dos niños enamorados, ricos y felices. Pasábamos el tiempo viajando, riendo, jugando el uno con el otro, intentando sorprendernos día tras día, ¡valseando! Y dejarnos fue de un día para otro, como si al bailar saliéramos de un salón y no hubiese jardín con faisanes sino un inmenso vacío.

Yo no quedaba preñada pero tampoco le dábamos importancia, no teníamos prisa por nada, pero un día, un día, un médico que me había tratado de una infección fue y nos dijo que era muy probable, que a él le parecía, que estaba casi casi seguro, que yo no podría tener hijos. Y a mí algo me dolió, pero la verdad, en aquel justo momento, no me importaba demasiado, pues en realidad aún era más niña que él, y valseaba, valseaba a todas horas. Y Kadi tampoco dijo nada, y sonrió para animarme, cogiéndome de la mano. Pero a los pocos días, estando con su familia, salió el asunto en medio de la conversación, y me di cuenta de que aquella noticia había cortado el aire. El rostro de la madre se endureció de repente, en el fondo de sus ojos descubrí con rabia algo que nunca antes había conocido: el desprecio. Miré a Kadi y vi que había perdido todo el color, que estaba helado por dentro, y que boqueaba como hacen los peces cuando quedan sin agua. Todo su humor, toda su firmeza de niño de los terremotos, se había venido abajo. Aquello, a mí, aquella rendición que noté, me sublevó por dentro, y de repente fue como si Kadi fuese un extraño, una de esas sombras que van sin rostro por los caminos cuando llueve, un intruso en mi vida, alguien que te lleva de la mano por una rosaleda y justo te abandona al borde de un acantilado. Así me sentía yo allí, aguijoneada por media docena de pares de ojos que me estaban exigiendo algo así como una explicación de lo inexplicable, que pidiera perdón, que me disculpase de alguna manera por ese algo anómalo que había en mi naturaleza. Yo era una damisela, una señorita coruñesa, educada para cuidarme hermosa, elegante y feliz. También discreta en los momentos en que había que serlo. No estaba preparada para llevar tan pronto un golpe de esa clase y estaba deseando llegar a casa para llorar. Pero luego afloró una energía que me resultaba tan desconocida como benéfica, un arranque de genio que me dio ánimos para todo lo que siguió y que ejecuté decidida. Dejé la taza de té, me levanté con una sonrisa y les dije que para mí había sido un placer conocerlos. Fui a coger los guantes, el bolso y el abrigo, que hacía en Londres un tiempo de frío y llovizna, como este de ahora. Quedaron sorprendidos, en silencio, y luego por el pasillo me siguió un creciente murmullo. Detrás vino él. ¿Qué pasa, nena? No te preocupes. Misia, estás equivocada. Espera, espera. Pero cuando me volví, ya al lado de la puerta, y lo miré de frente, supe que no había salida, que ya no podía ceder, que algo fatal, una sombra de amargura, se había interpuesto en nuestras vidas, porque él también lo sabía, a pesar de pedirme con ojos llorosos que no me fuera.

Y ya no nos vimos nunca más. Ni siquiera con abogados por medio. Pero él fue muy correcto, muy educado. Durante un tiempo trató de hacerme llegar dinero, y dejó de insistir cuando comprobó que todo le era devuelto. Sé que en ocasiones me ayudó a escondidas, movía sus amistades cuando le parecía que yo lo necesitaba, y en alguna parte noté que era su mano oculta la que abría la puerta amablemente. Se casó de nuevo, creo que por lo menos otras dos veces, pero tampoco con esas mujeres tuvo hijos. Una vez me escribió desde Portugal. Querida Misia, decía, no me perdones. No me perdones nunca. Luego añadía: Espero con nostalgia un terremoto en Lisboa. Supe que había muerto allí, en una habitación de hotel, pero no de un terremoto. Estaba de paso y, sin que nadie supiese muy bien el porqué, alargó y alargó la estancia.

No, mujer, no es nada, siempre lloro un poquito en esta parte.

Yo..., yo, después de aquello, malditas las ganas que tenía de hombre. De repente, apareció la memoria para anidarme en la tristeza. Me veía en Arán, bordando en la solana, recostada en una silla de mimbre. O un día me entretenía recorriendo mi Coruña en forma de olores y colores. Los dulces de La Gran Antilla, las hojas de bacalao de La Tacita de Oro, las especias azafrán, clavo, canela y pimienta de Bernardino Sánchez, los cafés de Siboney, los chocolates de La Fe Coruñesa. Y podía mezclarlos con aquellos otros que subían como marea hacia el pazo, los carros de estiércol que arrastraban los bueyes en vaharada, la colonia de sargazo en la embocadura del río, el tojo seco y las piñas que avivaban el fuego de los hogares en los días pequeños. Pero sabía también que me estaba prohibida la vuelta en aquel tiempo, que tras los buenos recuerdos y el paisaje inocente estaban a la espera docenas de lenguas afiladas como navajas de Taramundi, el tremendo espectáculo del sacrificio humano. Era demasiado joven para dejar que me arrancasen la piel.

Y fue otra vez Gondar quien me dio fuerzas para renacer. También la casa de la haya de cobre. Volvieron a arroparme y me hicieron recobrar la fuerza y un poco de alegría, la suficiente para luego desear más, a sabiendas de que todo el amor que de joven traes de balde se pierde a partir del primer desengaño doloroso, y que llegado ese momento debes convertirte en guardián para ti misma, debes racionar los sentimientos, acaparar para ti toda la alegría que apañes, para mejor masticar el mundo de fuera, como usa la araña de su jugo. Así que estaba recomponiendo serenamente mi vida, muy segura por fin de sentirme mujer adulta, sola para mí, cuando entró por la puerta el tipo de hombre que menos podía imaginar.

Joker era lo contrario de un sueño. Un periodista sanguijuela, que precisamente vivía de los desastres del amor. Escribía crónicas chismosas sobre los famosos y la alta sociedad. Era siempre el primero en anunciar desavenencias, revelar infidelidades, informar de inminentes divorcios. También hablaba de bodas y nacimientos, pero sin tanto éxito. La felicidad, decía, es una noticia efímera. Los periódicos se hundirían si dependiesen de la felicidad. Malas noticias, muchas noticias. Escribía una sección titulada «El rey de corazones» pero él, en realidad, era más conocido con el sobrenombre de The Gravedigger, «El Enterrador», porque tenía también mucha fama como autor de notas necrológicas. Ahí hablaba siempre bien de la gente. Muchos lo odiaban y lo despreciaban por lo bajo, pero luego se andaban con grandes miramientos, por más que los martirizase con sus historias. Él estaba convencido de que su gran poder le venía de los obituarios. Le divertía mucho tener en sus manos el Juicio Final.

Pues ese fue mi segundo marido. Había venido a verme porque estaba preparando un libro sobre los magnates del petróleo, y más en concreto sobre la familia Nabar. Le dije de entrada que no iba a obtener de mí ninguna información, que no pensaba abrir la boca sobre el asunto. Para mi sorpresa, no insistió. Me llamó luego para contarme que había abandonado la idea de aquel libro: Escribiré uno sobre usted, ¡la hermosa mujer que dejó al rey del petróleo! Me llevé un susto tremendo. Era una broma. Desde entonces, comencé a ver sus horribles corbatas de color chillón por todas partes y a escuchar sus estruendosas carcajadas de payaso perverso. Nos hicimos amigos. A veces lo miraba y me preguntaba a mí misma qué hacía allí, al lado de aquel pequeño demonio que se burlaba de la felicidad y que cada día sobrevolaba la ciudad como un buitre en busca de presas desgraciadas. Pero la pregunta dejaba de tener sentido en cuanto él entraba en escena con su sonrisa maliciosa de oreja a oreja. La vida era una comedia, un espectáculo, ¿por qué no seguirle el juego?, ¿por qué empeñarse en tomarla en serio?

Joker era un cínico, un resabiado, un mentiroso, y a veces, un verdadero forajido. Esa manera de ser, esa forma de ir por la vida, fingiendo y aprovechándose de la gente, y que la gente, sabiéndolo, le siguiese el juego, e incluso lo adulase procurando su presencia en lugar de huirle, a mí me tenía fascinada. Era una cara del mundo que yo desconocía por completo. Había muchas cosas de las que era ignorante. Cosas que tienen que ver con la naturaleza humana. Por ejemplo..., por ejemplo, creía en los pecados. Creía en los pecados igual que cuando era niña. Sabía que podía cometer un pecado pero también estaba segura de que me daría cuenta, de que diría, bien, cometa un pecado y hecho está, o esto requiere una penitencia. No podía imaginar otra manera de ver las cosas. Lo que me atrajo de Joker fue esa forma inmoral de ir por el mundo, esa manera tan descarada de ser egoísta, esa valentía para no tener escrúpulos. Todo envuelto en guante de seda. Llegó un momento en que yo misma me encontré diciendo de las cosas: Me conviene, no me conviene. Las cosas no tenían valor por sí mismas. Tampoco debía dar crédito a los sentimientos espontáneos. ¡Era yo la medida de todo! Creo que pensé que con aquella clase de hombre podría ser libre y estar protegida al mismo tiempo. Y acerté. Porque conmigo representaba hasta el límite el papel del caballero enamorado, como si trazase un círculo en torno a mi nombre y decidiese convertirlo en una isla protegida. No pedía nada a cambio. Para él fui algo exótico, una especie de debilidad. Yo solo veía esclavas alrededor. En la baja y en la alta sociedad. Con él no era una esclava. De nada. De ninguna obligación, de ningún sentimiento. Y de hecho, viviendo con él, gracias a vivir con él, fue cuando de verdad comencé a amar a Gondar. Mi tío aborrecía a Joker, se comportaba como si no existiese. Pero en el fondo, también él sabía que de no aparecer aquel demonio en mi vida, nunca tendría fuerzas, nunca habría sido capaz de hacer lo que hice.

Y era el corazón de Rosa el que corría agitado en el silencio que siguió, mientras los dedos de la señora rebordaban melancolías en el encaje del tapete de Camariñas.

Formas vegetales. Un laberinto de ternura para descansar los ojos.

Sí, Gondar y yo fuimos amantes, dijo Misia, sin esperar preguntas a la antigua manera, en cauteloso cerco. Con Joker viví hasta que murió. Para mí fue muy triste, lo llegué a querer de alguna manera. Y él no tenía previsto morir tan pronto. Creo que estaba convencido de que la muerte tendría con él alguna deferencia. Una noche en que volví a casa después de visitarlo en el hospital, se me ocurrió revolver en sus papeles. ¿Sabes lo que encontré? Encontré un archivo de notas necrológicas de gente que todavía no había muerto. Estaban listas para publicar en el periódico. Solo les faltaba la fecha de defunción.

¡Cielo santo!, exclamó Rosa. ¡Les había hecho el último traje!

Una de ellas era la de Gondar. Joker sabía cosas sobre él que yo no podía imaginar. Lo que allí estaba escrito era la biografía de una persona que yo no conocía. ¿Es posible vivir con alguien que pertenece a un cuento y no darse cuenta? Gondar resultaba ser un actor, una invención. Estaba casado. Tenía un hijo. Joker lo retrataba como un héroe anónimo. Había dirigido una red de republicanos españoles esparcidos por el mundo. Durante la guerra mundial, fue condecorado en secreto por los británicos. Por lo visto, en aquellas ausencias que yo suponía viajes de negocios, él realizaba arriesgadas misiones. Después de leer aquello, el mundo me pareció más que nunca un extraño teatro.

¿Y qué hizo?

Nada. Hay cosas que deben seguir hasta el final, dejar a la vida que juegue un poco. No tienes derecho a pedir explicaciones a nadie con su necrológica en la mano. Fuimos felices. Cuando de verdad murió, ningún periódico se acordó de él. Me esforcé entonces por encontrar a la mujer y al hijo, pero nadie sabía nada de nada. En el entierro estaba yo sola, bajo la lluvia, mirando cómo el agua escurría en la tumba enlodada.

¿Y a usted, ese Joker no le había hecho esquela?

No. De mí nunca escribió nada. Ni una línea. Ni un poema de amor. Debía ser cierto que me quería.

¡De esto que oíste ni pío, eh, Matacáns!, dijo Don Xil en el escondite, con voz severa, que bien se le notaba la turbación. ¡Son cosas de familia!

¿Y a quién iba a predicar yo, señor cura?, respondió el paisano, aún confundido por la historia oída. ¡Aquí no hay más que difuntos!

Ya la primera noche bajaba por las cañadas, entre las Peñas Cantoras. Rosa, fascinada, había olvidado el tiempo y mucho sintió el volver al mundo. El niño no había despertado en toda la tarde. ¡Tiene el sueño cambiado! ¡Lo pondría debajo del caño de la fuente y seguiría dormido!

Y cuando abrió la puerta principal, encontró arremolinado el rebaño de ovejas, impacientes por entrar en el pazo. Esperó con el coche de bebé a que hubieran pasado y vio cómo se acurrucaban todas juntas en el salón, al lado de la escalera de honra, donde quebraba en mármol la sombra señorial. Luego se lamentó para sí al internarse en lo oscuro. ¡Mi marido! ¡Mi marido me va a matar!

# 14

Ya en la bodega, Matacáns dio a probar al cura unas hojas de periódico que tenía amontonadas en un rincón.

Métale el diente a este, Don Xil, parece más curado.

Tenía el papel un amarillo de unto. *El Ideal Gallego.* Franco, una docena de truchas en el río Eo, un urogallo en los Ancares, muchos hoyos en el Club de Golf, cinco penas de muerte en el pazo de Meirás. Doña Carmen Polo y sus amistades coruñesas asistieron ayer a la proyección de *Lo que el viento se llevó*, en el Cine Equitativa.

Esto es lo que se llama mantenerse de nostalgia, dijo con sarcasmo el cura, saboreando los titulares.

¿Qué?

Nada.

Y ahora, para el ardor, dijo el furtivo guiñando el ojo sano, ¿qué le parece un moscatel?

Don Xil notó que el corazón latía como una máquina de coser. Sus ojitos relucieron en lo oscuro. ¿Qué es lo que dices, Matacáns?

Lo que oyó, señor cura. Lo de las botellas es puro vinagre y los toneles están vacíos como bombos, pero hay un barril, Don Xil, un barrilito que es sangre de Cristo.

¡Dios te bendiga, Matacáns! Vayamos a catar ese milagro.

Al mirar y seguir el camino que mostraba el pagano, sintió el cura una extraña presencia, una sombra de aire que le puso alerta y amargó la alegría del momento.

¡Por aquí hay alguien, Matacáns!, dijo el cura tirándole del rabo nerviosamente.

¿Alguien? ¿Cómo que alguien? Esto está lleno de gente, señor cura. En confianza, solo hay que cuidarse de las musarañas, menudas y fieras, no sé de dónde carajo vienen. ¡Serán bandidas!

El furtivo subió por unos tacos y luego se encaramó ágilmente a lo alto del barril. Echó entre dientes una maldición. La tapadera estaba recién roída y en el vino aboyaban unos cuantos difuntos.

¿Pasa algo?, preguntó impaciente Don Xil desde abajo.

¡Todo bien!, dijo Matacáns. Y se descolgó hasta la espita, que primero solo pingó pero que luego echó en chorro hacia el rosal de la cunca.

¡Bendito seas, desgraciado!, murmuró con emoción Don Xil cuando las primeras gotas le salpicaron el morro. Mas al ir a beber en la taza, cuidadoso de no volcarla, escuchó un barullo de voces a su alrededor que se iban distinguiendo conocidas al acercarse, voces que se entrecruzaban como una caótica feria de la memoria. Y no le dio tiempo a mirar para atrás porque se vio rodeado por una bulliciosa tropa salida ciertamente de debajo de las piedras, atraído ahora por el dulce fluir, la mayoría ratones, pero había también sapos, arañas, pulgas, hormigas, cucarachas, abejas, caracoles, babosas, paulillas y hasta un murciélago que maniobraba con temeridad desde las vigas del techo.

*A' Araña*: Este hilo de seda, tal como lo veis, en la misma proporción es más fuerte que el acero.

*O' Sapo*: A mí, las moscas que me van son las del lacón.

*A' Cascuda*: Son como unos pelitos muy sensibles por los que sabes de qué parte van a venir los golpes.

*A' Formiga*: La verdad es que no nos cambió mucho la vida. Criamos una especie de pulgones mansos como vacas. La leche es del tipo condensado.

*A' Pulga*: Me siento como Superman pero en pequeño. Con estas bolsitas elásticas saltamos el equivalente a doscientos metros. ¡Quién las pillara antes!

*A' Abella*: Me falla algo la vista, pero luego tienes ventajas. Por ejemplo, en las antenas incorporas unos órganos quimiorrectores de mucha utilidad para los olores a distancia.

*O' Caracol*: Dispensando, lo que me jode es el reúma. Reúma de vivo, reúma de muerto. ¿Será una dolencia del alma?

*O' Morcego*: (Pasando) ¡A cien mil hertzios!

Ese es Gaspar, explicó Matacáns, de nuevo al lado de Don Xil. Aquel que tenía una moto de explosiones en el tubo de escape.

¡Por los clavos de Cristo!, exclamó el cura. ¡Aquí está media parroquia!

¿De qué se extraña? Con la recomendación que llevábamos, no nos quisieron ni en el Cielo ni en el Infierno, dijo no sin reproche Miranda, la araña, que había sido costurera.

¡Pasó lo que pasó! ¡Bebamos ahora a la salud de todos!, brindó Matacáns para salir al quite. ¡Y para quieto, Gaspar!

Pero todos quedaron paralizados y asustados, con los sentidos alerta, porque de una de las junturas del muro, asomando trabajoso, se había hecho visible un lagarto que les pareció un enorme monstruo. Cuando estuvo a la altura de una de las flechas de luz que entraban por las rendijas del techo, el lomo del forastero refulgió en colores del arcoíris.

Disculpen la molestia, dijo aquel arnal, un lagarto ocelado, con ojos somnolientos. Vengo algo tonto del invierno, ¿tendrían la bondad de orientarme?

Estas son tierras del fin del mundo, le informó Donalbai, un caracol que fue arriero.

No ando entonces descaminado.

¿Y hacia dónde va, si no es mucha la pregunta?

¡A San Andrés de Teixido!

Se persignaron todos y se escuchó la coral letanía del santuario de occidente: ¡Allí va de muerto quien no fue de vivo!

Permítanme que me presente, dijo el arnal animado por el quórum de voces y por las caricias providenciales del haz de luz. Mi nombre es Marcial Requian, productor de crímenes, para servirles.

La identidad del forastero dejó a los parroquianos confundidos y otra vez con recelo en los entrecejos. Algo embarazoso debió resultar el silencio pues el saurio se sintió obligado a ser más explícito.

Quiero decir que yo era productor de crímenes para cine y televisión. Tenía que inventar formas de matar y morir.

Mucho trabajo era ese, observó Borborás, un sapo que había sido músico de la orquesta Caracola, de Néboa.

Trabajo no faltaba, no, dijo con cierta nostalgia el arnal. Como ustedes saben, una película que se precie requiere muchos fiambres, dispensando, y además a la gente no le gustan las repeticiones. Aunque mueran mil en una guerra, hay que echarle imaginación y procurar que la cosa sea variada, que a uno le revienten el pecho, que a otro se le desgarre el brazo, que a un tercero le salgan las tripas, o que otro escupa un ojo por la boca... Las más sencillas eran las del Oeste, pero luego la tarea se fue complicando. Para mí, las más aburridas son las de las armas modernas, en las que los muertos desaparecen pulverizados, y fuera. Mucho ordenador. Si no hay cadáver, si no hay sangre, se acabó el arte.

¿Es cierto que la sangre es de tomate?, preguntó Miranda.

¡No, mujer! Hay otras pinturas.

Y dígame, intervino Don Xil, que había permanecido muy atento, ¿a cuánta gente mató usted?

¡Buf! No sabría decirlo. La producción de fiambres se multiplicó con la televisión. Había días que tenía que elucubrar muertes hasta a la hora de comer. Una muy celebrada fue la de un hombre que se desangraba por arrancarse un pelo de la nariz. Cada cosa que hacía se convertía en un escenario posible para deshacerme de la gente. Estaba en una fiesta con unos amigos, y mientras ellos hablaban de un viaje de placer por el Caribe, yo imaginaba cuál sería la forma más espectacular de colocar un cadáver en aquella casa, si despedazado en la nevera o repartido en trocitos, en forma de croquetas, por los platos de aperitivo. Por si esto fuera poco, tenía que estar al tanto de la producción de crímenes de la competencia.

Pero ¡eso es para enloquecer!

¡Ejem!, gargarizó el arnal. No me di cuenta yo del túnel en que estaba metido hasta que quise volver y no podía. La situación se hizo angustiosa cuando comencé a trabajar en una serie sobre suicidios para televisión. Se titulaba *Adiós mundo cruel.* Como experto, tenía que sugerir al guionista ideas originales de quitarse de en medio. Todo iba funcionando más o menos bien hasta que otra cadena puso en marcha un programa semejante, *Yo me voy.* Fue una lucha fiera, despiadada, por la audiencia. ¡Más allá, más allá!, nos espoleaban los directivos. Ya no servían de nada los métodos clásicos. Nada de ahorcarse en un alboyo, nada de gas, nada de tirarse al mar. Con permiso de los presentes, eso eran mariconadas. ¡Había que impactar a la gente! Tuvo mucho éxito un episodio en el que el protagonista, por despecho de un amor que le dejó, decidió secuestrar a la que había sido su novia. La ató a una silla y, delante de ella, preparó el suicidio. Se colocó sobre un gran bloque de hielo, puso luego una estufa al lado, apretó fuertemente el lazo corredizo en el cuello y... La agonía duró lo que la piedra en deshacerse.

En la campana de la taza pingaba funerario el badajo líquido de la espita. La parroquia difunta miraba con pavor la imaginaria pantalla en la que un hombre iba perdiendo pie a medida que se hundía el tiempo en la charca del suelo.

¡Qué barbaridad!, ¡telebasura!, exclamó Don Xil sin poder reprimirse más. Todo eso va contra la ley de Dios.

Lleva razón, dijo Marcial pensativo. Pero batimos el récord de audiencia. Sin querer ofender, no creo que Dios repare mucho en las teleseries.

¿Y usted?, preguntó Borborás por matar la curiosidad de todos. Quiero decir, ¿usted cómo...? Ya me entiende.

Era un ritmo insoportable. Tuve que tomar tranquilizantes. Yo no es que quisiera morir. Lo que quería era descansar, descansar de verdad, pillar una noche larguísima. Un día, a la vuelta del trabajo, me di cuenta de que había perdido la cabeza. Es decir, que pensaba lo que no quería pensar y ya no era capaz de controlar el hilo. De repente, me entró mucho miedo. Me miré en el espejo y dije: Tienes que dormir, Marcial. Primero, tomé dos pastillas, después otras dos... Aún hoy me dura el sueño.

# 15

Y el que más placía a Rosa de todos los trabajos era peinar a la niña. Anabel la llamaban. Le había puesto ese nombre por una telenovela que mucho la había hecho llorar. La otra Anabel estaba enamorada de su padre, pero ella no sabía que era su padre, que estaba de buen ver aunque ya gastaba canas en las sienes, todo un caballero, pero en realidad Anabel pensaba que solo era un viejo amigo de la familia que había regresado rico de Miami a... ¿Dónde era que pasaba todo esto? Bien, pues el padre de Anabel, el que era pero no era, también estaba enamorado de ella, así que Anabel quería a su padre y su padre, el marido de su madre, la amaba a ella. Por su parte, la madre, la madre de Anabel, seguía enamorada del padre, del verdadero padre de Anabel, es decir, de su antiguo amor. Ahora que lo pensaba, mientras peinaba a la niña, le sonaba a broma, pero entonces..., entonces, estando como estaba preñada de la niña que sería Anabel, cuánto no había llorado, cielo santo, sentada en el sofá del tresillo recién estrenado, ese olor a mueble forrado en imitación que olía a algo más que cuero y que le recordaba días, días de... ¡Bah, ta quieta! Sobre todo los domingos como hoy, por la mañana, cuando el renacido sol que perseguía los talones del invierno calentaba el atrio de la casa, y sentaba fuera a la niña en una silla y la peinaba, peinaba sus cabellos hasta dejarlos como seda, hilos de oro en mis manos, rubia Anabel, mi princesa, no crezcas, no seas mujer, queda así para siempre con el perrito de peluche en los brazos. Pero hoy..., hoy tenía que mirar bien por lo menudo por el bosque de la nuca y detrás de las orejas porque..., porque la niña asegura que le pica y no hace más que rascarse, qué demonio va a tener, bien lavada como anda, no como antes, santo cielo, qué miseria, las cuadras del ganado dentro de la casa, solo con el agua del pozo, y bañarse, ¡bañarse!, bañarse una o dos veces al mes, y no hablemos de la comida, también se nota en el pelo que comen mucho mejor, mira cómo le brilla. Y menos mal, y menos mal que nosotros... ¡Ta quieta, nena! No creo que tenga nada, ¿qué va a tener?, mirar hay que mirar. ¡Vete tú a saber en la escuela lo que allí hay!

Y entonces gritó, tan nerviosa que se puso, gritó: ¡Cabrón, hijo de puta, desgraciado!

Déjamelo ver, mamá.

¡Calla la boca!

...

¡No llores! La puta de la madre que lo hizo. Mira, mira. Lo llevaba en la yema del dedo, aún se movía.

¡Tiene seis patas!

¡El coño que lo hizo! ¡Puerco!

Ya no recordaba muy bien cómo eran y el de ahora le pareció enorme. Achaparrado, duro, con la cabeza chupona, huésped ahíto de la sangre caliente de mi niña, mira cómo patea que hasta se le ven las pinzas. ¿Será hembra? ¿Cómo harán estos para hacerlo? Seguro que le llenó la cabeza de huevos, liendres pegaditas al pelo, te miraré uno a uno si hace falta, mi niña, todo el domingo por delante para limpiar de piojos las melenas de la princesa.

Y fue a la cocina y volvió con el plato del vinagre. Mejor así, uno a uno, con las manos, y habrá que echarle esa cosa de la farmacia, qué asco pedir algo así, mejor con las manos. La cabeza llena, ¿cómo no los vería antes? Los puercos chupando en la nuca de la niña, clavando sus pinzas en los hilos de oro.

¿Con quién juegas en la escuela?

Hay uno que siempre lleva los mocos colgando.

¿Juegas con él? ¿Está a tu lado?

No.

Pues no le eches la culpa.

Juego con Patri, y con Luci, y con Milagritos...

Bueno. Déjalo. Sabe Dios de dónde vinieron.

Y por la noche, cuando el hombre volvió, que ahora también andaba en negocios y trabajos los domingos, le dijo que la niña tenía piojos. Estaba en la cama, ella despierta, con los ojos muy abiertos en lo oscuro. Él acostado de lado, con el brazo izquierdo muerto sobre la colcha.

Tengo gases. ¿Sabes? No sé si no estaré preñada.

Y él también abrió los ojos, pero sin palabras.

## 16

Y Simón no tenía descanso pues atendía el ganado y los labradíos de la casa y también echaba una mano a Rosa con los niños, sobre todo con el pequeño, que era aún de andar a gatas. Pero Cholo, el cuñado, lo tenía por perezoso y también por idiota y le ponía enfermo aquella música mexicana que siempre lo acompañaba, fuese en el prado con agua hasta los tobillos o limpiando la cuadra entre el vaho de las vacas y el estiércol de tojo. Había otra cosa que Cholo no soportaba en Simón: la eterna sonrisa, la calma feliz de su rostro. Y todavía más: el amor que se tenían los hermanos, la mutua protección entre mujer y mudo.

Le buscó un trabajo y le dijo con una palmada en la espalda: Vas a ser un hombre, Simón.

¡Treinta años! ¡Qué hace un macho en la casa con treinta años! ¿Limpiarles el culo a los niños? Tendrá un salario. Será un hombre.

Pero yo estoy sola, le había dicho Rosa.

Míralo ahí fuera: está feliz. Hasta habla con el caballo.

Y se levantó Simón con el alba y cuidó a los animales. Hierba con el olor del amanecer, en la cuadra, y maíz y verduras al cerdo y en el gallinero. Para Albar, una mixtura de avena, cebada y salvado. Por último, sentado en una banqueta delante del barbanzón, tomó sus sopas. Antes de marchar, pensando en Rosa, encendió el fuego del llar. Y puso la casaca azul federica con golpes y vivos encarnados, colocó el walkman, asentó el sombrero mariachi, y allá marchó, de a caballo y a trasmonte, escoltado por el ejército del rey de Galicia, hacia el aserradero de Néboa.

Albar trotaba alegre. Escuchó resquebrajarse bajo los cascos las agujas heladas de la pinocha. Se sintió familiar por los hondos caminos, viejas galerías vegetales con arcos de laurel y acebo. Buenos días de mirlo. Ni un motor lejano. Y se sorprendió el caballo de oír cantar a un hombre que no era otro que el suyo y le pareció entonces más ligero y que aquel cantar tenía el compás del trote. Yo quiero ser fusilao en mi caballo prieto azabacheeeeee.

La verdad, explicó Toimil al rey de Galicia, es que no sabría decir si era triste o alegre el cantar que llevaba. A mí, esa música mexicana me confunde los sentimientos. El caso es que Simón y Albar llegaron al aserradero unos minutos antes de la hora. Había allí un grupo de operarios que calentaban las manos alrededor de una estufa hecha con un bidón y combustible de serrín. Cuando lo vieron aparecer, se echaron a reír a carcajadas, sin disimulo.

¡La Virgen!, dijo uno que era de la parte de Santa Comba, ¿y quién es ese general?

Simón descabalgó, contó Toimil, y fue hacia ellos con su cordial sonrisa y sin preocuparse de quitar el sombrero y los cascos. Ellos correspondieron al gesto de saludo sin dejar de hacer chanza, pero nuestro ahijado lo interpretaba todo como un amable recibimiento. El capataz, que llegó poco después, traía en cambio cara de pocos amigos.

¡Eh, Ricardo! ¿Has visto el artista que nos manda Cholo?

¡Jorge Negrete! Ja, ja, ja...

¡Eh, tú!, gritó el encargado a Simón, acompañándose de un gesto enérgico. ¡Quita los cascos!, dijo señalando las orejas. ¡Fuera esos chismes! E hizo como que cogía los auriculares y los arrojaba al suelo. Y luego añadió, sin dejar de gesticular: ¡Esa ropa, fuera esa ropa! ¡Poner como esta! ¿Ves? ¡Hay que poner ropa así para trabajar! Esa que llevas está bien para un circo. ¡Circo! ¿Entiendes? ¡Esto no ser circo!

Para un circo, repitió en bajo. Fue entonces cuando reparó en Albar como si acabase de descubrirlo. ¡La hostia en verso! ¿Y ese caballo? ¿De dónde salió ese caballo?

Lo trajo él, jefe. ¡El Llanero Solitario!

¿Has venido desde Arán a caballo?, preguntó el que llamaban Ricardo a Simón, imitando el trote, tacatán, tacatán, con la voz y los dedos. ¡La Virgen bendita! ¡Qué paquete! Menos mal que tienes buen lomo.

¿Cómo le fue el día?, preguntó el rey de Galicia.

Trabajó por tres o cuatro, dijo Toimil. Se sentía bien levantando pilas de madera como si fuesen torres en el aire. Y le gustaba el olor a serrín y labras. También a mí. El asunto fue que, al final de la jornada, los otros operarios le escondieron el sombrero mariachi y el artefacto de la música. No son mala gente: es costumbre del primer día hacer novatadas. Pero él, pobre, no entendía lo que sucedía, el porqué de aquella maldad. Se sentó en un tronco y se echó a llorar. Y entonces fue uno de los otros, precisamente el de Santa Comba, muy conmovido por ver a aquel gigante con los ojos enrojecidos, el que le devolvió los tesoros.

¡Mañana no traigas ese aparato!, dijo el jefe señalando el walkman y moviendo la cabeza en negativo. La máquina puede llevarte los dedos, ¿entiendes? ¡Raaaas, y allá van los dedos!

Simón miró en silencio para Albar. Estaban a dos pasos del animal.

Y si quieres venir cabalgando, dijo finalmente el jefe, eso es cosa tuya. Se acercó a Albar y le acarició el cuello.

Bonito caballo. Bonito, sí señor.

# 17

Todos en Arán eran muy lectores de *El Caso*, semanario de sucesos, pero solo en una ocasión la parroquia tuvo la honra de aparecer en portada. Fue con motivo del asesinato y pasión de Gaspar «O' Morcego». Quisieron que Marcial Requián, productor de crímenes para cine y televisión, escuchase el relato por boca de un testigo de excepción de aquel memorable hecho.

¡Baja de ahí, Gaspar!, gritó ahora imperativo Don Xil.

El murciélago hizo una llamativa elipse en el aire y luego descendió para posarse sobre la llave de uno de los toneles.

Mira, Gaspar. Este señor, le explicó el músico Borborás, señalando al arnal, es una acreditada autoridad en el mundo de los sucesos y en el arte del criminal entretenimiento. Aunque con modestia, tuvimos la oportunidad de que nuestro lugar, gracias a tu caso, figurase en letras de molde en la historia de los crímenes pasionales. Cuéntale cómo fue.

No me gusta recordar, dijo con tristeza el murciélago.

¡Un esfuerzo, Gaspar, como si fuese un cuento!

Que le eche un trago, aconsejó Matacáns.

¡Anda, Gaspar!, le animó la parroquia.

Le escucho con respeto, dijo Marcial. ¡Yo que las puse en escena, no sabe cuánto envidio una muerte romántica!

Bien. Yo tenía un cariño en Alemania. Era una moza que había venido de Turquía. Menuda, delgada, de carnes prietas. La cogía en brazos y era como abrazar una llamarada. Tenía unos ojos negros que prendían, que a la vez hacían al que miraba ligero como una nube. No sé si me explico.

¡Te explicas muy bien!, dijo Borborás impaciente.

Ella a mí me quería, no sabía yo hasta qué punto, por lo que se verá, aún más que yo a ella. La cosa es que había un tercero, otro que andaba tras ella y que era de su tierra, del mismo lugar, casi vecinos. Los tres trabajábamos en la misma fábrica y aquello se puso complicado, además de difícil, con miradas cruzadas, miradas de calor las nuestras pero también afiladas como navajas las del otro. Él creía que ella le pertenecía y me lo vino a decir un día. Yo..., yo no sé, llegué a aceptarlo, me resigné, no por cobardía, bien lo sabe Dios, sino por costumbre, porque estamos así hechos, el mundo es como es, en tribus, no sé, me fui haciendo a la idea de que ella tenía que ser para él. Lo cierto es que me alejé de la chica, dejé de mirarla en el trabajo, no le hacía caso en los recados, no acudía a las citas. Y ella vino un día a mi lado, en la fábrica, y me preguntó que qué me pasaba, y yo, yo...

¡Ánimo, Gaspar!

Yo le dije que me dejase tranquilo, que se había terminado todo, ende, machen schenss, ¿entiendes?, fin, finito, adeus, nena. Y fue ella y allí mismo me clavó un cuchillo en el pecho y caí, caí despacio, mirándola con amor, sin dolerme, porque me vino derechito al corazón para quitarme aquel dolor que yo tenía de días y días de amargura. Después mató al otro. Más de veinte cuchilladas.

Por la pausa y por el aspecto de la parroquia, todos estaban viendo en la pantalla de la bodega el brazo delgado y eléctrico cebándose veinte veces en el intruso.

Ahí estuvo el follón, explicó Don Xil al ocelado, confundieron los cadáveres. A Arán enviaron el del otro. Venía en una caja de cinc sellada a conciencia. Los alemanes son muy profesionales. Pero la gente quería verle el rostro a Gaspar y hacerle el velatorio como es debido. Así que abrimos el ataúd con unas tijeras de herrero. Apareció el otro.

¿Y qué hicieron?, preguntó el arnal impresionado.

¿Qué íbamos a hacer? Lo enviamos de vuelta. Ellos, lo mismo. Eso que Gaspar solo tenía una cuchillada.

¿Y la mujer?, preguntó Marcial.

¿La mujer? ¡Qué sé yo!, exclamó Gaspar melancólico. Cantaba canciones, esa clase de canciones que mete el mar en la radio por las noches.

# 18

No quiero tener ese hijo, dijo Rosa sin llorar. No puedo tener ese hijo.

Era noche de San Juan. Ardieron en torre luminaria las hogueras. Repicaron en pavesas sus coronas de laurel. Ahora se apagaban esparcidas por el suelo como luciérnagas nostálgicas. Había ido a ver a Misia después de la cena, cuando los niños ya dormían y Cholo y los hermanos prolongaban la velada jugando a las cartas, amarrados con grueso deleite a los montecristos y al coñac, tras el hartazgo de sardinas y churrasco, felices de verse en camada, a sus anchas, sin mujeres ni criaturas cerca.

Voy a llevar las hierbas a Misia, había dicho ella, en la mano el ramo de perpetuo, helecho, sabugo, espadaña, laurel, manzanilla e hinojo, las siete esencias del San Juan para perfumar la cara y espantar las maldiciones.

¿Y ese vino?, rezongó el hombre, sin levantar la vista de la partida.

También, también lo llevo.

Arrastro en oros, dijo él, petando en la mesa con los nudillos al soltar el naipe. No tardes. Puede despertar el crío.

No quiero tener otro hijo, dijo ella a Misia. No puedo tenerlo.

Se dio cuenta de que no lloraba, de que las palabras le salían solas, se desprendían neutras por el abismo de los labios, atenta al puñetazo de dolor en el vientre, nudillos que se hunden en las entrañas, una carta al azar.

Hubo un tiempo en que yo lo quería mucho.

Ahora sí lloraba. Qué bien, sentir esa mano tan diferente a la suya, una caricia de huesos frágilmente ceñidos por la piel. Una mano, no obstante, increíblemente fuerte, caliente, noble, amiga.

Es cierto que nos queríamos mucho. Recuerdo..., recuerdo que cuando él estaba emigrado en Suiza, al poco de casarnos, algunas veces yo..., yo me sentaba en aquel coche viejo que él tenía de mozo, aquel Seat pequeñito, abandonado allí, en el alpendre, y llevaba una radio y ponía música e imaginaba que estaba a mi lado. Encendía un cigarro, así, y luego decía gracias echando el humo muy despacio, así, hacia sus ojos, de la manera que había visto en las películas. ¡Fíjese qué tontería!

Ahora las dos también fumaban. Gracias Señor por el puente de plata que nos lleva de la lágrima a la risa. Bebió otro trago.

Quizá llovía fuera y a mí..., a mí me parecía que íbamos por una carretera con brillo y que él retiraba una de las manos del volante y que me acariciaba entre las piernas. Yo me ponía muy cachonda. No me lo va a creer, pero allí sola, en el cobertizo, metida en aquel coche viejo, rodeado de aperos y haces de hierba, lleno de arañas, con música y humo, mientras veía llover fuera, me ponía realmente, realmente a cien.

Sí, lo quería mucho. Iba marcando los días en el calendario de la pared con una cruz. No sé qué pasó. Miro para atrás y no sabría decir cuándo se perdió todo eso, cuándo dejamos de usar unas palabras cariñosas por otras hirientes, cuándo comenzamos a rechazarnos en cama o a hacerlo como máquinas. No sé. Me parece un extraño, uno de esos tipos que te miran de arriba abajo si estás sola. Al hacerlo, cuando lo tengo encima, pienso que es alguien que no tiene rostro. Podría morirse y no lo echaría de menos. Dios me perdone.

# 19

Don Xil sintió en el corazón el toque de ánimas. Estaba en el desván, intentando digerir una página de anuncios breves que había traído el viento y que le llamó mucho la atención, pues en medio de ventas de pisos y de automóviles de segunda mano encontró ofertas imprevistas del tipo: Ama jovencísima, castigo, humillación total, bellísima, sensual. Pechos abundantísimos, pies perfectos. Llámame, serás mi esclavo automáticamente. Vídeo. Hotel. Domicilio. Visa. O aún otros mucho más directos, del estilo: Sandra. Viciosa. Y seguía un número de teléfono. Ahora, aquellos nombres de mujer unidos a un número para provocar deseo, aunque fuese mercenario, habían sido roídos con melancolía por el ratón del tiempo, el viejo cura cazador que se asoma a una rendija del desván y mira las lámparas del valle de Arán.

¿Qué es esto de élite, señor cura?, preguntó Matacáns, que aún intentaba leer abriendo mucho el ojo sano, sobresaltado por las novedades de la sección, y valiéndose del carburo sentimental de la luna llena.

Élite es lo mejor, lo más selecto de la sociedad, respondió Don Xil sin dejar de mirar el belén y ajeno a la intención.

Élite, leyó Matacáns, Alto Nivel. Superdotada. Bellísima. Treinta mil pesetas. También Visa. ¿Y esto de Visa, señor cura, qué carajo es esto de Visa?

¡Déjalo ya, Matacáns, calla la boca!

¡Treinta mil pesetas por un polvo!, continuó el furtivo. ¡Cómo está la vida! Y marchó ligero escaleras abajo, murmurando precios de otro tiempo en la calle del Papagayo de Coruña, en la casa de la Bellateta. Pero al poco asomó de nuevo muy excitado y sacó al dómine de la meditación en que estaba sumido.

¡Don Xil, Don Xil! ¡Ahí abajo hay un infiel!

¡No fastidies, Matacáns! Déjame en paz.

¡Uno de esos moros vendedores de alfombras, señor cura!, pregonó alegre el tuerto. Y marchó corriendo por donde había venido.

Don Xil lo siguió en principio con pereza, apesadumbrado como estaba por pensar en lo que fue y no fue, pero luego, ya cerca de la bodega, apuró el paso y llegó a tiempo de escuchar cómo aquel ratón pardal, fino hablar afrancesado, contaba como historia de otro el propio atropello y muerte en la carretera de Arán. Y lo más curioso del caso es que acababa de suceder, allí mismo y en la tarde. Caminaba Mohamed por la orilla, cubierto por su mercaduría de alfombras, cuando pasó veloz un coche que bordeó la cuneta y fue a batir al hombre por detrás.

¡Van como locos!

¡Es una peste!

Lo que más me dolió, dijo Mohamed a la parroquia congregada, es que no parase. Antes del último suspiro, aún tuve tiempo de escuchar el acelerón.

¡Sinvergüenza!

¡Animal!

Le pasó lo mismo a un abuelo mío que murió atropellado en Coruña, contó Borboras. Siempre decía: No me mataron en dos guerras y me ha de matar un coche. Y así fue.

¿Y las alfombras?, preguntó Miranda.

Allá quedaron, entintadas en sangre, dijo Mohamed pesaroso. Fueron mi último lecho. Llevaba unas muy bonitas, con pirámides y rombos, como las shiraz de Persia, y también otras más claras, a la linda manera de las kars de Turquía, o las hamadam, que son iraníes.

Nosotros solo teníamos una, al lado de la cama, dijo Miranda. Al amanecer, aún siento los pies, dulzura de los buenos días. La compramos después de la boda, en El Palacio de las Alfombras, en la calle de San Andrés.

Yo, en Coruña, dijo el cantero Donalbai, solo paré para ir a la Caja de Reclutas de mozo y al Ambulatorio Médico de viejo, allá en el Orzán. Recuerdo, eso sí, el café-bar Borrazas. Hacía un alto allí para tomar un carajillo después de ver al médico.

¿Paraba usted en el Borrazas?, dijo con alegría Mohamed. Allí me dejaban descansar con las alfombras y tomaba mi té.

Tenía por lo menos veinte jaulas con canarios y jilgueros, recordó Donalbai. Era una primavera al salir del Ambulatorio. Después pusieron una televisión y un día se llevaron los cantores. Me dijeron que la gente se quejaba cuando había fútbol.

Y usted, dijo de repente Don Xil dirigiéndose a Mohamed, ¿usted cree en Dios?

Tranquilamente, dijo Mohamed.

# 20

Y a Cholo le empezaron a ir bien los negocios, que ya trabajaba por cuenta propia. Acertó, además, en comprar una finca que luego revendió a mejor precio y cogió maña en ese trasiego, de tal manera que se vio con dinero como nunca había calculado. Pensaba ya en asociarse con sus hermanos: eran buenos tiempos para construir y vender. Hubo otra circunstancia que prometía cambiar su vida. Bernardo, un vecino de Arán, de la casa de los llamados por mote «Mecos», salió elegido concejal en Néboa. Las familias nunca se llevaron ni mal ni bien y aquella elección le resultó a Cholo indiferente en un principio. Él no tenía una idea formada sobre la política: era esa, en todo caso, una palabra que usaba con desprecio. De tal forma la había oído pronunciar siempre. Franco puso orden, puso en cintura un país ingobernable. También eso fue lo que siempre oyó. Un día, estando en Suiza, un compañero de obra, gallego como él, un tal Iglesias, le habló de luchar por la amnistía para la gente presa en España.

¿Amnistía? ¿Qué coño es eso de amnistía?

Libertad, le dijo el otro.

¿Libertad? ¡Que les den por el culo, que no se metieran en líos! Yo estoy aquí para trabajar, ¿entiendes?, para trabajar. ¿Me dan a mí esos de comer?

El otro lo había mirado, sin decir nada. No esperaba aquella respuesta desabrida.

Que le den también a él por el saco, un comemierda como yo, murmuró Cholo, espetando la pala en el montón de arena, cuando el compañero se alejaba.

La elección del Meco le llevó de todas formas a hacer algún comentario burlesco a cuenta de la estrenada democracia. Si él es concejal, también yo podría serlo. Ja, ja, ja. De hecho, ellos no votaron por nadie. A Rosa ni se le ocurrió y él aprovechó aquel festivo para una gestión de intermediario. Pero meses después, Cholo comenzó a hablar de Bernardo sin llamarlo por el alias y con el tono de quien se refiere a un amigo. Un día quedaban para comer en una churrasquería de la carretera de Néboa. Otro viajaban juntos a Coruña. Y aunque con ella se había vuelto de pocas palabras, todo aquello a Rosa le parecía bien. Los negocios, la relación con el concejal, la posibilidad de una nueva posición le abrían la esperanza de que su vida íntima también mejorara. Estaba esperando otro hijo, cuando el más pequeño aún no se tenía en pie. Se sentía agotada. Le costaba trabajo sonreír delante del espejo.

Una mañana, arreglando el dormitorio, Rosa abrió el cajón del armario donde Cholo guardaba sus papeles. Allí estaban las escrituras de las fincas y, en un rincón, junto con el Libro de Familia y la cartilla de la Seguridad Social, las libretas del banco. Apartó con cariño las dos de tapas rojas de los niños grandes, Anabel y José Luis, abiertas con el dinero de los regalos de primera comunión, como si fuesen un par de láminas de oro. Miró luego en la de Ahorro del matrimonio, la de cubiertas azules, y repasó las cifras, un ahorro ya, ¡si mamá pudiera verlo! E iba a dejarlo cuando se le ocurrió abrir las gomas de la carpeta grande que Cholo tenía de los tiempos de Suiza. Había cosas, nóminas y así, que no entendía, pero también entre medias algunas de sus cartas enviadas desde Arán. Una de ellas con sus labios impresos en carmín y una despedida: Toda tuya. La guardó con un suspiro en medio del montón de papeles, y fue en ese momento cuando descubrió otra libreta de color morado, con la cabecera de un banco que no era el de ellos. Sacó la cartilla de la funda plástica y la abrió por la mitad. Aquello era un baile de cifras que le cegaba la vista. Fue a mirar al principio, corriendo con los dedos las hojas. ¿De quién podía ser? Quizá un documento perdido que Cholo encontró en alguna parte.

Simón.

Una cosa extraña, una risotada de temor, galopaba por el pecho.

Simón Paz Oliveira.

No podía creer lo que estaba viendo.

Llevaba la libreta por dentro una hoja grapada que ella leyó con incredulidad. Era una autorización para movimientos bancarios en esa cuenta por parte de Simón, el titular, una cruz de firma, y a favor de José Manuel Carballo y Bernardo Suárez.

A la noche, Cholo encontró la libreta al lado de la cena. No dijo nada. Sin levantarse, la guardó en el bolsillo trasero del pantalón. A Rosa la comían los demonios, y se notaba en el fregar, un frenético estruendo de cacharros en el lavadero.

¡Quieres parar!, grito él sin volverse.

¿Cómo puedes ser tan cabrón?, dijo ella como hablando para sí, brincando las palabras entre el nervioso tintineo de la porcelana. No quería que la viese llorar.

¡Ese dinero es nuestro! ¿Entiendes, burra? ¡Es nuestro! ¿O crees que no te lo pensaba decir?

Agua en remolino.

Te lo pensaba decir, mujer, ¿la guardaría si no en ese sitio? ¿Iba a querer el dinero para mí, o qué?

Agua que arrastra la suciedad.

A él qué más le da, mujer. Él es un inocente. Haría cualquier cosa por nosotros. Mejor que no lo sepa nunca.

Agua escurriendo por el sumidero.

Ya verás, corazón, ya verás. Salimos para siempre de la puta miseria. No es robar. Se hace en todas partes, lo haría cualquiera que pudiese. Algún día te compraré todo lo que te apetezca. ¿Quieres una sortija? Siempre quisiste un anillo con piedras. ¿Lo quieres?

Agua que muere.

Marcharemos de aquí. Viviremos como señores.

# 21

Yo creo que Dios, dijo el lagarto arnal, es una palabra interesante. ¿Quién la inventaría? ¿Un carpintero que se golpeó el dedo con el martillo o un labrador agradecido por las lluvias tras la larga sequía? ¿Fue primero la oración o la blasfemia?

Y el arnal lo dijo pensando que el cura iba a saltar como un resorte, pero este permaneció pensativo, mirando para ninguna parte como si en efecto buscase una palabra por el aire.

Dios, China, naranja... ¿Cómo nacen las palabras? ¿Quién fue el que llamó *mar* a la mar? Esa palabra surgió de la sorpresa, estoy seguro. Hay palabras que nacieron del miedo y otras que tienen impresa la simpatía. Pero una palabra como *mar* nació de la sorpresa, una inmensidad de tres letras. También es así en alemán, *see*, y en inglés, *sea*. Si el mar se llamase, por ejemplo, *maraca*, *marabú* o *marioneta*, ya no sería tan grande. Y es así que el *segundo* es más largo que el *minuto* y este dura más decirlo que una *hora* y ella tiene una letra más que el *día*. ¿Cuál sería el sentimiento del primer ser humano que llamó *Dios* a Dios? ¿Fue un rey subido a una alta torre o un viejo que conducía un burro? ¿Estaba triste o alegre? ¿Tenía miedo o confianza? ¿Quiso Dios ser llamado *Dios*? ¿Fue él quien silbó su nombre en la oreja del hombre? Una palabra interesante, sí señor. Son incontables las guerras y los muertos en nombre del Dios misericordioso.

Había dicho esto último el arnal por ver si por fin Don Xil se escandalizaba y daba algo de juego. Pero el cura, en lugar de polemizar, asintió, los destellos verdes del gato clavados en la memoria.

Yo firmé algunas de esas sentencias.

No lo creo, dijo el arnal impresionado.

Sí, amigo. Bendije una guerra entre hermanos, incité contra los perseguidos, aticé el fuego cuanto pude.

¿Qué más da eso ahora?, intervino Matacáns, que había dejado de roer en una página de deportes al notar un especial abatimiento en las palabras del cura. ¡Ya llovió!

Por lo menos, usted se arrepiente, dijo el arnal.

¿Arrepentirse?, dijo Don Xil. ¡Eso está bien para los niños!

La voz del cura sonaba ronca, bronquítica. No se escuchaba otra alma.

Solo hay una manera de resolverlo, y yo bien sé cuál es. Pagando todo el precio.

No haga caso de lo dicho en un principio, pidió Marcial Requián, turbado por el tono dramático en que había derivado la conversación. Son enredos de poeta frustrado. Entre crimen y crimen, siempre me gustó la poesía. Era mi parte de religión. Hay oraciones que son hermosos poemas y los verdaderos poemas, los que están hechos con tiras de piel, no son otra cosa que plegarias, humanos rezos.

Ahí le doy la razón, dijo Mohamed, el vendedor de alfombras. ¡Muchos poemas he rezado yo por los caminos!

¿Es usted poeta?, preguntó con alegre sorpresa el arnal. ¿Escribe?

Hablo solo mientras ando.

¿Por qué no nos recita algo?

Son cosas del camino. Las olvido.

¡Venga, hombre, una pieza!, insistió toda la parroquia.

Bien, allá va:

*Para Urika, para Urika,*
*para Urika, corazón,*
*para Urika, para Urika,*
*que para outro sitio non.*

Bien traído, dijo el arnal.

Se me ocurrió ahora.

Urika. ¿Es el nombre de su tierra?

Sí señor. ¡El valle de las siete cataratas!, dijo el bereber cerrando los ojos con saudade.

¿Cataratas?, se extrañó Matacáns. Siempre pensé que allí todo era desierto.

## 22

Y dejaron a Simón encargado de colocar los maderos salidos de la sierra, pues lo vieron encariñado con el arte de armar pilastras, que era labor muy importante y trabajosa, de hacer con buen gobierno, pues tienen que ser tan ligeras como firmes, construidas en torre, con las tablas en perfecto cuadrado, colocadas de a par para que circule el aire como en un hórreo y resuden y sequen. De la mañana a la noche se aplicaba a la tarea, solo con el descanso del yantar, y si no había madera cortada, amontonaba en forma de pajar la toza y la corteza de los pinos o hacía montañas de serrín concebidas en un misterioso orden natural de cordillera, y los otros operarios solo le hacían bromas para que tomase un respiro, pero en el fondo orgullosos de aquel mudo hacendoso que estaba transformando el paisaje caótico de la fábrica como si en ella entrase una mujer. Cuando se dieron cuenta, las torres formaban en medida simetría un recinto acastillado, en el que no faltaba una cerca para que Albar anduviera suelto sin el sobresalto de las máquinas y el camión de carga. En las cuatro esquinas se alzaba una torre rematada con trapos de colores a manera de banderas, y en un torreón que colocó sobresaliente en el centro, puso en el minarete una rama de laurel, detalle este muy agradecido por la soldadesca del aserradero, pues es creencia extendida en el país que protege de la inclemencia y del mal. Y bien que se notaba la benéfica presencia del mudo en todo, incluso en el hablar, que se les hizo a todos más calmo y profundo.

¡Hablar bien no cuesta un carajo! ¡Si no fuera por el jodido tiempo!

A mí lo que me joden son las blasfemias. ¡Me cago en las herramientas de hacer la misa!

Mira nuestro mudo. Siempre feliz. Es como un niño grande.

Hace bien. A todos nosotros nos robaron la infancia.

¡Hombre, no fue para tanto!

A mí, de niño, me dieron mis padres una vara de mimbre el primer día que fui a la escuela. ¿Para qué es?, pregunté. Para el maestro, me dijeron. Para que te zurre.

Cosas de la ignorancia. De la miseria.

¡Que no me hablen a mí de malos tiempos!

La gente es como la hicieron.

La gente es como quiere ser.

Tienes toda la razón.

A ti tampoco te falta.

¿Y qué pasó con el maestro? ¿Te pegó mucho?

Fui aquel primer día y ya no volví. Éramos demasiadas bocas y me mandaron a casa de mis abuelos a alindar las vacas. ¡Tiempos de pan negro! Aún hoy no sé leer. Bueno, sé leer música.

¿Música?

Sí, uno de mis tíos sabía música. Tocó en la orquesta de Néboa, la Caracola. En el tiempo de la guerra, había vuelto a casa de los padres con algo raro en el pensamiento. Comentaban por lo bajo que se le había metido el sistema nervioso dentro de la cabeza. Era la forma de decir que estaba loco, pero yo nunca le noté nada. Guardaba como un libro sagrado el método de solfeo de Don Hilarión Eslava. Los domingos por la mañana, mientras los demás iban a misa, nos sentábamos en un tronco en la era. Trazaba con un palo en el suelo las cinco líneas, así, esto que llaman un pentagrama, y luego me enseñaba las notas y a medir el tiempo con el compás de la mano.

El operario cogió una astilla y dibujó en la tierra una pequeña partitura. El otro la miró como si fuera una escritura mágica.

¿Sabes leer en esos garabatos?

Es lo único que sé leer, dijo el obrero.

Canturreó y empezó una canción. Movía como batuta su mano ennegrecida por las resinas. Si yo pudiera algún día remontarme a las estrellaaaaas.

## 23

Me voy, dijo la mañana de San Pedro el gran lagarto ocelado.

El verano entraba radiante por todas las fisuras. Desentumecíase el mundo. Dos por uno laten los corazones. Trae la espiral del tiempo un baño de esmalte sobre el mate de la piel. Almas gitanas salían aleteando floridamente del carcaj de las crisálidas.

Si pasa por Betanzos, dijo Don Xil con pena, no deje de ir a la de Santa María. Es iglesia de mérito. Allí, reposando en oso y jabalí, está el sepulcro del único feudal al que llamaron «El Bueno». Su grito de guerra era: ¡Haced pan, panaderas!

Iré. Soy persona de piedras, dijo el arnal.

¡Y no se olvide del Globo de Betanzos!, anotó por su parte Matacáns. Cada año, una multitud dice adiós festivamente a la historia del mundo. Es bonito ver a todo el pueblo como un solo niño.

¿Y eso cuándo es?

El 16 de agosto, a media noche. Y si demora la estancia, no se pierda el vino nuevo. Lo sirven en bodegas con laurel a la puerta.

¡Brindaré a su salud!

Lo vieron ir tristes. Antes de encabalgar el sol por el tragaluz, aún se volvió Marcial para despedirse: Don Xil, Mohamed, recen por mí, cada uno a su manera, ¡no saben cuánto envidio a la gente de fe!

Tenía gracia ese pecador, dijo el furtivo cuando se perdió de vista.

¡Fuéramos con él, Matacáns!

No se atormente, señor cura. Y añadió con una sonrisa pícara: ¡Vienen mejores días!

El furtivo, que nunca perdía el tiempo, llevaba una temporada al acecho de una abubilla y por fin había descubierto dónde anidaba.

¿Y cuántos huevos puede haber?, preguntó el cura a Matacáns.

Pues no lo sé, pero harán una buena tortilla.

Con el furtivo delante y Don Xil esforzándose detrás, subían por la muralla más alta de la parte en ruinas del pazo de Arán. Pero no era fácil llegar hasta el nido, ni siquiera para dos almas trepadoras como ellos. El muro era como un frondoso bosque en vertical, cubierto estaba por hiedras, zarzas, madreselvas. Hasta el tojo había enraizado en los repechos. Era más fácil abrirse paso en la vegetación y evitar las espinas, largas y afiladas como docenas de puñales, que trepar por las piedras.

¡Renuncio, Matacáns!

¡Ánimo, Don Xil, que falta poco!

¡Me da vértigo!

¡Chssss!

Ahora, dijo Matacáns, deteniéndose en un remonte que hacía de belvedere, ahora hay que esperar a que salga la hembra. Lo hace casi siempre desde este meridiano. Pero hay que andar con tiento y a la vez muy ligero, usted ya me entiende, pues el macho vigila entre las ramas y ella vuelve pronto.

Y vio Don Xil al poco cómo de la espesura de la esquina ruinosa del pazo se echaba a volar la abubilla con su penacho puntinegro en el yelmo de ave vistosa y fiera. Era el momento. Corrió como pudo Don Xil tras el furtivo, aprovechándose en lo posible del sendero que este abría por lo bravo. Hasta que vio cómo se detenía por fin delante del nido, toscamente armado, embreado con excrementos, y, sin más, se lanzaba dentro.

¡Matacáns, Matacáns!, gritó Don Xil entre dientes y desde fuera, reprimiendo difícilmente las arcadas. ¡Esto hiede que apesta!

Haga como yo, bisbiseó desde dentro el furtivo, tape la nariz y coma. ¡Hay un par de ellos por barba!

Don Xil hizo de tripas corazón, nunca tan bien había hecho, y se arrojó finalmente en la cestería estercolada. Matacáns se había zampado ya uno de los huevos y metía el hocico en el segundo. Eran de color blanco ceniciento, bonitos y brillantes.

Están en su punto, dijo el furtivo relamiéndose. Todavía no empollaron. ¡Venga, señor cura, no se ande con remilgos, que como llegue la madre nos capa!

Almorzados como en los viejos tiempos pero envueltos en un olor nauseabundo, los dos compañeros buscaron en la pradera una mancha de hierba buena para sestear perfumados.

¡Puerca!, exclamó Matacáns. ¿Por qué hará esto? ¿Por qué llenará de mierda la cuna de los hijos?

Por nosotros, por los ratones, dijo el cura.

Lleva razón, comprendió Matacáns. No hay animal que se empuerque así por un par de huevos.

Nosotros, sí. En eso somos humanos, filosofó Don Xil.

## 24

Apoyados en la barra los hombres leían amorriñados el futuro, una rosa marchita, en el poso de tinto de la taza. A aquella hora había un silencio total en la taberna de Arán, A'Santa Sede. En la televisión matinal cantaba ópera un tenor y su poderosa aria parecía tener intimidada a la parroquia del bar, habitualmente animada. De repente, Bento Lobeira, que trabajaba en la forestal y andaba esos días con un brazo en cabestrillo, se dio la vuelta y miró desafiante al de la pantalla.

¡Calla la boca, animal!, gritó al Pavarotti.

Y fue aquello como una señal de liberación. Mato, el patrón del bar, recorrió el ara llenando de nuevo los cálices.

¡Viva el vino del Ribero y que le den por el culo al taberneiro!

Amén, dijo Mato.

Y Spiderman, que trabajaba en la construcción en Nueva York, explicó que él nunca había tenido un accidente de trabajo hasta que aquella maldita sierra le rebanó el dedo.

¿A qué altura trabajabas tú?, preguntó Bento.

Por lo menos, por lo menos... a trescientos metros.

¿Tres qué? ¡No jodas!

¡Que sí, hombre! El Empire State tiene 381 metros. Cerca de esa altura andábamos nosotros. ¿O crees que aquello es una coña? Miras hacia abajo y es como ver un hormiguero, puntitos como miles de boinas alrededor de los coches. Somos mucha gente en el mundo. ¡Coño si subí! ¡Más de trescientos metros! Allí, a aquella altura, solo estábamos los indios y los gallegos. Tenía de compañeros a unos de Carnota y tomábamos bocadillos de chorizo, allí, sobre Nueva York.

¿Chorizo?

Sí, chorizo. Lo pasaban de contrabando. A uno de Xuros le encontraron un jamón y veinte chorizos en la maleta. Como no se los dejaban pasar, cogió y se puso a comer todo allí mismo, en la aduana.

¿Un jamón y veinte chorizos?

¡Un jamón y veinte chorizos! Le dijo al policía: ¡Por el carajo los vas a papar tú! A mí me lo contaba así: Casi muero pero comer los comí.

¿Es cierto lo que dijiste?, preguntó Bento. Se le veía hondamente intrigado por alguna cosa.

¿Lo qué?

Lo de que allí en lo alto solo hay indios y gallegos.

Gallegos de la Costa da Morte e indios navajos, de un sitio que llamaban Gallup. Sí señor, ¿por qué lo preguntas?

No, por nada, respondió Bento muy pensativo.

Oye, Spiderman, dijo Mato desde el interior de la barra. Cuéntales lo de aquel de Carnota que...

¡Ah, sí! Bueno, también está el del afilador de Nogueira de Ramuín que llegó a Nueva York y allá, por la Quinta Avenida, se encuentra a un paisano que le pregunta extrañado: Pero, tú, ¿cómo llegaste hasta aquí con tantos papeles como hacen falta para entrar? ¿Que cómo llegué?, respondió él, pues muy sencillo: ¡Andando detrás de la rueda! je, je. Pero lo que dice Mato me pasó a mí, quiero decir que fue un sucedido de uno que yo conocí, que era de Carnota, y resulta que este hombre lo que hizo con los primeros ahorros fue comprar una dentadura, porque la verdad es que la tenía perdida, los dientes podridos, en fin, una calamidad; y toda su ilusión era, pues, tener una dentadura nueva. Y se compró una postiza, impecable. El hombre andaba feliz. ¡Mira, de artista!, decía abriendo la boca y señalando los dientes de estreno. Pero una vez, en un bar de Brooklyn, un tipo comenzó a meterse con nosotros.

Estaba medio trompa, notó un acento raro y le dio por ahí. El tipo la tomó sobre todo con Carrizo, con el de la dentadura nueva, que era grande como un buey. Lleno de paciencia, él aguantaba y aguantaba. Y entonces fue uno de nosotros y le dijo: Carrizo, ese acaba de decir que te va a romper los dientes. Fue el Carrizo, miró al tipo aquel de arriba abajo, se quitó la dentadura muy despacio, con solemnidad, y la dejó con mimo sobre un posavasos. El otro estaba alucinado.

Fee, Fi, Fo, Fum, le dijo entonces el Carrizo.

Y con la misma, le largó una hostia que lo zapateó en el suelo.

¿Fee, Fi, Fo, Fum?, repitió ahora Spiderman. Les lloraban los ojos a todos con las carcajadas.

En la televisión se vieron de repente las imágenes de una perra que amamantaba una camada y los parroquianos desaparecieron de nuevo en la pantalla.

# 25

Y el duende del otoño rodaba por las veredas, a volteretas por los senderos, corría voceando por las congostras, braceaba en los pomares, batía en las portezuelas, silbaba por los ventanos, y agitaba los pendones del tendal desplegados en los campos en sinople de Arán, cuando Rosa notó que aquel esfuerzo último, el de colgar la ropa en la cuerda y a contraviento, había sido una lucha temeraria, excesiva. Una humedad tibia le escurría por los muslos.

Vi que posaba la tina, dijo Toimil al rey de Galicia, y que luego echaba las manos al vientre con el rostro dolorido. El vendaval, que venía del sudeste, revolaba en el mandil y en las faldas, y a cada ráfaga, flameaban los cabellos como los de una amazona herida.

Rosa miró angustiada alrededor y no vio otro ser vivo que aquel demonio de cuervo espiando eternamente en la campana de la chimenea. Se sentía tan sola que agradeció esta vez la fea presencia. Un garfio tiraba de ella por el vientre desde el centro de la tierra, se endurecían las hierbas como redes a su paso, mientras las manzanas del viento empujaban brutalmente por tumbarla. Y se derrumbaría de buena gana, la cara en el frescor del suelo, de no ser por aquel pájaro de mala fortuna que le recordaba la inmediatez de la propia casa, el lecho con la colcha de aves del paraíso bordadas en falso dorado, la foto de la boda y las de la primera comunión de los niños sobre la mesita, y aquella otra, la de la madre, colgada en la pared, retrato a la vieja manera con un halo de claridad sobre el fondo oscuro, sosteniendo la mirada al diablo que acecha en la cámara, el pelo recogido en un moño, los pómulos salientes, una sonrisa dolorida en los dientes apretados, las manos buscando un firme, mamaiña, madre del cielo, empuja, empuja, la lámpara tan alta, tan baja, amenazadora, los hijos solo son de las madres, si reventase la luz, con los dientes apretados, a gritos.

Es cierto que los hijos son de las madres, dijo Toimil pensativo.

¿Fue duro?

Fue, señor. A punto estuve de volar a las cumbres, sobrecogido como estaba. Son las chimeneas, bien lo sabe, como un embudo que aspira el sonido del mundo, pero también pueden ser una bocina de dolor.

Lo de parir en casa, continuó Toimil, fue porque ella no quiso moverse de la cama. Llegó al dormitorio despacito, arrastrando, y les dijo a los hijos que fuesen en busca de ayuda y ellos volvieron con Spiderman y dos o tres más que estaban en la taberna. Quisieron meterla en el coche y llevarla a Coruña pero ella dijo que ya estaba llegando la criatura, que no había tiempo y que prefería morir a que la moviesen del lecho. Y entonces Spiderman cogió el coche y fue como un rayo a Néboa, a por el médico.

Cuando llegó el padre, a la noche, ya la niña tenía nombre.

# 26

Y un día fue Rosa a ver a Misia, extrañada de que no la visitara después del parto, y encontró a otra mujer. Arrugada, alicaída, vestida de luto. Parecía que la vejez había entrado de repente como el viento por el ojo de la cerradura de Arán o por el faldón de la puerta, arrastrando hojas secas. Lo que más miedo le dio fue precisamente el miedo encovado en la mirada de la señora. Un mendigo peregrinaba tullido tras la saudade verde. El hablar parco, amable pero distante, como si la llegada de Rosa interrumpiera una conversación con otros huéspedes. Trató ella de disimular el desagrado de la primera impresión, no fuese la señora a sentirse herida, pues bien sabía ella el daño que pueden hacer los ojos de los otros, tanto como las palabras. Y por lo mismo, nada dijo en principio que mostrase sorpresa por el estado de la casa, definitivamente abandonada a su derrumbe, ni mucho menos por su aspecto, ciertamente sobrecogedor ahora que la tenía cerca, enflaquecida, canosa, y, por qué no pensarlo, sin lavar hacía tiempo. Y solo después de mostrarle la cría, aquella gatita encogida en el peluche de la manta, el comentar el parto, su firme determinación a que nunca más, solo después de todo eso, preguntó: ¿Qué tal está, Misia?

Antes de que se me vaya el santo al cielo, dijo ella por respuesta, tengo, Rosa, algo para ti.

Y al incorporarse y verla subir con lentitud la escalinata, zapatillas agujereadas, calcetines y medias de lana, mandil de cuadros sobre la falda negra, le pareció de verdad una vieja del país, una de esas abuelas que desenvaina guisantes en el atrio del tiempo. Se le notó, al volver, que se había peinado y puesto un poco de color en las mejillas y que también en el sobrado había hecho acopio de energía y sonrisa.

Para ti. No digas ni que sí ni que no porque ya está decidido.

Era una pequeña arca de alpaca.

¡Pero, señora!

Para ti.

Y sin hacer más caso, apartó con delicadeza la manta para descubrir a la niña y rozar con sus yemas los deditos de mimbre.

Déjamela tener un momento. Le habrás puesto un nombre de película, ¿o no?

Bueno. A esta le puse el mío.

*Sad rose, proud rose, red rose...* Ojalá haya siempre una Rosa en Arán.

¡Pero, Misia!, exclamó Rosa al descubrir el interior de la arqueta. ¡Son sus joyas! Aparte de ahí, señora. ¡No puedo llevarme esto!

Si no te las llevas, dijo Misia con voz muy seria, las tiraré al mar.

Pero...

No te miento. Si tú no las quieres, las echaré por un acantilado y ya está. No quiero que arrample con ellas cualquier idiota de la familia. No quiero que luzcan en rostros que no conozco. Son para ti. Te pertenecen.

Se puso a mecer a la niña, eeea, eea, ea, a, girando muy despacio por la sala con expresión feliz. Rosa vio al mendigo de los ojos de Misia alejarse por un momento y curarse las llagas sentado en la escalinata de mármol, con las muletas apoyadas en los pasos. Y vio también dos ratones que correteaban hacia la cocina, ceñidos a la avenida de los zócalos. Todo aquello la tenía desconcertada. La arqueta de las alhajas en las manos. Misia vestida de abuela aldeana con la niñita en brazos, las hojas secas del otoño rodando en las alfombras, los ratones dejándose ver a la luz del día. Fuera, la canción del viento, aquel aullido persistente, salvaje y triste que bajaba de las gargantas de las Peñas Cantoras.

Señora, dijo de repente, intentando aparentar calma, ¿por qué no se va a Coruña? Viene el tiempo del frío. ¡Qué bien estaría ahora en su piso de Coruña!

¿Coruña? ¡Ay, Coruña!

Volvió a mecer a la niña, con la sonrisa dolorida. Iba a decir: Todo lo que yo amé ya murió. Pero no, ¿cuándo se quejó Misia? Y dio la vuelta y rio de nuevo.

¿Sabes lo que me pasó la última vez que estuve allí, en el piso de la Marina? Vinieron a verme unas amigas, pobrecitas, todas aún más chochas que yo. Las invité a un té con dulces. Y resulta que cuando ya llevábamos un rato de cháchara, fui y me levanté apresurada y les dije que se me había hecho muy tarde y que tenía que irme para casa. Sin darles tiempo a responder, les di un beso y marché a todo correr diciendo que ya no molestaba más. ¡En mi propia casa!

Rosa escuchaba divertida. ¿Y qué pasó?

Me di cuenta en las escaleras, nada más tocar la madera del pasamanos. Me dije: Pero ¿adónde vas, loca? ¡Loca, que eres una loca! Y volví. Todas pensaron que era una broma excéntrica de la Misia. Pero no. La verdad es que no me acostumbro en la ciudad. Cosas mías, nena. Quiero estar sola, cuidar las ovejas, sentir los pies hundirse en el lodo de los caminos, escuchar la lluvia y el viento, notar cómo la cama se va calentando poco a poco con tu cuerpo viejo. ¡Manías de señorita!

¡Tendré que limpiar!

¡No se te ocurra!

Si necesita algún recado, le mandaré a los niños.

No, a los niños no, dijo ella con una sonrisa triste que ya era la del mendigo que andaba por los ojos.

Y cuando Rosa se alejaba, temerosa de volver la vista atrás, conjurando un presagio que le rondaba, escuchó que Misia llamaba por ella con voz de recordar algo importante.

¡Eh, nena! ¡Nena!

¡Diga, señora!

¡Estás muy guapa! ¿Sabes? ¡Estás muy guapa!

Aquella noche, después de mucho tiempo, pues solo al despertar lo peinaba apresurada, atado en cola, aquella noche Rosa se cardó el pelo con el cariño que reservaba siempre para el de la hija, cepilló con calma los cabellos, ajena a todo, a la pelea de los niños, al reclamo de la televisión, a la llegada del hombre, hasta que caían por los hombros en larguísimas ondas de brillo. Despacio, se probó los pendientes de Misia, y reparó en unos plateados y en arracada, de colgantes, a la vieja manera. Luego, fascinada, colocó en el pecho el broche de corazón. Se miró en el espejo. Estás muy guapa. Claro que sí. Hermosa. Meiga.

Al guardarlos, revolvió demorándose en el resto de las joyas. Probó algunas más. ¡Un collar, un collar de perlas! En el fondo de la arqueta había algo envuelto en un paño. De peso. Metal. Lo desenvolvió y vio con espanto lo que tenía ahora en la mano, un enorme y pegajoso insecto sin alas.

Browning, 22, ponía en el bicho.

Una pistola de señorita.

# 27

Y un día Don Xil, que andaba cabizbajo y como embrujado, se fue sin decir nada a nadie y enfiló por el largo pasillo con paso decidido, sin mucho cuidado de ser visto. Matacáns, siempre avizor, lo siguió escondido, sospechando de alguna secreta despensa, pero algo extrañado de aquel proceder imprudente. Más aún cuando el cura se dirigió a la puerta que daba a la huerta y, sin mayor inspección, se echó fuera por el desentablado. Este desagradecido, pensó Matacáns, sabrá de otro nido y calla como un ratón. Pero, yendo detrás y a media distancia, observó que ahora el dómine no llevaba el camino derecho, o no iba a ninguna parte o era mucho lo que quería despistar. En realidad, y por el proceder, Don Xil parecía ido, ajeno a todo, como sin reflejos, arrastrando torpemente el gordo culón por los pasos de hierba. Aquel territorio abierto no era para nada del gusto del furtivo. Decidió encaramarse a un muro de piedra y acomodarse en el musgo de un saliente que le servía de mirador. Lo que desde allí vio le dejó horrorizado. Camuflado entre el helecho seco, el anarquista de Lousame permanecía acechador, aguzadas las orejas, felinamente apostado en la justa dirección que llevaba el paseante, los ojos brincando antes del ataque. Iba Don Xil recto al matadero y, nada que hacer que no fuese salvarse de la carnicería, se dispuso Matacáns a ser testigo impotente de las implacables leyes de la naturaleza. Y fueron sus ojos una cámara lenta para ver cómo el de Lousame saltaba en arco limpiamente y atrapaba al sentenciado entre las garras. Aunque acostumbrado a las escenas de caza, se sobrecogió esta vez ante la inminencia del despiece, triste réquiem para un ministro, pues al cabo le había tomado cariño a aquel gobernador de vidas y de almas que luchaba en el fondo contra sí mismo. E imaginaba al gaitero libertario arrancándole de entrada el corazón, demorándose en masticar la víscera de los sentimientos, pues son las venganzas los más crueles escenarios que el pensamiento puede dibujar. O puede que no. Estaba inmóvil, manteniendo la presa pero sin mirarla. Tal vez estuviera maquinando algo más terrible que también se había ensayado con los paseados de la guerra en las cunetas de Néboa: meterle en la boca los testículos arrancados en vivo, despierta todavía la inteligencia de la víctima.

Pero lo que hizo el gato fue lanzarlo al aire y dejarlo caer en el acolchado de las hierbas. Luego marchó maullando por la parte del palomar con el rabo a media asta. Algo tardó Don Xil en removerse vivo.

## 28

Iba a celebrarse una boda. Y fue Rosa a Coruña para comprar un vestido y zapatos nuevos. Hacía mucho tiempo que no viajaba sola, casi un día entero para ella. Quedaron los niños al cuidado de una vecina que se daba mucha maña, la Perellona. Seria y rezadora. Debía de ser la única que no blasfemaba en aquella parroquia de bravos. ¡Por la primera gota de leche que mamó Cristo del pecho de su madre! Eso fue lo más fuerte que le oyó. Ahora, nada más subir al autobús, notó Rosa la extrañeza de no llevar nada en las manos, un vacío que la dejaba libre y desconcertada. Desde niña, tuvo siempre ocupadas las manos: cestos, legumbres, agujas de calceta, la plancha de alisar la ropa, el jabón de lavar, la escoba, las ollas de la cocina, siempre algo, y luego, los críos, en brazos uno detrás del otro. Cuando salía, el capazo, el carrito, las bolsas, la preocupación de la cartera con las llaves y el dinero contado. Había leído en una revista que el rey Juan Carlos y la reina Sofía no llevaban monedas ni llaves. Alguien iba detrás con la calderilla. Qué suerte ahorrarse ese peso. El mundo debe de estar dividido entre los que llevan y no llevan suelto. Ahí se nota el que está abajo: en que siempre lleva algo. Los ricos no llevan nada. Alisó el pelo con las manos. Un suspiro. Los ojos, sí, disfrutan libres. Desde la ventana, todo el mundo lleva una cruz encima. Los brazos, cruzados. No, mejor así, caídos entre los muslos. Ojalá que nadie se siente a mi lado.

¿Por qué será que la aldea es más oscura? Siempre hay luz aquí, en la ciudad. Mejor ir hacia el centro. Entre grandes edificios, una casita de galerías deshabitada, convertida en palomar. El macho pichonea en los aleros, corretea bamboleando, picotea furiosamente la nuca de la hembra. La monta, la estruja. Ella permanece abrumada, vencida. Bruto. En los jardines del Cantón, el jardinero escribe con mirtos un calendario en la tierra. 24, julio, 1981. El estanque de los peces dorados. El monumento del águila y las cadenas. Allí pone Concepción Arenal. Ayudaba a los presos. ¿Cuál era la otra? Rosalía. Claro, Rosalía de Castro. ¿Y aquella, la gorda? Cruzar aquí, donde el Banco Pastor. La gordita era Pardo Bazán. La maestra, doña Carmen, decía también: Juana de Vega, casada con Espoz y Mina, héroe de la Independencia, le bordaba las banderas, guardó su corazón en frasco de formol. El reloj del Obelisco: ya casi son las once. Seguro que era el corazón. Se le pondría blanco. Este sol con olor salado. La brisa que viene del Orzán por la rúa Nova. Todas las puertas abiertas. Muchas mujeres buenas en Galicia. Segadoras, cigarreras y escritoras. Rosalía enojada. Un mono. Los dientes apretados. Mal moreno el de la siega. Cuando van, van como rosas; cuando vuelven, como esclavos. Esa no debe llevar nada debajo. Esbelta. Lo luce. Algún día ir a la playa. Tener cuidado: piel blanca, pecas. Ella va muy maquillada. Hay que tener tiempo. Mojar los pies en el mar si es que tienes tiempo. Bueno para las varices. Las cosquillas de la arena entre los dedos, el lamido de las olas en la orilla. Qué delicia. Calle Real.

El escaparate de Pascual. Mirarse de reojo, reflejada entre las piernas sueltas de maniquíes vestidas con medias de colores. Con otro rótulo, sin esos precios, sería patético. Un escaparate de lisiados. Así, qué bonito. Ese vestido azul de raso. Demasiado fresco, muy escotado. Debería probarlo. Muy caro. No tan caro. Por una vez. Mirar más. ¿Y si lo lleva otra? Lo probó. Y luego lo volvió a colgar en la percha. No se puede comprar así, de capricho. A esa parece que también le gusta. Mira y remira. Que no vea que tú espías. Cosa extraña. Se parece tanto. Cualquiera diría. Otra Rosa. Como gemelas.

Y luego fue por Torreiro, a Barros, y, enfrente, Zara. Mucha gente. Buenos precios. Llevar algo. Esa blusa para el verano. Aunque... El verano pasa pronto. Revolver sola, qué bien. Con los niños no se puede. Los zapatos, después. ¿O no? Fuente de Santa Catalina. Bueno, ahí mismo, en Madariaga. De tacón alto. Siempre quise, pero... Esos de charol y hebilla dorada. Andar despacio, que el pie encuentre su sitio. Irían bien con el vestido azul. No le digo si rebaja. Se lo digo. Mamá siempre lo decía. Me daba corte. Llevo estos. Carísimos. Que no piensen que... De buena gana iría a Bonilla. Chocolate. Demasiado calor. Gordura. Las patatas también engordan. Y la miga de pan. Los pies encarnados, enfundados en charol.

En la puerta de los Jesuitas, alguien que pide. No llevo suelto, no sé si llevo. Los reyes no llevan. Pobre desganado. También para pedir hay que poner un poco de sentido, de ilusión. Seguir adelante, pero ahora que paraste algo hay que dar. Siquiera dijese Salud, Dios se lo pague. Nada. Eres tonta. Nadie da. Hiciste bien en dar. Cualquiera sabe lo que mañana... Ahí está El Pote. Podríamos regalarles un juego de... Los que casan ahora prefieren dinero. Directamente en una cuenta. Modas. No me parece a mí que...

Cortefiel, en Juan Flórez. Ese no está nada mal. Aunque... No se pierde nada con probar. A las dependientas no les gusta que pruebes. Como si ellas no... Debería haber cogido el azul. Los precios, ya ves. Esa torre, la de los Alféreces, qué miedo meterse en el ascensor. Dicen que se mueve cuando hay temporal. No creo. Tantos adelantos. Todo el mundo quiere vivir en Coruña. Va a casar con una de Laracha, el hermano de Cholo. También ellos, piso en la ciudad, pero más hacia afuera, en los Mallos. Ella trabaja de cajera en el híper de Continente. Tiene seguro y todo. Un uniforme parecido al de las azafatas. Ya me gustaría. En Coruña, sin animales, sin...

De pequeña quería ser peluquera. Volver por el azul. En el Obelisco, ya casi la una y media. Van a cerrar. Le diré lo de la rebaja. Mierda, cerraron. Mi vestido azul, en el escaparate. Menos mal. Aquella, mucho mirar, pero... Volver por la tarde.

En la playa del Orzán, surfistas. En el invierno, una pareja en playa Lago, en la ría de Camariñas, con traje de goma. Salían del agua y se abrazaban. Las tetas de ella allí metidas, bien ceñidas, y él, el paquete bien apretado. Sentían, ¿qué sentían? Debe tener su gracia, achucharse en traje de goma. Ir de pie sobre la cresta de la ola, enredarse en la espuma, agitarse contra la arena. El beso. Televisión. Rubios. Corriendo luego con un perro detrás. Nacido para jugar. Limpio. Nuestro Trotsky, ni ver el agua. Gime, tiembla, esconde feamente el rabo entre las piernas. Pulgas. Zeta-Zeta. Cruz Verde. Serían de Coruña aquellos surfistas. Y los de las motos con el tubo de escape que parecía de plata, y los excursionistas con la guitarra alrededor de la hoguera. Los de la ciudad, esos sí que disfrutan de la aldea.

No es posible. No está mi vestido azul. Vendría la otra. Qué cabrita. Hay uno igual. Gracias. Ya no sé si me gusta. Pero...

# 29

Y convocó Don Xil a los compañeros y les dijo: Amigos todos, tengo con ustedes una deuda de gratitud a la que quisiera corresponder como es debido aunque en las circunstancias y condición en que me encuentro no puede ser más que un humilde detalle, que ruego valoren no por su precio, probablemente ínfimo en mercado, sino por lo que para mí representa. Luego miró a Matacáns con sentida camaradería: Especialmente con usted, señor paisano, que se brindó en las duras, ignoró mis humos y alivió el peso de mi zurrón de pecador; permítame, señor Dios, la osadía de bendecirlo, y con él a todas las ánimas de la casa. Y quedaron todos a la espera hasta comprobar que no había desautorización. Después que Don Xil deshiciese emocionado el nudo que tenía en la garganta, les pidió que lo siguieran hasta la biblioteca.

Ahí tienen a su disposición, dijo señalando en un anaquel los últimos libros del antiguo tesoro ilustrado del pazo de Arán. Que aproveche.

Buen adobo tiene este papel, señor cura, dijo el furtivo, que ya tenía ganas de meterle el diente a *De la caza al modo liberal.*

Es el sabor del tiempo, Matacáns. No se paga en dinero.

El cura, viejo cazador, incapaz ahora de roer, miraba nostálgico cómo el furtivo trincaba con ansioso deleite por el pernil del capítulo XXIX, «De las liebres y cómo se buscan», y podía ir leyendo a medida que las letras se iban desprendiendo en arandelitas, eslabones solitarios de una antigua cadena: En los inviernos con escarchas las buscarás en los rastrojos, y en lo más limpio se echan al sol.

Y Mohamed, viéndolo melancólico, se acercó a él y le dijo: Hay cosas ahí, en el *Alivio de párrocos*, que me suenan conocidas.

Será que el mundo es pequeño, dijo Don Xil.

Una cajita de música.

Yo, amigo bereber, solo escucho las trompetas del Juicio Final.

En Urika dejé un hermano que giraba y giraba en el centro del universo al son de las flautas. Decía que así llegaría al paraíso.

¿Y habrá animales en el paraíso?, terció Matacáns, influido por la materia que traía entre dientes. Quiero decir, ¿habrá liebres?

Conocí a uno que hizo ese viaje, dijo el viejo Paradela, que también se había apuntado al convite. Uno de la parte de Ordes. No se presentó en casa por la noche y, al amanecer, lo encontraron helado a la orilla del río. No respiraba ni nada. Despertó en el velatorio, cuando ya lo iban a enterrar. Contó que había estado en el Cielo y lo contó de tal forma que no podía ser otra cosa que verdad.

¿Y había caza?

Tenía que haber. Lo que mejor recuerdo era cómo describía el Banquete Celestial. No bromeaba. Hablaba de cosas que en la vida había visto y menos comido.

¿Cuándo fue eso?

Allá por 1948.

Eran tiempos de hambre.

Eran, sí.

Y ese que tú dices, preguntó intrigado Matacáns al cabo de un tiempo de silencio, ¿llegó a comer en el Banquete Celestial o lo vio así, como quien dice, en pintura?

Comió, comió. Además, ¿de dónde iba a sacar él, pobre ignorante como yo, esas recetas de entrecot de cebón a la bordelesa, helado de castañas con chocolate caliente, merluza rellena con angulas, ostras con pétalos de camelia o eso que llamó rollitos de primavera?

Habría algo más que comida, dijo Don Xil, un poco incrédulo respecto de las historias del barbero Paradela y de sus amistades.

Hasta el agua era mejor que el vino. Nos lo juró por estas, dijo el relator besando los dedos en cruz, y no era el Baldario de los de jurar en vano estando el vino por medio. Otra cosa que le llamó la atención fue que había coros de ángeles y de bienaventurados que salmodiaban día y noche. Era una música que, por decirlo así, los tenía suspendidos en el aire, despiertos y soñando a un tiempo.

Quizá esa era la música que escuchaba mi hermano, dijo Mohamed recordando al pariente derviche.

¿Por qué volvió?, ¿por qué volvió el Baldario?, preguntó Borborás mirando fijamente a Paradela.

Recordaba haber visto un punto de luz al final de un túnel del que salió una voz que mandaba: «Devolvedlo a Galicia, aún no está maduro». Y todavía la misma voz que decía: «Pero dadle algo de tiempo, que vuelva bien harto».

Y sentenció el barbero: En esos detalles es donde se conoce que Dios sabe estar en su sitio.

# 30

Y cuando Cholo vio aparecer a Rosa por la escalera del sobrado iba a decir Qué guapa vas, la verdad es que pensó Pues sí que está cachonda, pero dijo Llevo una hora esperando, ya iba a marchar sin ti. Ella, como si no hubiera oído, fue a besar a los niños, que quedaban con la vecina. Después se sentó en el coche, sin hablar, y para tener adrede dónde mirar, bajó el espejo de su parte y peinó suavemente el cabello con los dedos.

En la boda, en la iglesia, se sintió bien, como si por fin encontrase un sitio en el juego de las miradas. Había previsto el martirio de los pies, en demasía gruesos para los finos zapatos de punta y tacón, y los dejó toda la noche taponados con papel mojado para que agrandasen. Ahora se mantenía erguida, moviendo con señorío de vez en cuando la cabeza, prendido el peinado con alhaja, enjoyada con esplendor de pendientes y collar. Fulguraba en la cuenca de los senos el broche de corazón. No había otra igual y se sabía mirada. Pero ella, la atención puesta en la pantalla del altar, luminosa, florida, varas de narciso en la mesa del sagrario, rosas, gladiolos, y muchos claveles blancos, rojos y jaspeados, también en orla en la sábana del comulgatorio, donde se arrodillaban novios y padrinos. Adornada con gusto. Seguro que una mujer, toda la tarde de la víspera: barrer el suelo, limpiar el polvo de las imágenes, los cirios, las flores. El cura, pálido, flaco, cuatro ojos desganados, casi no había bebido del cáliz, pero la voz no, debe ser por el micrófono que una palabra empuja a la otra, y lo transforma el sermón, más alto parece, las manos marchitas ahora enérgicas al señalar. Lleva razón en lo que dice. Ella no sabe dónde se mete. Hoy, toda la noche dale que dale. Ya veremos mañana. Pero está guapa. Tiene carácter. Se fue a peinar a Loyra. Me dijo: Si no voy de viaje de novios, no hay boda. Un buen punto de vista. Aunque sea a Portugal. Hace bien. Igual ella, ¿quién sabe?

Y en el mesón de Pastoriza, donde fue el convite, a Rosa le tocó sentarse en la mesa de la tarta que presidía el banquete, al lado de la madre de Nati, la novia. Labradores. Más nerviosa que la hija. Azorada con tanto bullicio. Las manos cruzadas en el vientre. Quizá echaba cuentas. Por lo menos, doscientos invitados. Aplausos al llegar los novios. Música. Vídeo.

Está muy guapa Nati, dijo Rosa.

Ella, la madre, asintió un poco forzada. Un diente de oro.

Mucha gente.

Mucha.

Hace calor.

¿Quiere que le cuelgue la chaqueta?

La madre la miró ahora con simpatía, como si por vez primera se fijara en quien le hablaba al lado.

Lo que me está matando son los zapatos, dijo por fin con una sonrisa franca.

¡Quíteselos!, la animó Rosa.

No sé si quitármelos.

¡Sí, mujer!, ¿quién le va a mirar por debajo de la mesa? Creo que yo también me voy a descalzar.

Cuando los compré, ya notaba que... Pero la hija que no, que te quedan muy bien, que te quedan muy bien.

¿Y dónde los compró?

En Coruña, por calle Real; por el precio ya...

Es lo que tienen las bodas, que se mete uno en gastos.

¡Calla, mujer!

Claro que es una vez en la vida.

Sí. Una vez.

Mientras comían, pasó el hombre de la cámara de vídeo. La señora intentó sonreír con el diente de oro. No sabía muy bien qué hacer con el langostino.

Ahora, le sacan foto a todo. ¡No sé yo, así con la boca llena!

Tiene gracia después, cuando pasen los años.

Sí, cuando pasen los años.

A lo largo de la mesa, las mujeres acabaron hablando entre ellas, otro tanto pasaba con los hombres, y las conversaciones se cruzaban y brincaban por encima de las cabezas y a caballo de vaharadas y anillos de humo. A buscaba a A (1), A (2), o A (n), y B lo mismo. Solo cuando las A se dirigían a los B o viceversa, era con segunda intención, en torneo, del tipo Esta yegua ya tiene jinete o Haría yo una buena molienda. Y, en el juego, A tenía melones y B, nabo. Y B, pájaro que busca la flor de A, también almeja. Y A bebía y B mucho más.

Cuando cortaron la tarta, las A y los B gritaron juntos: ¡Que se besen, que se besen! Y uno muy colorado se puso de pie y casi se ahoga: ¡Vivan los novios! Y otro: ¡Vivan los padrinos! Y uno con un puro, cuando ya todo estaba en calma: ¡Viva yo! Se besó la pareja de los recién casados a la manera de las películas y la madre de Nati hizo que se tapaba los ojos con la mano. En lo alto de la tarta había unos novios en figuritas de plástico, rígidos muñecos que volaron por el aire, tirados al azar para que peleasen por ellos los solteros, también las chicas por las ramitas de azahar del ramo de la novia. Fueron después los amigos del novio y forcejearon con él para cortarle la corbata en pequeños jirones que guardaron como trofeos. Y volvieron los vivas, también el del puro, un desgañitado ¡Viva yo! que nadie jaleaba.

Después vino el baile. Primero valsearon los novios. Luego, los padrinos. Y fueron saliendo las mujeres, animándose en rueda. Rosa las miró divertida. Fumaba. A su lado, por la derecha, Cholo reía y gesticulaba con otros hombres. Reloj de oro en el brazo remangado. Morado dorso de la mano. Lunetas blancas de las mentiras en las uñas.

Voy a bailar, dijo a la señora.

Ve, guapa, ve.

Bailar sola, tanto que le gustaba de joven, sola en la sala de fiestas, entre cuerpos sudorosos, la música que la llevaba a donde ella quería, los pies en la arena del mar, burbujeando, acariciando, cenefa de espuma por los dedos. Y fue y se quitó de nuevo los zapatos de alto tacón, qué importa, y se soltó todo el pelo. ¡Qué sorpresa! No te había visto. Yo a ti sí. Este es Spiderman, el que me saca a bailar. Lo conozco desde que éramos niños, un pillo que nos levantaba la falda en la escuela, siempre enredando, el mejor ladrón de fruta de todo Arán, aquel día de las hogueras, en el pérsico, corred, corred, que viene el viejo de Merantes con el bastón. Verde aún, la fruta, qué rica la robada. Una moto, de joven tenía una moto que petardeaba por la carretera. Arreglando la moto en la puerta de la sala de fiestas A Revolta, las manos en las hilas grasientas, ¿no entras? Luego desapareció: embarcado, de *catering boy*, le llamaban al trabajo de hacer de todo. Más tarde en Nueva York, en la construcción. Alto, flaco, agarrada a sus huesos. Qué risa, esas patillas, camisa verde y corbata blanca. Zapatos de tres colores, como los de los negros que bailan.

Estás muy elegante, Antonio, dijo ella medio en broma.

Aquí solo hay una flor.

¡No me tomes el pelo, anda!

Rosa.

¿Qué?

Dime una mentira.

¿Cuál?

Dime que me esperaste todos estos años.

Te esperé todos estos años.

Dime que morirías si yo no volviese.

Moriría si tú no volvieses.

Dime que me quieres aún como yo te quiero.

Te quiero aún como tú me quieres.

Gracias. Muchas gracias.

¡Qué risa! ¿Dónde lo aprendiste, Antonio?

En una película. ¿A que es bonito? ¿Y mi ahijada?

¿Quién?

La niña, la pequeñita.

Como una rosa.

A propósito...

Spiderman se remangó la camisa hasta el hombro por el brazo derecho.

Mira, mira qué llevo aquí.

Le mostró un tatuaje en el antebrazo. Ella, en un principio, apartó la cabeza con grima, pero luego le cogió el brazo desnudo para mirar con curiosidad.

Una rosa y una bandera.

¿Y esto?

La bandera es de Irlanda. Un irlandés americano. Él hizo el tatuaje. Más loco que yo. Puso lo que le dio la gana. Yo le dije: ¿Es bonita esa bandera? ¡Pues ponla, carajo! ¿Qué más da una que otra? La rosa... ¿A que está bien hecha la rosa? Me dijo que era una rosa de Tralee. Así les llaman a las mujeres guapas. Una rosa de Tralee.

¡Estás como una cabra! Toda la vida con eso ahí...

Conocí a un marinero con un tatuaje que ponía: *Madre, nací para hacerte sufrir.* Y otro con uno aquí, ejem, en el bajo vientre: *Solo para ti.*

¡Como una cabra!

Pero ¿te gusta?

No sé. Sí.

Spiderman hablaba sin descanso. Divertido. No se sabía muy bien lo que inventaba y lo que no. Un hombre con la cabeza llena de pájaros. Se sentía bien, girando en medio de cuentos y de risas, pero fue ella la que dijo que estaba cansada. Se fue a sentar con Cholo. A él le había cambiado la voz con la bebida. Mientras seguía la charla con los amigos, deslizó una mano en la rodilla de Rosa.

Le acarició los muslos con la mano, mientras conducía con la otra. Camino de casa, ella, ajena a los roces, miraba las lentas secuencias del domingo en la carretera. Viejos sentados en bancos de piedra, contando coches que pasan inusualmente lentos y espaciados, el de delante con una tabla de windsurf. Algunas figuras de mujeres con paños negros, agrupadas en un surco que abre la pareja de vacas tirada por un niño. Tierra en las arrugas, en las uñas. Tierra. Árboles adormecidos por el calor del día, somnolientos peregrinos del crepúsculo.

Un camión de frente.

Ten cuidado, dijo ella, apretando las piernas. Y él, por fin, retiró la mano.

# 31

Matacáns había aprendido a manejar el rabo. Le dio un toque a Don Xil.

Mire ahí, en el suelo.

En aquel punto parpadeaba el firme, surgiendo despacio legañas de tierra fresca. Los ojos ratoniles observaban atentamente el fenómeno. De entre el montón ceniciento, asomó el hocico descarnado venteando en el vacío. El resto de lo visible eran dos ojos ciegos y una piel de brillante azabache. Se orientó el morro hacia los dos fiscales y pareció no gustarle el pinrel, pues reculó veloz.

¡Eh, eh, espere!, gritó Matacáns.

La topa volvió a asomar por la boca de la galería recién abierta.

Voy despistada. ¿Hacia dónde cae la huerta?

¿De qué lado viene?

Del jardín de las camelias.

Pues entonces ha de seguir. Seis brazadas o así.

Ya ven que llevo prisa, se despidió la topa.

Eso, señora, dijo Don Xil con admiración, es lo que se llama abrirse paso en la vida.

¡Rediola, el señor cura!, exclamó la topa sin poder contener la voz.

¿Me conoces? Don Xil quedó expectante, rebuscando en la memoria.

¡La de Vilachas!, gritó Matacáns por su parte, cayendo del burro. ¡Meigas fuera! ¡América, la collona!

¡Calla tú, matalagartos!

Haya paz, dijo Don Xil aún no muy repuesto de la sorpresa.

Yo voy a lo mío, dijo la topa incomodada. ¡Que les den, señores!

Espera, América, dijo el cura en un tono que parecía amigable. Lo que pasó, pasó; llevémonos como gente.

La vieja quiromántica escuchó con atención. ¿No era aquel el cura que azuzó a la chusma para que le quemasen la casa? En boca del poderoso enemigo, aquella música era un increíble regalo.

¡Abur!, dijo ella.

Escucha, escucha, pidió Don Xil. Quizá no me creas esto que te voy a decir. Entiéndelo como un acto de conciencia. Creo que alguien me dio este paréntesis de la naturaleza para hacer justicia. La verdad, América, es que siempre envidié tu don. Yo tenía detrás un poder de siglos, un poder real, con jerarquía, hábito, símbolos, libros, atributos. ¿Y tú qué eras? Una pobre mujer solitaria, sola con tus cartas, una leyenda entre cuatro paredes ahumadas.

Matacáns se mantenía apartado de la conversación, escuchando con recelo. No entendía muy bien lo que estaba pasando. Le parecía excesivo el rendibú del cura. Él mismo había sido cliente de la meiga, pero cada cosa en su sitio.

Y sin embargo, continuó Don Xil, por más que presionaba por apartarte de la gente con anatemas y amenazas, los labradores, el pueblo humilde, los que ya no tenían esperanza, acudían a ti, no siendo muy distintos los remedios, pues también invocabas a los santos y recetabas avemarías junto con las hierbas.

América, sabia en descifrar el revés de las palabras, no encontró esta vez nada que le sonase a condena o censura. Lo del cura de Arán parecía ciertamente una confesión, un arreglo de cuentas con el pasado.

En ti tenían fe, América.

Tampoco es así, Don Xil, dijo ella por fin. No los pinte tan inocentes. Iban a usted y a mí, e iban al veterinario y al médico, si es que los había. Llamaban a todas las puertas. Jugaban todas las cartas.

¡Échame las mías!

No hay baraja, Don Xil. Voy ciega.

¿Qué sabes tú del mundo de ahí abajo? ¿Se ve la boca del Infierno?

No creo. Pero va buen tempero.

¿Qué hay en los cimientos de Arán?

Un camposanto. Huesos y más huesos.

¿Y hacia el castro?, indagó curioso Matacáns, salido del silencio. Siempre se habló de que había un antiguo tesoro.

¡Huesos!, exclamó secamente la meiga.

Cuando ya la daban por despedida, volvió a asomar la cabeza de luto.

De metal, alguna bola de cañón… Y también esto.

Con las patas delanteras hizo rodar por la tierra un pequeño disco de metal.

¡Un botón!, gritó Matacáns, que se había precipitado al verlo.

Hay miles. Huesos y botones en las tripas de Arán.

République Française, leyó en círculo Don Xil.

¿Y eso a qué viene?, preguntó Matacáns.

Una batalla. Hace muchos años. Franceses e ingleses. Vinieron a matarse aquí.

¡He ahí el tesoro de Arán!, dijo América. ¡Abur, señores! Me voy a las lombrices.

# 32

Se llama Beatriz, dijo Toimil al rey de Galicia. Es graciosa, regordita, mejillas sonrosadas como dos dalias. Ojos castaños achispados en verde. Manos de lavandera.

Me gusta ese romance, dijo el rey.

Lo llevó Albar a ella, que yo se lo dije. Andaba a las fresas bravas por el río, de paso que tenía cuenta del ganado. Él iba con la casaca federica, silbando, con el chisme ese puesto en las orejas. Se encontraron donde regolfa el agua y beben día y noche los alisos. Ella paró al pasar.

¿Qué le dijo?

Si le prestaba el aparato. No hay amor sin música. Quedaron los dos sentados en el prado, unidos por el hilo musical, mientras Albar, discretamente, pacía trébol entre violas y pampullos. Ella seguía la letra con los labios, despacio. Ay, qué chivo el corazón.

¿Y eso qué es?

Mexicana. De otro mundo.

¿De amor?

Rompedora.

Esas canciones de desamor son las que más enamoran, dijo el rey de Galicia.

Y así fue como Simón de Arán conoció a Beatriz de Grou, en el país de río Grande. La mañana del domingo siguiente volvió él a pasar por el lugar como si nada, levantando perdices con los ojos, y ella rio tanto al verlo que hizo que se ruborizara y mirase a lo lejos. Beatriz, notándolo azorado, mansa cabeza de buey contra desaire, fue y acarició a Albar por el pescuezo y ensortijó las crines, haciendo bucle con los dedos.

¿A que no me llevas?

No estaba previsto. Un pájaro revolaba salvaje en la jaula del pecho de Simón. Picoteaba con furia en la nuez, garganta arriba. Simón miró asustado a Beatriz. Tan fresca. Desafiante. Tirándole de la bota.

¿A que no te atreves?

Miedo feliz. Alegre temor. Pico puño.

¡Anda, hombre! Solo hasta allí, hasta el molino viejo. Con vuelta.

Sintió un ahogo. Ahora estaba ahí, sin salir ni bajar, un puñado de carne con plumas en el medio de la garganta.

¿A que no me llevas?

El petirrojo salió por fin volando de la garganta y se posó en las zarzas. Simón lo siguió con los ojos, aliviado. Un petirrojo pica moras. Se volvió hacia la chica. Ojos para morir en ellos.

Voy, dijo ella.

Se abrazó a su cintura por detrás. Hizo un adorno Albar y partió luego con mucho caracoleo.

# 33

La fría agua del grifo lavó el guante de espuma y descarnó las manos en matices morados. Refregando la acuarela de la sangre, Rosa reparó en el dedo del anillo. Al rozarlo, el aro de oro pinceló su brillo sobre la piel enrojecida. Intentó moverlo con suavidad, pero no pasaba el nudo del dedo, hendido en los pliegues de la carne. Tiró con más fuerza. En el lugar en que llevaba años, desde la boda, había marcado su forma con un blanco de tocino. Rosa quiso hacerlo deslizar por las arrugas pero tuvo que desistir, dolorida. Llevó el anillo a su sitio y lo intentó de un tirón, por ver si así resbalaba, pero fue en vano. Aquello que había comenzado como un movimiento inconsciente se convirtió en un obsesivo forcejeo para vencer la grasa y los plegamientos de la piel. Desplazó el aro en la macilenta rodadura. Amontonados, grasientos años. No parece que esté gorda la mano. ¿O sí? Palpó la cintura, las nalgas. Pellizcó el papo. No tan gorda. ¿O sí?

Embadurnó el anular con jabón, más espeso alrededor del aro. El sexo de ellos. Es increíble cómo se estira y encoge, cómo se abomba solo con una caricia, un meneo, arriba y abajo y ya está, disparado, ansioso por hendirse. Aconchar la bolsa de las dos bolas en el cuenco de la mano, le gustaba eso. De jóvenes, como locos. Lo hacían mucho, lo de tocarse, hace tiempo. Cuando andan por ahí con los pies descalzos, se les pone encogido el pájaro. Recomenzar. Fue despacio, con suavidad, tirando y girando a un tiempo, como en espiral. Cuando el aro pasó la fibra del nudillo, Rosa llevó el dedo irritado bajo el grifo para sentir el alivio infantil del agua. Entonces miró el anillo de desposada por la parte interior. El brillo era más claro. Como un lloro la reclamaba en el mundo, fue y lo dejó en la repisa del ventano abierto en la cocina, sobre el azulejo blanco, sin percatarse de la presencia de una urraca ladrona en la higuera. Doce años ya de casada. Se dice pronto. Cuando se fue, la rabilonga vio el cielo abierto. Una cleptómana de lindas fruslerías.

# 34

Los trescientos cuervos de Xallas se posaron en los tejados del pazo.

También Rosa aventó la muerte, el silencio agazapado entre los graznidos, pero no quiso verla. De vez en cuando salía fuera y buscaba en vano en los campos del señorío la solitaria figura de negro con su rebaño de lana, o el escuálido hilo de humo desperezándose en el telón gris del cielo, o por lo menos el monólogo de una pieza de ropa en el tendal. Esa era, en los últimos tiempos, la presencia de Misia. Guiando, enlutada, casi oculta la cara por la pañoleta portuguesa, la blanca y miedosa mansedumbre de las ovejas. Sombra huidiza con una brazada de leña por el castañal. Alguien que cuelga un calcetín por la parte vencida del cordel. En los escasos encuentros, se mostraba evasiva, asustada como las ovejas. Hablaba sola. Un día se detuvo, apoyada en el cayado, y la miró con ojos extrañados. ¿Tú quién eres? ¿Rosa? Muy triste.

Toda aquella jornada anduvo inquieta, con un presentimiento graznando en los adentros. Cuando anochecía, al llegar Simón, no pudo resistirse y fue a llamar en el pazo. La puerta grande tenía echada la cerradura. Petó con la aldaba, la bola del mundo en un puño, fríos dedos de hierro. Gritó entonces por la señora, su nombre espaciado, sin exagerar, que no se asuste. Quizá está en la cama, enferma, enfebrecida, ahuyentando esos pájaros de mal agüero de la cabeza. O quizá no. Puede que me mire por el ojo de la cerradura o tras el velo de encaje de la cortina. Nada. Tampoco hay luz por el otro lado.

Por la noche, con el hombre, no habló sobre la sospecha. ¿Para qué vas a meter la nariz donde no te llaman? Eso es lo que él le diría. Pero, en parte, también por rebeldía contra aquel extraño poder de ver antes de tiempo, de aventar el lado siniestro de las cosas. Pensaba que cada vez que expresaba sus temores, sus miedos, sus manías, cada vez que convertía esos pensamientos en palabras, los presagios finalmente se cumplían. Tenía miedo de ella misma, de su cabeza, de esa insana inclinación a hacer de cada cosa una señal, un aviso, un mensaje, de tal manera que la vida era una angustiosa e interminable fábula, en la que finísimos e invisibles hilos unían la suerte de las cosas y de la gente. A veces, cuando se desatendía por estar con los sentidos en las manos, cosiendo o pasando la plancha a la ropa, o en la cocina, la cabeza trabajaba sola, se disparaba por el túnel de los ojos, un convoy de abalorios y sentimientos rodando veloz, traqueteando agitado, haciéndose palabras que se derramaban, hasta que se cruzaba en el camino una insignificancia. Una sombra. Y rechinaban ensordecedores los frenos. Después de todo, en la misma estación.

Al día siguiente, los trescientos cuervos de Xallas seguían posados en el tejado del pazo.

Meterse donde no te llaman, dijo a eso el marido.

La cabeza, sí, lo sabía todo, pero no podía dejarla sola. Mejor que no discurra. Engañarla.

Creo que deberíamos mirar. Lleva días sin salir. Ni siquiera suelta a las ovejas.

¡Marcharía!

Deberíamos ir a ver. Es una vieja. No tiene a nadie.

¡Está loca! ¡Es como una meiga!

Solo mirar.

¡Mirar, mirar! ¿Y qué vamos a mirar? ¿No dices que está cerrado a cal y canto?

Hay que tirar la puerta abajo, dice la cabeza que despacio va preparando el terreno. O por una ventana.

Preferiría él que le hablase en otro tono para seguir negándose. Sentía rechazo por todo lo que provenía de aquella casa grande, fuese como esplendor o ruina, abolengo o miseria, el maldito vicio de la piedra rezumando historia, ese puto centro del universo. Habrá que ir entonces a echar un vistazo. Cuando ella pone esa voz, sabe lo que dice. Un sexto sentido. De miedo.

Cholo fue al hórreo y soltó al perro de la casa. Venga, Trotsky. El chucho loqueaba cuando llegó a la puerta principal del pazo. Ladridos excitados con intervalos de alaridos hirientes. Loco por entrar, loco por huir. Arrastraba el cuerpo tras el hocico por el limen de la puerta, jadeando ansiosamente. De repente, retrocedía espantado, el rabo encogido entre las piernas. El hombre intentó forzar la entrada haciendo palanca con un hierro.

Cerrado a conciencia. Tranca y todo. Voy por detrás, dijo Cholo. Por la huerta. Aquella puerta estaba medio podrida.

Y Rosa notaba los latidos del corazón en la caracola de la oreja cuando la apoyó contra la puerta. Luego, los golpes sin contemplación del hombre que va solo, el quejido de los viejos maderos asiéndose tercamente a los brazos herrumbrosos de los goznes, los ladridos histéricos del perro al acercarse por dentro, ahuyentando el corazón de la caracola.

Cholo quitó la tranca y asomó por el vano. Pálido. Descompuesto.

Mejor no entres.

Aparta.

Azuzadas por el estruendo lastimoso del perro, algunas ovejas trataban de salir del desmayo incorporándose patéticas sobre las rodillas vencidas. La mayor parte de ellas yacían inmóviles, traspasada ya la línea de la agonía, alrededor del cuerpo de la señora, un cadáver de mendigo, anidado en un saco, al pie de las escaleras.

Había ratones por ahí, olfateando, dijo el hombre nervioso. Para vomitar. Tremendo.

Anda, ve y trae una manta, dijo Rosa haciendo la señal de la cruz.

# 35

Por la rendija del tejado, Don Xil miraba la comitiva: Rosa, Simón, los viejos de la aldea y los trescientos cuervos.

Pobre entierro para una señora, dijo el barbero Paradela. En otros tiempos llevaría trescientas plañideras como dicen que llevó un Formoso de Viana.

¡Venga, señor, venga!, irrumpió el furtivo en el fúnebre belvedere. ¡Ocho huevos y un anillo de oro!

¿Oro?, preguntó con sarcasmo el barbero. Será del que caga el moro, dispensando.

¡De ley! ¡Fetén!, dijo Matacáns. ¡Y ocho huevos verdes con pecas!

¿Dónde está ese tesoro?

¡En un nido de urraca, en lo alto de un sauce!

¡Vayamos con esa rabilonga, Matacáns, que me arranque los ojos!, exclamó Don Xil saliendo del pozo en que estaba sumido.

Cálmese, señor.

Ya está visto el final de la casa grande de Arán, amigos. ¡No quiero más pinturas! Por estos pagos morir es todo un arte.

Sí, en este país la muerte es un vicio, sentenció Paradela.

Es el aire de la casa, dijo de repente Mohamed, que había permanecido pensativo en un rincón. Tiene partículas de tristeza. Como respirar la bruma de un mar antiguo.

¡Una ciénaga, dirás, un pantano de niebla!

Y va el barbero y dice: Un nido de ratones, dispensando.

¡Echemos alas!, dijo el furtivo.

*En lo alto del sauce hay un tesoro.*
*¡Ocho huevos verdes y un anillo de oro!*

Ya no juego, Matacáns. Voy a roer los cimientos de este camposanto. Mejor aún, me echaré a destilar saudades. Dejarse ir a la vieja manera. ¡Y adiós!

Cosas del aire, repitió Mohamed. Una química triste. Se posa en los bronquios como un liquen.

¿No tiene remedio?

¡Claro que lo tiene! ¡Cambiar de aires!

¡Venga, Don Xil, marchémonos de romeros!

Parece mentira, dijo el páter como recordando un voto incumplido, ¡no haber ido nunca a San Andrés de Teixido! Y fue como si esa invocación reviviese el espíritu popular: ¡San Andrés de Teixido, el santuario del fin del mundo! ¡Va de muerto quien no fue de vivo!

Pero si yo marcho, dijo finalmente Don Xil, ¿quién quedará en este camposanto? No, amigos, vayan ustedes. Dios no me suelta. Jamás dejaré Arán.

Y por más que insistieron no le cambiaron la idea. Fuéronse en alegre romería, mas también con el pesar de dejarlo.

Marcharon todos, contó Toimil al rey de Galicia, menos el condenado. Y fue entonces cuando comenzó a arder el pazo, como si el fuego esperase agazapado en el rescoldo del llar y brincase fuera, con lengua de serpiente, nada más verse solo. Una enorme hoguera iluminó la noche de Arán. Nadie hizo nada por apagarla. Eso sí, algunas sombras salían furtivamente con pertenencias, alfombras y muebles. Rosa se acercó a la fachada. Las llamas desatadas hacían estallar los vidrios e iban de un lado a otro prendidas en el lomo del viento. Brillaban burlescas en su rostro. Por estos pagos, señor, Dios estampa en romántico doliente.

## 36

Y fue Rosa con los niños por un monte para llegar al bosque de las mimosas, pues tenía querencia por la primera flor que alumbra en invierno. El mayor, que iba delante, se metió por un sendero y volvió a todo correr, muy excitado, diciendo que había en el paso un animal tirado pero vivo, con cara fiera, que le mostró los dientes, muy grande, un lobo o así.

Un perro será, dijo Rosa riendo. Y cogió una vara y añadió divertida: Vamos a ver entonces a ese monstruo, iiisca, iiiisca.

De verdad que lo hay, mamá, dijo el niño disgustado, cuando ya ella apartaba los ramajos de retamas que invadían la senda. Y no es un perro.

No, no lo era.

¡Ves, mamá!

Quietos ahí, dijo ella, apretando el palo a la defensiva.

Con dolorida fiereza, el animal abría trabajoso la boca, poniendo en claro la amenaza de los dientes amarillentos y las encías ennegrecidas. Escuálido, los huesos dibujados en la piel sucia, sudada en mechones pegajosos y espolvoreados de tierra, jaspeada también con menuzas de helechos secos, todo lo que quedaba de vida hablaba por los ojos. En aquel refulgir, algo vio Rosa que la apartó de ellos.

Es un zorro, dijo ella. Medio muerto.

A su alrededor, la hierba y los rastrojos aplastados mostraban las huellas de un largo y desesperado forcejeo. Una de las piernas de atrás estaba atrapada en un cepo, pero la otra, la que mejor se veía, enroscada en el alambre, mostraba también grandes descarnaduras, como si el animal la intentara amputar a propósito al luchar por liberarse de la trampa. La parte despellejada había cuajado en pústulas y en la incisión del hierro rezumaba una sangre fea, de pus. Solo la cola se mantenía alzada y reluciente, como si quisiera separarse un día no lejano de la costrosa raíz y huir vibrante como una ardilla por la torre del aire. La primera sorpresa dio paso a un insoportable olor nauseabundo y Rosa buscó en el otro extremo la vida de aquellos ojos salvajes, resentidos, humanos.

Pobre, dijo Rosa. Y luego algo nerviosa: Hay que irse.

Y con mucho trabajo cerró al animal la boca y dejó caer la cabeza sobre el lecho de hojarasca en lánguido escorzo, ajeno ya al movimiento del niño que se acercaba con un palo delante a manera de pica. Rosa lo apartó bruscamente.

¡Déjalo estar!

Iba a ver si muerde el palo.

¡Venga, vamos!

En la última mirada al cuerpo estirado notó el respirar agitado en el fuelle de las costillas.

¿Va a morir, mamá?, preguntó la niña.

Claro, tonta, dijo el niño.

Y muy callada, en el bosque dorado de las acacias, cogió Rosa las ramas para el adorno de la casa. No así los niños, que brincaban ya ruidosos, peleando por arrancar las más floridas, cabecitas locas, qué suerte, cómo olvidan.

A la vuelta, al salir de la congostra que llevaba a la carretera, escucharon el ruido del aburrimiento rodando por el asfalto. Era Spiderman, con las manos en los bolsillos, a patadas con una lata de Coca-Cola vacía. Antes de que Rosa siquiera saludara, los niños corrieron a contárselo a voces. Que había un zorro prendido en un cepo, allá, en el pinar, y que estaba muerto, medio muerto, vivo, muy herido en las piernas. Y dijo él: Vamos allá. Y fueron con el hombre sin esperar permiso de la madre: ¡Es nuestro, es nuestro!

¡Claro que es vuestro!, decía Spiderman. ¿Lo encontrasteis vosotros? Pues es vuestro.

Y estaba Rosa colocando las mimosas en un jarrón en la repisa de la cocina, haciéndolo sin pensar, hechizada por el resplandor de la alhaja vegetal, cuando escuchó el enloquecido aviso del perro de la casa. Sabía lo que vendría luego. Y cerró los ojos antes de abrir la puerta.

¡Es una hembra!, proclamó Spiderman.

# 37

Y un día dijo Beatriz a Simón: ¿Sabes el camino para llegar a Grou? Se lo dijo muy alegre, como era ella, y él lo tomó como una invitación. Pero era un desafío. Para ir a Grou tienes que pasar por tres anillos. Uno es de plata y dos son de oro. Cuando llegues y veas la gran cerda, dale algo que sea de su agrado. Si te deja pasar, encontrarás al abuelo de los abuelos. Tendrás que vencerlo. Y entonces Bea dio una voltereta y desapareció. Acostumbraba hacer esa gracia y después de desvanecerse, aún reía por un momento con voz de mirlo entre los alisos.

Víspera de domingo, Simón preparó toda la gala para sí y para Albar, que observaba resignado el desmesurado perifollo de los atavíos para él destinados. En el cobertizo, sentado en una banqueta al pie del caballo, casi no durmió el hombre sacando brillo a los cintos, a la silla de montar y a las propias botas, hasta que se rindió allí mismo, sobre un mollo de paja. Lo despertó temprano Albar para que le diese tiempo a lavarse y componerse de general de campo a la antigua moda de los carnavales del Ulla. Tenía sed aquella mañana, una extraña ansia en la boca. Bebió a morro un jarro de leche, gotas en perla pingando por el peluche de la barba, hasta que las enjugó con el dorso. Enjaezó a Albar, ajustó la casaca federica azul, con golpes escarlatas, y palpó la empuñadura del chafarote de húsar, pues era un gran día de amor y desafíos.

Había amanecido en Arán con mucha sinfonía de jilgueros y una alondra ocupaba en lo alto, como una estrella cantora, el lugar de la polar. Aún dormían los de la casa, cuando Albar hizo una cabriola en la era y salió al trote con el general al mando de las bridas, reloj del despertar aldeano el eco de los cascos por las losas de las callejas. Y todavía hicieron un alto en la fuente que llaman de la Vieira, a beber hermanados hombre y bestia en largo trago.

Perdidos más adelante en la densa niebla que había acampado en el valle, supieron que se encontraban enredados en el primer desafío, que era el de un anillo de plata. Tan tupida era la bruma que sus hilos brillantes colgaban de las pestañas como cortinillas de encaje y no veían, dicho sea como siempre, un burro a tres pasos. Meditaba Simón sobre lo turbadoramente oscura que puede llegar a ser una cueva blanca, cuando Albar, por su cuenta, tomó la decisión de abrir camino por el curso del río, y fue así como llegaron a las ruinas de los batanes, que era donde se tejía ahora en melancólico lino la larga sábana de la niebla. Pasada la vieja fábrica donde el río canturreaba a la antigua usanza por los canales molineros, vieron ya con claridad a la garza, azulando el abedul que le blanqueaba las alas.

Y andaba muy entretenido Simón mirando y remirando la estampa de la amada en el libro de los adentros cuando tuvo que volver al mundo, pues Albar se reviró incomodado. Estaban, por así decirlo, metidos en un cesto, tanto se había cerrado el bosque de las acacias en su entorno. Como si se encendiesen todas a una, las candelas iluminaban la fronda en abalorios de un carnaval florido. Frenados por la vegetación, fascinó no obstante a Simón el prístino oro de aquella catedral. Más preocupaba a Albar cómo salir de allí, fastidiado por el abrazo traidor de la acacia brava que disimula las púas bajo la púrpura de la casulla. Seguir adelante así era un martirio. Recular, volver sobre lo sufrido. Fue esta vez el hombre quien tomó la delantera. Descabalgó Simón y nada más echar mano del chafarote y desenvainar, se replegaron cuidadosamente las ramas más canallas con sus máscaras burlescas, abriendo un claro por el que salieron con mucha compostura.

Y llegaron a un belvedere desde donde se les mostró sin secreto el segundo anillo de oro: un inmenso tojal en esplendor de flor y espinas, como campo de puñales, rodeaba lo que sin duda era Grou, alzado a la manera castreña, un poblado apiñado en círculo con vallados concéntricos entre los que pacía el ganado y crecían las huertas. Nacía a sus pies un camino, y Albar, bastante escarmentado, receloso de las flores con alma de espinas, echó a andar por lo fácil sin contraorden en las riendas. Pero sucedía que cuanto más andaban más apartaban, y aquello no tenía mucho sentido, pues el norte del barbanzón era justamente Grou y hacia allí parecía ir el camino, un espejismo. Pasaba el tiempo, con las lanzas del sol del ángelus fustigando a hombre y caballo, y no hacían más que dar vueltas en un laberinto que los apartaba de la aldea y hacía irreales aquellos penachos de humo que mantenían el equilibrio de la nada.

Comenzaba a estar harto Albar y a desesperar Simón, peleando por apartar el ruin pensamiento de que el amor es siempre un fruto amargo, cuando el galán se fijó en ellas, en las columnas de humo, y se dio cuenta de que no solo no se movían sino que eran exactamente del mismo color que la piedra del belén del que surgían, tal como un decorado. Y que igual sucedía con el resto de las formas, eternizado el pensativo burro, inmóviles las vacas y las ovejas en el beso de la hierba, sujeta en el gnomon del sol la vieja de la ventana. Y era para enloquecer aquel hechizo, pues si lanzabas una piedra, que tal hizo Simón en cuanto se apeó, el guijarro iba dando botes por el cielo como hacen los cantos rodados en la mar salada si los tira un enamorado. Aquel mundo era una especie de burbuja, de bola de sibila, posada en un otero lunar y circundada por un foso de agua verde y aquella extensa e insalvable defensa del anillo de dorada aliaga. Sentíase Simón como una paulilla, cabeceando inútilmente en la lámpara del deseo. Y la impotencia de vencer al encantamiento se fue trocando en rabia que estalló finalmente en un aullido que resonó doliente por los pasillos del cielo y hasta dejó asustado al sereno Albar. Abrió el libro de los adentros por la estampa amada y reunió todo el aire que pudo en la caja de pecho. De lo que vino después, se estremeció la naturaleza entera. En convulso vómito, echó fuera Simón un trozo de carne como un corazón. Y luego llamó por el nombre, ¡Beatriz!, en un grito de conjuro que crujía por las puertas antiguas. El mundo aquel comenzó a moverse, se soltó el freno de la aldea, ascendía el humo en lazo de turbante, la vieja del ventanal vació contra el sol el agua sucia de la palangana, y el laberinto del camino se deshizo como el ligero nudo de una tejedora.

## 38

La trajo Spiderman en una especie de parihuelas, contó Toimil al rey de Galicia, los niños detrás muy excitados, y Rosa salió a la puerta a recibir la procesión, las manos recogidas en el delantal, sin saber muy bien qué hacer, temerosa de acercarse.

Mira, es una raposa, decía él, tan exaltado como los niños, los peludos brazos remangados hasta los codos.

¡Pero, hombre!

¡Es nuestra, es nuestra!, gritaban los chavales alrededor.

Pero, hombre, ¿cómo se te ocurrió?

Tenía ella la sensación de que todo el mundo estaba al acecho, espiando la novedad, riendo aquella rareza, una zorra agonizante, la muerte maloliente del bosque, allí, en la era de la casa.

Se curará, ya verás, dijo él animado.

¡Qué loco está!, pensó ella. Dijo: Apesta.

La lavo yo, ya verás. Trae agua tibia.

¿Agua?

Un poco caliente. Y jabón.

La dejó en el suelo con cuidado. El animal, al verse sobre firme, trató de incorporarse huyendo ansiosamente con la cabeza, pero no pudo más que arrastrarse medio palmo apoyando las patas de delante. Soltó el hilo de una queja, se convulsionó tembloroso, y terminó por entrecerrar los ojos de impotencia y rendir la cabeza, con la mirada perdida al ras, ajena a aquel coro expectante, enormes humanos ojos explorando cada palpitación de su ruina.

Pero...

Trae agua en una tina, mujer. Vamos a quitarle esa costra a la señorita.

Y al decirlo, sin mirar a Rosa, fue acercando la mano muy despacio, amiga mía, así, tranquila, tranquiliña, buscando la nuca de la raposa. Cuando ya rozaba con las yemas el pelo hirsuto tras las orejas, así, tranquila, mujer, el animal hizo de repente el quite de trabarlo pero no tanto, retraída por el dolor, y abrió la boca con rabia de no morder, la mano del hombre posada en el lugar donde acarician los dientes del macho.

Con Rosa y los niños de atentos testigos, fue lavando Spiderman muy suavemente la pústula de las piernas y la costra del trasero. Allí donde trabó el cepo y hendió el alambre, descarnada y con la sangre ennegrecida, parecía también la parte más insensible, pues la raposa se dejó hacer sin queja, así, bonita, pobre animal, tiene todo destrozado.

Y dejaron que estuviese al sol mientras le diera, vigilante Spiderman de los perros de los alrededores, que ya habían olido y rondaban rezongando, alertados también por los alaridos de Trotsky, rabioso bajo el hórreo. No se había hecho Rosa todavía a la idea, cuando él dijo que estaba muy débil y que había que conseguir que comiese, para luego soltar la ocurrencia temida, que estaría bien buscarle un lugar seguro y a salvo de la helada y los perros.

Pero...

¡Sí, mamá! ¡Sí, mamá!

Una cabaña, mujer, que yo la cuidaré.

Iba a decir: ¡Este demonio de hombre, qué liante! Dijo: ¡A ver lo que piensa Cholo cuando llegue!

Pero era demasiado de noche cuando vino el hombre de la casa y no había quien le contara el cuento de la raposa.

# 39

Así que fue coser y cantar ponerse en Grou, todo olvidado ya, alegremente, animados Simón y Albar por los sonidos psicométricos de la tierra, esa forma de mugir que se da en los domingos. Y ya antes de entrar por la rua principal, vieron de frente una cerda descomunal que andaba hozando en unos tiestos de geranios sin que ningún humano le afeara la conducta. Nada más ver a los forasteros, hombre y caballo, corrió gruñendo la puerca hacia ellos, sus ojitos estúpidamente desorbitados en la brutal cabezona. Nunca había visto Simón nada semejante, y tampoco Albar, a juzgar por el quiebro que dio. Achaparrada, con las tetas rozando el suelo, tenía no obstante el ancho de un buey. Mirada maliciosa ahora, atrancaba impasible el camino sin que le afectasen los impacientes bufidos de la caballería. Comenzaron a asomar cabezas de mujer por las ventanas.

¡Tienes que echarle algo!, gritó una.

¡Échale algo!, dijeron todas.

La grandísima cerda miraba exigente y burlona en la aduana de la rúa.

Tiene que ser algo que le guste.

¡No le gusta el pan de maíz!

¡Nada de castañas!

Y fue entonces Simón y con mucha solemnidad sacó del zurrón un paño ensangrentado y anudado por los cuatro cabos. Lo desató despacio, bien a la vista de la marrana, que atendía golosa. Había expectación en todas las ventanas de Grou. Simón cogió el músculo sanguinolento y lo sopesó en el plato de la mano. Todos vieron cómo caía en cámara lenta a los pies de la gran puerca.

¡Un corazón!, decía el murmullo al hacerse grito de sorpresa por las bocas de la aldea. ¡Le tiró un corazón!

La cerda, entre golosa y desconcertada, miró alrededor y luego lo devoró, de un bocado, rezumando sangre por las fauces. Apartose después y marchó rosmando cabizbaja.

¡Gustó, sí señor!

Simón miró a su derecha. Quien hablaba ahora era un viejecito barbado, casi enano, con una faja roja ceñida a la cintura. Tenía orejas picudas y unos ojos chistosos.

¡Es el abuelo de los abuelos!, señaló respetuosa la mujer en la ventana más próxima.

Vamos a ver, dijo él pensativo, ensortijando la barba, ¿qué cosa es que va por la losa y no se posa?

Todas las miradas volvieron de nuevo a Simón. A este comenzó a dolerle tanto silencio. Sabía la respuesta, gimiendo en las portezuelas de la memoria, arrastrando las hojas secas, pero no era capaz de hablar, consumido aún por el precio de un corazón arrancado para decir el nombre de la amada. Pensó explicarse con las manos pero no era el caso, pues lo que fuese se fugaba por entre los dedos.

Ya lo daban todos por derrotado.

¡El viento!, gritó de repente Albar.

Maravilló al viejo aquella forma de responder la adivinanza por boca del caballo. Se persignaron las mujeres.

Ya me tardabas, dijo Beatriz al final de la calleja.

La gran puerca restregaba la panza a la puerta de la casa. Pendía del hocico una baba de violetas. Dentro, todo fueron cumplidos. Beatriz tenía tres tías zalameras y graciosas, pequeñas y regorditas, que llevaban faldas verdes y coloradas y que obsequiaron a Simón, apocado tras la gran mesa de madera de pino, con un surtido de frutos de la tierra, que allí le pusieron, entre otras meriendas, mantecoso queso de teta del país frescamente envuelto en papel de verdura, orejas de carnaval con polvo de azúcar blanco, filloas de sangre con miel milprimaveras, tinto del Año Santo, y luego caña de hierbas para bendecirlo todo.

Y venga ellas, rubicundas y sonrientes, preguntando a Simón que si quería más y si estaba a su gusto. Y él, encendidas las mejillas, correspondía con la boca llena a tantas atenciones.

Ya os dije que no hablaba, les avisó Beatriz.

Sí, mujer, pero eso no quita de preguntar, respondió la que atendía por tía María.

Tiene buena planta, dijo la tía Maruja.

Y cara de buena persona, añadió la tía Marisa, complacida por el buen apetito del invitado. Parece bondadoso.

Cuando escucho algo así, dijo de repente una voz cavernosa desde el banco del llar, cuando oigo hablar así de alguien, me da la impresión de que le están llamando idiota.

¡Tío Roque!, gritó Beatriz.

¡Serás bruto!

¡Siempre del revés!

Hu, hu, hu, hu.

El que reía con pícara malicia revolvió con un hierro las brasas del fuego y un enjambre de pavesas subió hacia el agujero negro de la campana. Él mismo tenía media cara en la sombra bajo un sombrero de indiano. En la claridad de pan de la ventana, picoteaba un mirlo.

En lo tocante a ser mudo, dijo el tío Roque sin perturbarse, tengo entendido que tiene cura siempre que haya oreja. Solo hay que cortarle la punta de la lengua.

¡Serás bestia!

De una tajada. Me lo contó un paisano en Cuba. Él tenía un pájaro de colores que hablaba. Decía: ¡Gallego patasucia, gallego patasucia! Hu, hu, hu.

¡Bebe y calla!, cortó tajante la tía María.

No le hagas caso, dijo sonriente Bea a Simón. No lo hace por mal. Creo que se le sube el humo a la cabeza. Desde que volvió, no salió de ese rincón.

¡Siempre fue un picajoso!, dijo la tía María, que en todo estaba. Ya de crío era un viejo resabiado. ¡Un testarudo!

Desde su escondite, el anciano le hizo al mozo un guiño cómplice y luego se echó a cantar por lo bajo, arrastrando la voz como el eje de un carro.

*En la camisa llevo pulgas;*
*en el calzoncillo, piojos.*
*Como tengo tanto ganado*
*a los vecinos se les caen los ojos.*

Canta hombre, canta, rio sin querer la tía María.
¡Vino más pobre de lo que se fue!
¡Trajo un sombrero!
¡Y una cachimba!
¡Y una camisa con una palmera bordada!
Dejadlo.
Come más, niño.
No puede más.
¿Cómo que no?
Tiene mucho donde meterlo.
Un poquito más, venga.

Y después del convite, contó Toimil al rey de Galicia, fueron los dos en Albar de paseo de enamorados y llegaron a una laguna azulísima, como si el cielo descansase en una bandeja de porcelana, que se miraban nítidas las pinceladas perezosas de las nubes en el día de solaz.

Y era cierto que algo de brillo duro tenía el delicado paisaje en que estaban ellos, el caballo y también aquel cuervo posado en la soledad de un árbol desnudo, pues el lago se había formado en la cavidad abierta de una mina de caolín abandonada, como era de ver por la blanquísima cinta que orlaba las aguas donde espejaba la bóveda de lo alto. El sol enfriaba en aquel mirador y, asombrados, como si el simple estallido de un hueso pudiese quebrar todo, vieron deslizarse por el barniz del silencio la pareja de cisnes.

Sí, mi señor, dijo Toimil al rey de Galicia, el leal Maeloc y la dama de Normandía paran allí, en la poza de la mina abandonada, desde que los echaron a tiros los escopeteros en la laguna de Xuño.

# 40

Y cuando abrió Rosa, que habían llamado, estaba Spiderman a la puerta con el rocío de la mañana en el cuero de las botas y ella dijo: Ah, eres tú. Y luego: ¿Pasas? Y él dijo que bueno, que un café sí tomaba, si no era molestia.

¿Y el marido?

Ya marchó.

¿Y qué dijo?

Nada.

Rosa fue a la parte de la cocina y volvió con el cazo. No había atado aún en cola la melena. Ojeras. Un andar perezoso, de zapatillas.

Traigo algo para ella, dijo Spiderman. Unas aspirinas.

¿Aspirinas?

Si son buenas para la gente, lo serán también para los raposos. Y estotro es una pomada que tenía mi madre cuando se dio un corte con la hoz. ¿Fuiste a ver cómo estaba?

¡Qué iba a ir! Esto es una locura. Me da grima solo acercarme a la puerta.

¿Y los niños?

Ellos, querer, querían. Los mandé a la escuela hace un rato. Los pequeños duermen. Les llegó la hora, dijo ella con una sonrisa cansada.

Así era yo. Dormía al cantar el gallo.

Tienen el sueño cambiado.

¡Dales unas hierbas, mujer, tila o algo así!

De eso voy a tomar yo. Creo que si me dejasen dormiría toda la vida. Me echaría en una cama para siempre.

Llevó el cigarrillo a la boca, a la vuelta del suspiro. Él se apuró a buscar el mechero en el bolsillo.

Pienso que eso de no dormir por la noche no se cura nunca del todo, dijo Spiderman. Yo siempre iba a la cama de mis padres. Anidaba del lado de ella, pero no dormía. Había noches de luna en las que las figuras de las cortinas se dibujaban en el techo y en las paredes. Pájaros que se estiraban en sombras y cosas de esas.

Rosa miró por vez primera de frente, despierta por la confidencia, y vio en los ojos las chinescas sombras sobre un fondo de luna. Los hombres no hablaban así.

Pero lo que más me gustaba era en el invierno. Me pegaba a ella, encogido bajo las mantas, escuchando de un lado su respiración y del otro el viento bramar fuera, aullando en el tejado.

Cuéntame más, iba a decir ella, pero apagó el cigarrillo y dijo mirando para los campos: Se echa la mañana encima.

Pues sí, dijo él levantándose. ¿Tendrás un plato de leche?

Y cuando se lo dio, echó en él las aspirinas y fue removiendo con el dedo para ablandarlas hasta que se deshicieron.

Voy a ver cómo está la señora. ¿Vienes tú?

Sí, si vas delante.

Okey.

Y empujó Spiderman con cuidado la puerta de la cabaña, que aun así crujía, abriendo lastimosamente un acordeón de luz. Brillaron por un momento ojos y dientes, señales de vida en la tela del saco. El animal parecía achicado en el suelo mientras las figuras humanas se agigantaban en la pantalla de la puerta.

A ver, corazón, dijo Spiderman al agacharse y dejar el plato cerca del morro de la raposa. Luego, con mucho tino, untó con la pomada las partes de las heridas. Al contacto, el animal intentó moverse pero solo le salió un lamento apagado, de perro vencido. Dejó después la cabeza acostada, con los ojos perdidos en lo oscuro, ajena a la luz de la leche.

No tomará nada mientras estemos aquí, dijo Rosa.

No. Y tiene que estar muerta de hambre.

Cuando salieron, los cegó alegremente un sol renacido. Latía en el aire la primavera. En el lateral de la casa, cerca de la higuera, florecía el sabugo en blancas alas de mariposa, copos vegetales emergiendo tallo arriba del nicho de la invernía.

Spiderman bostezó estirando los brazos. Cruz colgante de oro en el pecho de lobo. Perdona. Rosa rio.

Bonito día, dijo él.

Luego enfría. Por la tarde.

Si no te importa, me quedaré por aquí para echar una ojeada de vez en cuando. Si no te importa. No tengo nada que hacer.

¡Qué me va a importar!

Podría..., si quieres, podría hacer algo, dijo él con cautela.

¡Quita, hombre! ¿Qué vas a hacer?

Podría cortar leña, o...

Hay leña para años. Mi hermano...

¿Hay goteras en el tejado?

No, no, dijo ella divertida. Ahora no.

Podría..., podría pintar la fachada. Y señaló los faldones de blancura descolorida de la casa. También Rosa miró las faltas, cicatrices ennegrecidas por la humedad, los trazos de piedra resurgiendo tercos bajo el cemento.

¿Qué dices de pintar?

Es una buena idea, no digas que no. ¡Como hay Dios que lo hago!

Estás loco.

¿De qué color la quieres?

No me tomes el pelo, anda.

Pues plantaré flores.

¿Flores?

No sabía muy bien por qué, pero sintió dolor, como una punzada en los adentros. Miró alrededor algo desconcertada. Era cierto. Fuera de la blancura brava del sabugo, no había plantas de flor. En el ventano de la cocina pespunteaban los luceros de las mimosas cortadas.

Sí, flores, ¿por qué no?, dijo Spiderman. E iba a añadir: Es algo que no entiendo, que aquí las casas no tengan jardín, flores en las cuatro esquinas, solo los muertos las tienen. Pero eso lo calló. Dijo: Sí, mujer, ya verás. Es fácil. Haré unas jardineras con troncos de madera, ahí, en los laterales. Aunque solo sean geranios. Y alrededor de la era espeto unas hortensias. Te la dejaré bonita.

Las comen los animales.

Esas no. Son muy amargas.

Bueno. Bien. Allá tú. La verdad es que muchas veces lo pensé, pero...

Es por entretenerme. Miro de vez en cuando al animal y trajino un poco.

Ella fue hacia la puerta. Flores. Una corona de flores en el pensamiento. Antes de entrar, dijo: Oí que marchas otra vez.

Bueno. No lo sé aún.

En el alpendre buscó Spiderman las herramientas, y luego removió en la cubeta de madera. Haría unas jardineras alargadas, con maderos sostenidos por puntales en aspa, como las que había visto en Holanda y por ahí. Anotaciones mentales para un hogar imposible. La canción de Pucho Boedo: ¿Quién puso en tu linaje la vida errante del afilador? La madre, el último lazo. Ahora, muerta.

Durante la mañana, Rosa escuchó el monótono gruñir de la sierra, respondido a intervalos por el carillón alegre del martillo. Le venían bien aquellos sonidos a la casa, como si siempre hubieran estado ahí, desafiando a aquellos otros que alargaban el silencio: la cisterna, la contraventana batida por el fantasma del viento, el arácnido estallido de un plástico en el cubo de la basura.

Llamó Spiderman a la puerta y ella se apuró para ver la obra, pero era que traía el plato vacío.

Lo tomó todo, dijo. Creo que le voy a comprar algo de carne.

Pero...

Es buena señal, ¿sabes?

Deja, no vayas. Tengo yo un poco de pollo por ahí.

Okey. Crudo. Picadiño. Yo mismo lo preparo, si me dejas un cuchillo. ¡Sabe Dios cómo tiene las tripas el pobre animal!

Él allí, en la cocina, remangado, con las manos un poco ensangrentadas por la carne. ¿Podría ver otra vez ese tatuaje? ¡Qué tonterías pienso!

¡Ah, ya hice una jardinera! Vete a ver cómo queda, si quieres.

Y cuando volvieron los niños de la escuela, estaba la raposa al sol en la era, estirada sobre el saco de cuerda, los ojos entrecerrados, y Spiderman sentado a su lado, vigilante, con una vara en las manos para ahuyentar a los perros que rondaban.

¿Curó?

Aún no, pobre. Pero ¿sabéis una cosa, una cosa muy importante? Comió, comió como una reina.

¿Y qué comió?

Pollo, un zanco de pollo fresco.

¿Y patatas?, preguntó la niña. ¿Los zorros comen patatas?

Tú eres tonta, dijo el niño. ¿Cómo van a comer patatas? ¡Son carnívoros!

¿Y qué? Trotsky come patatas.

Eh, eh. Creo..., creo que ella no comería patatas, pero ¿quién sabe?

Spiderman se acercó entonces a los niños, en cuclillas, como quien va a compartir un secreto.

¿Veis este dedo, el que no tiene uña?

Era cierto que lo veían. El corazón de la mano derecha terminaba en un muñón y, amputado en un tercio, parecía un extraño ser entre el anular y el índice. Spiderman lo hizo dedear y lo miraron con la boca abierta.

Le falta un trozo, ¿lo veis? Pobrecito. Pues lo comió un pez.

Los niños pusieron cara de grima, como si sintiesen allí mismo el roer de los dientes.

Las pirañas. ¿Habéis oído hablar de las pirañas?

Una vez, en la televisión, dijo el niño, comieron un caballo en un minuto.

Pues a mí me comieron este trozo de dedo.

¿Te dolió?, preguntó la niña. Quiero decir si te dolió mucho.

No sé. Ya no recuerdo. En realidad, no fueron las pirañas. Era broma. Fue un monstruo de hierro. Si me descuido, me lleva el brazo.

Después del silencio, los tres volvieron las miradas hacia el animal.

¿Crees que será nuestra amiga cuando esté sana?

Seguro que sí.

¿Como un perro? ¿Jugará con nosotros como un perro?

Haremos una cosa. Dejaremos que vuelva al monte.

Ellos callaron. No parecían estar muy de acuerdo.

Os recordará. Por la noche mirará la luz de vuestra casa.

¿Y si marchamos? Mamá quiere que vayamos a vivir a Coruña.

Rosa asomó entonces por la puerta con la pequeñita en brazos y llamó a todos para comer.

¡Mamá, mamá!, gritó la niña. ¿Sabías que a Spiderman le comieron un trozo de dedo las pirañas?

Fue un monstruo de hierro, dijo el niño.

Rosa se quedó mirándolo. ¿Por qué no entras tú también?

# 41

Y un domingo que se había presentado gris y con los pies encharcados, fue Simón a Grou a ver a la amada. Y algo extraño notó, eso que llaman presentimiento, porque la naturaleza estaba inmóvil, pesarosa, con el orballo pingando por el fleco de los árboles de entrecejo plegado. En la pesadumbre de las zarzamoras de los setos, un sacristán evitaba cantar, disfrazado de gorrión. Todos los seres parecían ir para un sitio lejano que no fuese el suyo, alertados por una confidencia de la tierra. Un abejón volaba desnortado por la uniforme mancha de los pétalos de la tristeza. La babosa se deslizaba por la escritura del granito con la eterna nostalgia de los sin concha. Habían vuelto los jabatos al vientre de la madre. Desaparecido el corzo en el pentagrama medieval de los caminos ciegos. El cielo, rizoso, con hondas ojeras, se debatía en atormentadas melancolías.

En la desolación, el aliento del caballo era un hogar.

A las puertas de la aldea quedó la escolta de los trescientos cuervos de Xallas, y vio el caballero a la gran puerca hozar en el lodo, masticando el arcoíris en las aguas sucias. Lo dejó pasar, indiferente, sin alzar siquiera sus ojuelos falsos. No había figuras apoyadas en las puertas de doble hoja ni siluetas en el disimulo de las cortinas. El mundo había perdido el arte de mirar hacia fuera. Por una ventana vio Simón al abuelo de los abuelos desgranando espigas de maíz delante de la televisión. En otra casa, una familia entera también miraba la pantalla, masticando en silencio alrededor de la mesa. Iban por la calleja central, ignorados, como si llegasen retrasados a un cambio de hora.

Albar se detuvo frente a la casa de Beatriz. Al no salir nadie, fue Simón a llamar a la aldaba de herradura. Del interior llegaba un rebumbio estruendoso de tiros, neumáticos de coches chirriando en una curva, sirenas policiales, enérgicas voces anticipando otra tanda de disparos. Evidentemente, todo eso era parte del silencio. Escuchó un andar arrastrado y en el foco de luz que proyectaba el día en el pasillo apareció lentamente la figura huesuda, encorvada y enlutada de la que vino siendo la tía María.

Decía por lo bajo: Es él, claro, ya está aquí. Pero, mirando con recelo, preguntó a Simón: ¿Quién eres? Y aún después: ¿Qué quieres?

Simón sonrió con amargura. Deseaba con toda su alma que fuese un nuevo juego, un desafío, y que pronto reapareciera alegre y diligente por el pasillo la repolluda tía María, invitándole a pasar y dando voces cantarinas para que viniese Bea, que tienes visita, píllalo bien por las riendas, no dejes que escape el caballo, ¿y no preferirías una más madura, hombre?

Bea no está, dijo por fin.

Hizo entonces el ademán de cerrar la puerta pero se lo impidió el brazo de hierro de Simón. Tenía el visitante los ojos enrojecidos, un miniar de corazones y espadas. Le pareció entonces a ella conveniente bajarle el hervor de la sangre.

Bea ya no vive con nosotros. Se fue a servir a Coruña.

Se veía que Simón estaba poniendo el eslabón en las palabras. En el fondo del pasillo asomó el tío del sombrero habanero.

¡Dile la verdad!

¡Ya se la dije! Marchó de criada. A Coruña. No sabemos dónde para. Ni queremos saberlo.

Esta vez sí que cerró la hoja superior de la puerta sin que nadie se lo impidiese.

El caballero escupió en el suelo una miniatura de serpientes y sentimientos desencajados, montó en Albar y partieron al trote hacia el norte, peinados por el viento, con la fiel escolta de los trescientos cuervos de Xallas, desaliñados ecos de un trueno justiciero.

## 42

Y cada día que pasaba la raposa iba mejorando, que se le notaba en el aspecto menos feo de las heridas, el brillo recuperado de la piel, el insaciable apetito, y sobre todo la viveza de los ojos. Venciendo el asco inicial, era Rosa quien más se fijaba en la mudanza. Aquellas dos luminarias encendidas de la cabaña comenzaron a ejercer sobre ella un extraño influjo, de tal manera que a cada hora entreabría ritualmente la puerta, quedaba en el quicio y cruzaban cautivas las miradas.

Desde el hallazgo, la presencia de Spiderman era habitual en la casa y se había convertido en algo familiar. Al tiempo que atendía al animal, con una cuidadosa rutina de curas, comidas y baños de sol, prosiguió con sus trabajos de embellecimiento. Al fin, Rosa aceptó que pintase la fachada de la casa. Cholo, dijo ella, se había encogido de hombros ante la idea y rio burlón con toda aquella historia disparatada de niños, raposa y emigrante desocupado ejerciendo de veterinario. Escogió Spiderman, con el parabién de la mujer, los colores alegres de las casas marineras del país, que eran de blanco las paredes y azules los marcos. En lo alto de la escalera, con la brocha y el cubo de cinc, cantaba y silbaba canciones todo el día a la manera del gremio de pintores. No sé qué tienen tus ojos, no sé qué tiene tu boca, que domina mis antojos y a mi sangre vuelve locaaaa.

Y aquel día dijo Spiderman que iba a comer fuera, aunque mucho le insistió Rosa para que se quedase. Cuando volvió, que se cruzó con los niños camino de la escuela, traía puesto el borsalino que gastaba a veces y la chaqueta colgada al hombro, sujeta con la punta de los dedos.

Desde la portezuela de la era, vio a la mujer de espaldas, apoyada en el quicio de la cabaña, tan atenta al animal que ni lo oyó acercarse hasta que sintió su aliento muy cerca, en la nuca, y asombró la luz, pues él también se apoyó en el mismo lugar, haciendo puente con el recio brazo. Ah, ¿eres tú?, dijo ella, solo mirando de reojo, a la altura del pecho desabotonado del hombre, salpicado en miríada de cal. Y no quiso volverse del todo porque con él detrás y posada en los ojos del animal sentía una agradable inquietud. De girar, seguramente él se apartaría y cada uno se iría a su labor. Pero ella no giró, bien al contrario, queriendo sin querer, desmayó lo justo, un levísimo movimiento que tocó cuerpo con cuerpo. Y a aquella señal siguió la suave presión del macho sobre sus nalgas, que ella devolvió. Y fue Rosa hacia dentro de la cabaña, con las mejillas encendidas, tras los ojos del animal, sin volverse, y él detrás, que tiró sin más la chaqueta y sombrero y la cogió por el codo para tenerla de frente y abrazarse rabiosamente sin saber bien qué hacer, si arañar o morder, tanta había sido la demora de la guerra, que ella murmuraba Pero-qué- me-haces y él decía: ¡Dios!

# 43

Y llevó Albar a Simón por el camino de la costa, apartándose de los coches y de las casas de gente, por congostras y caminos hundidos hasta el hueso en el lecho blando del bosque y senderos entrelazados por menudos cantores ocultos en la maleza. Esa línea, bien visible para los trescientos cuervos, los guio por el dolmen de Dombate y de allí a la ciudad castreña de Borneiro, desde donde bajaron hacia los campos de Meaño y toparon el río Anllóns haciéndose mar, de aquella manera, señor, que hechiza el alma. Vese allí, en las gándaras del océano, cómo el bajamar sereno es poseído por un corazón exaltado.

Habría que poner en el Monte Blanco una escuela de la belleza, dijo melancólico el rey de Galicia.

Y después, señor, pasados los juncales del Anllóns por Ponteceso, siguieron hacia la parte de Corme, hasta la Piedra de la Serpiente.

¡Serpiente con alas!, exclamó el rey. ¡Quién pudiera leer en ese libro de piedra!

Continuaron por Mens. Era digno de ver el caballero al galope en esa tierra romana, los trescientos guerreros flameando en lo alto. En la llanura fecunda, las mujeres saludaban con alados sombreros sancosmeros de paja encintada en negro. Todavía subieron a San Adrián a verlo todo de Malpica.

¡Las tres Sisargas!, adornó el rey. Patria son de los pájaros del mar. ¡Araos, gaviotas, cormoranes!

Y fueron por el Buño alfarero, por el paisaje rojo de las barreras, los hornos de las tejeras, el burgo de los olleros.

¡La nobleza de las manos del país!

Pasó la comitiva por la Piedra de la Arca, con el pasillo al modo de Bretaña, y ya desde allí, contra el norte, se adentró en los arenales de Bergantiños. ¡Razo, Barrañán, Baldaio, mi señor!

¡Bien lo sé, Toimil!

Trotaba Albar por el ribeteado del mar, tras la estela donde zurcían chorlitos y correlimos. Descansan en este paso criaturas que vienen del crepúsculo del mundo y van a calentar la sangre a las costas africanas. Así un año y otro.

¡Cantarán en gaélico!

Y en finés, señor, y en flamenco y en letón.

¡Lástima no saber idiomas! Esos cuentos del norte son de mucho sabor.

Más adelante, desde lo alto de las rocas vieron aún Caión, aquella cuna brava desde donde salían los nuestros a la caza de la ballena. Parecería hoy, señor, un triste arrabal de no ser por el rostro trágico del mar que lo embellece. Al acercarse a Arteixo toparon de repente con el tráfico de la carretera. Los coches zumbaban a su lado. El caballero, muy erguido de porte y con gesto endurecido, llevaba el walkman puesto. Quizá escuchaba esa que era tan de su gusto:

*Por la lejana montaña*
*va cabalgando un jinete:*
*vaga solito en el mundo,*
*va deseando la muerte.*

Ya en Sabón, se acercó Albar a la balconada del último juncal, que es milagro de ver cómo aún la habitan ánades, cercetas, patos de ojo dorado y serretas, al contraluz que dejan los pabellones de las fábricas. En Pastoriza, subió al santuario de la Virgen labradora y pescadora. Se respiraba ya, por Bens, una desolación fronteriza. Graznaron de súbito los trescientos cuervos. Aparecieron ante sus ojos las calderas del crepúsculo. Las gigantescas chimeneas industriales de la Refinería de Petróleos chamuscaban los primeros velos de la noche. El poniente entraba en combustión en la campana de la ciudad. Los autos pasaban ahora como lanceros impasibles, hiriéndoles en los ojos. De inmediato, los graznidos de la escolta comenzaron a mezclarse con una marea de sonidos escupidos al azar en el caos luminoso. Solo la persistencia rítmica del trote se sobreponía al barullo de bocinas, alarmas y sirenas, de tal manera que hubo un momento en la Avenida de Finisterre, populosa puerta de la urbe, en que todos los ruidos cesaron para escuchar a Albar, y ahí volvió el corvear de los trescientos como ánimas en el cielo de neón. Se detuvo el tráfico en cruce de rondas para dejar holgura al caballero. En la plaza de Pontevedra corrió la voz de que bajaba un hombre a caballo, y tras de él, una bandada incontable de cuervos.

En una esquina del café-bar Borrazas, y con la cabeza ciertamente llena de pájaros de agüero, componía el final del mundo en octavas reales el poeta Andy Brigo. Durante años había formado parte de la banda de los grafitis y llenaron la ciudad con pintadas del tipo *¡Viva la realidad!*, *¡Viva la ley de la gravedad!*, firmadas por MAR (Movimiento del Arte Realista). El grupo se deshizo por una sentencia judicial que los había castigado con la limpieza de leyendas en paredes y autobuses de la Compañía de Tranvías. En el juicio, intentaron evitar la condena declarándose artistas. El juez prefirió calificar su obra como «acto de gamberrismo». En un posterior recurso se declararon «inciertos». ¿Y eso qué es?, preguntó el juez. «Realistas, pero inciertos». Fueron, pues, absueltos por desequilibrados y no por artistas. Aquel incidente había afectado mucho a Andy Brigo. Recuperado como creativo por una agencia de publicidad, diariamente ingeniaba reclamos que estaban consiguiendo gran éxito por su impacto. Utilizaba sus viejos grafitis como fuente de inspiración, y ahora lucían hermosos y legales en las vallas publicitarias. Por ejemplo, el límite es cien, ponte a ciento sesenta (campaña de promoción del nuevo automóvil juvenil), ¿eres capaz de tragar todo esto? (saldos en un hipermercado), rompe con el puerco sistema (nueva marca de detergente) o un hombre es una nación (campaña de mentalización institucional para la recaudación de nuevos impuestos). Las cosas iban bien pero sentía en los adentros una honda desazón. Quizá por eso vivía un especial deleite en dedicar las horas del crepúsculo en el Borrazas a la escritura de la obra *The last day is close*, una pormenorizada descripción del Apocalipsis, que en Coruña tendría sin duda la forma de una inmersión colectiva, con las estrellas de mar chupando los ojos de los cadáveres, los pulpos abrazados a las cariátides modernistas y los cangrejos ocupando los escaparates de una lencería.

Pero antes, escribió Brigo, llegaría el rey Artur con un ejército de carroñeros pájaros justicieros, caballeros ellos de la Tabla Redonda.

Y nada más ponerlo en el papel, escuchó el anuncio de un tipo de chupa de cuero negro con tachuelas, con pelo verdirrojo y aro de pirata en la oreja, quien desde la puerta avisaba de la presencia de un jinete charro rodeado de una insólita banda de cuervos. Andy Brigo quedó pasmado. Luego, en compañía de la basca, salió en pos del heraldo, que ya iba seguido por un cortejo de admiradores.

Posaron los trescientos en los tejados de los edificios que en el Orzán miran al mar y fue entonces cuando Simón descabalgó y se puso a llamar en los porteros automáticos.

¿Quién es?

...

¿Quién llama?

...

Hola, hola. Pero ¿quién es?

...

Llevando a Albar por las bridas, presionaba con la otra mano los botones y arrimaba la oreja a la espera de escuchar la voz amada. El corazón le había llevado a esa parte de la ciudad.

Diga, diga.

...

¿Quién anda ahí?

...

¿Eres tú?

...

A media distancia y en silencio, los testigos siguieron a Simón por los portales. Las voces anónimas de los aparatos comenzaron a enmarañarse. Se crispaban, se repetían, de repente se reconocían.

¿Quién eres, quién eres?

Yo. ¿Y tú quién eres?

¿Cómo que quién soy? ¿Y tú quién?

Pero ¿tú por qué me preguntas quién soy yo?

¿Quién pregunta qué?

Soy el cuarto A.

¿Eres el cuarto A? Pero si yo soy el noveno C.

¿Quieres subir?

¿Subir? ¿Adónde?

Gamberros.

Sí, gamberros.

¿Qué? ¿Quién llama?

Asomaron algunas cabezas por las ventanas e increparon a los jóvenes y ellos respondieron.

¡Borrachos!

¡Sinvergüenzas!

¡Anda que te den por el culo!

¡Quién es, quién es!, repetía una voz solitaria por el altavoz.

Desde un piso alto, alguien arrojó una bolsa plástica llena de agua que restalló como un látigo en el suelo. En la calle contestaron con botes vacíos que repicaban en los ventanales. Indiferente a la algarada, Simón siguió su ruta por los porteros automáticos. Ni siquiera prestó atención a la sirena policial. Sintió de repente que una mano fuerte lo sujetaba por el hombro. Giró. Se encontró con una mirada perpleja, fija en su sombrero charro. Lo apartó con el brazo de hierro de tal manera que el uniformado se tambaleó con el traspié. Cuando le dieron el alto, ya Simón había montado en Albar, que arrancó al galope hacia la playa.

Una multitud curiosa se fue arrimando a la barandilla del paseo del Orzán. Corriendo, alegremente excitados por la refriega vecinal, llegaron los de la basca. Al final, con golpes de sirena, se abrieron sitio los refuerzos policiales. De un coche sacaron un foco que buscó el blanco del caballo. Corría Albar en ligero trote a lo largo del arenal. Luego se detuvo e hizo cabriolas sobre el encaje del bajamar. Toda la atención se desvió de repente hacia la nube de cuervos que graznando bajaron a revolar alrededor de las farolas.

Cuando intentaron localizar al jinete de nuevo, ya no se veía nada.

¡Se fue por el mar!, dijo Brigo.

Los policías lo miraron con incredulidad. Tenía la voz ronca, de tabaco negro y licor fuerte. La solapa de la chaqueta, cubierta de insignias. Sabían quién era. De la banda de los grafitis. ¿Por el mar? ¡Bah!

Era el rey Artur, tíos, lo dejasteis escapar. Siempre se os escapa.

# 44

Y aquella tarde, contó Toimil al rey de Galicia, mucho más temprano que de costumbre, cuando todavía la oscuridad no había sorbido los colores de Spiderman en las paredes, llegó el hombre de la casa, con gran estruendo de radio en el coche. Venía trajeado a su manera, la corbata aflojada en el cuello, y echó a andar con tintineo de moneda y llaveros, con ese punto en demasía decidido que da el no estar bebido del todo.

La puerta estaba abierta. Ya había metido la cabeza dentro cuando retrocedió y le miró la nueva cara a la casa.

Spiderman jugaba con uno de los pequeños a cabalgarlo en las rodillas. A su lado, en la mesa, hacían los deberes escolares los dos mayores. Por el lado de la cocina andaba Rosa, en la caliente calma del vaho de un cocido. Cuando finalmente entró Cholo, todos parecieron ponerse de acuerdo en el acto de sonreír, lo que lejos de agradar al llegado lo apartó todavía más de aquella escena de una extraña familia feliz. Instintivamente, arrimó los pies al fuego del llar.

¿Qué, cómo va el animal?, pregunto él.

Bien. Muy bien.

Spiderman dice que...

Me gusta cómo quedó la casa, dijo él, cambiando de repente de asunto. Ya me dirás cuánto te debo.

¿Qué va a ser? Nada, no me debes nada.

¿Cómo que nada? Los trabajos se pagan.

No, Cholo. El acuerdo fue por nada.

¿Qué acuerdo? Tú hiciste un trabajo, yo lo pago.

No, hombre, no. Fue una cosa así, ni trabajo ni nada.

Un trabajo es un trabajo, dijo él con sabiduría algo ebria.

Spiderman notaba ahora su presencia más cerca, los desconfiados ojos en él clavados con terquedad. No iba a soltarlo, estaba claro.

Un trabajo hay que pagarlo siempre. Se paga, bebemos algo, y todos tan contentos.

Anda hombre, dejémoslo estar.

¿Cuánto es?, insistió él. Tenía ya la cartera en la mano.

¡Coño, Cholo, no es nada! Solo fue un pasatiempo.

¿Cuánto? ¿Veinte, cincuenta..., cien mil?

Spiderman se levantó y dejó al crío en el suelo. Cholo extendió el billetero a la altura de su pecho. En el fondo de aquellos ojos vio Spiderman al compañero de la infancia que quería pescar truchas golpeando con un palo en el agua.

Somos amigos, Cholo.

No, si no cobras.

Está bien.

Miró hacia Rosa. En la esquina. De espaldas, ajena, entre el vapor. Un tarro de letras: Sal.

Está bien.

Así me gusta. ¿Cuánto es entonces?

No sé. Lo que quieras.

¿Treinta mil? ¿Te parecen bien treinta? Creo que treinta está bien.

¿Treinta? Muy bien. Treinta.

Ahora bebemos algo.

Sí, ahora bebemos algo.

¡Claro que sí! ¡Vamos a beber a la salud de nuestro amigo! ¡Nuestro amigo de Nueva York! Alzó el vaso y luego dijo como quien se arranca una espina: ¡Un brindis también por mi linda mujer!

Y cuando ya Rosa se acercaba silenciosa, con los ojos enrojecidos tras el hervor de la bandeja, fue él y preguntó: Por cierto, ¿cuándo vuelves allá?

Pronto, dijo Spiderman.

El mundo estaba en la pecera del vaso, deformado por el gran angular. Pudo ver la figura de ella en el fondo. Achatada, silenciosa como una india en las películas. Tomó un largo trago.

Sí, muy pronto. Me llegó hoy el contrato.

Y acabó la bebida de otro golpe y dijo que ya era tarde, que iba a cerrar la noche y no quería molestar más, a lo que protestó ritualmente el hombre de la casa, que hizo ademán de llenar otra vez. Pero ya Spiderman se alejaba y dijo un adiós para todos sin mirar a nadie. Y el adiós que dijo Rosa fue también de los de no apartar la vista de las cosas que traía ahora entre manos en el fregadero, sumida en la balada del agua.

Aquella noche, contó Toimil al rey de Galicia, mucho tardó la luz de la cocina en apagarse.

Rosa retrasó todo lo que pudo la hora de ir a la cama. Dormidos los niños, y aun después de que el hombre se desamarrase de la botella y se acostara, pasó la plancha al lote de ropa y luego aún cosió los botones y los rotos de la infancia. Y cuando subió, lo hizo muy despacio, conjurando los quejidos somnolientos de las tablas del piso. Se desnudó al lado de la cortina, con la luz de la luna, y buscó en el lecho el extremo más apartado del otro que roncaba.

No había cerrado los ojos, soñando despierta que había encontrado el sueño, viejo vagabundo barbado que la abrazaba dulcemente, cuando notó que el hombre daba la vuelta y comenzaba a palparla. E iba la mano sin tiento y sin vergüenza, cada vez más grande, enorme, brutal. Y tras ella vino todo el cuerpo, desatado, jadeando por el aliento. Vio ella cómo el sueño huía con espanto cojeando por los campos.

Él la sintió tensa, dispuesta a resistir, protegiendo el sexo con los muslos apretados, los brazos en guardia de los senos, endurecidas nalgas. Se creció él, con rabia y deseo, una fuerza maquinal, el placer de domar, rendir, ablandar, abrir y hacer gemir hasta el alma aquel cuerpo enemigo. Cuando vio que no cedía a pesar del esfuerzo y que tenía dos lágrimas en el nacer de los ojos, se puso como una furia y le dio dos bofetadas en la cara a mano abierta que sonaron a latigazos en la noche, y luego la cabalgó, y se hundió hasta el fondo, hasta donde nunca antes había llegado con su espada, haciendo palanca con los codos en el firme, mostrando los dientes a los ojos lacrimosos muy abiertos.

Cuando él se derrumbó y se convirtió en un peso muerto, toda aquella fuerza que se agitó en el combate se agolpó ahora en el pecho de Rosa. Yendo desesperada por la pradera tras el dulce señor del sueño, encontró un rastro de flores de sangre viva, pétalos de lágrimas de unos ojos hincados en el suelo, frutos parpadeantes desenterrados por la llaga del arado. Se apartó del hombre con asco. Sentía con vergüenza la mancha pegajosa de su sudor. Estaba muy despierta y dolorida. La luna, por la cortina, bordaba en la habitación con sombras chinescas. Se levantó, abrió el armario y cogió la pistola del arca de las joyas. Volvió a la cama y paseó el cañón por la silueta del hombre. No pensaba y no tenía miedo. Las sombras chinescas pandeaban levemente sobre la foto de la madre y le daban un poco de vida.

Nena, dijo la madre, ¿qué hora es?

Tarde, mamá, duerme.

¿Y tú?

Estoy desvelada.

No lo hagas, nena. Mancharás todo. Las sábanas quedarán sucias. La sangre es muy mala de lavar.

Duerme, mamá.

El cielo estaba tan encendido por la luna, contó Toimil al rey de Galicia, que había pájaros engañados piando en los laureles. Ella se echó fuera con la chaqueta del hombre sobre el camisón. Hacía frío. Con la luz de la luna nueva todas las cosas esperan algo. Cuando abrió la puerta de la cabaña, entró con ella un vaho luminoso del candil de la noche y el animal se volvió con brillo de lucero en los ojos.

Tampoco tú duermes. ¿A que no?

Conocía aquellos ojos. Sabía su secreto. Tiernos y altivos, dulces y salvajes. Se agachó y acercó la mano a la cabeza, sin miedo. La raposa se dejó acariciar por la nuca y el claro del cuello, cerrada la boca con dócil amargura.

Luego, Rosa se puso de pie y señaló la puerta, la libertad, la luna. ¡Vete! ¡Vamos, vete! El animal ni se movió. Rosa trató de incorporarla, empujándola primero, alzándola luego por el costillar, pero la raposa lanzó un quejido y luego se desplomó. Rosa lloraba. La acariciaba y lloraba.

Esta vez no dejaré que sufra.

Y es cierto que no se escuchó ni un lamento, contó Toimil al rey de Galicia, solo el chasquido del arma. Fue lo que se llama una muerte buena.

## 45

La campana notó que una mano inexperta manejaba el badajo. La hacía sonar de un modo enloquecido, irregular, juguetón. Llevaba mucho tiempo callada de no ser para funerales, pero hubo una época en que además de la muerte anunciaba con su propia música la hora de las grandes cosas de Arán: las misas, el nacimiento, la fiesta, el incendio, las cosechas, el alba, el ángelus, las ánimas. Los viejos que trabajaban los labradíos se descubrieron con reverencia las cabezas y miraron hacia el campanario, sorprendidos no obstante por el atropellado repique. Eran solo unos niños que querían decir adiós con alegría.

¡Bajad de ahí!, llamó Rosa desde el atrio.

¡Marchamos, marchamos para la ciudad!, gritaron ellos hacia los campos.

También ella debería estar feliz pero entró en la iglesia con inquietud. Los altares estaban vacíos, con las ausencias de las imágenes marcadas en las siluetas de polvo de las paredes. Las vírgenes de Arán, la Santa María, la de los Dolores, la Asunción, la Inmaculada Concepción, la del Socorro, la Anunciación y la de la Esperanza se custodiaban en las casas campesinas por temor a los ladrones de templos que ya habían saqueado capillas y parroquiales en toda la comarca. No se celebraban misas. Los feligreses más cumplidores acudían a los oficios de domingo a Néboa. El cura, que lo era de siete parroquias y trabajaba en un banco, solo se acercaba a Arán para dar la última bendición a los difuntos. De vez en cuando venía gente de fuera, sobre todo en el verano, para ver las pinturas, las bellas damas del fresco de Arán. Pero las santas pecadoras sufrieron como nadie la intemperie, desnudas, sin la cal que las protegió durante siglos. El liquen verde de la humedad iba cubriendo los colores y ocultaba las figuras, también el esqueleto y el arquero de la muerte. Solo Rosa podía verlas por entero, reconstruir cada detalle con los ojos. Se volvió hacia el altar mayor al notar una presencia. Había un ratón al lado del sagrario. Permanecía inmóvil. Parecía mirarla fijamente pero ella no se inmutó. Tampoco hizo nada por ahuyentarlo. Le devolvió, eso sí, la mirada.

Antes de marchar, pensó, debería barrer y traer unas flores.

Se me quedó mirando, señor, dijo Toimil al rey de Galicia. No al modo fugaz de otras veces. Venía de las ruinas del pazo con un ramo de camelias en la mano. Se paró y alzó los ojos hacia mí. Nunca la había visto tan hermosa. ¡No sé si podré vivir sin ella!

Un cuervo negro azabache se acercó volando desde el espantapájaros donde montaba guardia y se posó a la vera de ellos, en la chimenea.

Marchan, Simón, dijo el rey de Galicia. Ya solo quedamos nosotros.

¡Se acerca tormenta, señor!, anunció el vigía de los trescientos.

¡Atención!, graznó el rey. Y enseguida ordenó con temeraria voluntad: ¡A contraviento!

# Los habitantes de la dificultad

## La Brava de Elviña

En aquella taberna
todo parecía quedar fuera
del poder del Estado.

Pobre, pobre
es no tener
oscuridad ninguna.

# La vieja reina alza el vuelo

*Una última atención necesitan aún las colmenas: la recogida de los enjambres que huyen cuando enjambran. Esto requiere un cierto cuidado para no perderlos, ya que los enjambres pertenecen a quien los encuentra primero.*

XAQUÍN LORENZO,
«Etnografía», de la
*Historia de Galiza*

Aquella primavera había llegado adelantada y espléndida.

A la hora del café, por la ventana que daba a la huerta, Chemín contempló la fiesta de pájaros en el viejo manzano en flor. Durante el hosco silencio del invierno solo acudía allí el petirrojo, picoteando como un niño minero sus sienes plateadas por el musgo, brincando por las ramas desnudas con su saquito de aire alegre y colorado. A veces también acudía el mirlo. Posaba su melancolía crepuscular, devolviéndole de reojo su mirada al hombre, y después huía de repente, desplegando las alas en un pentagrama oscuro.

También en el comedor había fiesta. Todos los años en esta fecha, el tercer domingo de marzo, y por tradición familiar, celebraban el día de San José en la casa paterna de los Chemín. De hecho, habían sido las canciones de hijos y nietos las que guiaron su vista hacia el viejo manzano, desde su puesto en la cabecera de la mesa.

La brisa de media tarde abanicaba perezosamente los brazos artrósicos del frutal, que sostenían en vals el inquieto galanteo de los pájaros. Pero en la punta de las ramas los penachos de flor blanca temblaban como organdí de novia. Allí rondaban las abejas.

Papá, es tu turno, dijo Pepe, el hijo mayor. Era un buen guitarrista. Cuando estaban de moda los Beatles, él había sido de los primeros en toda la comarca en dejarse el pelo largo, y usaba unos horribles pantalones color butano, muy ceñidos y de pata acampanada. Había dado mucho que hablar a la vecindad y le pusieron de apodo «O'YeYé». A él le llegó algún chisme cuando estaba de emigrante en Suiza. Vi a tu Pepe en la feria de Baio, le había comentado uno de la zona de Tines, recién emigrado. Y añadió masticando la sorna: Por detrás pensé que era Marujita Díaz. De noche, con la rabia, Chemín pensó en escribir una carta ordenándole a su hijo que fuese al barbero. Rumiaba las frases para meterlo en cintura y recriminarle a la madre su tolerancia, pero le dejaban en la boca un sabor agrio, de achicoria. Imaginó a Pilar, su mujer, abriendo el sobre con sus dedos rosados, pues siempre los lavaba cuando la sorprendía el correo. Leyó con los ojos aguados de Pilar la carta reprobatoria que le rondaba por el magín y fue entonces cuando le pareció una tontería, una bofetada borracha en plena noche.

Venga, papá, canta *Meus amores.*

Sí, sí, que cante el abuelo.

Se preguntó si aquellas abejas que sorbían el néctar de las flores blancas del manzano eran de sus colmenas o si venían de la huerta de Gandón. Le gustaba el café caliente y muy dulce, pero la taza se le había ido enfriando entre las manos, distraído con la pantalla de la ventana.

*¡Meus amores!* Aquella balada se la había enseñado un compañero de barracón en Suiza. No tenía mucha memoria para las canciones, pero aquella le había quedado prendida como una costura de la piel. Le salía de dentro

a modo de oración, como himno patriótico de las vísceras, fecundado por la cena de patatas renegridas del barracón de emigrantes. Todos los años, desde que había regresado de Suiza y celebraban juntos San José, él cantaba *Meus amores*. Ya era un patriarca, el más viejo de los Chemín. Aquella balada brotaba como un manto de niebla que les unía a todos, también a los que se habían ido, en un más allá intemporal.

*Dous amores a vida gardarme fan:*
*a patria e o que adoro no meu fogar,*
*a familia e a terra onde nacín.*
*Sen eses dous amores non sei vivir.**

Mediada la canción, notó el pecho sin aire. No me encuentro muy bien, dijo por fin. Sabía que aquella reacción iba a ensombrecer la fiesta, como si alguien tirase del mantel y destrozase la vajilla de Sargadelos que Pilar guardaba como un ajuar.

Creo que me voy a echar un poco en la cama.

Era más de lo que podía decir. Tenía la boca seca y culpó de ello al café frío y amargo. Algo, una angustia forastera, le oprimía el pecho, clavándole las tenazas de las costillas en los pulmones. Pero, además, el enjambre de abejas le bullía en la cabeza con un zumbido hiriente, insufrible.

Pepe entendió. Su buen hijo, O'YeYé, con canas en la pelambrera rizada, rasgueó la guitarra y empezó a cantar una de las suyas, *Don't Let Me Down*, en un gracioso criollo de gallego e inglés, atrayendo la atención de los más jóvenes. Solo Pilar le miró de frente, desde el quicio de la puerta, ella, la incansable vigía, con una bandeja de dulces en la mano.

Antes de bajar la persiana, en su dormitorio, volvió a mirar el manzano, aquel imán en flor. Luego reparó en la

---

* Dos amores me sostienen la vida: / la patria y lo que adoro en mi hogar, / la familia y la tierra donde nací. / Sin estos dos amores no sé vivir.

huerta vecina, la de Gandón. Como siempre, solo era visible una parte mínima de aquel mundo secreto y eternamente sombrizo, oculto por un tupido seto de mirto y laurel. Solamente había un trecho en el que el muro vegetal descorría la cortina, y era en un lado en el que el saúco todavía invernaba escuálido, seguramente ensimismado en su médula blanca. Por aquellas rendijas Chemín podía entrever las corchas del colmenar abandonado.

Él y Gandón habían sido muy amigos en la infancia. Recordaba, por ejemplo, que juntos pescaban con caña los lagartos arnales que amenazaban las colmenas. Era un arte difícil. Había que cebar el anzuelo con saltamontes y estar muy escondidos. Él sostenía la caña y Gandón, del lado contrario, le hacía una señal cuando el lagarto iba a picar. Las abejas estaban preparadas para luchar contra un invasor, lo mataban y embalsamaban para que no se pudriese dentro de la colmena, pero aquel verano los lagartos parecían multiplicarse como un ejército glotón. Llegaron a atrapar dos docenas. Les pasaron un alambre por los ojos y se los llevaron colgando con el orgullo de quien ostenta un precioso trofeo. La piel del arnal parece una tira arrancada del arcoíris.

Las familias de Chemín y Gandón no se hablaban, pero a ellos, mientras fueron niños, era algo que no los implicaba. Solo había una cierta cautela al entrar en la casa del otro. Una vez, cuando los adultos estaban de faena, había jugado con Gandón en aquella huerta umbría. En un rincón estaban, amontonadas, viejas corchas que habían servido de colmenas. Mi padre dice que no tenemos buena mano con las abejas, explicó Gandón. Se murieron todas de un mal de aire.

Un día él y Gandón dejaron de hablarse. Nadie se lo ordenó explícitamente, pero fue como si ambos escuchasen a un tiempo un mandato ineludible surgido de las vísceras más recónditas de sus respectivas casas. Fue tras la confirmación, cuando el auxiliar del obispo vino a la parroquia y les impuso una cruz de ceniza en la frente. Al regresar de la iglesia ya no se hablaron y por el camino fueron distanciándose a propósito.

Chemín, ahora tumbado en el lecho, se llevó la mano a la frente e hizo la señal de la cruz. La cruz no tenía nada que ver en el pleito entre los Chemín y los Gandón. Solo era la forma que tenía el recuerdo. El silencio entre él y Gandón, la conciencia de implicarse en un resentimiento heredado, cobró cuerpo cuando el hombre empezó a apropiarse del niño. El día de la confirmación les pusieron por vez primera pantalón largo. Y dejaron de hablarse justo cuando les cambiaba la voz y de la garganta les salían gallos que no dominaban. Poco después notarían con cierta sorpresa que ya se les permitían las blasfemias en público.

Aquellos dos niños que un día habían sido amigos desaparecieron por el desagüe de la memoria, que tanto sirve para recordar como para olvidar. Para Chemín el viejo, tumbado en el lecho, de aquel tiempo solo quedaba, como imagen congelada, el brillo húmedo del arcoíris en la piel de los arnales.

Había seguido viendo a Gandón, claro, con mucha frecuencia. El hombre que le había crecido dentro tenía una mirada que a él le parecía dura y sombría, como la huerta en la que el otro se adentraba nada más traspasar la verja. Más tarde, Gandón empezó a trabajar de peón en las obras de una lejana carretera. Solo lo veía los domingos, y le pareció un tipo extraño, un forastero al que nunca hubiese tratado. Cuando se cruzaban, se apartaban el uno del otro como si también quisiesen evitar el contacto entre sus sombras.

Recostado en el lecho, Chemín volvió a ver a los dos niños. Estaban a la puerta del cielo, ante san Pedro. Este, como un meticuloso guardia de aduanas, les contaba los lagartos arnales uno por uno. Parecía que no le cuadraban los números. Finalmente, miró a los niños con altiva mirada de funcionario y les dijo: ¡Son pocos lagartos! Bajad y traed más.

Y los niños echaron a andar cabizbajos por un sendero descendiente, tropezando con los zuecos en los guijarros, y con el peso abrasador de la losa solar en sus espaldas.

¿Vamos a pescar truchas a mano?, dijo el pequeño Chemín. A lo mejor, una trucha vale en el cielo lo que tres lagartos.

Pero el pequeño Gandón no le respondió. De repente, había crecido. Era un hombre rudo y silencioso, sumido en sí mismo. Sus brazos y su rostro tenían el barniz resinoso de la intemperie. Al llegar al crucero, escupió en el suelo y tomó el camino contrario sin despedirse.

Adiós, Gandón, dijo con pena Chemín.

Cuando emigró a Suiza, su primer empleo fue en la construcción de un túnel en el Ticino. Eran por lo menos trescientos obreros horadando el vientre de la montaña. Chemín tenía de jefe un capataz italiano muy llevadero. Cuando se acercaba un ingeniero, les gritaba con energía «*¡Lavorare, lavorare!*». Cuando marchaba, guiñaba un ojo y decía con una sonrisa pícara «*¡Piano, piano!*». Una mañana llegó un nuevo grupo de obreros y Chemín se dio cuenta, por la forma de hablar, de que la mayoría eran gallegos. Entre ellos, como una feliz aparición, descubrió a Gandón. Fue hacia él y lo saludó con alegría. El vecino pareció dudar, pero luego torció la mirada como quien muestra desprecio a un delator y siguió los pasos de su grupo. Durante meses se cruzaban y se repelían instintivamente. Hasta que un día Chemín se dio cuenta de la ausencia de Gandón, como si dejase de sentir el olor otoñal de un borrajo. Hacía un frío de mucho bajo cero. En la boca del túnel, el lienzo de la nieve flameaba como un sudario. Preguntó por él y un conocido de Camariñas le informó de que lo habían bajado a un hospital. Que le habían reventado las muelas al beber el agua helada de un manantial. Bebe leche, Gandón. Pero no. Solo bebía agua. Le tengo alergia a la leche, decía. Tampoco probaba el queso ni la mantequilla. Esa era la base de la dieta en el comedor de la empresa. Pasaba hambre, dijo el de Camariñas. Cagaba blanco como las gaviotas. No creo que vuelva.

En la huerta de Chemín había también un nogal. Su padre le había contado que cada año crecía la altura de un hombre, pero que no daba fruto. Comenzó a dar nueces cuando él nació.

Un día supo, de forma indirecta, por una conversación de vecinos, que aquel nogal había sido la causa de la discordia entre los Chemín y los Gandón. En realidad, él mismo era parte fundamental de la historia.

El padre de Chemín se había casado de viejo con una muchacha muy hermosa. María da Gracia, su madre, era hija de soltera, había trabajado desde niña de criada, pero no por eso tenía pocos pretendientes. Ella misma era la mejor dote que un labrador podía desear. En la fiesta de la deshoja del maíz cantaba tangos y boleros y la gente arrancaba al compás las rugosas y ásperas hojas de las mazorcas como si fuesen pétalos del Corpus. Cuando el viejo Chemín y María da Gracia se casaron, los mozos más resentidos no dejaron de cantar coplas y agitar cencerros y latas toda la noche ante la casa.

Ya habían pasado tres años y María da Gracia no tenía descendencia. Eran un buen tema de comentario para los más chismosos, pero la pareja se mostraba siempre feliz como las tórtolas en primavera. Fue entonces cuando sucedió el caso del nogal. El árbol crecía con el ímpetu de un sauce en la ribera, pero sin dar un solo fruto. Alguien le dijo a Chemín que lo que tenía que hacer era varearlo. Azotar las ramas con una vara antes de que brotasen las hojas. Golpearlo sin romperlo. El árbol, por decirlo así, entendería el mensaje. Y eso fue lo que hizo aquel día de sol primerizo en el que todo parecía estar al acecho. Con la camisa blanca y el chaleco negro, a la vuelta de misa, sacudió el nogal. Notó las gotas de sudor en la frente y, por la huerta vecina, pasó a su altura el viejo Gandón. Y dijo en voz alta: Así tenías que hacer con tu mujer, Chemín, sacudirla bien sacudida. ¡A ver si da nueces! Gandón tenía cinco hijos.

El viejo Chemín no respondió. Apoyó la vara en el tronco del nogal, entró en casa y bebió un cazo de agua del cubo de roble herrado. Después le dijo a María da Gracia: No me preguntes por qué, no te lo puedo decir, pero por favor, nunca más les dirijas la palabra a los Gandón. María da Gracia entendió. El suyo era un hombre noble. Le atraía ese su señorío natural.

Un año después, nacía el pequeño Chemín. Todo esto refrescaba en su memoria cuando ocurrió lo del enjambre. Pero esta vez el recuerdo había retornado con un odio que él nunca había sentido. Era una hiedra que le ahogaba el pecho, que se ceñía a la nuez de su garganta y le transformaba el habla en un sonido ronco, en monosílabos duros que caían como pedradas en el estanque siempre tranquilo que rodeaba a Pilar. Ella notó enseguida aquel cambio de carácter pero lo atribuyó al tiempo, a aquella primavera enloquecida con noches de luna tan luminosas como un día amarillo, que hacían cantar a los gallos y traían exhaustos los cultivos con un insomnio febril.

Chemín no le había contado a nadie, ni a ella, lo que había sucedido con el enjambre.

El fin de semana anterior había notado mucha inquietud en una de las colmenas. Era un enjambre muy bueno. Daba una miel oscura, con sabor a romero, porque él era capaz de distinguir los matices misteriosos de la dulzura, las dosis de bosque y flor que había en una cucharadita. Las colmenas siempre habían sido una parte destacada de la hacienda familiar. Eran como una vacuna secreta a la que se le atribuía la longevidad del clan. Enterró a su padre a los noventa años, y no lo había matado la enfermedad sino la pena por la pérdida de María da Gracia. Si ella viviese, murmuraba, yo no moriría nunca. Pero a ella la había matado, un día de feria, aquel maldito coche conducido por un borracho.

Todo el domingo lo pasó al acecho porque el enjambre había empezado a barbear. Las abejas se arremolinaban en la piquera de la colmena. Debe de haber una nueva reina, pensó, y la vieja no tardará en marchar con todo su séquito de obreras.

Durante mucho tiempo, le había contado su padre, no se sabía cómo nacían las abejas. ¿Sabes por qué? Porque pensaban que la reina tenía que ser un rey. No les cabía otra cosa en la cabeza, ni siquiera a los más sabios. Escribían tonterías como que los enjambres nacían de los vientres de los bueyes muertos. Hasta que los sabios cayeron de la burra. Y hay otra cosa muy curiosa que debes conocer, dijo su padre bajando la voz en confidencia. La reina no nace reina. Las obreras eligen una larva y la alimentan con jalea real unos días más que al resto. En realidad, cualquiera de las abejas podría ser una reina. ¿Y a los zánganos? ¿Por qué matan a todos los zánganos?, preguntó el niño. Porque son unos vagos, como los chupatintas de la ciudad, dijo riendo el viejo Chemín.

El domingo casi no pudo dormir. En sus sueños, la bola del enjambre salía volando a media altura como un globo y él, como en una inquietante película cómica de Charlot, braceaba y braceaba intentando hacerse con él. Se levantó temprano con esa inquietud y después de mojarse la cara con agua fría se dirigió hacia la colmena. En efecto, las abejas apiñadas formaban una gran madeja a punto de desprenderse. Fue corriendo a coger un cesto y justo cuando lo tenía al alcance de la mano vio cómo el enjambre despegaba en un vuelo compacto y deshilachado a un tiempo. Fue a parar a la primera rama que encontró en su camino, la más baja del nogal. Chemín se acercó muy lentamente, pero su corazón latía como la muela de un molino. No era miedo. Él sabía que las abejas, cuando vuelan en enjambre, van cargadas con tanta miel que no pueden picar. Fue levantando el cesto y a medio camino pudo ver cómo la bola despegaba de la rama y retomaba el vuelo. Esos segundos que quedó pasmado, sin reaccionar, fueron definitivos. El enjambre salvó el seto y se fue a posar en uno de los árboles de la huerta sombría de los Gandón. Y entonces apareció él, como un cazador al acecho. El hombre silencioso se quitó el chaquetón de cuero de becerro, envolvió el enjambre como si atrapase un sueño alado en el aire y se fue hacia las viejas colmenas vacías.

Chemín dormía despierto. Desde la planta baja llegaba el sonido de las canciones. *Que o mar tamén ten mulleres, que o mar tamén ten amores, está casado coa area, dálle bicos cantos quere.** Este mediodía había ido andando al pueblo. Quería espantar aquel pensamiento que le perforaba la cabeza con un zumbido terco e hiriente. Siempre había sido un hombre sensato. Razonó por el camino. Gandón había actuado de acuerdo con una ley no escrita. Podría haber sido cualquier otro. Un enjambre que abandona la colmena pertenece a quien lo atrapa. No era un robo. Pero el zumbido insistía e insistía, traspasándole la cabeza de sien a sien. No podía evitar considerarlo un acto de hostilidad. Un desafío de guerra. ¿Qué sabía Gandón de abejas? Su familia no había sido capaz de mantener aquellas colmenas. La peste, el mal de aire, qué demonios, lo tenían ellos dentro del alma. Al pensar en la miel del enjambre cautivo, Chemín notó en los labios un sabor hasta entonces desconocido. Una miel amarga.

Iba a la búsqueda de viejos amigos con los que charlar y distraer el zumbido que le atormentaba. Pero al llegar a la taberna Lausanne buscó una mesa en el rincón y apartó la mirada del bullicio. Con cartas invisibles jugaba un solitario sobre el mármol de la mesa. ¿Qué habría pasado en aquel instante por la cabeza de la vieja reina? ¿Por qué el enjambre abandonó la rama del nogal, aquel nogal que se había plagado de nueces cuando él nació? Un minuto an-

---

* Que el mar también tiene mujeres, que el mar también tiene amores, está casado con la arena, le da cuantos besos quiere.

tes todo tenía sentido. Miró el reloj. Se había hecho tarde. Ya estarían llegando los invitados. Si pudiese, se perdería en el monte hasta la noche. Pensaba en su propia fiesta como en la de un extraño. Al levantarse, se dio cuenta de que había bebido más de la cuenta. El zumbido chispeó como una lámpara floja. Se le había extendido por todo el cuerpo a la manera de un dolor antiguo. Cuando se acercó a la barra para pagar, el tabernero, emigrante también en su época, le dijo que no debía nada. Lo tuyo está okey, Chemín. Entonces ¿invita la casa? Gandón. Lo tuyo lo ha pagado Gandón. Le advertí que eran cuatro vasos. Pero él respondió que daba igual, que cobrase todo. Que un día era un día.

En vez de ir por la carretera, Chemín se echó a andar por un atajo que llevaba a la aldea atravesando el bosque y los prados. La frescura de la arboleda le alivió el zumbido, pero después, en los herbales, un sol impropio de aquel tiempo, navajero, le removió como tizón el enjambre. Hizo visera con la mano y miró hacia la aldea. Esa distancia entre aldea y pueblo había ido cambiando a lo largo de su vida. De pequeño le parecía un atlas. Después se fue acortando hasta convertirse en un tiro de piedra. Ahora volvía a las dimensiones de su infancia, pero de otra forma, como si los guijarros fuesen pedazos de hueso.

En medio del camino, más tirado que recostado, un bulto jadeante, se encontró a Gandón. Se cruzaron las miradas. La del hombre acostado, con la cabeza apoyada en el ribazo, era una mirada de angustia, con el blanco de los ojos enrojecido y lloroso. Tenía una mano en el pecho, a la altura del corazón, y se frotaba como un alfarero la masa de arcilla.

Es el vino, murmuró Gandón, le echan mucha química.

El gesto de su cara era una mezcla de ironía y dolor.

Sin decir palabra, Chemín le ayudó a levantarse, pero cuando el otro intentó sacudirse el polvo de la chaqueta, volvió a derrumbarse. Chemín lo agarró con un gran esfuerzo por la cintura, pasó el brazo de Gandón por encima de su hombro y echaron a andar casi a rastras. Pegados uno al otro, sudorosos, parecían respirar por el mismo fuelle con un silbido quejoso.

Cuando llegaron a la verja de la huerta de Gandón, este hizo gesto de valerse por sí mismo. Permanecieron allí apoyados, cogiendo aire. Por fin, en silencio, Chemín siguió su camino.

Tienes que enseñarme a criar abejas, murmuró Gandón.

Chemín no dijo nada.

Cuando llegó a casa, sus nietos corrieron a darle un beso y él les puso la mejilla con una mansedumbre inexpresiva, con la mirada en otra parte. Buscó su silla en la cabecera de la mesa y se dejó caer en silencio.

Ahora, en cama, en una vigilia de brumas, trata de reconducir el sueño.

Los dos niños bajan del cielo por un sendero, haciendo chocar los zuecos en los guijarros a propósito. Vamos a hacer una cosa, dice de repente el pequeño Chemín. Te doy mis lagartos, y así tú puedes entrar en el cielo. ¿Y tú?, pregunta el pequeño Gandón. Yo voy a pescar truchas a mano. Cuando tenga una, se la iré a llevar al santo de la puerta. Pero ahora ve tú delante.

¿Y tu amigo? ¿Por qué no ha vuelto tu amigo?, preguntó el santo Pedro tras recontar los arnales.

Dijo que prefería ir a pescar truchas, explicó con inocencia el pequeño Gandón.

Así que ha ido a pescar truchas, ¿eh?, dijo enigmático el aduanero.

En cama, Chemín escuchó por fin la campana. Muy despacio, con el acento de un cantor ciego, la campana de la parroquia decía *Gan-dón, Gan-dón*.

Su hijo, su querido O'YeYé, abrió la puerta de la habitación y le dijo en la penumbra: ¿Sabes, papá? Dicen que Gandón ha muerto.

Él abrió mucho los ojos para abrazar a su hijo con la mirada. Escuchaba su voz cada vez más lejos, por más que él se le acercaba y lo llamaba a gritos.

¡Papá! ¡Papá! ¿Qué tienes, papá? ¡Por Dios, papá!

Volaba, volaba envuelto en el terciopelo del enjambre. ¿Por qué dejaban la colmena? ¿Por qué las abejas no se quedaban en la rama del nogal? Quiso preguntar algo más, pero la vieja reina alzaba el vuelo.

# El loro de La Guaira

Los domingos sí que comíamos bien. Había un paisano que tenía un restaurante en Caracas y nos contrató de clientes. Nos vestíamos de corbata y nos sentábamos en el lugar más visible del ventanal, como de escaparate, comiendo con entusiasmo. Es una ley de la hostelería. La gente no entra en un local vacío, y menos a comer. Hay negocios que nacen con gafe. Por muy bien montados que estén, la gente no entra y no entra. No me preguntéis el porqué, pero es así. Nosotros trabajábamos de reclamos. Y lo hacíamos muy bien.

Luego íbamos a una plaza que hay allí, en la capital, con una estatua de Simón Bolívar montado en un caballo enormísimo. Un país con una escultura así de grande, con un caballo tan bien hecho, debería marchar bien, pero en fin... Nos sentábamos en aquella plaza y era como estar en casa e ir al cine a un tiempo. Acudían los emigrantes recién llegados y siempre había algún conocido con noticias frescas de la tierra. Y había mucho movimiento. Mucho. Os voy a contar cómo conocí a Cristóbal Colón.

Estaban sentados en un banco, frente a nosotros, dos hombres con pinta de vagabundos. Bebían a morro de una botella. A mí aquella situación me hacía gracia. Mi compadre y yo estábamos allí, de corbata, con la tripa llena pero algo melancólicos porque el domingo por la tarde era cuando más echaba uno en falta lo mejor que había dejado atrás. Y de buena gana me tomaría yo un trago de aquella botella que tanto les hacía reír. Fue entonces cuando uno de aquellos pobres borrachos señaló hacia un lateral de la plaza y exclamó con alegría: «¡Mira, chavo, aquí llega Cristóbal Colón!».

Nos dimos la vuelta, sorprendidos, hacia aquella dirección, y vimos que se acercaba un mulato enormísimo, también vestido de harapos y con una nube de moscas a su alrededor. Los tres vagabundos se abrazaron jubilosos y celebraron el encuentro bebiendo a morro de la botella de ron.

«¡Colón, pendejo!».

Por aquel entonces yo ya ahorraba algo. Intentabas no gastar un patacón y ahorrabas. Pero lo peor fue al llegar. Estuve a punto de morirme. De hecho, me vi en el otro mundo. Había desembarcado en La Guaira, y allí mismo encontré trabajo en la construcción. El primer día que subí a un andamio hacía un calor de mil demonios, pero yo tenía mucho afán, me quería comer el mundo, cosas de la juventud, que no tienes cabeza. Cuando me di cuenta del mareo, ya me había frito en sudor. Abajo, un peón negro al que llamábamos Blanquito me dijo: «¡Qué barbaridá, gallego, hueles a llanta quemada!».

Y eso es lo que yo era, una rueda quemada. No se me ocurrió otra cosa que irme para el muelle con un cubo y pedir un bloque de hielo. Y me puse a lamer y a beber el agua que soltaba el bloque. Al día siguiente ya no me pude levantar. Estaba febril, veía todo borroso y amarillo. Dormíamos tres compañeros en la misma habitación de alquiler, con el sitio justo para los camastros. Por la noche me traían algo de comer, pero yo echaba las tripas por la boca. La suerte fue que hubiese una ventana que daba al patio. Y que en aquel patio hubiese un loro.

Aquel loro no paraba de gritar durante el día. Lo único que decía era: «¡Merceditas!». Llamaba constantemente por Merceditas. Y de vez en cuando una voz de muchacha respondía: «¡Ya voy, bonito, ya voy!».

En Galicia, en la aldea de la que yo soy, teníamos una vecinita que se llamaba Mercedes. A mí me gustaba aquella niña, quiero decir que me ponía nervioso y por eso le hacía mil diabluras. Le metía miedo cuando al anochecer pasaba por el camino del cementerio, y cosas así. Escondido entre las lápidas, me burlaba mucho de ella. ¡Mercediiiiiiiiiitas!

Así que aquel loro llamaba por Merceditas y eso me mantenía vivo, atento, en un mundo de nieblas y sombras, como si espiase por un agujero del cementerio. Y mucho me tardaba aquella voz de cascabel que decía: «¡Ya voy, bonito, ya voy!».

Pasaron por lo menos ocho días hasta que mi cuerpo encontró su lugar. La habitación dejó de correr como un vagón por un túnel. Y volví a comer. Y a trabajar. Y después me apareció aquel contrato de cliente-comedor los domingos en el restaurante de Evaristo. Un triunfo si lo comparamos con Cristóbal Colón.

Lástima que nunca conocí a Merceditas. A aquella, la del loro, jamás conseguí verla, pues el día pertenecía al trabajo y la noche al sueño. Y aquella otra, la niña de mi aldea, recién se había marchado a América cuando yo regresé.

Nuestros barcos debieron de cruzarse en medio del mar.

# Camino del monte

Yo sé otra historia de un loro.

Lo había traído doña Leonor de Coruña. Se lo había regalado un naviero que la pretendía. Pero la señora Leonor tenía demasiado carácter para vivir con un hombre, aunque fuese un hombre que la agasajaba con loros. Así que se fue a vivir con su tío cura. Que no se me malinterprete. Ese tío cura era tan hombre que incluso tenía un revólver. Una vez lo asaltaron, sacó el revólver de debajo de la sotana y dijo: «¡Como hay Dios que os reviento el alma!». Y le dejaron ir.

El loro de doña Leonor era muy coqueto. Tenía la cabeza encarnada con mejillas blancas y estrías anaranjadas, alrededor de unos ojitos muy negros, y encarnado era también el cuerpo, con alas verdeazules y púrpuras en la cola. También resultó muy piadoso. Ella le había enseñado el rosario en latín. Tenía por incansable letanía el *Ora pro nobis.*

Uno le decía: ¡Hola, lorito real!

Y él respondía: *Ora pro nobis.*

Nosotros le hablábamos en castellano porque era un loro venido de ciudad. Insistías: ¡Lorito señorito, lorito señorito!

Y él, a lo suyo: *Ora pro nobis.*

¿Cómo se llama el lorito, doña Leonor?

Y ella decía riendo, que era otra mujer cuando se reía: «Se llama Pío Nono, Dios me perdone».

El loro estaba instalado en la balconada de la casa rectoral, entre un abundante cortinaje de habas a secar, ristras de cebollas, ajos y pimientos de piquillo, mazorcas de maíz y también racimos de uvas escogidas para el vino tostado.

Para nuestra envidia, Pío Nono comía higos pasos, huevos duros y frambuesas, y picoteaba una hoja de lechuga que era como un parasol verde que reponían las criadas en el calor de aquel verano.

Fueron las criadas las que, de forma involuntaria, le cambiaron la plática al loro. En la era, bajo la balconada, llamaban a las gallinas para echarles maíz: ¡Churras, churras, churriñas! Y las gallinas acudían tambaleantes como falsos tullidos ante una nube de monedas.

Un día, por la mañana temprano, el loro comenzó a gritar: ¡Churras, churras, churriñas!

Las gallinas se arremolinaron bajo la balconada, esperando inútilmente la lluvia de oro vegetal.

Y desde entonces el loro olvidó el latín y repetía constantemente aquella gracia. Cuando tenía el corral reunido, al acecho del grano, lanzaba una carcajada que resultaba algo siniestra por venir de un ave.

¡Churras, churras, churriñaaaaas! ¡Ja, ja, ja!

Por allí, ante la casa rectoral, pasaban los recolectores de piñas de Altamira, que eran, como se suele decir, una raza aparte. Pasaban ligeros, tirando de los burros y con el punto de mira puesto en la cima de los montes. Pero un día se fijaron en el loro. Asistieron al espectáculo de llamar a las gallinas, escucharon las risotadas del ave y les hizo tanta gracia que perdieron media mañana en aquel circo. Doña Leonor salió al portal y los reprendió. Les dijo que si las piñas caían del cielo y otras reconvenciones que ellos escucharon como un silencioso campamento. Luego se marcharon como se marchan los indios en las películas del oeste, resentidos y sigilosos. A la mañana siguiente, los recolectores de piñas acamparon de nuevo ante la balconada. El loro Pío Nono comenzó el día con el número de las churras, churras, churriñas. Los recogedores de piñas se rieron mucho y después aplaudieron. De repente, de entre aquella gente de rostro de madera del país barnizada por la resina, salió un grito que resonó como el estallido de un trueno.

¡Viva Anarquía!

Pío Nono contempló en panorámica al público, alzó el pico con solemnidad y repitió: ¡Viva Anarquía!

Y hubo gorras al aire y muchos bravos y aplausos.

En camisón, con su pálida faz de luna menguante, doña Leonor salió a la balconada. Y nunca jamás se volvió a saber de aquel loro de larga cola púrpura.

# Los Inseparables de Fisher

En el puerto de Dar es-Salam, un muchacho le ofreció una pareja de pájaros de vivos colores. Él preguntó cómo se llamaban, pero el chaval se limitó a extender la mano libre, como si estuviese cansado de dar explicaciones que terminaban en fracaso. Con la otra, sujetaba la pequeña jaula, hecha de cáñamos y atada con lazos de junco. Por un momento, la jaula le pareció una prolongación de los dedos y las extremidades del niño, largos y delgados huesos anudados con la piel. Los pájaros permanecían acurrucados, tranquilos. Los intensos ojos negros, resaltados por un borde blanco. Azabache, recordó, engarzado en plata. Pero lo que le decidió fue la manera lánguida en que uno de los pájaros apoyaba la cabeza en el otro.

Había estado seis meses trabajando en un atunero, entre Madagascar y las islas Seychelles, y ahora volvía a casa. Un fatigoso viaje en avión, con escala en París. Seguro que con aquella pobre jaula artesanal no pasaría los controles. Agujereó una caja de zapatos y metió dentro los pájaros. Notó que le temblaba la mano al contacto con las plumas. El marinero no estaba acostumbrado a pesos tan ligeros. Las aves desprendían el calor de una bombilla pobre. Llevó la caja en la bolsa de mano. En el aeropuerto de Orly, levantó la tapa de la caja y respiró aliviado cuando los vio vivos y acariñados.

Ya en el destino, en Galicia, la primera parada fue para comprar una jaula grande y comida apropiada. El dueño de la tienda de animales le explicó que se trataba de una pareja de Inseparables. Los Inseparables de Fisher, así se llamaban. ¡Carajo con el nombre!, dijo el marinero. Como si desconfiara de su capacidad para valorar aquella posesión exótica, el hombre de la tienda le fue guiando por el colorido del paisaje. El cuerpo verde oliva. El pico rojo. La caperuza naranja. El obispillo azul. ¿El obispillo? Fíjese ahí, en la rabadilla, le señaló el pajarero. Hay un detalle muy importante, añadió luego, mirándole de frente con un cierto recelo. Tenga mucho cuidado al abrir la jaula. Si uno de ellos desaparece, el otro cantará hasta morirse.

Un atardecer, el marinero no encontró a su mujer en casa pero oyó su voz. Se acercó a la ventana de la terraza y allí estaba ella, en el tejado, sujetándose con una mano a la antena de televisión mientras sostenía con la otra la jaula con la portezuela abierta. Llamaba a uno de los Inseparables de Fisher, posado en una de las ramas de aluminio de la antena. Sintió vértigo, miedo por ella. Durante una hora, el tiempo, más o menos, que tardó el pájaro en volver, él no dijo nada. Solo murmuró algo (Alfa Mike Oscar Romeo) en el código internacional de señales del mar.

# El duelo final

Él tenía aquella manía de llevar siempre la contraria. Adornaba mucho sus opiniones con juramentos y blasfemias, aunque su maldición preferida era más bien inocente: «¡Mala mar te trague!». Había una que a mí me parecía terrible y que él reservaba para atemorizar al rival en momentos decisivos: «¡Me escarbo los dientes con el Palo de la Santa Cruz!». Un día, un guardia de tráfico le pidió que se identificase, después de adelantar a más de cien por hora en una curva con raya continua, y él profirió toda una filosofía: «¡Me llamo André Dosil y me cago en Copito de Nieve y en la Raíz Cuadrada de Tres!».

Pero lo que a mí me llamaba la atención era la vehemencia con que se oponía al parecer de los demás, fuera quien fuera y fuese sobre lo que fuese. Dosil luchaba contra el mundo. Tenía un anzuelo clavado en las entrañas. Yo comprendí muy bien, mejor que en la clase de Lengua en el instituto, lo que eran las oclusivas, esa implosión que contenía por ejemplo la «p», cuando Dosil se revolvió con vehemencia contra un viajante algo chinchón que había invocado como argumento decisivo en su favor la opinión de la mayoría. Se escucharon dos auténticos petardos fonéticos en aquel templo del saber que era el bar de mis padres: «¡Me cago en la opinión pública!».

La propia manera que tenía de afincarse en una esquina de la barra del Universal recordaba a esos boxeadores que se clavan en un ángulo del ring, resistiendo la andanada inicial mientras planean el fatal contragolpe. Era soltero. No tenía amores conocidos. Y trataba a las mujeres como seres invisibles. Solo lo vi dos veces vencido. Una fue cuando murió su madre: «Ponme una copa, chaval. ¡Me cago en la pena!».

Con la televisión luchaba cuerpo a cuerpo. Sin tregua. Nada más escuchar la sintonía del noticiario, se ponía en guardia, ojo avizor, acodado en la barra, y con las mandíbulas apretadas. Defendía a Milošević, al presidente de Corea del Norte, a Sadam Hussein, a Fujimori, e incluso, en alguna ocasión, a Fraga Iribarne. ¿Gaddafi? ¡Gaddafi es una bellísima persona! Y como ya nadie le llevaba la contraria, se enfrentaba en voz alta a la pantalla: «¡Hijos de la Coca-Cola! ¡Me cago en Todo!».

Una noche, entró Charo en el Universal. Trabajaba en el horno de una panadería cercana. Traía en la cara el dorado de la hogaza, y una melena ondulante, del color del pan de maíz. A mí me ponía nervioso la holgura libre de su mandilón blanco. Dosil, solo atento a la tele, la había tomado con unos manifestantes. «¡Había que caparlos a todos! ¡Me cago en la inocencia!». Y Charo le espetó: «¡No digas barbaridades, André! ¡Eres un animal de bellota!». Esperamos la réplica con pavor. Pero Dosil, ruborizado, bajó la cerviz: «¡No te enfades, Chariño! Calla el cerdo cuando canta el ruiseñor».

# La sinceridad de las nubes

Era uno de los pocos jóvenes que continuaban en el valle, trabajando el campo y cuidando ganado. Al preguntarle la profesión, en unos documentos escribía agricultor; en otros, granjero. A veces, nada. Podría haber emigrado. A la ciudad o al extranjero. En realidad, tenía tantos oficios como dedos. Podría levantar paredes. Colocar una instalación eléctrica. Empalmar cañerías y reparar la bomba de agua del pozo. Lijar y pintar una verja. Hacer una escalera de caracol. Injertar un frutal en un espino, ajardinar un yermo. Y era un buen mecánico: nadie maneja hoy tantas máquinas como un hombre de aldea. Fuerte, decidido, animoso, ¿por qué no se marchaba?

Sabía que el tener automóvil le obligaba a ciertos servicios colectivos. El viernes por la tarde, la abuela de Inés le pidió, como otras veces, que fuese a buscar a su nieta a la parada del autobús, allá, en el lejano cruce de carreteras. Inés estudiaba Medicina en Santiago de Compostela, pero, al bajar del transporte, parecía que había atravesado Europa. La mirada algo extraviada, verde tormenta, en la orla frondosa de las ojeras. Vestía un suéter de cuello cisne. Él la saludó como un chófer profesional y guardó el equipaje en el maletero. Antes de ir a casa, dijo ella, llévame, por favor, a ver el mar.

Él sabía en qué sitio estaba pensando. A veces, en su ausencia, él se sentaba allí, en la grupa de la duna. Por el camino, los pies descalzos de Inés nombraban, embrujaban: Estrella de la junquera, anémona, melga, manzanilla, lirio del mar, cardo marino. Ahora, silencio. En la fragua oceánica del poniente, entre ascuas que chirrían, germinaban a un tiempo las olas y las nubes. Creo que voy a dejarlo, dijo ella. No sirvo para médico. No soporto el dolor.

Todo se aprende, dijo él. Y pensó, sin decirlo: Descubrirás que eres valiente de un día para otro. Además, no hay trabajo. Te matas a estudiar, y después ¿qué? Él la animó: Siempre habrá trabajo para los médicos. Especialízate en lo de los viejos, ¿cómo se dice? Geriatría. Eso, geriatría.

Una ola rara, de las que no embisten ni besan la arena, cruzó veloz de izquierda a derecha, como una mecha encendida de espuma. Todo resultaba sincero en la playa desierta: las olas, las nubes. Una bandada de gaviotas reidoras. Galicia entera debería estar sembrada de marihuana, dijo ella de repente. Le ofreció una calada y él negó con la cabeza. ¿Sabes?, Romeo y Julieta bebían vino caliente con canela y frambuesa; venga, hombre, ¡una calada! Una nube. Una ola. Y otra. Y otra.

# La mirona

La primera vez que vio hacer el amor fue en esta playa.

La primera vez no fue a propósito. Era solo una niña que cogía moras en las zarzas acodadas en el sotavento de los muros de piedra que protegían los pastos del ganado y la primera trinchera de los cultivos. La adusta vanguardia de las coles con su verde cetrino. Espetaba las moras en la dureza de una paja seca como cuentas de un rosario tensado o bolas de una de las varillas de alambre del ábaco de aprender a contar.

La primera vez fue sin querer. Ella iba de retirada, hacia la aldea, y atajó por las dunas. Fue entonces cuando vio a la pareja, una pareja solitaria y medio desnuda en el inmenso lecho del arenal. Y se agachó. El mar le había devuelto la visión con una brisa colorada, de vergüenza y de miedo. Pero se quedó quieta. Comió con ansia una ristra de moras salvajes y volvió a mirar, mientras se lamía con la lengua el bozo tinto que pintaron los frutos.

El mar fue siempre una inmensa pantalla hacia la que se orientaba el mundo del valle, posado con esmero, como un cojín de funda bordada y con pompones, en la silla de alto respaldo de los montes rocosos. Todo, pues, en el valle miraba hacia el mar, desde los santos de piedra de la fachada de la iglesia, con su pana de musgo, hasta los espantapájaros de las tierras de cultivo, vestidos siempre a la moda. Ella los recordaba con sombrero de paja y chaquetas de remiendos, pero, en la última imagen, los espantapájaros gastaban visera puesta del revés y cubrían la cruz del esqueleto con sacos de plástico refulgente de los abonos químicos. Lo que no había en el valle eran pescadores. Nadie traspasaba esa pantalla de mar y cielo, tan abierta, con vertiginosas y espectaculares secuencias, y amenazadora como una ficción verdadera.

La primera vez que vio una película en el salón, que era también el de bailar, pensó que Moby Dick estaba allí de verdad, en el cuadro en movimiento de su mar. Y no andaba descaminada, porque pocos días después el mar vomitó una enorme ballena que quedó varada y agonizante en la playa. Y vino en peregrinaje gente de todos los alrededores con carros tirados por vacas donde cargaban las chuletas gigantes de Moby Dick. Un hormiguero humano, azuzado por las quejas y blasfemias de las aves, celosas de los despojos, fue despedazando el cetáceo hasta dejar en el arenal un oscuro, pringoso y maloliente vacío. El corazón ocupaba el remolque de un carro. Llevó detrás una comitiva fúnebre de rapiñas y perros cojos. El eje, al gemir, pingaba tinta roja.

El mar vomitaba a veces el atrezo de las películas. Cuando era muy pequeña, su padre trajo un gran cesto rebosante de mandarinas. Contó que todo el arenal había amanecido en alfombra anaranjada. Cuando ya era chica, el mar echó en un eructo paquetes de tabaco rubio y botes de leche condensada. Y otro invierno, al poco de casarse, botellas de champán francés y un ajuar de vajilla con cucharas de plata. Casi todos los años el mar daba una de esas sorpresas. La última vez, y fue el año pasado, el mar ofreció un cargamento de televisores y vídeos. Algunos parecían en buen estado. Hicieron una prueba en el único bar de la aldea. Ella esperaba ver islas de coral y peces de colores, pero en la película salió Bruce Lee, dio unos golpes con el filo de la mano, y se cortó la imagen.

El hombre del proyector de cine, que tenía una camioneta de chapa roja y morro muy alargado, era el hombre más feo del mundo.

Un día, en el salón, esta vez preparado para el baile, la niña, sentada en la escalera y con la cabeza engarzada en los barrotes de la balaustrada, vio bailar al hombre más feo del mundo con la mujer más hermosa del mundo. La nariz del hombre feo hacía juego con el morro de la camioneta. Era tan larga y afilada que tenía una sombra propia, independiente, que picoteaba entre las hojas de los acantos del papel pintado de las paredes. Entre pieza y pieza, cuando la pareja se paraba y se acariciaba con los ojos, la sombra de la nariz picoteaba las moscas del salón, de vuelo lento y trastornado.

Eran los dos, el hombre más feo y la mujer más linda del mundo, los que estaban haciendo el amor en la playa, protegidos por el lomo de una duna. Aquella primera vez, la niña, ya adolescente, vio todo lo que había que ver. De cerca. Sin ellos saberlo, hicieron el amor para ella en la pantalla del mar. Arrodillada tras la duna, compartía la más hermosa suite. El inmenso lecho en media luna, la franela de la finísima arena, la gran claraboya de la buhardilla del cielo, de la que se apartan casi siempre las caravanas del oeste con sus pacas de borra y nube, lo que hace que el valle sea un paraíso en la dura y sombría comarca.

Se abrazaron, se dejaron caer, rodaron, se hacían y deshacían nudos con brazos y piernas, con la boca, con los dientes, con los cabellos. El altavoz del mar devolvía a los oídos de la mirona la violencia feliz de sus jadeos. Así, más, más, más. Llegó un momento en que temió que los latidos de su corazón se escuchasen por encima del compás de las olas. Fue la mujer la que venció. De rodillas, como ella estaba, ciñéndose al hombre con la horquilla de los muslos, alzó la cara hacia el sol hasta que se le cerraron los ojos, ladeó las crines en la cascada de luz, y los blancos senos aboyaron por fuera del sostén de lencería negra.

A ella le pareció que se había acortado la nariz del hombre más feo del mundo. Su sombra debía de andar entre los zarapitos, picoteando en el bordón que tejía la resaca de las olas.

Era una playa muy grande, de aguas bravas y olas de alta cresta que a veces combatían entre sí, como los clanes de un antiguo reino. Siempre fría, con la espuma tersa como carámbanos fugaces, y con la arena tan fina que cuando se retiraba el rollo de la marea dejaba un brillo de lago helado. Cuando envejeció, a ella le gustaba caminar hendiendo con los pies ese espejo húmedo y pasajero porque se decía que era muy bueno para las varices. Alguna vez, en el verano, siempre vestida y con una pañoleta en la cara, dormía la siesta sobre la manta cálida de la arena seca.

—¿Por qué siempre andas husmeando por la playa? —le riñó la hija.

—No ando husmeando —se defendió ella, aunque la verdad le enrojeció las mejillas—. ¡Es por las varices!

Aparte de esa costumbre de caminar en la orilla, nunca, nunca, se había bañado en esta playa. Nadie de la vecindad se bañaba en esa playa de aguas majaras hasta que llegaron los extranjeros. Venían del norte, con la casa a cuestas, en caravanas de lánguido rodar o en furgonetas estampadas de soles y flores, y acampaban al lado de la franja de dunas, esa tierra de nadie, frontera que amansaba los vientos entre la playa y el fértil valle. Más tarde llegó la moda de los todoterrenos, que atravesaban las pistas levantando polvo, con la diligente indiferencia de los que corren un rally en el Sáhara.

No había ninguna relación entre los campesinos y los bañistas. Desde la posición de los labradores, y a partir del mediodía, los bañistas se desplazaban a contraluz. Eran, al fin y al cabo, extraterrestres. La época del año en que llegaban y brincaban desnudos, con las vergüenzas al aire, o enfundados en trajes de goma para cabalgar con tablas las olas, era también la época del trabajo más esclavo, cuando había que recoger las patatas y las cebollas, sachar los maizales, y segar y ensilar el heno. Las gotas de sudor asomaban como ojos de manantial y trazaban riachuelos en el tizne de tierra de sus brazos. A veces, el sudor bajaba de la frente por el canalón de los ojos. Ella levantaba la cabeza para enjugarlo con el dorso de la mano. La prisionera de la tierra contemplaba la playa entre las rejas verdes del maíz.

Cuando los demás se recogían en casa, ella todavía se marchaba hacia las dunas con la excusa de refrescarse cerca de las olas. Pero siempre se escondía en su puesto de centinela, a la espera de que el mar le ofreciese una película de amor.

Su marido no era el hombre más feo del mundo. Ella tampoco era la más hermosa. La noche de bodas, a oscuras, no había sentido placer. Más bien al contrario. Pero después ella soñó que rodaban abrazados por la playa y despertó con un sabor salado en el paladar. Con ganas de volver a hacerlo. Le sucedía con frecuencia y su marido se iba cansado y feliz al trabajo. Se lo llevó una enfermedad traidora y tuvo un mal morir, insomne en las noches, porque no quería irse hasta después del amanecer.

Cuando su marido vivía, y la abrazaba en la cama, ella cerraba los ojos y follaba con un bañista de rostro cambiante y melenas rubias y húmedas, jaspeadas de algas. Después de su fallecimiento, cuando espiaba parejas desde el escondite de la duna, le parecía ver en la convulsión del cuerpo macho el perfil de su marido, trabajando el amor bien trabajado, en progresión de polca.

La última vez que acudió al puesto de centinela fue hace algunos años, un día de septiembre, ya bien entrado el mes. El verano tarda en llegar al valle, pero a veces regala, como un juerguista melancólico, un largo bis. En estas ocasiones, el crepúsculo dura lo que la sesión de cine y se pone en tecnicolor. Lo que ella vio fue también una escena de amor que le pareció interminable. Al fin, los dos amantes se levantaron y corrieron, riendo, hacia el mar. Se dio cuenta entonces de que eran su nieta y el novio. Pero no lo quiso creer. Ni lo cree. Los campesinos no se bañarían nunca en aquella playa tan peligrosa.

# El protector

La vio llegar. Traía una bufanda azul celeste y una chaqueta de lana verde y roja, como un campo de amapolas. Pese a las ojeras, tenía esta mañana una mirada luminosa y serena. La miel de los ojos había sustraído el brillo sacudido por sorpresa de la helada. En el invierno de Uz, hay que decirlo, el sol era un forastero. La mayor parte de los días, en la humedad sombría, la vaharada del aliento quedaba estática en el aire, pegada a la boca, como los bocadillos con que hablaban los personajes del cómic que hasta entonces había estado leyendo el guardia.

Si se dio cuenta de la miel de los ojos fue porque las otras veces solo había visto en ellos otra cosa: el terror.

Era atractiva. No espectacular, es decir, muy atractiva, pues lo era con descuido. Los cuadros que pintaba le parecían al guardia, él, que se apresuró a decir que no entendía nada de arte, de una belleza cegadora. Preferiría no haberlos visto. Porque desde ese momento, sin él tener ningún propósito, supo que, de tenerlo, sería inalcanzable. No por complejo de inferioridad cultural o algo así, sino por otro tipo de distancia, una cosa que tenía que ver con la ley de la gravedad, lo centrípeto y lo centrífugo, y otros oscuros conceptos que se le mezclaban entre los recuerdos de la escuela y la balística. Ella se desplazaba en bicicleta. También él preferiría que no fuese así. Tardaba más en desaparecer. Al pasar, dejaba una estela en la retina. Se prendía al paisaje.

Siempre pensó lo mismo. Lo que pensaba ahora: ¿Por qué no te vas? ¿Por qué no te largas de una puta vez?

No conseguía entender que alguien pudiese dejar Madrid para venir a vivir aquí. Y más, siendo artista. ¡En Uz, en una casa solitaria!

—¿Otra vez?

—Otra vez.

—¿Toda la noche?

—Toda la noche.

—¿Los mismos ruidos?

—Los mismos. Piedras en el tejado. Como un reloj. Primero pequeñas, ruedan como canicas. Luego, más grandes. Solo pararon una hora, de tres a cuatro, más o menos.

—A esa hora pasamos nosotros por allí.

—Ya lo sé. Vi las luces del jeep. Pero luego volvieron los ruidos. ¡Es para enloquecer!

—Hice unas averiguaciones. Los vecinos dicen que ellos no oyen nada.

—¡Por favor! Yo ya solo confío en usted. ¡No estoy loca! Sé que lo murmuran por lo bajo, pero no es verdad. ¡No estoy loca!

—Tenga paciencia. Quizá es algún chico joven, algún bromista. La gente bebe y luego hace cosas raras.

—¿Todos los días, uno tras otro? No, no es un bromista. Tiene que ser un degenerado. ¡Un psicópata!

—Tranquilícese. Todo se arreglará. Esta noche volveré por allí. Haré unas rondas. Quienquiera que sea, acabaré atrapándolo.

Y volvió por allí. Claro que volvió. Toda la noche. Primero, piedras pequeñas, como canicas. Luego, cantos rodados. Como un reloj de péndulo que golpea la noche con sus pesas. ¿Por qué no te vas? ¿Por qué no te marchas de este maldito infierno?

# La limpiadora del miedo

Tenía dos relojes despertadores. Uno en la habitación, sobre la mesilla de noche, pequeño y de metal macizo, que emitía un sonido intermitente, bajo y penetrante, una señal acústica de aparato clínico que en el sueño era un punto verde que iba y venía como una rana menuda en la charca de la luna. El otro, el que dejaba en el suelo del pasillo, al otro lado de la puerta de la habitación, era grande y estruendoso, como suelen ser los relojes baratos. Estaban programados con una diferencia de cinco minutos. Al primero lo aplastaba como si fuese un bicho, con la vana esperanza de que el tiempo se detuviese. Pero el segundo repicaba sin compasión y, somnolienta, se levantaba y lo acallaba de una palmada, como si fuese un perro inquieto.

Cogía el primer metro, en Dollis Hill. Había otras mujeres a las que saludaba con una complicidad amodorrada. Con el tiempo, a lo largo de los años, había ido conociendo una especie de red secreta. Limpiadoras de casas, de oficinas, de tiendas, de grandes almacenes, de hospitales, de cines, de escuelas, de museos. Del Parlamento, en Westminster. Entre ellas, podrían describir el mapa oculto de Londres, con sus rincones y escondrijos. El Londres del desaliño, con sus manchas, sus lanas de polvo bajo las camas, sus papeles difuntos y envases vacíos. Su basura. Había conocido de todo, incluso la aristocracia más cutre, pero también se había encontrado con hogares cálidos, que parecen limpiarse solos, como hace con las calles la bayeta de la lluvia soleada. «¡Se casan los lobos!», se exclamaba en su tierra cuando ocurría esa cosa tan linda, el cruce de lluvia y luz.

Así era la casa que le tocaba ahora, en Chelsea, después de limpiar el 12 Bar Club en la calle Denmark.

Abría la puerta, descorría las cortinas de la sala y los objetos de adorno, entre los que abundaban las figuras y las máscaras africanas, talladas en marfil o madera oscura, parecían desperezarse, lavarse con la luz húmeda y saludarla: «¡Se casan los lobos, Raquel!». La parte de atrás de la casa daba a un pequeño jardín, con un césped demasiado perfecto, recortado al fondo por una rocalla que ascendía en terrazas, como el acantilado de una isla que esperase la embestida de un mar verde. Había algo más que le hacía agradable la estancia. Estaba siempre sola. El primer día, la mujer que la contrató le mostró la casa y le enseñó el funcionamiento de los electrodomésticos. Al moverse, y lo hacía con una enérgica desenvoltura, parecía ejecutar una tabla gimnástica. Era esa clase de mujer madura que mantiene a raya el buril de la edad y el torno del peso, que se entrena aparte en la carrera contra el tiempo. Raquel pensó que había algo en ella de la misma materia que las figuras de la sala. Llevaba gafas. Unas gafas de lentes gruesos que, lejos de avejentarla, y con su pelo rubio y corto, peinado hacia atrás con gel, le daban un aspecto de nadadora que había atravesado la noche a braza.

En realidad, el retrato de aquella mujer lo había ido perfilando con el paso de los días. Le llamaban mucho la atención las notas en papel post-it, amarillas, adheridas en el espejo del cuarto de baño. Un día leyó: «Creían en la verdad, pero solo la usaban en casos de emergencia». Otro: «Escarlata O'Hara no era bella, en realidad, pero los hombres no se daban cuenta». Un día: «Si eres hombre, pon la mano en la llama». Y al siguiente: «Me encanta jugar con fuego».

Todas las notas tenían el mismo tipo de letra. La letra de la mujer que le dejaba sobre la mesa de la cocina algunas instrucciones escritas. Un día tuvo que repasar el papel una y otra vez para ver si había comprendido bien: «Por favor, hable con las plantas».

Era cierto que algunas de las plantas estaban marchitas. Sobre todo, una flor de Pascua. Las regaba y mantenía cerca de las ventanas. Con las tijeras de cocina, con delicadeza, podaba las hojas secas. Pero ¿qué les iba a decir a las plantas? ¿En qué idioma les hablaría? ¿Y si aquella mujer estaba loca?

Miró fijamente hacia la flor de Pascua. Melancólica. Los nervios contraídos de las hojas. Un color de ictericia apagaba su esplendor rojo. Y le dijo: «¿Qué? ¿Tienes frío, bonita?».

Escucha. Voy a contarte una historia.

Era una chica que decidió emigrar el mismo día en que su antiguo novio se casaba con otra. Solo sus padres sabían que estaba embarazada. A nadie más se lo dijo y ellos guardaron el secreto. Había asumido que tenía mala suerte. No solo ella sino toda la familia. Había un destino de carácter que marcaba, como blasón en el entrecejo, cada casa de la aldea. Estaban los mañosos, los juerguistas, los avaros, los rebeldes, los traidores, los justos o los mentirosos. Incluso había una casa en la que había pasado algo que no se podía contar. Su familia era muy normal. Simplemente, era la de la mala suerte. Su padre, huyendo de la mala suerte, había trabajado una temporada en el mar, pero tuvo que dejarlo. La fama de los hombres corre a veces por delante de ellos. Así que cuando llegaba a un puerto ya le veían cara de mala suerte. Cuando el novio la dejó, ella no le fue a pedir explicaciones, pese a la dolida insistencia de la madre.

Escucha. Hay cosas por las que jamás hay que pedir explicaciones.

Así que se marchó. Su intención no era propiamente emigrar sino desaparecer. Apartarse para siempre de los raíles de la vía de la mala suerte. Lo primero, desde luego, era no tener la criatura. Nadie a quien traspasar los recibos. Entre las direcciones de Londres, llevaba la de una clínica. En principio, se alojó en la vivienda de una prima que había emigrado cinco años antes, en 1969, y que vivía en Cornwell Crescent. Un día, un día luminoso como este, se sentó en un banco en Queens Park. Estaba cansada de haber subido la cuesta de Ladbroke Grove desde Portobello. Al lado de un seto de mirtos, había un chiquillo muy silencioso, al acecho de no sabía qué, con una botella entre las manos, la boca tapada con el pulgar. Tenía el pelo rojizo y con pecas de manzanilla en la cara. Mordía los labios al andar sigiloso. Por curiosidad, siguió de reojo sus movimientos de chaval felino y se dio cuenta, estremecida, de que lo que el niño hacía era cazar avispas vivas. Ella conocía bien el uniforme de las avispas. Su abdomen amarillo. Las listas negras. Su aguijón.

Cuando el chaval se acercó más, ella le preguntó, con las cuatro palabras de inglés que sabía, que cuál era su nombre. Y entendió Ismael.

Se quedó sin pensar. También ella tenía pecas del color de la manzanilla. Se llevó la mano al vientre y dijo: «Bien, Ismael o como te llames. ¡A ver si eres capaz de cazar avispas vivas con las manos!».

# Todos los animales hablan

Señor director de la revista *To Pick On*:

Como veterinaria jefe de Metamorfosis, me veo en la obligación de salir al paso ante la grosera manipulación que han hecho de mis declaraciones en el reportaje por ustedes titulado «Un asunto kafkiano: La cantante Penélope Lamar interna a su querido Ulises en la selecta clínica de salud mental Metamorfosis, después de un confuso intento de suicidio».

Recibí con amabilidad al reportero de *To Pick On* y, con el permiso de nuestro cliente, accedí a responder a algunas preguntas sobre la personalidad de Ulises. Traicionaron esa confianza, al tergiversar una información muy delicada. Ahora lamento no haberles dado una mordedura.

Aprovecho la ocasión, y puesto que el saber no ocupa lugar ni la cultura general perjudica a la salud, incluso tratándose de la salud de los periodistas, para aclararles que ni siquiera aciertan cuando asocian el adjetivo kafkiano con el nombre de nuestro establecimiento. A ustedes puede parecerles una confusión irrelevante, tratándose de una publicación frívola y sensacionalista, por definirla con benevolencia. Además, según tuvo la gracia de explicarme por teléfono, a sus lectores les importa un pito Kafka y un carajo Ovidio, lo que demuestra la poca estima que tienen por su trabajo, su producto y su público. Por cierto, que en dicha conversación telefónica usted confundiese a Ovidio con un futbolista brasileño debería ser suficiente motivo para desistir en este empeño aclaratorio, pues es como gastar cera en ruin difunto. Pero sepa que tengo dos especialidades: la Psicología Animal y la Paciencia.

Las palabras no son inocentes y, como ya ocurría con el barbero de Kamala, la lengua afilada puede hacer más daño que una navaja. Si consultasen el diccionario, suponiendo que tengan alguno en la redacción, verían que el apelativo *kafkiano*, tan manido por los de su oficio, tiene el significado de «cosa absurda o de pesadilla, propia de las obras de Kafka». En este caso, su reiterado uso, en titular y texto del reportaje, ¡trece veces!, sumerge a nuestro establecimiento en una atmósfera de anomalía y sospecha.

En realidad, Metamorfosis debe su nombre al gran clásico latino Publio Ovidio Nasón (a propósito, y ya que trato con cotillas, le diré que el apodo de Nasón le vino dado por el tamaño de la nariz en esta noble familia). Incluso estuve tentada en llamar a esta clínica El Sueño, como uno de los capítulos de *Las metamorfosis*, donde se narra con pocas palabras el amor de Alcione, la hija de Eolo, el dios del viento, y Ceix, hijo de un astro. Tal vez, sí, tal vez la más hermosa historia de amor jamás contada.

Imagino su sonrisa resabiada y cínica, señor director. Hablar de amor en *To Pick On* es como cantar una canción de cuna en un tanatorio. Pero lo que sigue viene como anillo al dedo para el objeto de esta carta.

En resumen: Ceix se marchó en un viaje por mar, no sin antes hacer una firme promesa a Alcione: «Regresaré a ti antes de que la luna llene por completo su disco por dos veces». Pero el deseado viajero no llega en ese plazo ni después. Alcione pasea por la costa y lamenta su ausencia: «Aquí soltó las amarras, en esta playa me besó al marcharse». De repente, ve un cadáver que flota en el agua: «¡Ay, desgraciado, quienquiera que seas, y tu mujer también, si es que la tienes!». Hasta que comprueba con horror que es a Ceix a quien el mar arrastra. Y dice, fíjese en la maravillosa precisión sentimental del lamento: «¿Así, oh queridísimo; así, desventurado, vienes hacia mí?». Y entonces Alcione se arroja desde un dique, pero el viento, su padre, la alza y sus brazos se prolongan en alas. Y se posa sobre el frío cuerpo del ahogado y lo besa con su pico de ave y los dioses, a petición del pueblo, que tiene corazón para estas cosas, permiten que Ceix vuelva a la vida en forma de pájaro y la pareja se ama y anida sobre el mar.

Así contó Ovidio el origen de los alciones, que hoy se identifican con los martines pescadores.

¿Qué tal, director? No es la típica historia de *To Pick On*, pero tampoco está mal, ¿no?

Bien, ya sabe el porqué de Metamorfosis. Ahora voy a intentar responder, uno por uno, a sus comentarios del género bobo pero no inofensivos, pues la maldad del atrevido puede ser tan dañosa como una picadura de avispa o una china en el zapato.

Lo que dice *To Pick On*: «Según la directora de Metamorfosis, la doctora veterinaria Sol Doval, Ulises está dotado de una sensibilidad especial para la música. Es como si tuviese los tímpanos hechos con membrana de alas de mariposa. *Primer Guau*: ¿No me diga? Los perros y sus dueños tienden a parecerse. ¡Ya sabemos en qué NO se parecen la cantante Penélope y su perro! Él sí sabe de música. ¿Y qué prefiere? Pueees, según la ínclita doctora veterinaria, le gusta Schubert, el reggae de Bob Marley y se emociona con el fado *Estranha forma de vida* de Amália Rodrigues. ¡Lo que hay que oír!».

Mi turno: Existen medios muy precisos, por ejemplo la llamada *curva de la demanda de Dawkins*, para conocer los gustos y las preferencias de seres como Ulises, aunque mucho me temo que con su reportero solo funcionaría el experimento de los actos reflejos de Pávlov. Ulises puede expresar su deseo de escuchar, por ejemplo, *No Woman No Cry* de Marley de una forma no muy distinta a como nosotros seleccionamos esa canción en una gramola de un bar. Sus conocimientos musicales, por supuesto, han sido adquiridos en un aprendizaje y eso es más mérito de Penélope que nuestro. La capacidad de aprendizaje musical existe en muchos animales. Hay pájaros que se enamoran de los trinos de otros, y los aprenden, ¡y abandonan el suyo!, aunque también es cierto que donde mejor canta un pájaro es en la rama de su nido.

Lo que sí dice *To Pick On*: «La doctora Doval asegura, sin pestañear, que entre Penélope y Ulises existe un nivel de comunicación semejante (repito, lectores, ¡semejante!) al de dos personas en la intimidad. Cuando se le pregunta si eso significa que Ulises comprende el lenguaje humano, la directora de Metamorfosis responde sin dudarlo: ¡Por supuesto!

—Entonces, ¿también entiende los conceptos abstractos como... el amor?

—El amor —responde la doctora Doval— solo es un concepto abstracto para quien no lo tiene.

—¿Y habla? —pregunto yo, ya lanzado—. ¿Podemos decir que Ulises habla?

La doctora Doval me mira extrañada, como si preguntase una obviedad:

—¡Claro que habla! ¿Todavía no se ha enterado usted de que todos los animales hablan?

*Segundo Guau*: Pues no, señora, no sabía yo que todos los animales hablan. Al salir de su consulta, saludé a un pastor alemán, a un dogo belga, a un setter irlandés, a un husky siberiano y a un *palleiro* gallego con idéntico resultado: no se dignaron dirigirme la palabra. ¿En qué clase de facultad le dieron el título a esta guapa veterinaria? Un perro es un perro, por importante que sea su compañía. ¿O va a resultar ahora que es Ulises quien inspira las canciones de amor de Penélope? Por nuestra parte, estas declaraciones nos ratifican en lo que ya hemos apuntado: la cantante está como una cabra, y la psicóloga de animales, tocada del ala».

Mi turno: El reportero recortó a propósito la mitad de mi argumentación para construir la caricatura que él ya tenía prevista. Es cierto que dije que todos los animales hablan. Y lo repito: Todos los animales hablan, incluso los periodistas de *To Pick On*. Pero omitió adrede una cita fundamental de Ludwig Wittgenstein que daba sentido a mis palabras: «Si un león pudiese hablar, nosotros no lo entenderíamos». En cuanto a la relación de Penélope Lamar y Ulises le dije que podía ser, en cuanto a afecto, tan estrecha como la de dos personas... o dos perros. Depende de cómo se mire. Es una forma de hablar. Lo explica de una forma muy sencilla Stephen Budiansky: «Es un lugar común decir de un perro que se comporta como un humano, pero un mejor análisis de la situación sería decir que el perro piensa que nosotros somos perros». Por otro lado, ¿qué hay de malo si fuese cierto que Ulises inspiró las canciones de amor de Penélope? Los sentimientos hermosos enriquecen a quien los tiene y es capaz de expresarlos, independientemente de la naturaleza del destinatario.

Éramos conscientes de que este asunto se prestaba a la burla y al morbo si llegaba a oídos de indeseables sin escrúpulos, como por desgracia así ha sido. En una ocasión atendí a una elefanta de circo. Le habían puesto demasiada anestesia, cinco litros, para operarla de una muela y no pudimos hacer nada para salvarla. El domador lloró de pena. Y me contó que hablaba con la elefanta en cuatro idiomas, pero que en la intimidad solo se dirigía a ella en italiano, *Oh, la mia piccolina!*, y la hembra lo rodeaba con su trompa y lo levantaba en el aire. Cuando yo estoy enferma, mi gato sale al parque y me trae ratones a casa.

Lo que dice *To Pick On*: «Pese a nuestra insistencia, la doctora Doval no aporta una explicación convincente sobre las causas del internamiento de Ulises en la clínica Metamorfosis. Se habla de un intento de suicidio, ¿es eso posible en un perro? "Claro que es posible", responde la doctora con su facundia habitual. "Los animales también sufren depresiones que pueden conducirlos a la desgana de vivir". Todo parece indicar que la feliz vida de Ulises se torció cuando entró en escena el batería del grupo O Artilleiro Flanagan, con quien Penélope inició lo que se llama un apasionado romance. ¿Puede un animal sufrir un desengaño sentimental?, preguntamos a la doctora. "¿Y usted qué piensa?", me dice ella clavándome su mirada del color de la azurita sobre blanco de plomo. *Tercer Guau*: Aquí, con perdón, hay gato encerrado. Hay rumores para todos los gustos, algunos incluso de mal gusto, pero que nosotros, cumpliendo con el sacrosanto deber de informar, no podemos dejar de consignar. ¿Estamos ante una operación publicitaria? Un drama con animal por medio enternece a un mundo que cada vez se parece más a Disneylandia. ¿Será cierto que Ulises entró en la clínica con una herida de bala y a las puertas de la muerte? ¡La respuesta en el próximo número de *To Pick On*!».

Mi respuesta AHORA: Comenzaré por el final, pues se trata de una grave insinuación. Si fuese cierto lo que se apunta como rumor, yo sería la primera en denunciar el hecho. Después de lo expuesto, ¿cree alguien que permanecería impasible ante el intento de asesinato de un perro? No. Una cosa es que Ulises se sienta «como si le hubiesen pegado un tiro» —esa fue la expresión de mi ayudante— y otra que se lo hayan pegado. Lo que sufre nuestro paciente es una depresión profunda que solo se puede superar con el tiempo y la medicación. El arrogante reportero despreció la amplia explicación que le di sobre el padecimiento mental en los animales. A veces, y al igual que ocurre con las personas, por motivos de apariencia banal. No hace mucho, atendí a un caballo, un auténtico campeón, que de repente se negó a correr en los hipódromos. Creían que tenía un problema fisiológico no detectado y lo intentaron todo con la mulomedicina. Al final resultó que no le gustaban ni el color del establo, recién repintado, ni un nuevo cuidador, que llevaba un bigote a lo káiser. Eran los típicos caprichos de una estrella del deporte. Pero tenía sus razones. Antes lo cuidaba una mujer con manos de seda y crines negras, brillantes y lisas como el azabache. El caso de Ulises es, al tiempo, más sencillo y más complicado. Tiene el corazón partido. Se niega a comer. Y creo que odia la música folky de O Artilleiro Flanagan.

Eso es todo.

Lamento que hayan lesionado mi honor profesional y comparto la amargura de Charles Darwin cuando, ante las embestidas de la ignorancia, escribía a un amigo: «Debería haber sido usted abogado en vez de botánico».

# La sonrisa del aprendiz

*A Luís Ferreiro*

En la víspera, estábamos al calor del llar, hipnotizados por el fuego, y mi padre dijo de repente: «Vais a andar por el mundo, pero a ver cómo andáis. La palabra de un hombre vale más que la palabra de un notario». A mi padre le venía bien el apodo de «Silencio», así que aquello era mucho decir.

Me iba a la montaña, a Ancares, a trabajar ocho meses. Éramos una cuadrilla de cinco aprendices, al mando del maestro cantero Silva. No se me olvidará nunca la primera lección: «Nosotros no trabajamos de sol a sol, sino de estrella a estrella».

De camino, se hizo noche. Encontramos aposento en una taberna. Comimos tocino y cachelos. Y dormimos en un alpendre, sobre la paja. Me desperté muy dolorido. Le dije al jefe Silva que tenía un dolor insoportable en la espalda. Era un buen tipo, pero con estas debilidades se enfadaba mucho. Y maldecía. Soltaba unos extraños juramentos.

—¡Me cago en la ley de la gravedad! —dijo esta vez—. ¿Dónde? ¿Dónde carajo dices que te duele?

Señalé la parte de los riñones, sin atreverme a tocar. Algo se había roto en mi esqueleto. Y entonces él, Silva, me levantó la camisa con mucho tiento, podía sentir en la piel las púas de su mirada, hasta que, de repente, soltó otro juramento, pero en tono muy distinto:

—¡Me cago en el puente sobre el río Kwai! ¡Mirad, mirad!

Y todos se acercaron reclamados por el jocoso asombro del maestro.

—¡Mirad el muy pardillo! ¡Durmió encima de la paleta!

Era tanto el sueño que ni me había quitado las herramientas sujetas al cinto.

Reemprendimos la ruta. Nuestro destino era una casa de labranza. Una casa grande. La casa de la Arribada. Yo tenía quince años. Y lo primero que vi fue a aquella muchacha. Mis compañeros salían los domingos a la tarde, a husmear por ahí. «¡Vamos a ver si hay truchas!», decía el más pícaro. Yo tenía otra costumbre. Lavaba la ropa y cosía remiendos. La muchacha andaba por allí llevando cosas. Un cesto, una herrada, una brazada de hierba, un cubo de cinc, un cordero, un escobón de retama, un lote de ropa. Un cuerpo que iba y venía, cambiando de formas, giratorio, con aspas, moviendo bultos de luz y sombra. Coincidimos al tender la ropa lavada y al colocar las piezas blancas al clareo sobre la hierba. Imité sus movimientos. Y ella imitó los míos. Y después de reír, cada uno a su manera, de rodillas, conteniendo risas, como quien trata de atrapar saltamontes, nos miramos. De repente, en silencio, compartíamos una sonrisa desconocida. Olía como el heno y nos iba acercando, la sonrisa, con cada latido.

Oímos la voz del padre. Emilio, el señor Emilio, era un hombre tranquilo, muy corpulento. Quizá por eso, por su arquitectura de piedra, sentía que me trataba con confianza. Me miraba desde lo alto, pero su voz estaba a la altura de sus manos. Eso es algo que también aprendí de cantero, a trabajar las palabras al tacto, a sopesarlas como las piedras. A mayor peso, con mayor tiento. Empujarlas con las yemas de los dedos.

Justo era lo que quería el señor Emilio. Que le ayudase a mover una gran piedra. Él estaba con la labor de ganarle terreno al monte para ampliar la era. No, su voz no era una voz de mando. Dijo: «¡Por favor, neno!». Yo era, aproximadamente, un tercio, bueno, la mitad del señor Emilio. Que me pidiese ayuda, por favor, me hizo sentir como un igual. De alguna forma, lo entendí como una licencia para sonreír. A Luz Divina, al mundo, a la piedra. Lo recuerdo bien. Claro que lo recuerdo bien. Ya nunca más dejé de sonreír.

—¿Cuándo es la maja del centeno?

—No, no es por la maja. ¡Es para bailar! —dijo él con tono divertido. Me miró y me guiñó un ojo—: Tal como está ahora, no tiene vuelo para un buen pasodoble.

Me puse a la tarea mano a mano con el padre de Luz Divina. Me parecía estar escuchando la música. La muchacha y yo girábamos en una órbita que unía y estrechaba nuestros cuerpos. La roca era grande, pero con una forma cúbica que la hacía manejable. Cedió al impulso de la palanca y se dejó acostar, dócil, sobre los rodillos de madera. Silva nos había contado un día la historia de un pionero de la aviación que era gallego, y que un día, sobrevolando el Pico Sacro, perdió por un momento el control de aeroplano y gritó a la cima de la montaña: «¡Aparta, roca, que te rompo!». Silva nos dejaba reír, pero luego la historia tenía su moraleja: «Con las piedras, no vale ser bravucón». Y añadía: «Ni confiarse». El señor Emilio me miraba maravillado. Yo, un neno, como él decía, estaba moviendo y guiando aquella mole sin apenas tocarla.

Me engañó. No era dócil. La piedra hizo un extraño giro y yo le regañé como el aviador a la montaña: «¡Aparta de ahí!». Pero la mano llegó tarde al rodillo. Había tenido golpes y magulladuras, pero nunca un dolor así. Perdí el sentido. Cuando desperté, ella me estaba vendando el pulgar con una tela suavísima y blanca como la gasa.

—Son telarañas de la techumbre del molino —dijo Luz Divina—. ¡Ya verás como te calman!

Le sonreí.

—Vas a perder la uña, pero salvarás el dedo —dijo el padre.

También a él le sonreí. Era un dolor insoportable. Salía del pulgar e iba a un rincón desconocido del cuerpo, un pozo de agua triste, y volvía al pulgar.

Cuando me llevaban a la sala de tortura, iba pensando: si hay que morir, pues se muere. Pero ni una palabra de más, ¿me oyes?, ni una palabra. Parece increíble, pero cuando llegué a esa conclusión me sentí mejor. Yo hice un pacto con el pensamiento. No puedes dar explicaciones. Ninguna. Dar una explicación, aunque no delates, es dejar un resquicio. Una palabra lleva a otra. Esconderlas dentro del cuerpo. Eso es lo que pensé. Esconder todas las palabras. Detrás de cada hematoma, detrás del dolor, donde más duele el dolor. Y así iba haciendo soportable lo insoportable.

Una de las veces, al llevarme al calabozo, hicieron que me cruzase con mi hermano. Fue una visión fugaz, pero suficiente para ver cómo los golpes nos habían tallado más parecidos.

—*Je ne sais rien de toi!* —murmuré sin mirarlo.

—*Mois non plus!* —oí que respondía él.

Sonreí con esa puta sonrisa que andaba a su aire y el comisario Paradela me dio un golpe en la nuca. Un mal golpe, de los que llevan plusvalía de odio.

—¿Qué le has dicho? ¿Qué te ha dicho él?

Me acordé de la primera vez que había oído hablar a Silva con otro maestro, un vasco llamado Azcona, en el «latín de los canteros». También le dicen «verbo das arginas». Se reían con picardía. Compartían todo. La comida, el vino, si lo había. Pero no sus secretos. Y yo daría todo a cambio por entenderlos. Cambiaría mi parte de los víveres por un lote de aquellas palabras secretas. Azcona se dio cuenta de que estaba a la escucha, frustrado, mientras los otros aprendices comían. Me dijo algo que entonces me resultó extraño: «Escucha, chaval. La gente piensa que las lenguas son para entenderse, pero a veces es al contrario. Las lenguas también sirven para que no te entiendan».

—¿Qué le has dicho?

—¡Una bendición!

—Eso era francés, ¿no? En francés no se bendice.

Ni una palabra más, pensé. Llévalas a los testículos. Se cebaron. Una patada que hizo añicos todo lo que me quedaba de frágil en el cuerpo. El pobre ajuar, los vidrios, la vajilla, y el espejo. Aquella patada rompió el espejo. Casi no puedes andar. Envíalas allí, a curar tanta humillación. A la tierra quemada. Al amor propio. Si ellos supieran el daño que hacen las amenazas, los insultos, no perderían el tiempo con los puños de acero y los tormentos. Estarían ahí azotándote con fustas de palabras estriadas, aserrándote con los dientes oxidados del ultraje, ahogándote con el zurro y las heces del escarnio, despellejándote con sarcasmos. Sin necesidad de tocarte un dedo, te dejarían en nada. Si dijeran, por ejemplo: «¡Ya no eres hombre, Ferreiro! ¡No vas a follar en la puta vida!». Pues yo me lo creería. Lloraría. Noto que sí. Que estoy a punto de llorar. Sonrío.

—¡Era latín!

—¿Latín? No me jodas, Ferreiro. Pues dime, aunque sea en latín, dónde está la puta Máquina.

¿Lo ves? Mejor no abrir la boca. Usar solo las palabras en misión sanitaria, cuerpo adentro. Había una agrupación de insurgentes en las grutas de las encías. Se deslizaron boca adentro, por los acantilados, y ahora están reparando con urgencia la parte más dañada, esa del amor propio.

Perdí la uña y volvió a nacer. No sé si me curaron el dedo las telarañas, algodonadas por el polvo de harina, y con las que me vendaba Luz Divina, pero puedo decir que el tiempo que cicatrizó esa herida fue lo más parecido que encontré a la felicidad. Y el dedo está rehecho con esas vendas, cosquillea cuando recuerdo. Si existía el destino, el mío sería Donís. ¿Qué más podía querer? Y esa era la pregunta contrariada que asomaba en la mirada de quienes me despidieron. Llorar no lloramos, pero había una protesta en los ojos. ¿Por qué marché? Tenía quince años y me inquietaba la felicidad, el desasosiego de haber ido a parar tan pronto a un paraíso. Después de aprender el oficio, marché a Francia a trabajar en la construcción. Allí volví a ser aprendiz. Desde niño sentía la rebeldía ante la injusticia. Vi nacer a algunos de mis hermanos, sin nadie que ayudara a mi madre. Solo mi padre, sus manos enormes haciendo el nudo del ombligo a la criatura. Mi propia infancia como pastor de vacas, con hambre de ir a la escuela y aprender. No me sentía triste, pero sí rebelde. Fue la rebeldía lo que me liberó de la tristeza. Y en Francia, con los exiliados, con gente que había luchado en la Resistencia, aprendí a darle forma.

A hacerla eficaz.

Junto con mi compañera, volví como clandestino a Galicia. Tenía una misión. Iba a ser el encargado de la Máquina. Hoy puedo decirlo. Pero entonces era el mayor secreto. Ni hablando solo podía hablar de la Máquina. La tiranía se había apropiado del lenguaje. Las palabras que no se habían domesticado castañeteaban de miedo, vivían en voz baja o en silencio. Había que contrarrestar todo eso con palabras liberadas. Y ese era el trabajo de la Máquina.

Me llevaron a un despacho. Había allí un hombre de pelo blanco, de porte elegante. Ordenó que me dejasen solo con él. Y Paradela me soltó del brazo, con cuidado, temeroso quizá de que me derrumbase como una piltrafa, tanto tiempo diciéndome que era eso, una piltrafa. Paradela llevaba siempre un traje negro con raya diplomática blanca, y un chaleco con reloj de cadena. Más que un detective, parecía un gánster. Si salgo de esta, se lo diré algún día, pensé. O no. Tal vez se sienta orgulloso. Nunca se sabe con un poli de la Secreta. El jefe tenía más estilo. Podía ser director de un banco o de un periódico.

Me ofreció un cigarrillo.

—No fumo, gracias.

—Es usted un hombre disciplinado, claro —dijo con algo de sorna.

—Simplemente, no me gusta.

—Todos los placeres tienen un riesgo. Por ejemplo, me han dicho que usted sonríe cuando le aprietan.

—Es un tic de la infancia. No puedo evitarlo.

—Y que cuanto más le aprietan, más sonríe.

—¿Apretar? Sus hombres me están torturando.

Estaba haciéndose el bueno, el civilizado. Así que decidí desplazar una agrupación de palabras justo a la boca.

—Me han atado de pies y manos a una mesa, me han golpeado como a un saco de boxeo, me han intentado ahogar, me han hecho quemaduras en el pecho, me han reventado los testículos...

No pareció alterarse por la acusación. Pero me sorprendió lo que dijo.

—¡Son unos bestias! No saben cómo tratar a la gente. ¿Ha comido hoy? Voy a pedir que nos traigan algo decente para comer.

Descolgó el teléfono, pero volvió a colgarlo.

—Sí, son unos brutos. Yo les explico que el trabajo de información es otra cosa, pero no saben. Deberían tener otro empleo. ¿Así que le han tratado mal?

Decidí retirar la agrupación de palabras.

No iba a darle cháchara.

Por su parte, el tono de confianza iba a más. Pasó a tutearme.

—Escucha. ¡Diles algo! A veces, hay que rendirse a la evidencia. Si no tienen nada, se ponen cada vez más violentos. No hay quien los pare. Dales una pista, una liebre, un hueso, algo para que se contenten y se entretengan. O mejor aún. Diles dónde está la Máquina. ¡Una máquina no es más que una máquina, hombre! ¿Dónde está la Máquina, Ferreiro?

Una bandada de palabras voló hacia el pensamiento. Tenía que prepararme para lo peor.

—¿Qué, no dices nada? Tú y yo podemos llegar a un acuerdo.

Se puso en pie. De espaldas a mí, miraba por un ventanal hacia el puerto. Yo también. Me gustaría estar en la cubierta de aquel barco que se alejaba. Pero, finalmente, el buque desapareció de la pantalla. El jefe de la Secreta se volvió sin mirarme, aplastó la colilla y llamó por teléfono.

—¿Paradela? Suba.

Estaban los tres más crueles en la sala de tortura. Además de Paradela, Zunzu y otro al que llamaban «Chungo». Aparentaban tranquilidad. Ya no parecían impacientes por zurrarme. Había una silla en el centro de la sala, bajo un foco de luz. Paradela me hizo una seña para que me sentase.

—Escúchame, Ferreiro —dijo—. No vas a salir de aquí como un héroe. Vas a salir hecho una mierda. Hemos hecho correr la voz de que has cantado. Así que ya no importa lo que digas. Lo que queríamos era destruirte. Estás fuera de juego. Nos dices dónde está la Máquina y asunto zanjado. Hemos hablado con el juez. Tú eres listo, Ferreiro. Cabezón, pero listo. Y eres valiente. Me jode reconocerlo, pero es así. También nosotros somos cabezones, más que tú. Y tenemos mucha experiencia con los valientes. Hay una línea, ¿sabes?

Me clavó el índice en la frente, entre ceja y ceja.

—Es la línea de flotación del valiente. Está aquí, a esta altura, un poco más adentro o un poco más afuera.

Había encendido uno de sus puros. Dejó que se desprendiese la primera ceniza y quedó bien a la vista una brasa cónica. Pensé que me volvería a quemar. No pude evitar un parpadeo. Lo disimulé con una tos, como si me molestase el humo.

—¡Tiene un buen tiro! —dijo, después de dar otra calada—. Ya no va a haber más quemaduras, Ferreiro. Nos dices dónde está la Máquina y en paz.

—No sé de qué máquina me habla.

Esperaba una tanda de golpes y que se rompiese todo lo que estaba en su sitio. Todavía podía oír por el lado derecho. Podía ver algo por una ranura que quedó en los párpados hinchados. Tenía rota la nariz, como muchos boxeadores, pero seguía ahí. Me sorprendía la resistencia de los dientes, como pilastras en un cráneo prestado y antiguo. Y la lengua. Esa era una baza que me reservaba. Llegado el momento, morderla hasta amputarla para no confesar. Pero todavía no se habían caído las vigas del cielo.

Paradela llamó a un guardia:

—¡Llévalo al calabozo!

No sabía qué pensar. Ese guardia era el único que no me empujaba ni amenazaba. En su mirada me pareció ver una esquirla de pena, no sé si de compasión o vergüenza. Esta vez, me dio una manta: «Hoy va a hacer frío». Pero antes de marchar, me miró fijamente y preguntó:

—Oye, tú, ¿esa máquina existe?

—¿Qué máquina?

Escupió y se alejó.

Tenía que intentar dormir. No sabía si era día o noche. No sabía cuánto tiempo había pasado desde la detención. Pero apenas había dormido. Me acurruqué, cubierto con la manta, y me puse a masajear la cabeza. Sentía que rozaba las palabras. Fue entonces cuando oí la voz de mi madre. No, no era una pesadilla. La oía por un altavoz. Me hablaba en gallego. ¡Qué cabrones! Ese golpe sí que no me lo esperaba. Gritaba, le hacían gritar: *«¡Por Deus! ¡Dilles onde está a Máquina, home!»*. Me tapé los oídos. Pasó un tiempo, y allí seguía el rosario de voz: *«¡Dilles onde está a Máquina, home! ¿Non ves que te van matar?»*. Tuve un presentimiento. Las palabras. Las palabras me avisaron. Era una grabación y no era mi madre. Alguien la imitaba. Mi madre nunca me llamaría *home*. Para ella, siempre sería *neno*.

Me volvieron a subir a la sala de tortura.

—¿Qué? ¿No vas a hacerle caso a tu madre? —preguntó Paradela.

No dije nada.

—Parece que no le importa lo que diga su madre, pero sí que le importa. ¿No veis la línea de flotación cómo tiembla?

Pasó un tiempo, todos a mirarme la línea de flotación, hasta que el Chungo dijo:

—¡Estoy hasta los cojones de tanto experimento! Se está riendo de nosotros en la puta cara, ¿no veis cómo se ríe?

—Es un tic que tiene —dijo Paradela.

—¡Pues le voy a curar esa avería!

—Por mí, ¡dale!

Me sujetaron las manos a unos torniquetes. Iban clavando alfileres en las hendiduras de las uñas. Hasta que llegaron al pulgar. Primero, un alfiler, luego otro. El Chungo, enfurecido, hurgó con una astilla de madera. Pero yo ya no sentía nada. Todo el dolor era un recuerdo del dolor.

Sonreí.

# Los Ángeles Operantes

Antonio Lamas, comandante jurídico, encargado de la investigación especial sobre el caso de los llamados Ángeles Operantes, tomó la palabra para presentar su informe ante la junta del Alto Estado Mayor.

Lamas era conocido entre los mandos con el alias de «El Faquir». En los asuntos más escabrosos, caminaba sobre las brasas sin inmutarse. Y se crecía en las más duras controversias. Iba desmontando las inconsistencias con la serenidad alerta de un artificiero que, sin quitar ojo, limpia un campo de minas. En su historial, era muy recordado lo que le dijo a un veterano capellán militar investigado por un desfalco con facturas duplicadas y que le imploró perdón en nombre de Dios: «Usted rece, pero yo no voy a soltar el timón».

Esta vez, había tensión en la sala. Una carga inusual de electricidad estática en muchos de los asistentes. Demasiada inmovilidad, pensó Lamas. Una solidificación del silencio, una petrificación de las personas y las cosas, con la excepción del gran ventilador del techo que aquella mañana de verano giraba las aspas con la paciencia ritual de una máxima jerarquía que andaba a lo suyo en las alturas.

El comandante jurídico Lamas fue explicando hasta el límite del detalle permisible por la ley de secretos oficiales, como él mismo aclaró, el proceso de creación de una unidad especial de robots soldados, aprovechando para uso militar los avances de la inteligencia artificial. Subrayó que algunos medios de comunicación, en el momento en que estalló el escándalo, habían utilizado de forma imprecisa, tal vez por sensacionalismo, la denominación de *killer robots*.

Llamar asesinas a unas máquinas era un disparate. En el desarrollo del proyecto Ángeles Operantes se había seguido un estricto protocolo científico supervisado con todo rigor por una comisión ética.

Se trataba de crear máquinas dotadas de una autonomía limitada, con capacidad letal, cierto, pero siempre bajo control humano y la supervisión directa de un superior cualificado. Por supuesto, se contempló la hipótesis de una avería o pérdida de control por fallo técnico. En ese caso, el «ángel operante» sería desactivado. Y así se hizo, por precaución, con once de los doce ángeles, y con la única excepción de Gabriel Daimon.

Sabía por experiencia que tenía más valor retórico una afirmación hecha sin leer el papel. El comandante jurídico Lamas miró por vez primera por encima del atril y dijo: «Un asesino solo puede ser un humano, aunque a veces de manera metafórica se aplique a un animal. Incluso en el caso del "hombre lobo", el asesino lo sería por lo que tiene de hombre y no de lobo. Nosotros sabemos que el honor militar es incompatible con el daño innecesario y la crueldad hacia el vencido. Como bien dijo Sun Tzu, la excelencia suprema en el arte de la guerra sería la de ganar la batalla sin necesidad de luchar. Y de tener que dar la batalla, incluso en la victoria, el sentimiento más honorable es el que los clásicos llamaron la pena de Marte».

En la sala se oyeron, por vez primera, los típicos carraspeos de desaprobación. El comandante Lamas sabía que era inevitable. La referencia al lobo nunca dejó impasible a un auditorio humano, pero lo de la pena de Marte era aflicción de más para algunos de los altos mandos presentes.

Volvió a su informe. De acuerdo con el proyecto de la Unidad Secreta de Inteligencia Artificial, el Grupo de Ángeles Operantes estaría destinado prioritariamente a tareas de seguridad preventiva, de información y contrainformación. Para eso se fabricó una docena de robots de figuración o camuflaje humanos, dotados de las tecnologías, de última generación, que les daban a los ángeles una superioridad sobre los soldados en un mismo cometido. Pero, repitió Lamas, eran «ángeles» bajo control.

El nombre elegido para el grupo tenía un carácter simbólico. En un libro muy antiguo, *La jerarquía del cielo*, de Dionisio Areopagita, se cuenta que hay nueve órdenes o coros de ángeles: serafines, querubines, tronos, dominaciones, virtudes, potestades, principados, arcángeles y ángeles sin atributos. Las llamadas «dominaciones» estarían integradas por «ángeles operantes», con misiones especiales en la seguridad celeste. Cada ángel estaría asociado a un mes. El nombre de Gabriel se corresponde con enero.

La de Blood Land no era su primera misión. «Nuestros ángeles operantes —explicó Lamas— habían estado activos en otros tres conflictos sin que se produjese ninguna anomalía».

La misión de Blood Land era de pacificación y había instrucciones claras de no perturbar la vida de la población civil y ganarse, en lo posible, sus simpatías. Por desgracia, se hicieron cosas que no se deberían haber hecho. El comandante Lamas detuvo la lectura y mascó las palabras para decir algo que no estaba escrito.

«Cosas que, de hacerlas, nunca deberían haber trascendido. Y no hablo solo de las "técnicas de interrogatorio mejoradas", como la práctica generalizada del "ahogamiento ficticio o submarino" a los detenidos. Hablo de palizas indiscriminadas a grupos de personas que participaban en ferias o celebraciones familiares, como bodas. Sesiones de *happy slappin'* o felices bofetones. Ese era el eufemismo para las humillaciones y agresiones a la población civil no para conseguir información, sino como un vil divertimiento propio de matones y no de soldados. Uno de los que aparentemente participaban en estas palizas y abusos era Gabriel Daimon, un ángel operante, el principal protagonista del caso que hoy nos ocupa. Eso creían sus compañeros, convencidos de que disfrutaba como un mirón sádico. No era activo en los abusos, pero no se perdía ninguna sesión. El sistema visual de Daimon le permitía ver y a la vez grabar el acontecimiento. La suya era una memoria fílmica en el sentido literal. Almacenaba, seleccionaba, montaba y podía emitir sin necesidad de ningún complemento exterior. Esa era una de sus capacidades como ángel operante. Nadie se preocupó aquellos días por lo que estaba procesando la Computación de Reserva, el "cerebro" de Gabriel Daimon. Cuando se dieron cuenta, las imágenes ya estaban en las pantallas de medio mundo».

El único que podía interrumpir el informe era el jefe del Alto Estado Mayor. Y lo hizo. Preguntó de repente:

—¿Por qué, comandante? ¿Por qué cree que Daimon se rebeló, qué tipo de avería fue esa?

—Esa es la pregunta que me persigue desde hace tiempo, señor. El director del equipo tecnocientífico que diseñó los doce robots del Grupo de Ángeles Operantes analizó de forma exhaustiva hasta lo que llaman la «fisura inaccesible» de la placa madre en cada uno de ellos. De entrada, no encontraron ninguna diferencia en Gabriel Daimon respecto de los otros ángeles. Hasta que apareció lo que llaman «zona de sombra». Algo así como una excrecencia de algoritmos indescifrables. Por ejemplo, fallos en el sistema que llevaron a búsquedas imprevistas. Lo que quedaba fuera, lo fallido, una especie de microrresiduos activos y cooperantes entre sí. A la manera de un óxido memorioso. Tienen la sospecha de que eso sería algo así como el germen de una conciencia. Pero es solo una sospecha. Yo pienso que...

El comandante Lamas miró las anotaciones a mano en el oeste de la página. La suya era una letra de taquígrafo. Se alegró de no haber escrito en el informe el nombre de Zek. Fue uno de los primeros datos que obtuvo sobre Gabriel Daimon, aparte de su historial en el Grupo de Ángeles

Operantes (GAO). Zek trabajaba en la cantina del cuartel base del Regimiento Nuevo Plus Ultra, en el que estaba incorporado el GAO. No resultó nada difícil conseguir información sobre él. Tenía habilidades de mago, y de hecho había trabajado un tiempo en un espectáculo haciendo un número de escapismo encadenado dentro de un ataúd. Hacía reír a la gente cuando explicaba el fin de su carrera mágica: «Un día no pude huir, me morí. ¡Así que tuve que dejarlo!». Era muy apreciado, también por los oficiales, que de vez en cuando lo invitaban a jugar con ellos a los naipes.

Decidió citarlo formalmente para que declarase en la investigación abierta. Zek acudió. Relajado, sonriente.

—Vengo del dentista, señor —dijo.

—¿Y qué tal? —preguntó Lamas.

—Iba asustado, pero todo salió bien.

De repente, metió los dedos en la boca y sacó una rana viva. Pequeñiña, de un verde brillante. El interrogatorio fue un fracaso. Si Zek había sido experto en escapismo como mago, hablando era el rey de la evasión. Cuando el comandante se dio cuenta, era él quien estaba siendo interrogado y con preguntas absurdas. En tono firme, lo mandó marchar.

—¡Y llévese la rana!

—¿Qué rana?

Tenía que averiguar más sobre Zek. La información de esa amistad humana de Gabriel se la había dado la capitana María Fonseca, de la Unidad Secreta de Inteligencia Artificial. Ella había sido la directora del diseño del ángel operante y era responsable de su mantenimiento técnico y de custodiar su integridad. En la primera visita le pareció muy bien dispuesta e interesada en colaborar en la investigación. Pero sobre Zek se limitó a decir que figuraba en su archivo como «amigo humano». Por supuesto, había un seguimiento, pero no se registraba nada sospechoso. Nada. El amigo de Gabriel no participaba en ninguna misión exterior. No se había movido de la cantina. No tenía antecedentes como pacifista o ecologista y no había participado en ninguna actividad antisistema. El asunto central en aquella conversación con Fonseca había sido la posible explicación científica para discernir si Gabriel Daimon había alterado su programa por propia voluntad. Si había desarrollado una conciencia personal y obedecía ese mandato. O si había sido manipulado para perjudicar la imagen de las Fuerzas Armadas y del propio Estado.

Cuando se encontró de nuevo con la capitana Fonseca, Lamas fue al grano y le pidió toda la información existente sobre la relación entre Daimon y Zek. Le sorprendió la respuesta:

—Ya dije todo lo que podía decir.

—Le recuerdo —dijo Lamas, molesto— que estoy al cargo de la investigación oficial.

—Y yo le recuerdo que en la USIA hay un reglamento secreto que no podemos incumplir, incluso ante un superior.

—Está bien. Se lo voy a preguntar de otro modo —dijo Lamas—. ¿Qué puedo saber que sea de interés y no sepa?

—En el caso de Gabriel Daimon, hubo un informante.

—¿Y eso qué importancia tiene?

—Al ser denunciado como traidor, nosotros no pudimos actuar. No pudimos desactivarlo. Orden judicial interna. Al ser traidor, ya no era una máquina.

—¿Ese delator, por un casual, no sería Zek? —preguntó Lamas.

La capitana Fonseca permaneció en silencio. El comandante entendió. Le estaba dando una respuesta afirmativa.

En uno de los interrogatorios a Daimon, en la prisión militar, el comandante Lamas hizo una referencia a Zek. Un comentario que parecía casual.

—Estuve viendo jugar a los dados a su amigo mago. Es un genio.

Gabriel Daimon se quedó turbado, meditabundo, apoyando la mirada en el suelo. De repente, dijo:

—Él no tiene nada que ver en este asunto, comandante. Yo soy el único responsable de la filtración de las imágenes de torturas. Él ni siquiera estaba allí.

El equipo que había diseñado los ángeles operantes había hecho un trabajo extraordinario. Desde luego, en el caso de Gabriel Daimon, se trataba de una obra en la que habían dado vida, y hasta un extremo inquietante, a una belleza inusual. Nada que ver con el patrón angelical, por otra parte. Era un rostro de joven enjuto, como tallado a gubia con rudeza, pero con una veta sensual en los labios. De lo que nadie salía indemne era de la mirada. Demasiado humana. Oscura y melancólica. De salvaje atrapado y sin esperanza.

—Zek no hizo nada, señor. Nada.

—De acuerdo. Confío en ti. Si no hizo nada, no te preocupes por Zek. ¿Quién te incitó, quién te ayudó? Me tienes que dar nombres. Esto es muy grave.

—Nadie. No me ayudó nadie. No se esfuerce en buscar cómplices, comandante. Con mi generador autónomo, puedo enviar documentos a cualquier destinatario en el planeta. Yo mismo seleccioné los medios de comunicación que podían ser receptivos. Y funcionó.

—¿Por qué lo hiciste?

Gabriel Daimon lo miró fijamente y respondió con una pregunta.

—En la misma situación, ¿usted qué haría?

El comandante iba a decirle que él no era un robot, pero se dio cuenta de que esa respuesta ya no servía.

—¿Sabe que puede pasar toda la vida en soledad, encerrado en un calabozo? Con el agravante de que su..., su vida es infinita. Digamos que es usted un inmortal. Ya no puede ser desactivado.

Daimon esbozó una sonrisa en el aura triste de su rostro.

—Pregúntele a una persona la cantidad de soledad que es capaz de soportar y eso le dará la medida de lo que vale.

—¿Quién dijo eso, Zek? —preguntó Lamas.

—No, señor. Es de Friedrich Nietzsche.

Yo pienso que...

Iba a decir algo sobre el amor, la posibilidad de que la relación de Gabriel Daimon con un compañero podría haber influido en el afloramiento de una sensibilidad, de una forma de conexión o simpatía, que se transformara en una suerte de energía que derivase en conciencia o, si lo prefieren, y al modo antiguo, en algo con alma. Iba a decirlo, pero calló. La palabra amor se resistió, se escondió más allá de las cuerdas vocales, en el misterioso fuelle en el que habita el corazón perdido de las cosas. En fin.

Así que el comandante jurídico Antonio Lamas se dispuso a leer, a manera de conclusión, la parte final de su informe: «Después de una larga investigación, en la que pude trabajar, y se lo agradezco a todos ustedes, libre de condicionamientos o presiones, excepto por alguna insinuación tan impertinente como olvidable, debo dictaminar que Gabriel Daimon, miembro del Grupo de Ángeles Operantes (GAO), de la Unidad Secreta de Inteligencia Artificial, es un sujeto que, siendo fabricado como máquina o robot, y por circunstancias y medios no esclarecidos, desarrolló una conciencia moral, lo que lo hace capaz de discernir entre el bien y el mal, lo justo y lo injusto, y que por tanto no puede ser desactivado, lo que supondría condenarlo a muerte, y lo que procede es juzgarlo con todas las garantías por un Tribunal Militar».

Al terminar, solo se oyó el grito de alguien que Lamas no tuvo interés en identificar.

—¡Es un traidor!

—Pues eso lo hace más humano todavía —dijo el comandante, mientras guardaba el informe.

Se encendió una luz de alarma al lado de donde se encontraba el jefe del Alto Estado Mayor. El mando descolgó el auricular de un teléfono de mesa. Era un aparato que parecía antiguo, de la edad del gran ventilador. El jefe se limitaba a escuchar, mientras su rostro se iba transfigurando en viñetas de contratiempo y furia contenida. Colgó. De inmediato, le hizo una señal, un gesto de orden, al comandante Lamas para que se acercase.

—¡Se fugó! ¡El cabrón del robot!

Lamas se quedó atónito.

—¿Cómo pudo ser? No lo entiendo, señor. ¡Es una prisión de máxima seguridad!

—Me dicen que huyó en un ataúd. Esta noche pasada falleció un interno en la enfermería. Pero a quien se llevaron en el ataúd fue a Gabriel Daimon.

El comandante jurídico sintió el bullir de algo vivo en el bolsillo de la guerrera, justo debajo de las condecoraciones. Llevó la mano allí, a la altura del corazón, y notó la textura de una rana.

# Índice

Los habitantes de la dificultad

Este libro se terminó
de imprimir en
Móstoles, Madrid,
en el mes de
octubre de 2023